AF210776

RES PERROT
Tells Söhne

RECHT EXTREM Es ist ein schöner und heißer Junimorgen. Als Wacht-meister Paul Grossenbacher von der Kriminalpolizei des Kantons Zürich zu einem Vorfall gerufen wird, trifft er völlig unerwartet auf sein Schultrauma, Friedrich Schillers *Willhelm Tell*. Was anfangs nach einem harmlosen Streich aussieht, steigert sich und entpuppt sich schließlich als brutales Verbrechen. Der Direktor der Sozialversicherungsanstalt Zürich wird von einem Pfeil aus einer Armbrust tödlich getroffen. Die weiteren Ermittlungen bringen hier-archisches Denken, blinden Autoritätsglauben und auf Mythen beruhende nationalistische Vorstellungen hervor und Grossenbacher an den Rand seiner Kräfte. Der Wachtmeister jagt plötzlich abgehalfterten Militärs, wehrhaften Landesverteidigern und frustrierten Liebenden hinterher.

Res Perrot, 1960 als Berner in Zürich geboren. Aufgewachsen im Bernbiet, lebt er heute wieder im Kanton Zürich. Nach dem Besuch der Schule für Gestaltung in Bern arbeitete er als Grafiker, Art Director und Creative Director in verschie-denen Werbeagenturen, bis er sich selbstständig machte. Als Musiker tourte er mit diversen Formationen und war an einigen Schallplattenproduktionen als Bassist oder Produ-zent beteiligt. Seit ein paar Jahren widmet er sich neben dem Schreiben der Bildhauerei – mit Hammer, Meißel und Leidenschaft. Das vorliegende Buch ist der dritte Grossen-bacher-Krimi.

RES PERROT
Tells Söhne

Ein recht extremer Fall
für Wachtmeister Grossenbacher

Original

GMEINER

Die automatisierte Analyse des Werkes, um daraus
Informationen insbesondere über Muster, Trends und
Korrelationen gemäß § 44b UrhG (»Text und Data Mining«)
zu gewinnen, ist untersagt.

Bei Fragen zur Produktsicherheit gemäß der Verordnung
über die allgemeine Produktsicherheit (GPSR) wenden Sie
sich bitte an den Verlag.

Personen und Handlung sind frei erfunden.
Ähnlichkeiten mit lebenden oder toten Personen
sind rein zufällig und nicht beabsichtigt.

Besuchen Sie uns im Internet:
www.gmeiner-verlag.de

© 2014 – Gmeiner-Verlag GmbH
Im Ehnried 5, 88605 Meßkirch
Telefon 0 75 75 / 20 95 - 0
info@gmeiner-verlag.de
Alle Rechte vorbehalten

Lektorat: Sven Lang
Herstellung: Julia Franze
Umschlaggestaltung: U.O.R.G. Lutz Eberle, Stuttgart unter
Verwendung eines Fotos von: © egorxfi - Fotolia.com
Druck: Libri Plureos GmbH, Friedensallee 273,
22763 Hamburg
Printed in Germany
ISBN 978-3-8392-1609-5

Fährst im wilden Sturm daher,
Bist du selbst uns Hort und Wehr,
Du, allmächtig Waltender, Rettender!
In Gewitternacht und Grauen
Lasst uns kindlich ihm vertrauen!
Ja, die fromme Seele ahnt,
Ja, die fromme Seele ahnt,
Gott im hehren Vaterland,
Gott, den Herrn, im hehren Vaterland.

Schweizerpsalm, 4. Strophe

PROLOG

Die Schweizerfahne baumelt wie ein fauler Sack am Mast. Eine kaum sichtbare Bewegung. Der Fahnenmast steckt erdbebensicher verankert am Rande des Parkplatzes in einer granitgefassten und mit großen runden Steinen gefüllten Blumenrabatte. Alles ist herausgeputzt. Himmel, Häuser, Wiesen und Straßen glänzen als wär's das Swissminiature in Melide. Nur in der Blumenrabatte fehlen die Blumen.

Jetzt hängt das rote Tuch tot am Seil. Das feine Vibrieren des gespannten Drahtseils verschmilzt mit dem Flirren der sommerlich erhitzten Luft. Es ist heiß. Beinahe drückend, obwohl es noch nicht einmal Mittag ist. Der durchsichtige, bläuliche Himmel ist verlassen. Weder Wolken noch Vögel ziehen vorbei. Eine bewegungslose Stille. Gläsernes Flimmern spiegelt über dem Asphalt. Der Siedepunkt des Tages scheint bereits erreicht oder gar überschritten.

Wie er die Situation auf dem Parkplatz vor dem Löwen so durch die Frontscheibe betrachtet, kommt ihm ein Bild in den Sinn. Er hat es vor etwa zwei Jahren selbst in das große schwarze Silva-Buch *SAHARA* eingeklebt. Eine Luftspiegelung. Fotografierte Hitze auf ein Stück Papier gedruckt. Es ist kurz nach elf Uhr. Genau sieben Minuten nach. Er hat noch genug Zeit.

Die gnadenlose Junisonne steht senkrecht über dem Platz und brennt die Schatten weg. Er bleibt einen Moment länger als nötig in seinem sportlichen Wagen sitzen, weil er den durchdringenden Duft von aufgeheiztem Kunstleder liebt. Ebenso eine positive Erinnerung. Er bekommt einfach nicht genug vom Geruch im Wageninnern, assoziiert damit ein Gefühl von Freiheit und Abenteuer. Ein männlicher Duft, der ihn irgendwie auch an seine Jugend erinnert, an Sommer, Hitze, und die Rückbank des VW Käfers. Der Vater sitzt am Steuer und die Passstraße führt ins Tessin.

Er liebt aber auch seinen Wagen. Er ist sein ganzer Stolz. Ein Datsun Violet/160J SSS Coupé in Gelb. Der neuste Stand der Technik, zweitürig mit Schrägheck, Hardtop und unglaublichen 89 PS. Eine Rakete, hatte ihm der Verkäufer versprochen. Ein Auto. Ein richtiger Wagen, nicht wie die Reisschüsseln der Konkurrenz und trotzdem japanisch, sprich ein unglaubliches Preis-Leistungs-Verhältnis. Er hatte sich überlegt, ob er den Motor mit Doppelwebervergasern ausrüsten sollte, um zusätzliche Leistung aus der Maschine herauszuholen. Andererseits fühlt er sich mit 34 doch etwas zu alt dafür.

Er ist nicht sicher, was ihn heute hier im Emmental erwartet. Entspannt und gleichwohl auf der Hut lehnt er sich in den aufgeheizten Fahrersitz und starrt durch die Frontscheibe. Mit zwei Fingern wischt er sich den Schweiß unter den Nasenreitern seiner Brille weg. Dann schaltet er das Autoradio an, das er vor einer guten Woche hat einbauen lassen. Stereo, mit zusätzlichem Einschubfach für 8-Spur-Audiokassetten von Blaupunkt. Der reinste Luxus. Er bekommt gerade noch das Ende der Elfuhrnachrichten mit. Es folgt eine Sondersendung mit Hintergrundberichten zum Landesverräter Jean-Louis Jeanmaire. Das Kassationsgericht bestätigte heute Morgen, wie man in den Nachrichten hören konnte, das Urteil, welches das Divisionsgericht 2 vor gut zwei Jahren wegen Landesverrats gegen Jean-Louis Jeanmaire verhängt hatte. 18 Jahre

Zuchthaus. Zudem wird Brigadier Jeanmaire degradiert und aus der Armee entlassen.

Der Radiosprecher fasst noch einmal die Ereignisse, sofern sie nicht der Geheimhaltung unterliegen, zusammen: 1961 lernte Jean-Louis Jeanmaire den sowjetischen Militärattaché in Bern, der gleichzeitig auch Mitglied des militärischen Nachrichtendienstes GRU war, kennen. Brigadier Jeanmaire gab ihm, wie auch später dessen Nachfolgern, vertrauliche Auskünfte über die Schweizer Armee weiter. Unter anderem Informationen zur Mobilmachung. Mitte der 70er-Jahre warnte ein ausländischer Nachrichtendienst die Schweizer Behörden vor einem Leck. Das führte im August 1976 zur Verhaftung von Jeanmaire. Der Druck der CIA und der US-Regierung sowie das politische Klima des Kalten Krieges erzeugten nach Brigadier Jeanmaires Verhaftung eine Eigendynamik, die später auf die Medien und damit auf eine breite Öffentlichkeit übergriff. An Stammtischen vernahm man Stimmen die sogar die Folter bei Verhören und die Wiedereinführung der Todesstrafe forderten. Telefonabhörberichte, Überwachungsrapporte, geheimdienstliche Aktennotizen und Verhörprotokolle, die während des Prozesses vor dem Divisionsgericht 2 verlesen wurden, gaben einen tiefen Einblick in das Wirken der dunklen Mächte, die sich so vor der Öffentlichkeit fürchteten.

Die Sondersendung endet mit der Einspielung eines Ausschnitts der Rede, die der EJPD-Vorsteher, Bundesrat Kurt Furgler, vor der vereinigten Bundesversammlung im Oktober 1976 zum Fall Jeanmaire gehalten hatte: ›… wir sind aber kein Polizeistaat und wollen es auch nicht werden. Die Vorstellung beispielsweise, jeder Geheimnisträger sei ständig zu überwachen, ist unserer auf Vertrauen basierenden Gesellschaftsordnung fremd und unwürdig. Wir haben im Bereich des Staatsschutzes die Aufgabe durch sorgfältiges Abwägen aller Werte eine Synthese zwischen den Interessen der staatlichen Ordnung und der Freiheit des Einzelnen zu finden …‹

Endlich bewegt sich die Fahne wieder. Aber nur zögernd. Das geschieht ihm recht, diesem Verräter, denkt er und macht das Radio aus. Das Treffen ist für heute, Donnerstag, den 22. Juni 1978, 12.00 Uhr, oder zwölfhundert, wie es in ihrer Sprache heißt, im Gasthof Löwen in Krauchthal vereinbart. Schon zwei Mal haben sie sich im Vorfeld an ebenso abgelegenen Orten zu konspirativen Gesprächen verabredet. Das Projekt. Es konnte vieles bedeuten, doch genaue Angaben gibt es nicht. Noch nicht. Alles befindet sich derzeit im Aufbau, das hat man ihm jedenfalls gesagt. Aber heute soll es so weit sein. Ein besonderer Tag. Bei einem Mittagessen wird die besprochene Geheimhaltungsvereinbarung unterzeichnet. So etwas wie eine Gründungsversammlung. Die mündliche Einladung für die Verabredung hat ihm vor einigen Tagen ein Dienstkollege aus dem WK überbracht, der irgendetwas beim EMD arbeitet. Der Bote reiste extra von Bern nach Zürich, um ihm die Information zu überbringen. Das war vorgestern. Um an dem Treffen teilnehmen zu können, musste er extra freinehmen. Der Bote hat ihn eindringlich darauf aufmerksam gemacht, dass er zu niemandem, weder zu seinem Chef noch zu seiner Frau, etwas sagen dürfe. Am Anfang kam es ihm schon recht geheimniskrämerisch vor, aber inzwischen hat er sich mit dem Gedanken angefreundet und sieht ein, dass nicht alle Welt wissen muss, was er vorhat und wohin er geht.

Und jetzt sitzt er da, am Eingang des Emmentals, und beobachtet die rote Fahne mit dem weißen Kreuz, wie sie sich im kaum spürbaren Luftzug windet. Trotzdem wird ihm immer warm ums Herz, wenn er das Stück Stoff betrachtet. Stolz erfüllt ihn so, dass er sich im Sitz aufrichtet und streckt. Stramm, die Brust raus.

Der Parkplatz im Hof des großen Landgasthauses ist beinahe leer. Seit er hier mit seinem Wagen steht, ist kein weiteres Fahrzeug angekommen oder weggefahren. Weitere vier Wagen brüten verlassen in der Sonne. Zwei Berner Nummern, eine Freiburger und eine Basler. Er hat genau darauf geachtet, als er auf den Abstellplatz zwischen den Nebengebäuden des Hofes gerollt war. Etwas auffällig, so scheint ihm, der Anteil ortsfremder Fahrzeugschilder hier auf dem Land. Ob die wohl auch eingeladen sind? Die Minuten verstreichen wie Honig. Endlich ist es so weit. Es ist Zeit. Er steigt aus, verriegelt sorgfältig die Wagentür und hastet über den Platz zum Hintereingang des Gasthauses. Aus dem Augenwinkel beobachtet er, wie die Strafanstalt Thorberg, die etwas weiter auf dem Hügel thront, hinter dem mächtigen Wirtshausdach verschwindet.

Es ist kühl und finster im alten stattlichen Steinhaus mit dem typischen, tief heruntergezogenen Walmdach. Seine Augen müssen sich erst an die Dunkelheit gewöhnen. Darum bleibt er für einen Augenblick hinter der ins Schloss fallenden Holztür stehen. Dabei klirrt das Türglas gefährlich. Alles ist exakt so, wie es ihm beschrieben wurde. Ein langer Korridor, über dessen Steinfliesen ein ausgetretener Läufer liegt. Verschiedene Türen links und rechts. Am anderen Ende eine Holztruhe, darauf eine trübe Glasvase mit einem Strauß verdorrter Feldblumen. Das Wasser im Gefäß verziert seit Jahren mit Kalkringen der unterschiedlichsten Breite die Vase. Über der verkümmerten Dekoration ein kleines Fenster zur Hauptstraße hinaus. Fünf Schritte den Hausflur hinunter und rechts in die Bauernstube. Die Tür ist genauso angeschrieben. Er ist nicht der erste Gast. Ein Mann sitzt in der Stube vor einer Vitrine – mit den staubsicher hinter Glas geschützten Pokalen und Fahnen des Schützenvereins Krauchthal – an einem Tisch und liest Zeitung. Vor ihm auf der rot-weiß karierten Tischdecke stehen ein ausgetrunkenes Glas und ein Fläschchen *Pepita* mit Grapefruit-Aroma.

Als er jetzt die Stube betritt, spürt er sofort den Stolz und den Wehrwillen der Nation. Eine verbindende Kraft, die sich seit dem letzten Krieg in ihren Köpfen und Herzen eingenistet hat. Eine Haltung, die aus Männern Eidgenossen macht. Jeder konnte es täglich in den Zeitungen lesen, er ist noch nicht vorbei, der Kalte Krieg. Die Angst vor dem Russen steckt uns genauso in den Knochen, wie damals jene vor dem Adolf. Darum ist er überzeugt, dass dieser eiserne Wille zur Freiheit und Unabhängigkeit durchaus seine Berechtigung und Gültigkeit hat. Vielleicht ist er heute, in diesen unsicheren Zeiten, sogar noch wichtiger.

Alles stimmt mit den Angaben überein, die ihm der Verbindungsmann übermittelt hat. Die Stube, ein Mann, der zeitungslesend am Tisch sitzt und als Zeichen, dass so weit alles in Ordnung ist, steht das Glas rechts der Flasche. Er hatte Order, falls das Glas links davon stehen würde, das Lokal grußlos wieder zu verlassen und sich unverzüglich auf den Heimweg zu begeben. Doch es scheint alles gut zu sein.

Eine patriotische Stimmung überkommt ihn, wie er in dieser vertrauten schweizerischen Umgebung mit würdig erhobenem Haupt den Unbekannten mit einem kaum sichtbaren Kopfnicken begrüßt. Der Bote hat ihn angewiesen, sich auf gar keinen Fall mit seinem Namen vorzustellen. Darum zieht er es vor, besser gar nichts zu sagen und sich auf einen freien Stuhl am hinteren Fenstertisch zu setzen und abzuwarten. Der in seine Lektüre vertiefte Mann blickt kurz auf, faltet andächtig seine Zeitung zusammen, erhebt sich, schiebt den Stuhl ordentlich unter den Tisch, tippt kurz mit zwei Fingern an seine Stirn und verlässt mit dem Amtsanzeiger Burgdorf unter dem Arm das Säli. Genau so wie es abgemacht war.

1

Wachtmeister Paul Grossenbacher von der Kriminalpolizei des Kantons Zürich sitzt faul in seinem Büro und das bereits seit Tagen. Er weiß, dass er sich in der Vergangenheit mehr wie ein arrogantes Arschloch als wie ein weniger arrogantes Arschloch aufgeführt hat. Genau so weiß er auch, dass er dafür gebüßt hat, dass seine Frau seinetwegen auszog und er daraufhin einiges an therapeutischen Behandlungsversuchen über sich ergehen lassen musste. Ob es für etwas gut war, kann er nicht sagen, jedenfalls ist Anna wieder zu ihm zurückgekehrt, was irgendwie für ihn spricht.

Er schwitzt. Auch das schon seit Tagen. Es ist nicht so, dass er sich in letzter Zeit besonders anstrengt, aber der Sommer ist in Zürich eingetroffen und hinterlässt eindeutige Spuren. Dunkle Ränder unter den Hemdsärmeln und auch an anderen Stellen. Grossenbacher befürchtet, dass er in der Sauna, die sich sein Büro nennt, einiges an Gewicht verlieren wird. Zur geistigen Stimulation spielt er eine Partie Solitär auf seinem PC in der Hoffnung, dass an diesem Mittwochmorgen wenigstens hierbei etwas Spannung aufkommt, denn im Kanton Zürich geht es in Sachen Verbrechen nicht so heiß zu wie beispielsweise in Rio de Janeiro, obwohl draußen etwa die gleiche Hitze drückt.

Aber auch beim Spiel ist er unkonzentriert. Zum Rhythmus von Mausklicks und Tastengeklapper führt er unverständliche Selbstgespräche. Nach dem nächsten misslungenen Durchgang lässt er seine hundert Kilo Wärmespeichermasse in den Stuhl zurückfallen, um sich ausgiebig die Kopfhaut zu kratzen. Sobald sich die weiße Schuppenwolke über den mit Akten überstellten Schreibtisch gesetzt hat und den Blick auf die Uhr am oberen Monitorrand wieder freigibt, ist es 9.39 Uhr. Grossenbacher fragt sich, warum die Stunden so lang sind, wie sie sind? Warum Zeit nicht etwas Flexibles ist? Könnte man nicht Uhren herstellen – vor allem für die Beamten –, die mithilfe von ovalen Zahnrädern während der Bürozeit schneller drehen würden, um dann, in der Freizeit, am Feierabend der länglichen Ausdehnung der Zahnkränze folgend, langsamer laufen würden. Grossenbacher ist begeistert. Tolle Idee! Zufrieden lehnt er sich im Stuhl weiter zurück, dabei löst sich die angestaute Blähung. Erleichtert stellt er sich vor, wie er die neue Zeit patentieren lassen und sich mit seiner Erfindung eine goldene Nase verdienen würde, bis Dienst-Chef Christian Lüthi in seine Träumerei platzt.

Die Millionen lösen sich im Nu in Luft auf. Unaufgefordert hat Lüthi an den Türrahmen geklopft und damit das leise beschwörende Murmeln, das aus dem Büro dringt, unterbrochen. Ebenso unaufgefordert tritt Lüthi über die Schwelle und überfällt den Wachtmeister mit einem Redeschwall. »Puh, hier stinkt's! Willst du nicht einmal lüften?« Lüthi schmatzt mit seinem Kaugummi. »Paul, hör mal, du bist doch unser Mann mit dem mbA. Was bekanntlich so viel heißt wie der Mann ›mit besonderen Aufgaben‹, oder?«

Unsympathische Heiterkeit am frühen Morgen. Grossenbacher erträgt es kaum, doch Lüthi wartet keine Antwort ab, lacht nicht einmal über seinen dürftigen Scherz, sondern fährt gleich mit seinem Geplapper fort: »Genau darum geht's. Ich hätte eine besondere Aufgabe für dich.«

Grossenbacher stöhnt.

Lüthi setzt sich unaufgefordert auf die Tischkante und

lässt Grossenbacher kaum Zeit, um das begonnene Spiel vom Monitor wegzuklicken.

»Vorhin, vor etwa zehn Minuten, also etwa um Viertel vor elf ist eine etwas absurde Meldung vom Posten Horgen eingegangen. Im Garten vor einem Haus in Langnau, hier die Adresse«, Lüthi schiebt Grossenbacher ein A4-Blatt herüber, »steckt mitten in der Rasenfläche eine gut vier Meter hohe Holzstange. Und das Beste daran ist, oben auf dem Spitz sitzt ein grüner Tirolerhut mit Gamsbart. Die Kapo Horgen hat jemanden losgeschickt, um ein paar Fotos zu machen. Sie haben versprochen, uns die Bilder zu schicken, sobald die Streife zurück ist – komisch nicht?«

»Finde ich auch. Wirklich komisch, dass die in Horgen wegen einer Anzeige so ein Aufheben machen.«

»Nein, Paul. Wo denkst du hin? Nicht das ist komisch, ich meine natürlich den Hut auf der Stange.«

»Aha, wenn du Schweizer Geschichte komisch findest, na ja – kann ich sogar verstehen. Aber warum kommen die mit diesem Furz zu uns?« Grossenbacher hat einen Energieanfall und wuchtet sich aus seinem Bürostuhl, trottet zum Fenster, entriegelt dieses so schwungvoll, dass er beinahe den Griff aus dem Rahmen reißt. Das fette Frühsommergrün der Bäume aus der Parkanlage der ehemaligen Militärkaserne gegenüber springt regelrecht ins Zimmer. Die goldgelbe Sonnenscheibe klebt an einem überblauen Himmel und wird von einer ohrenbetäubenden Vogelkakofonie ausgepfiffen. Ein prächtiger Junitag mit allem, was dazu gehört, außer vielleicht den Schweißrändern und dem Besuch von DC Lüthi.

»Es ist nicht das erste Mal«, versucht Lüthi gegen das Vogelgezwitscher anzureden, »dass von dem Haus in Langnau am Albis ähnlich sonderbare Vorkommnisse gemeldet werden. Das sagte mir jedenfalls der Posten-Chef von Horgen am Telefon. Locher heißt er, glaube ich. Die Bewohner des Hauses haben erst kürzlich schon andere merkwürdige Erscheinungen gemeldet.«

»Erscheinungen?«, fragt Grossenbacher in möglichst uninteressiertem Ton.

»Ja, so sagte er, Locher, meine ich, aus Horgen. Warum, stimmt etwas nicht? Hast du etwas dagegen?«

»Ja! – Was geht uns das an? Bis jetzt ist ja nichts passiert. Was will der Horgener von uns? Kann er nicht selber eine Bohnenstange aus dem Boden reißen?«, brummt der Wachtmeister durch das offene Fenster hinaus.

»Nun, es ist so«, Lüthi spricht immer noch mit dem breiten Rücken des Wachtmeisters, »dass sich die Situation insofern etwas zugespitzt hat, dass sie heute Morgen auch erstmals eine Drohung erhalten haben …«

»Eine Drohung? – Wer, der Posten Horgen?«, unterbricht ihn Grossenbacher frech.

»Nein, die Wachters. Ich meine, die Frau, die da in dem Haus wohnt. Stell dir vor, Paul, es war wie im Film. Ein Stein, an den jemand einen Zettel gebunden hat, wurde durch die Fensterscheibe des Wohnzimmers geworfen. Auf dem Papier steht, eh, warte«, Lüthi sucht den entsprechenden Abschnitt auf dem Fax, das unbeachtet auf Grossenbachers Pult liegt.

»Ah, hier ist es: ›Den nehm ich jetzt heraus aus eurer Mitte‹ – klingt doch irgendwie eigenartig, oder nicht?« Dienst-Chef Lüthi schaut Grossenbacher erwartungsvoll an, doch dieser zeigt keinerlei Reaktion. Der DC räuspert sich etwas verunsichert, spuckt seinen ausgeleierten Nicorette-Kaugummi in den Abfalleimer unter dem Pult. »Die Kollegen in Horgen sind nun selber etwas irritiert. Sie wissen nicht, was sie von dieser Botschaft halten sollen, ob es etwas Ernstes ist oder nicht, und haben darum um unsere Hilfe gebeten. Wir hätten doch Spezialisten für so etwas, meinte der Posten-Chef. – Da helfen wir doch gerne, oder etwa nicht? Und da du bei uns der Mann für die besonderen Aufgaben bist, übergebe ich dir diese Geschichte zur Bearbeitung. Alles klar? Hast du noch Fragen? – Wenn nicht, dann nichts wie los!«

Grossenbacher wendet sich vom Fenster ab und will lautstark reklamieren, er befinde sich total am Anschlag. Die Arbeit türmt sich auf seinem Schreibtisch jetzt schon höher als die Säulen der Erde im südenglischen Kingsbridge. Doch er kommt zu spät. Lüthi ist schon zur Tür hinaus und außer Hörweite.

»Ein Hut auf einer Stange, ein blöder Lausbubenstreich«, brummt Grossenbacher. Dabei kommt ihm das schmale, dünne, gelbe Heftchen vom Schiller unglücklich in Erinnerung. »Dieser verdammte Scheißhut auf dieser ebenso verdammten Stange!«, poltert Grossenbacher plötzlich los. Mürrisch wälzt er sich vom Fenster zurück auf seinen Bürosessel. Er hasst diese Geschichte, und er hasst Tell aus genau zwei Gründen: Erstens, weil er in seiner abgebrochenen Gymnasiumskarriere dieses blöde gelbe Heftchen hatte lesen müssen und er schon damals ein grundlegendes Problem mit hochstilisierten Helden hatte. Wie hat er damals gelitten, denkt er voller Selbstmitleid. Wenn er sich richtig erinnert, war sogar dieses Heft schuld an seinem frühzeitigen Abgang vom Gymi. Weil er damals, statt das Ding zu lesen, Seite für Seite auf die Klopapierrolle im Lehrer-WC geklebt hatte. Denn als Pazifist, *Love and Peace*, war er damals überzeugt, dass allein schon das Lesen dieses Heftchens einen obrigkeitsgläubigen Bünzli aus ihm machen würde – und jetzt soll er sich wieder mit diesem Mist her-

umschlagen? Literatur ist doch etwas für Gymnasialleh-
rer und Idioten! Als hätte er nichts Vernünftigeres zu tun.
»Himmelherrgott noch mal! Warum muss DC Lüthi
mit diesem Mist nur zu mir kommen?« Grossenbacher
hasst bereits den neuen Auftrag, ohne dass ihm der zweite
Grund einfällt, warum ihm Tell so auf die Nerven geht.

Leicht verzweifelt sucht er nach einer Möglichkeit, wie
er seinen Kopf aus der Schlinge ziehen kann. Als Erstes
legt er seine Füße aufs Pult, rutscht auf der Stuhlkante nach
vorn, sodass die hundert Kilogramm schwitzende Körper-
masse bequem liegen. Dabei überlegt er sich, dass er ohne
Weiteres an der Uni Vorlesungen über die Trägheit von
Wärmespeichern halten könne, denn wenn jemand etwas
davon versteht, dann sicher er. Vorsichtig legt er den Kopf
in den Nacken, schiebt seine Hand unter den Gürtel und
rückt seine eingeklemmten Dinger in Position. Seit den
vergeblichen Fortpflanzungsversuchen – er hatte sich ja
unter medizinischer Aufsicht angestrengt –, weiß er, dass
sie zu nichts anderem taugen, als im Weg zu sein. Grossenbacher weiß aber nicht, warum er wieder zweifelt und
mit seinem Schicksal hadert. Jetzt, wo alles wieder besser
läuft. Seine Situation innerhalb des Polizeiapparates hat
sich seit der Aufklärung der Familientragödien, zu deren
Untersuchung eine interkantonale Ermittlungsgruppe eingesetzt worden war, grundlegend und positiv verändert.
Sozusagen im Alleingang und mit einer halsbrecherischen
Aktion hat er die Geschichte aufgeklärt. Auch seine neuen
Chefs haben dazu beigetragen, dass sich seine Position
bei der Kripo wieder beruhigt und gefestigt hat, obwohl
er sich nach der Solonummer einen Rüffel eingehandelt
hatte. Unverantwortliches Verhalten. Einsatz ohne vorhe-
rige Rücksprache. Eigenmächtiges Handeln. Kampfeinsatz

ohne Dienstwaffe. Trotz allem war die Aktion ein Erfolg. Er fühlt sich beinahe wieder wohl in seiner Polizistenhaut und sein Übergewicht sorgt dafür, dass er, trotz Lob und Ehre, weiterhin schön am Boden bleibt.

»Also, was kann ich tun?« Grossenbacher spricht mit seinem Computermonitor, der still undefinierbare Muster zeichnet. Nach langer, intensiver Analyse der Situation kommt er schließlich auf drei mögliche Ansätze, die er für weitere Überlegungen in Betracht ziehen kann: »Erstens: Ich kann zum Telefon greifen und mit dem Posten Horgen Kontakt aufnehmen.« Vorsichtig wägt er noch einmal Pro und Kontra ab und kommt zum Schluss, dass das nur in überdurchschnittlich viel Arbeit enden wird. »Hm, zweitens: Ich greife nicht zum Telefon, um mit dem Posten Horgen Kontakt aufzunehmen, und warte, bis sich die Sache von allein gelegt hat. Eine Lösung, die auch das Problem mit der Überbelastung lösen würde oder drittens«, dieser Ansatz gefällt ihm trotz seines Hasses am besten: »Ich kann in eine Buchhandlung gehen, und den beschissenen *Tell*, das kleine gelbe Büchlein von Schiller, kaufen. Okay, und was mache ich dann damit? – Hm, ich könnte mich irgendwo am See in den Schatten setzen und etwas darin lesen?«

Der Monitor gibt ihm keine Antwort, doch scheint ihm der dritte Ansatz der richtige Weg, obwohl Lesen – streng genommen – Arbeit ist. Grossenbacher kippt im Stuhl nach vorn, hievt sich mit größter Anstrengung aus dem Polster, schlüpft in seine grünen Gummistiefel und verlässt im Stechschritt das Büro.

2

Wachtmeister Paul Grossenbacher steuert auf direktem Weg, ohne unterwegs einen Bier-Stopp einzulegen, die Orell-Füssli Buchhandlung im Kramhof an, um sich das verhasste Reclam-Büchlein *Wilhelm Tell* zu besorgen. Er weiß immer noch nicht genau, warum er es haben muss. Kein ersichtlicher Grund, eher ein innerer Drang, etwas Unbewusstes zwingt ihn zum Kauf. Unsicher, was er damit anfangen soll, stopft er sich am Wurststand an der Ecke St. Annahof eine Schweinsbratwurst in den Mund und das Heft in die Tasche, bevor er die Bahnhofstrasse entlang Richtung See schlendert. Am Paradeplatz springt er in den Zweier und fährt schwarz hinauf zum Bürkliplatz. Beim Schiffssteg ersteht er eine Fahrkarte und wartet geduldig, umringt von Horden rucksackbepackter Kinder auf Schulreise, dass das Schiff für die kleine Rundfahrt um 13 Uhr anlegt.

Pünktlich löst die Mannschaft der MS Uetliberg die Leinen, und das Schiff wendet rückwärts ins Seebecken. Schwankend nimmt es langsam Fahrt auf. Wachtmeister Paul Grossenbacher vertieft sich noch vor der ersten Anlegestelle in Wollishofen ins sein Reclam-Heft.

Es lächelt der See, er ladet zum Bade

Das liebliche Bild wird gestört. Konrad Baumgarten ist auf der Flucht aus Unterwalden, weil er den Burgvogt Wolfenschießen, der seine Frau schänden wollte, erschlagen hat. Doch der Fährmann weigert sich Baumgarten überzusetzen, weil ein Föhnsturm den See aufpeitscht. Wilhelm Tell tritt auf und nimmt mutig die Sache in die Hand:

Der brave Mann denkt an sich selbst zuletzt,
Vertrau auf Gott und rette den Bedrängten.

Grossenbacher hat sich in den hinteren Teil des Schiffes mit dem Rücken zur Fahrtrichtung in den Schatten des Oberdecks gesetzt.

Die andern Völker tragen fremdes Joch,
Sie haben sich dem Sieger unterworfen.
[...]
Doch wir, der alten Schweizer echter Stamm,
Wir haben stets die Freiheit uns bewahrt.

Möwen umkreisen laut kreischend die durch den Fahrtwind flatternde Schweizerfahne am Heck des Kursschiffes.

Dem Kaiser selbst versagten wir den Gehorsam,
Da er das Recht zu Gunst der Pfaffen bog.
Denn als die Leute von dem Gotteshaus
Einsiedeln uns die Alp in Anspruch nahmen,
Die wir beweidet seit der Väter Zeit,
Der Abt herfürzog einen alten Brief,
Der ihm die herrenlose Wüste schenkte –
Denn unser Dasein hatte man verhehlt –
Da sprachen wir: »Erschlichen ist der Brief,
Kein Kaiser kann was unser ist verschenken.
Und wird uns Recht versagt vom Reich, wir können
In unsern Bergen auch des Reichs entbehren.«
– So sprachen unsre Väter!

Grossenbacher hat sich in das gelbe Heft hineingelesen und dabei seine Umgebung vergessen. Er blättert Seite um Seite, bis der Stauffacher auftritt:

Nein, eine Grenze hat Tyrannenmacht:
Wenn der Gedrückte nirgends Recht kann finden,
Wenn unerträglich wird die Last – greift er
Hinauf getrosten Mutes in den Himmel,

Und holt herunter seine ew'gen Rechte,
Die droben hangen, unveräußerlich
Und unzerbrechlich wie die Sterne selbst –
Der alte Urstand der Natur kehrt wieder,
Wo Mensch dem Menschen gegenübersteht –
Zum letzten Mittel, wenn kein andres mehr
Verfangen will, ist ihm das Schwert gegeben –
Der Güter höchstes dürfen wir verteid'gen
Gegen Gewalt – Wir stehn vor unser Land,
Wir stehn vor unsre Weiber, unsre Kinder!

Auch nach Rüschlikon hat Grossenbacher immer noch keinen Blick für die Villen am See oder die Aussicht übers Wasser. Segelboote schaukeln im flauen Wind. Konzentriert liest er weiter und lässt sich selbst von den herumtollenden Kindern nicht ablenken, wobei der Altlandammann von Schwyz zur Ruhe mahnt:

Eidgenossen!
Sind alle sanften Mittel auch versucht?
Vielleicht weiß es der König nicht, es ist
Wohl gar sein Wille nicht, was wir erdulden.
Auch dieses Letzte sollten wir versuchen,
Erst unsre Klage bringen vor sein Ohr,
Eh wir zum Schwerte greifen. Schrecklich immer
Auch in gerechter Sache ist Gewalt,
Gott hilft nur dann, wenn Menschen nicht mehr helfen.

Wo sind wir? Paul Grossenbacher blickt kurz von seiner Lektüre auf und versucht, sich am Ufer zu orientieren. Doch kommt ihm keines der Gebäude bekannt vor, sodass er orientierungslos aufgibt und seine Nase noch tiefer in das Büchlein steckt.

Was sein muss, das geschehe, doch nicht drüber.
Die Vögte wollen wir mit ihren Knechten

Verjagen und die festen Schlösser brechen,
Doch wenn es sein mag, ohne Blut. Es sehe
Der Kaiser, dass wir notgedrungen nur
Der Ehrfurcht fromme Pflichten abgeworfen.

Während das Schiff vom Steg in Thalwil ablegt und Kurs über den See Richtung Erlenbach aufnimmt, brummt Grossenbacher die Schwurformel von Pfarrer Rösslmann vor sich hin:

Bei diesem Licht, das uns zuerst begrüßt
Von allen Völkern, die tief unter uns
Schweratmend wohnen in dem Qualm der Städte,
Lasst uns den Eid des neuen Bundes schwören.
– Wir wollen sein ein einzig Volk von Brüdern,
In keiner Not uns trennen und Gefahr.
– Wir wollen frei sein, wie die Väter waren,
Eher den Tod, als in der Knechtschaft leben.
– Wir wollen trauen auf den höchsten Gott
Und uns nicht fürchten vor der Macht der Menschen.

Halbzeit. Langsam wird die Zeit knapp, darum nimmt's Grossenbacher nicht mehr so genau und beginnt querzulesen und hofft, die wichtigen Stellen trotzdem zu erwischen. Dabei stolpert er über Tells Sohn Walter, der gerade mit Pfeil und Bogen übt:

Früh übt sich, was ein Meister werden will.

Auch bei der nächsten berühmten Aussage hat Wachtmeister Grossenbacher Glück und erwischt die richtige Stelle, an der Wilhelm Tell selbst mit einer Axt hantiert:

Die Axt im Haus erspart den Zimmermann.

Kurz vor Erlenbach, man kann bereits die Uhrzeit vom spitzen Kirchturm lesen, hält Hedwig, Tells Frau, ihrem Mann vor, dass er zu viel wage, sei es auf der Jagd oder auch bei Sturm auf dem See. Worauf Tell antwortet:

Wer gar zu viel bedenkt, wird wenig leisten.

Hedwig ahnt, dass etwas nicht stimmt und will Tell davon abhalten, hinunter nach Altdorf zu gehen. Auf einer Wiese thront der Gesslerhut auf der Stange.

»Ah …«, denkt Grossenbacher, »da haben wir's!«

Die Wachen ärgern sich, weil das Volk den belebten Platz meidet, *seitdem der Popanz auf der Stange hängt.* Wilhelm Tell will mit seinem Bub Walter achtlos vorbeigehen, obwohl ihn der Knabe auf den Hut aufmerksam macht. Die Wachen halten ihn auf. Leute eilen hinzu und so kommt es bald zum Aufruhr. Gessler stößt mit seinem Gefolge dazu. Tell versucht, und dabei wird er Grossenbacher langsam sogar sympathisch, sich herauszureden. Doch der Landvogt schlägt alle Ausreden aus und zwingt Tell zur Strafe, mit seiner Armbrust einen Apfel vom Kopf seines Sohnes zu schießen. Alles Flehen hilft nicht. Während Tell die Armbrust spannt und zum Apfelschuss ansetzt, und das Schiff das Anlegemanöver in Erlenbach macht, mischt sich gegen Gesslers Gebot Rudenz ein:

Ich will reden,
Ich darf's! Des Königs Ehre ist mir heilig,
Doch solches Regiment muss Hass erwerben.
Das ist des Königs Wille nicht – Ich darf's
Behaupten – Solche Grausamkeit verdient
Mein Volk nicht, dazu habt Ihr keine Vollmacht.

Wilhelm Tell hält einen zweiten Pfeil bereit, während das Kursschiff wieder ablegt und schnell Fahrt aufnimmt. Grossenbacher hat keine Zeit für die Goldküste. Die prächtigen Villen mit dem alten wuchtigen Baumbestand bleiben unbeachtet. Auch das Anwesen von Tina Turner kann ihn nicht ablenken, obwohl alle steuerbord an der Reling hängen, um eventuell einen Blick auf die berühmte

Sängerin ergattern zu können. Ein scharfes Brennen im Magen erinnert ihn an das Hier und Jetzt und an die verspeiste Wurst. Der Landvogt will wissen, was das mit dem zweiten Pfeil auf sich habe, und erst nachdem er ihm das Leben zugesichert hat, gesteht Tell:

So will ich Euch die Wahrheit gründlich sagen.
Mit diesem zweiten Pfeil durchschoss ich – Euch,
Wenn ich mein liebes Kind getroffen hätte,
Und Eurer – wahrlich! hätt ich nicht gefehlt.

Gessler lässt Tell in Fesseln legen und über den See nach Küssnacht am Rigi bringen. Auch der kleine Rundkurs der Zürichsee-Schifffahrtsgesellschaft hat inzwischen Küsnacht am Zürichsee erreicht. Ein heftiger Föhnsturm kam auf und der Landvogt und seine Knechte bekamen es mit der Angst. Sie wussten sich nicht anders zu helfen, als Tell loszubinden und ans Steuer zu lassen. An einer vorstehenden Felsplatte jedoch fasst dieser seine Armbrust, springt hinüber und stößt dabei das Schiff in den wütenden See zurück. Etwa auf der Höhe von Zollikon legt sich Wilhelm Tell auf die Lauer.

Durch diese hohle Gasse muss er kommen.

Sie legen bereits wieder in Zollikon ab, als sich dem Landvogt eine arme Frau mit ihren Kindern in den Weg stellt. Auch Grossenbacher stellt sich plötzlich eine Frau in den Weg. Es ist seine eigene, Anna. Verdammt noch mal, haben sie für den Mittag nicht abgemacht, in einem Brillengeschäft einen Sehtest machen zu lassen? Er hat oft das Gefühl, nicht mehr alles richtig zu sehen. Er klaubt sein Handy hervor: ›Anruf in Abwesenheit‹. Anna hat ihn gesucht. Scheiße, verdammte! Dass ihm das immer wieder passieren muss. Eilig drückt er ihre Nummer, doch sie nimmt nicht ab. Er versucht es erneut und quetscht dabei beinahe die kleinen Tasten ins Gehäuse hinein. Nichts. Die andere Frau klagt dem Vogt ihr Elend, ihr Mann schmachte wegen eines geringen Vergehens im Gefängnis:

Nein, nein, ich habe nichts mehr zu verlieren.
– Du kommst nicht von der Stelle Vogt, bis du
Mir Recht gesprochen – Falte deine Stirne,
Rolle die Augen wie du willst – Wir sind
So grenzenlos unglücklich, dass wir nichts
Nach deinem Zorn mehr fragen –

Der kleine Rundkurs ist bereits wieder auf der Höhe der Stadtgrenze und steuert auf das Zürichhorn zu, als der Landvogt Gessler wütend schreit:

Ein allzu milder Herrscher bin ich noch
Gegen dies Volk – die Zungen sind noch frei,
Es ist noch nicht ganz wie es soll gebändigt –
Doch es soll anders werden, ich gelob es,
Ich will ihn brechen diesen starren Sinn,
Den kecken Geist der Freiheit will ich beugen.
Ein neu Gesetz will ich in diesen Landen
Verkündigen – Ich will –
(Ein Pfeil durchbohrt ihn, er fährt mit der Hand ans
Herz und will sinken)
[...]
Das ist Tells Geschoss.

14.12 Uhr, Zürichhorn. Grossenbacher hat unerträglichen Durst. Kurz entschlossen klappt er den *Tell* zu, stopft ihn achtlos zurück in seine Jackentasche und steuert dem Ausgang zu. Über den wackeligen Steg verlässt er die Rundfahrt, denn es lächelt das Restaurant am Ufer, es lädt zum Einkehren.

3

Wachtmeister Grossenbacher versucht, sich an das Gespräch mit DC Lüthi zu erinnern. Doch stattdessen kommt ihm Anna in den Sinn. Er sollte sie anrufen, um zu sagen, dass er abgehalten wurde und darum den Termin nicht einhalten konnte, und dann kam noch der Akku seines Telefons dazu, der auf null Prozent geschrumpft war; oder er entschuldigt sich einfach nur bei ihr. Er bestellt beim vorbeieilenden Kellner zur besseren Entscheidungsfindung eine zweite Stange.

Im Garten vor dem Haus des Ehepaares Wachter, Wildenbühlstrasse 40 in Langnau am Albis, thront ein Gesslerhut, ein Popanz auf der Stange. Dazu diese äußerst dramatische Drohung:

DEN NEHM ICH JETZT HERAUS AUS EURER MITTE!

Langsam wird Grossenbacher klar, warum er das gelbe Heftchen lesen musste. Er blättert in den Seiten und sucht die Stelle. Wenn er die Geschichte noch richtig im Kopf hat, so drohte Gessler mit diesen Worten, nachdem Tell gestanden hat, was er mit dem zweiten Pfeil wollte, ihn, den Tell außer Landes zu bringen:

Ich kenn euch alle – ich durchschau euch ganz –
Den nehm ich jetzt heraus aus eurer Mitte,
Doch alle seid ihr teilhaft seiner Schuld,
Wer klug ist, lerne schweigen und gehorchen.

Da stimmt doch etwas nicht, oder hatte er etwas falsch verstanden?

DEN NEHM ICH JETZT HERAUS AUS EURER MITTE!

Könnte diese Botschaft eine angedrohte Entführung sein, rätselt Grossenbacher, während er das zweite Glas ansetzt. Oder hat derjenige, welcher den Zettel geschrieben hat, einfach den erstbesten Satz aus *Tell* zitiert? Oder – trifft Wachter eine Schuld? Aber wenn ja, an was oder bei was? Oder der Provokateur ist ein Wirrkopf, ein *Tell*-Freak mit einem Beachtungsdefizit, der einiges durcheinanderbringt. Das Profil scheint Grossenbacher passend zu der übertriebenen Art, wie die Botschaft übermittelt worden war, und zu der lächerlichen Bohnenstange auf dem Rasen in Wachters Garten. Da muss einer eine ziemliche Ecke weghaben, um seinem Opfer ein solches Mahnmal vors Haus zu stellen. Beim Zahlen überlegt der Wachtmeister, wie und warum er den Begriff Opfer gewählt hat, da es doch weit und breit kein Verbrechen gibt. Abgesehen vielleicht von ›unerlaubtem Betreten fremden Eigentums‹ oder wie die Juristen das auch immer nennen.

Er überquert die Bellerivestrasse bei der Parkplatzausfahrt und trottet die Fröhlichstrasse entlang, um an der gleichnamigen Haltestelle den Zweier in Richtung Stauffacher zu erwischen, als das verhasste Handy in seiner Jackentasche stört.

»Ja?«

»Paul, wo steckst du? Ich hoffe, du bist auf dem Weg nach Langnau?«

Grossenbacher erkennt zwischen den Schmatzgeräuschen die Stimme von Lüthi und antwortet mit einem knappen: »Genau!« Was ja auch stimmt, denn er hat sich fest vorgenommen, wenn er wieder zurück im Büro ist, mit dem Dienstwagen nach Langnau hinauszufahren, um den Popanz zu besichtigen.

»Wo bist du jetzt?« Lüthi gibt nicht so schnell auf und

kaut energisch auf seinem Nikotinkaugummi, als würde das seine Autorität unterstreichen.

»Im Seefeld, wenn's recht ist. Was gibt's?«

»Genau das frage ich mich auch! Was ist los? Ich habe dir doch heute Morgen ausdrücklich den Auftrag erteilt, bei den Wachters in Langnau vorbeizuschauen. Aber nein, der Herr ist sich zu schade, er vergnügt sich lieber im Seefeld – oder seh ich das falsch?« Lüthi wirkt leicht angesäuert: »Paul, die halbe Belegschaft des Postens Horgen wartet seit heute Morgen auf dich! Hast du mich verstanden?«

»Was hast du gesagt?«

»Paul, pass auf, was du sagst!«

»Ich mach ja nichts!«

»Genau, das ist das Problem!«

»Jetzt hör mal, Christian, ich hab doch gesagt, ich bin unterwegs«, versucht sich Grossenbacher zu rechtfertigen.

»Schön, wenn du dich endlich bewegst.«

»Zudem musste ich mich noch vorbereiten, recherchieren, wie man so schön sagt. Und, von wegen Bewegung, mein Gehirn ist doch kein Muskel!«

In der Leitung bleibt es still.

Endlich lenkt Grossenbacher ein: »Diese Bohnenstange mit dem albernen Hut obendrauf kann ja kaum der Grund für deine Aufregung sein?«

»Nein, das nicht allein.« Lüthi kaut schwer. »Frau Wachter hat im Milchkasten einen weiteren Brief gefunden.«

»Was du nicht sagst. Nach dem Lausbubenstreich schreibt der Unruhestifter jetzt also auch noch Liebesbriefchen! Ist ja klar, dass da die Kripo einschreiten muss, um diesen verzwickten Fall zu klären.« Grossenbacher macht sich lustig über Lüthis ernsten Ton. Doch dieser lässt sich nicht beirren und liest den Inhalt des Briefes vor: »Also, Paul, hör zu. In dem Brief steht Folgendes:

›Eu'r Walten hat ein Ende. Der Tyrann
Des Landes ist gefallen. Wir erdulden
Keine Gewalt mehr. Wir sind freie Menschen.‹
Klingt irgendwie sonderbar, meinst du nicht?«

»Ich bin unterwegs!« Wachtmeister Grossenbacher klemmt das Gespräch ab. Der Zweier ist schon fast am Bellevue und sein Magen meldet sich mit einem üblen Drücken und Kneifen zurück, bevor er gefährlich laute Gurgelgeräusche macht.

Was soll das? Der Text, den Lüthi vorgelesen hat, hat Grossenbacher doch etwas verunsichert. Sind das echte Hinweise, Warnungen, oder gar Zeichen? Was will der Unruhestifter mit diesen Andeutungen erreichen? Ist das ernst gemeint oder will er dieser Frau Wachter nur Angst einjagen? Grossenbacher weiß es nicht und wenn er es sich genau überlegt, so ist es ihm auch egal. Er gehört zum Kader der Kriminalpolizei und bis jetzt kann er nicht viel Kriminelles an der Geschichte entdecken. Trotzdem ist er auf einmal beunruhigt. Er steht auf. Schwankend angelt er sich durch die Sitzreihen nach hinten zum Ausgang. Etwas macht ihn nervös. Ungeduldig klammert er sich an die, von vielen Händen blank polierte Haltestange der Tür. Angeekelt zieht er schnell seine Finger zurück, denn etwas Klebriges hat sich zwischen Ring- und Mittelfinger gequetscht. Gedankenlos streift er das schleimige Etwas wieder an der Stange ab. Eine innere Stimme mahnt ihn, vorsichtig zu sein, sich zu beeilen. Wenigstens diesmal. Grossenbacher drückt im Sekundentakt auf den roten Halteknopf, als könne er so die Fahrt des Trams beschleunigen. Auf einmal ist er überzeugt, dass alles einen Zusammenhang hat, dass die Botschaften zusammen ein einziges Bild ergeben und eine eindeutige und klare Warnung darstellen. Da ist jemand, der sich für den neuen Tell hält oder sich wenigstens sehr eng mit der Kultfigur identifiziert. Aber was Grossenbacher weitaus mehr beunruhigt, ist, dass er absolut keine Idee hat, vor was oder wem die Zitate und Zeichen warnen sollen.

Um Zeit gutzumachen, befestigt Grossenbacher – obwohl er ganz genau weiß, dass es während der Fahrt verboten ist –, das Blaulicht auf dem Autodach und gibt kräftig Gas. Doch Grossenbacher ist nur ein mäßiger Fahrer und kommt daher kaum schneller vorwärts. Kurz überlegt er sich – er braust schon durch das Industriequartier von Leimbach –, ob er nicht auch die Sirene einschalten soll. Der Fahrtwind wirbelt durch seine unfrisierten Haare und kühlt angenehm den Nacken. Adliswil fliegt vorbei und mit knapp 110 überquert er die Gemeindegrenze von Langnau am Albis.

»Beim Bahnhof die Neue Dorfstrasse hoch«, hatte ihm Lüthi gesagt, »dann die nächst größere links und die zweite wieder links.« Beim Abbiegen von der Sihltalstrasse hat er das Gefühl, als würde der Wagen extrem unter- oder übersteuern. Grossenbacher hat keine Ahnung, jedenfalls schlingert der Wagen gefährlich nahe an der schwarz-gelb gestreiften Säule auf der Verkehrsinsel vorbei. Mit quietschenden Reifen biegt er in die Wildenbühlstrasse ein und kann nur knapp vor der herumstehenden Menschenansammlung das Steuer herumreißen. Grinsend imitiert Grossenbacher mit dem Zeigefinger Vettels Siegesgeste. Erst dann macht er das Blaulicht aus und klettert aus dem Wagen, wobei er sich in einer Hundeleine verheddert. Gereizt schimpft er los: »Ach, passen Sie doch auf. Merken Sie eigentlich nicht, dass Sie hier im Weg stehen und die Polizei bei der Arbeit behindern.« Dazu drückt er dem älteren Hundebesitzer seinen Polizeiausweis auf die randlosen Brillengläser.

Der Hundehalter, ein kleiner Mann mit Glatze, schaut ihn ganz erstaunt an, ganz so, als ob er noch nie einen Polizisten in Zivil gesehen hätte.

»Komm, Hedi, machen wir, dass wir nach Hause kommen.« Doch der Hund knurrt und bleibt stur, wo er ist. »So, komm jetzt!« Der Mann zupft an der Leine.

Mit einem noch breiteren Grinsen, das seine Coolness unterstreichen soll, stolziert Grossenbacher wie ein Gockel an den staunenden Nachbarn vorbei und lässt sich von einem uniformierten Polizisten, dem er ebenfalls seinen Ausweis unter die Nase hält, das rot-weiße Absperrband hochhalten, sodass er bequem quer über den Rasen zum Haus hinübergehen kann. Unangemeldet schnürt sich blitzartig sein Magen zusammen. Grossenbacher stöhnt laut auf, krümmt sich vor Schmerzen und geht in die Knie.

»Hallo!« Keuchend und mit schrägem, vom Schmerz verzerrtem Gesicht begrüßt Grossenbacher die anwesenden Polizisten. Wie damals beim Föhnsturm im Urnerboden, der ungebremst durch das enge Tal fegte und hohe Wellen gegen die Tellsplatte peitschte, schwappen die Magensäfte in Grossenbachers Bauch gegen die Magenwände. Im gleichen Augenblick, wie er sich vor Gesslers Hut krümmt, fällt ihm der zweite Grund für seine Tell-Aversion ein.

Es war während seiner Schulzeit, noch vor dem Gymnasium. Er kannte die Geschichte vom Nationalhelden nahezu auswendig, denn sein Großvater hatte sie ihm als kleiner Junge alle Jahre während der Sommerferien mindestens einmal erzählt. Aber das war nicht der Grund, warum er sie hasste, sondern es war wie immer, oder meistens, wegen eines Lehrers. Grossenbacher erinnert sich wieder genau. Jeden Mittag auf dem Schulweg saß der Oberstufenlehrer Utzinger auf seiner Vespa beim Zebrasteifen, der über die stark befahrene Hauptstraße führte, und beobachtete den Verkehr, gab den Verkehrskadetten, welche die Kleinen über die Straße lotsten, Anweisungen oder führte sich auf wie ein Pfau hoch zu Ross. Jeder Schüler, der an ihm vorbeikam, musste ihn grüßen.

»Guten Tag, Herr Utzinger!«, »Einen guten Appetit, Herr Utzinger!« oder »Auf Wiedersehen, Herr Utzinger!«, wenn man am Nachmittag nicht zur Schule musste.

Aber wehe, wenn man nicht grüßte, so zog er einem auf der Stelle die Ohren lang oder man wurde am Nachmittag ins Lehrerzimmer beordert, wo großzügig Kopfnüsse und Ohrfeigen verteilt wurden. Und einmal, als der Lehrer wegen einer Konferenz nicht an seinem Platz sitzen konnte, nahm die Grüßerei eine noch absurdere Form an. Utzinger hatte wohl einmal zu oft den *Tell* gelesen, denn wie zur Erinnerung hatte Utzinger seine Vespa neben den Zebrastreifen abgestellt und einen der Neuntklässler, der als Verkehrskadett normalerweise die Kleinen über die Straße winkte, beauftragt, darauf zu achten, dass die Schulkinder immer grüßten.

Grossenbacher erinnert sich, dass er als Knirps an einem solchen Tag einen Umweg von einer Viertelstunde oder länger in Kauf nahm, um die Vespa nicht grüßen zu müssen. Er hätte es nie fertiggebracht, Utzingers Roller respektvoll zu würdigen. Wie auch? Warum auch? Es war doch nur ein blöder Töff.

»Was ist mit Ihnen? Sie sehen ja ganz blass und bleich aus?«

Ein zweiter Polizist meint: »Was suchen Sie hier? Haben

Sie nicht gesehen, dass der Zugang zu diesem Haus abgesperrt ist?«

»Nein, nein«, stöhnt Grossenbacher abwinkend. Jetzt spürt er sein Herz, es rast wie blöd. Kalter Schweiß steht auf seiner Stirn, den er mit dem Handrücken wegwischt. »Eh …, Sie sehen das etwas falsch.« Ächzend versucht er sich wieder aufzurichten. »Entschuldigen Sie, irgendetwas mit meinem Magen … 'tschuldigung, eh, ich bin Paul Grossenbacher von der Kripo – und mit wem habe ich die Ehre?«

»Ach, endlich! Wir haben schon den ganzen Vormittag auf Sie gewartet.« Einer der Männer macht einen Schritt auf ihn zu und streckt ihm zur Begrüßung die Hand entgegen: »Freut mich, mein Name ist John Locher, ich bin der Posten-Chef von Horgen.«

Grossenbacher erholt sich langsam vom Anfall und richtet sich mühsam auf: »Grossenbacher, freut mich.« Stöhnt er mehr, als dass er spricht, und schüttelt Locher die Hand. Ohne Locher richtig in die Augen zu sehen, denkt er: Welch ein Aufwand für einen Hut auf einer Stange. Drei Polizisten, Absperrband, der ganze Zirkus. Laut sagt er: »Wir hatten noch nie etwas miteinander zu tun, oder?«

»Nein, nicht dass ich wüsste!«

»Eh, ich meine, wir hatten noch nie etwas miteinander zu tun?«

»Bis heute nicht. Darf ich die anderen beiden vorstellen? Hier, Korporal Suter und die Gefreite Fehr ebenfalls vom Posten Horgen. Und da hinten, die Frau in Zivil, ist die Hausbesitzerin, Frau Daniela Wachter.«

Suter, ein hochgeschossener, 30-jähriger Mann mit eng zusammenstehenden dunklen Augen im hageren Gesicht. Seine Physiognomie erinnert Gossenbacher an einen Habicht. Grossenbacher hat auch ihn nie gesehen. Ganz anders der Eindruck, den er von der Gefreiten Fehr hat. Fast eben so groß wie Suter, aber athletisch. Ein etwas kleiner Kopf auf den breiten Schultern einer Schwimmerin. Hinter dem undefinierbaren runden Haarschnitt, der vor langer Zeit vielleicht so etwas wie ein rötlich-blonder Pony gewesen war, blitzen intelligente scharf beobachtende Augen aus einem hübschen Gesicht. Die ganze Erscheinung, leicht verruchte Schönheit gepaart mit Muskelpaketen gleicht einer Mischung aus Kate Moss und Arnold Schwarzenegger. Beinahe ein richtiger Kerl, wenn Brüste und Sommersprossen nicht gewesen wären. Die Hausbesitzerin beachtet er vorerst nicht.

»Gut. Ich bin so schnell ich konnte, hier hergefahren. Unser DC hat mich vor einer guten halben Stunde aufgeboten, da war ich noch im Seefeld beschäftigt.«

»Aber«, Locher versucht klarzustellen, »wir haben schon um viertel vor elf um Unterstützung aus Zürich angefragt. Da hat man uns gesagt, dass sie umgehend jemanden herschicken würden. Sind Sie das?«

»Wie's scheint. Aber wenn ich nicht mehr gebraucht werde, so kann ich ja wieder weiter!« Grossenbacher wendet sich tatsächlich von Locher ab und macht ein paar Schritte auf die Bohnenstange zu, die genau mitten in die Rasenfläche eingeschlagen worden war. Dabei murmelt er: »Die Axt im Haus erspart den Zimmermann.«

»Wie, was sagen Sie?« Feldweibel John Locher folgt ihm auf den gepflegten englischen Rasen und versucht, aus dem Kriminalbeamten, den man ihm geschickt hat, schlau zu werden.

»Schiller!«

»Wer?«

»Schiller!«

»Was meinen Sie mit Schiller? Wer ist das? Wie kommen Sie auf so etwas?

»Da, Gesslers Hut auf der Stange, eben wie bei Friedrich Sch… – übrigens, ich bin Paul …«

»John. Paul, freut mich.«

»John wie Hans, oder?«

»Ich bin in Amerika geboren.«

»Schön! Wo war ich? – ah ja, ist dir übrigens aufgefallen, dass die Botschaften oder Drohungen, wie immer du willst, Zitate sind?«

»Wie meinst du?«

»Genau so, wie ich's sage. Zitate eben. Auch von diesem Schiller.« Grossenbacher genießt das länger werdende Gesicht des Posten-Chefs und beschließt, die Katze nicht gleich aus dem Sack und den verdutzten Locher noch etwas zappeln zu lassen. Hatte ihn doch Locher beim DC mit seinen ungeduldigen Anrufen angeschwärzt. »Ja, kennst du denn Schiller nicht? Ist doch Allgemeinbildung, Schillers *Wilhelm Tell*. Liest doch heute jedes Kind in der Schule. Gut, vielleicht nicht in Amerika.«

»Du willst doch nicht allen Ernstes behaupten, dass das hier etwas mit *diesem* Schiller zu tun hat, oder etwa schon?«

»Genau!«

»Wenn das so ist, so müssen wir mit ihm reden. Woher kennst du ihn?«

»Ja, versuch's ruhig, da kann ich nur sagen: ›Früh übt sich, was ein Meister werden will‹.« Lachend zupft Wachtmeister Grossenbacher das gelbe Reclam-Büchlein aus seinem Jackett und hält es dem staunenden Locher unter die Nase: »Hier, lies, dann hast du etwas zu tun, während ich mich hier einmal umsehe.« Breit grinsend kehrt Wachtmeister Grossenbacher zu Korporal Suter und der Gefreiten Fehr zurück, die mit Frau Wachter vor der Haustüre stehen, und lässt sich von den Polizisten die Drohbriefe zeigen. Beide Botschaften stecken jede für sich in einer durchsichtigen Plastikhülle. Vorsichtig dreht und wendet Grossenbacher die Tüten, sodass er den Inhalt von allen Seiten betrachten kann. Die Briefe sind bis auf den Inhalt identisch. Schwarze Lettern, Groteskschrift, mit aller Wahrscheinlichkeit Arial. Versal, schätzungsweise 24 Punkt groß, zentriert auf gewöhnlichem weißem Papier, wie man es in jedem Drucker oder Kopierer verwendet.

»Schickt das so schnell wie möglich ins Labor, vielleicht weiß unser Tell noch nichts von Spurensicherung oder Druckercodierung auf dem Papier und so weiter. Eventuell hat er uns noch einen schönen Fingerabdruck hinterlassen.«

»Soll ich sicherheitshalber auch die Abdrücke von Frau Wachter mitgeben, nicht dass sie noch zur Fahndung ausgeschrieben wird?«, fragt die junge Fehr.

»Gute Idee. Und – guter Mann«, meint Grossenbacher zu Polizeikorporal Suter. Fehr ist bereits außer Hörweite, um das Fingerabdruck-Set aus dem Wagen zu holen. »Eh, Frau meine ich natürlich.«

»Was macht Locher da drüben?«, will statt einer Antwort Suter wissen und schielt interessiert zu seinem Chef hinüber, der von der Gruppe abgewandt in einem gelben Heft stöbert.

»Ich nehme an, dass er gerade eine Wissenslücke stopft.« Grossenbacher wendet sich an die Hausherrin: »Also, nun zu Ihnen. Mein Name ist Grossenbacher und ich bin von der Kripo des Kantons. Erzählen Sie mir bitte, wie sich das alles zugetragen hat.«

Die etwa 55-ährige Frau trägt ihr dichtes graues Haar streng gekämmt. Auf der Nase thront ein dickrandiges schwarzes Brillengestell, Modell *Le Corbusier*, über feuerrot geschminkten Lippen. Ein weit wallendes schwarzes Kleid umhüllt ihren Körper. Man kann nicht sagen, ob die Frau schlank oder mollig ist, die Wahl der Kleider lässt keine eindeutige Aussage zu. Die Füße stecken in flachen, ebenfalls schwarzen Mokassins. Grossenbacher staunt über ihre dunkle, fast männliche Stimme.

»Ach ja, guten Tag. Ich bin Daniela Wachter und wohne hier im Haus. Ich habe die Polizei alarmiert. Also, gestern Morgen, der Tag war noch kaum angebrochen, ich stand per Zufall unten in der Küche, um ein Glas Wasser zu trinken, verstehen Sie? Also, ich stehe da, als ich aus dem Wohnzimmer das Geräusch von berstendem Glas höre. Sie können sich nicht vorstellen, wie ich mich erschrocken habe! Also, ich eile hinüber – zuerst dachte ich, dass die Katze eine Vase vom Tisch gestoßen hat – und finde mich in einem Meer aus Scherben wieder. Stellen Sie sich vor, alles war voller Glassplitter! Der ganze Boden, der Teppich, sogar auf den Möbeln. Ich habe mich an den herumliegenden Splittern geschnitten und mitten in dem vielen Glas lag ein großer Stein. Um den Stein war ein Papier gewickelt, wie man das aus alten Filmen kennt. Normalerweise hätte ich alles sofort weggeräumt, aber so – und dann bin ich hinauf in die obere Etage geeilt, um meinen Mann zu wecken. Ich wollte, dass er den Schaden mit eigenen Augen sieht. Sie verstehen? Wir haben dann die Polizei verständigt, wegen der Versicherung. Sie haben mir gesagt, dass ich alles so lassen soll, wie ich es vorgefunden habe. Ah, ja, der Stein liegt immer noch in der Stube. Dann heute Morgen das. Steht da plötzlich dieser abscheuliche Gesslerhut in unserem Garten. Also, ich habe wieder meinen Mann holen wollen, Sie verstehen – ich wollte, dass er sieht, was uns jemand in den Garten gestellt hat – aber er war nicht oben!«

»Was heißt, er war nicht oben?«, unterbricht Grossenbacher. »Sie haben doch soeben ausgesagt, dass sie in die Küche hinuntergegangen sind, um etwas zu trinken?«

»Ja, das stimmt auch. Ich verstehe, was Sie meinen. Aber das war doch gestern. Heute aber, Sie meinen, ich hätte schon beim Aufstehen bemerken müssen, dass mein Mann nicht im Bett ist. Dazu sollten Sie wissen, dass wir getrennte Schlafzimmer haben – also, ich bin hoch in sein Zimmer und sein Bett war leer. Es kann sein, dass er heute Morgen früh ins Geschäft musste, das kommt ab und zu vor. Wenn er viel zu tun hat, fährt er oft schon früh morgens zur Arbeit. Natürlich auch um dem Stau am Ende der Sihlhochstrasse zuvorzukommen.«

»Haben Sie ihn nicht angerufen?«

»Ja, gewiss. Sogar ein paar Mal, doch sein Handy war ausgeschaltet, und später im Büro sagte man mir, dass er noch nicht eingetroffen sei.«

»Und das beunruhigt Sie nicht?«

»Nein, nein! Das kann durchaus sein. Er steckt wohl im Stau.«

»Ich nehme an, dass Sie vom Stau am Ende der Autobahn sprechen. Folglich fährt Ihr Mann mit dem Wagen zur Arbeit!«

»Ja. Normalerweise – nein, eigentlich immer. Ja, er fährt täglich mit dem Auto in die Stadt. Vielleicht ist er heute auch so früh weg, weil er eine Sitzung in Bern hat. Das kommt oft vor. – Aber er hat mir gestern Abend gar nichts gesagt.«

»Was arbeitet Ihr Mann?«

»Er ist Direktor der Sozialversicherungsanstalt des Kantons Zürich.«

»Eh ..., und bis jetzt hat er sich noch nicht gemeldet?«

»Wenn er in Bern ist, kann das dauern, Sie wissen ja, – nein. Sie meinen doch nicht ...«, Frau Wachter unterbricht sich plötzlich. Mit besorgter Miene versucht sie Grossenbachers Gedanken zu lesen. Nach kurzer Verunsicherung erhellt sich ihre Miene wieder und sie bemüht sich, in unbekümmertem Tonfall Mut zuzusprechen: »Nein, nein! Das kann ich mir nicht vorstellen. Er wird schon wieder auftauchen.«

»Und Sie haben nichts bemerkt, als er aus dem Haus gegangen war – hm. Was für einen Wagen fährt Ihr Mann?«

»Einen silbernen Audi.«

»Also, nun würde ich gerne den Stein des Anstoßes und die zertrümmerte Wohnzimmerscheibe sehen.« Auf der Türschwelle dreht sich Grossenbacher zu Suter um und flüstert: »Schau einmal in die Garage, ob der Audi noch dasteht.«

Im Wohnzimmer findet der Wachtmeister alles, wie es Frau Wachter beschrieben hat. Scherben überall. Die Delle und eine Blutspur, die aus einem Meer aus Glassplittern zur Treppe führt. Der ovale Stein von der Größe einer Kokosnuss liegt auf dem Esstisch neben einer Schere und Resten von Klebeband.

»Warum haben Sie die Scherben nicht entfernt?«, will Grossenbacher von Frau Wachter wissen.

»Ihre Kollegen haben gestern gesagt, dass wir alles so lassen sollen, bis die Polizei ihre Arbeit gemacht hat. Leider sind die Polizisten erst heute Morgen nach meinem zweiten Anruf aufgetaucht.«

Vorsichtig bahnt sich Grossenbacher einen Weg durch das klirrende Glasmeer bis zur Vertiefung, welche der Stein bei seinem Aufprall im Parkett zurückgelassen hat. Wieder einmal ist er froh um seine Gummistiefel. Die Glasscherben können ihm so nichts anhaben. Grossenbacher geht in die Knie und schätz mit zugekniffenen Auge, Flugbahn und Eintrittswinkel ab und somit etwa den Standort des Werfers, bevor er die notdürftig vorgehängte Plastikfolie beiseiteschiebt und durch den leeren Fensterrahmen ins Freie steigt. Genau da, wo nach seiner Überlegung der Werfer gestanden haben musste, befindet sich ein kleiner gepflegter Steingarten mit verschiedenen Sukkulenten. Er kann ohne Schwierigkeiten feststellen, wo der Stein herkommt. Die Lücke im Steinhaufen ist nicht zu übersehen. So einfach. Wachtmeister Grossenbacher will schon wieder ins Haus zurück, doch Korporal Suter biegt in diesem Augenblick um die Hausecke und winkt ihn zu sich. Unauffällig schlendert Grossenbacher zu ihm hinüber und zieht Suter aus dem Sichtfeld. »Und?«

»Eh, ich wollte nur melden, ohne dass die Frau es hört, dass der Wagen immer noch in der Garage steht. Es ist ein silberner Audi A6 Kombi. Der Motor ist kalt. Sicherheitshalber habe ich die Nummer überprüfen lassen. Der Wagen ist auf Jonas Wachter zugelassen.«

»Das auch noch«, brummt Grossenbacher als Antwort, »gut, sag ihr vorläufig nichts.« Der Wachtmeister gräbt sein Mobiltelefon aus und spricht zuerst mit DC Lüthi. Anschließend ruft er beim FOR an und bestellt eine Mannschaft zur Sicherung eventueller Spuren, falls überhaupt noch welche vorhanden sind. Nicht dass er selbst etwas Ungewöhnliches entdeckt hat, aber das ist der normale Ablauf. Wenigstens bleiben Frau Wachter die Befunde für die Versicherung. Als Grossenbacher das Gerät wieder wegsteckt, ordnet er an, dass niemand den Rasen betreten darf, bevor nicht die Kollegen vom FOR ihn eingehend untersucht und wieder freigegeben haben. Mit auf dem Rücken verschränkten Händen zieht er in der Garageneinfahrt immer enger werdende Kreise. Die Horgener Polizisten wissen nicht so recht, wie sie mit dem Kripo-Mann umgehen sollen. Sie wagen nicht, ihn zu stören, beobachten ihn aber heimlich und fragen sich, ob wohl alle Kripo-Beamten so sind.

Grossenbacher stöhnt auf und presst gleichzeitig seine Hände in die Magengrube. Grußlos eilt er zu seinem Wagen, steigt ein, startet den Motor und rollt zwischen den glotzenden Nachbarn hindurch.

An der Kreuzung der Quartierstrasse biegt er links in die steil bergan führende Wolfgrabenstrasse ein und beschleunigt. Er jagt den Dienstwagen den Berg hinauf. Mit heulendem Motor überquert er, ohne auf den Verkehr zu achten, die viel befahrene Albisstrasse und prescht den gegenüber einmündenden Feldweg zum Waldrand hinauf. Von da braust er noch gut hundert Meter durch das Fahrverbot den Forstweg entlang ins Gehölz hinein und bremst abrupt ab. Grossenbacher klettert aus dem Wagen, um sich mit letzter Kraft hinter dem nächsten Baum die Hose herunterzureißen.

4

Er weiß nicht genau, wie lange er schon hier steht. Er hat jegliches Gefühl für Zeit verloren. Es mögen Stunden, aber genauso gut Tage sein. Seine innere Uhr hat sich unter dem Stress verabschiedet. Alles fließt. Er weiß auch nicht, ob sie überhaupt noch wichtig ist. Die Zeit. Trotzdem möchte er die Uhrzeit wissen. Er sucht nach einer Konstanten, einem Fixpunkt, der ihn ablenken kann, der ihn diese Lage für einen Moment vergessen lassen kann. Panik erfasst ihn. Seine Arme sind mit breiten Lederriemen straff vom Körper weggespannt. Die Bandage ist so satt, dass er seine Glieder weder nach oben noch nach unten bewegen kann. Auch seinen Kopf kann er nicht drehen. Ein weiterer Lederriemen über die Stirn presst seinen ihn gegen etwas Hartes, das sich metallisch kalt von hinten in seinen Schädel frisst. Sein ganzer Körper ist taub vor Kälte und Schmerz. Gleichzeitig spürt er Schweißtropfen in seinem Nacken. Es juckt ihn. Er möchte sich kratzen, überall. Vorsichtig schielt er an sich hinunter. Ein weites schwarzes Tuch hängt durchnässt und schwer über seinen Schultern. Es juckt unerträglich. Doch das ist im Moment nicht sein größtes Problem.

Aus dem Augenwinkel kann er den Schatten eines Mannes ausmachen. Mehr eine Ahnung einer Person als ein wirkliches Erkennen. Der Schatten gleitet rastlos hinter ihm umher, wird größer, dann verschwindet er wieder für Minuten. Die Bewegungen haben etwas Schnelles und gleichwohl Geschmeidiges. Eher wie ein Tier.

Wer ist das?

Er sucht in seinen Erinnerungen nach einem verwandten Bewegungsbild, findet jedoch nichts. Er kennt niemanden, der sich so bewegt. Krampfhaft versucht er sich zu orientieren, sich an den Tag und an das, was geschehen war, zu erinnern. Doch es fällt ihm nichts ein. Ein schwarzes leeres Nichts klafft in seiner Erinnerung. Ein Loch, raum- und zeitlos. Er weiß nur, dass er an jenem Morgen, an den er noch schwach zurückdenken kann, früh aus dem Haus gegangen ist und sich in seinen Wagen gesetzt hat, – dann versinkt alles in einem Nebel. Vielleicht war es gestern oder vorgestern, oder gar schon eine Woche her? Er weiß es wirklich nicht. Diese Lücke verursacht beinahe mehr Angst als die gespenstische Person in seinem Rücken. Der Schatten schleicht immer noch hinter ihm umher. Er fühlt Stress. Aber auch den Stress des Mannes hinter ihm.

Wer ist das?

Was will er von mir?

Er muss sich bemerkbar machen, ein Lebenszeichen von sich geben, damit die Person hinter ihm versteht, dass er bei Bewusstsein ist, dass er aufgewacht ist. Doch es gelingt ihm nicht. Ein breites Leder verschließt seinen Mund. Erst jetzt realisiert er, dass er seine Zunge nicht bewegen kann, dass etwas Hartes sie gegen den Gaumen presst. Sofort setzt der Schluckreflex ein. Panisch beginnt er zu würgen. Er bekommt einen roten Kopf und hustet. Speichel überschwemmt seinen Mund. Erneut will er sich bemerkbar machen, gerät dabei aus dem Gleichgewicht. Doch er kann nicht stürzen. Die Fesseln halten ihn. Erst jetzt erkennt er, dass er auf einer schmalen Blechkiste steht, die bei jeder Bewegung bedrohlich schwankt.

Es ist kalt, und er friert. Dabei weiß er, dass es mitten im Sommer ist. Aber die Kälte kriecht aus dem Boden, frisst sich durch den Blechkanister, auf dem er steht. Das eisig kalte Metall sticht in seine Sohlen. Die Gefühllosigkeit klettert seine Beine hoch und nistet sich in seinem Körper ein. Wenn er nur die Beine etwas bewegen könnte. Aber vergebens. Die Kraft geht ihm aus.

Wo befindet er sich?

Wo hat man ihn hingebracht?

Alles, was er direkt vor sich im schwachen Licht, welches aus dem Hintergrund strahlt, erkennen kann, ist ein scheinbar endlos langer Gang, eine Kaverne, die sich im Dunkel verliert. Nackter, grauer Betonboden und nischenlose Wände, die bis über Kopfhöhe in einem nichtssagenden Grünton gestrichen sind. Darüber wieder grober alter Beton. An einigen Stellen blättert die Farbe, und in den Ecken machen sich weiße Flecken breit. Die Feuchtigkeit durchdringt die alte Zementschicht.

Plötzlich ist es finster. Das schwarze Tuch, welches über seinen Schultern hing, wurde so zurückgeschlagen, dass es seinen Kopf verhüllt. Er spürt einen Luftzug und merkt, dass er nackt ist. Dann fühlt er noch etwas anderes. Vor Angst knicken die Beine weg. Der kalte Stahl einer kleinen scharfen Klinge. Vielleicht ein Skalpell. Zwölf rasch ausgeführte kurze Schnitte. Nicht tief, nur gerade durch die obersten Hautschichten. Als ihm die Haut innerhalb der mit den Schnitten begrenzten Fläche abgezogen wird, fühlt er, wie das Blut warm über seinen Bauch fließt, und fällt wieder in Ohnmacht.

Ein unerträgliches Zwicken weckt ihn. Er hat das Gefühl, als brenne ein Feuer auf seiner Brust. Er reißt die Augen auf. Doch das Leder, das seine Stirn nach hinten presst, hindert ihn zu sehen, was mit ihm geschehen ist. Der Raum, in dem er sich befindet, ist in gleißendes Licht getaucht. So wie sich seine Augen an die plötzliche Helligkeit gewöhnt haben, sieht er etwa dreißig Zentimeter vor seinen Augen die an dünnen Fäden aufgehängten fünf Schweizerkreuze aus Menschenhaut.

Dann geht das Licht wieder aus. Die Finsternis verschluckt ihn erneut. Nirgends ist ein Lichtpunkt zu entdecken. Absolute Dunkelheit. Orientierungslos. Eine neue Panikattacke erfasst ihn. Nur noch Angst, dabei spürt er, wie etwas Warmes langsam seine Beine entlang nach unten rinnt. Er schreit. Doch nur ein stummes Gurgeln dringt aus seiner Kehle. Es bleibt finster. Seine Brust brennt stärker. Um sich abzulenken, sich darauf zu konzentrieren, in der absoluten Finsternis etwas zu erkennen, zählt er die Minuten – und Stunden.

Ein Summton. Nein, es ist kein normales Geräusch, es ist eine Stimme. Eine menschliche Stimme, die wie aus der Tiefe der Dunkelheit leise und von weit her an sein Ohr dringt und unverständliche Worte murmelt. Angestrengt lauscht er dem Sermon. Nein, es ist kein einfaches Gemurmel, es ist ein Lied. Ein ihm bekanntes Lied. Endlich kann er auch den Text verstehen:

...iehst im Nebelflor daher,
Such' ich dich im Wolkenmeer,
Dich, du Unergründlicher, Ewiger!
Aus dem grauen Luftgebilde
Tritt die Sonne klar und milde,
Und die fromme Seele ahnt
Gott im hehren Vaterland,
Gott, den Herrn, im hehr...

Auf einmal ist der Spuk vorbei, und die unerträgliche Stille verbeißt sich wieder in seine Seele. Er weiß nicht, wie lange er wieder in der Dunkelheit steht, doch beginnt ihn der Durst zu quälen. Auch sein Magen macht sich bemerkbar, und seine Muskeln verkrampfen sich in immer schneller folgenden Anfällen. Plötzlich scheint alles um ihn herum zu glühen. Ein giftiges Licht strahlt ihm direkt ins Gesicht, sodass sich seine Augen mit Tränen füllen. Nach einer Weile hat sich die Netzhaut an die Helligkeit gewöhnt. Er wagt es, die Lider ganz zu öffnen. Doch außer der Lichtquelle kann er nichts ausmachen, er spürt nur die wohltuende Wärme, welche von den Theaterscheinwerfern abgestrahlt wird. Erfreut über den Nebeneffekt gibt er sich der Wärme hin und lässt sie von seinem Körper Besitz ergreifen. Doch allmählich wird es heiß. Gnadenlos brennt ihm der Scheinwerfer ins Gesicht. Er beginnt zu schwitzen und spürt, wie sich seine Haut rötet. Dann erneut ein Geräusch. Es klingt wie ein Telefonanruf.

»Wachter, ja bitte?«

Wie ein Schlag trifft ihn die Stimme seiner Frau.

»Ja, hallo – ist da jemand?«

Man hört nur noch, wie sie atmet.

»Wer ist bitte am Apparat?«

Nach einer Weile fragt sie mit ängstlicher Stimme in die Stille der Verbindung: »Jonas, bist du's? – Wo bist du?« Nach einem Schluchzen wird die Verbindung unterbrochen.

Die Scheinwerfer werden ausgeschaltet. Lange sieht er den orange glühenden Faden der Glühbirnen in der Dunkelheit. Langsam verschwinden auch diese Fixpunkte und er driftet erneut in einen schwebend dunklen Zustand hinüber. Weder Zeit noch andere weltliche Dinge spielen eine Rolle. Er gleitet hinein in das schaurig finstere Nichts. Aber diesmal ohne Angst. Befreit von allen Lasten rutscht er hinüber in die andere Realität.

Es müssen wieder Stunden, wenn nicht sogar ein ganzer Tag vergangen sein, als ihn ein leichtes, fast zartes Licht in den Kreis der Lebenden zurückholt. Ein schwacher Lichtkegel beleuchtet etwa zehn Meter vor ihm ein Metallgestell. Eine Art Galgen oder Staffelei, auf der ein merkwürdig geschwungener Gegenstand montiert ist. Er kann sich nicht vorstellen, wozu der Aufbau mit dem auffallenden Gerät dienen soll. Er kann das Objekt nicht identifizieren.

Doch plötzlich erkennt er es. Das, was er vor sich sieht und was direkt auf ihn zielt, ist eine High-Tech-Armbrust, die im Licht metallisch glänzt und fest auf ein stabiles Gestell montiert ist.

Lange Zeit geschieht nichts. Erneut beunruhigende Stille. Dann schiebt sich ein hagerer älterer Herr von unterdurchschnittlicher Größe in den Lichtkegel. Der Fremde im Kampfanzug sagt nichts, blickt lediglich stechend mit seinen stahlblauen Augen hinter der randlosen Brille zu ihm herüber. Die Glatze mit einem Ring kurzer weißgrauer Haare reflektiert den Lichtstrahl, der von der Decke fällt. Unter der mächtigen Nase trägt der ältere Herr einen Henriquatre-Bart. Er beugt sich hinter die auf dem Bock fixierte Waffe und justiert die Zielvorrichtung. Dann legt er einen Pfeil ein. Wieder verstreichen Minuten, ohne dass etwas passiert – Sekundenbruchteile bevor sich das kalte Projektil mit einer Geschwindigkeit von über hundert Metern pro Sekunde in Wachters Stirn bohrt, erkennt er seinen Peiniger.

5

Das Telefon klingelt, klingelt und klingelt. Nein, es ist nicht nur ein Geräusch in seinem Kopf. Es ist real.

Der schrille Ton reißt Paul Grossenbacher brüsk aus dem Koma. Nach dem ersten Schock taucht er nur langsam aus dem Nebel hervor. Alles scheint ausgesprochen labil und droht sofort wieder zurückzufallen. Als er endlich realisiert, was los ist, und er die Grenze zum Bewusstsein endlich überschritten hat, geht ein leises Zittern durch seinen Körper. Dann dreht er sich auf die andere Seite und versucht, mit beiden Händen sich die Ohren zuzuhalten, was nicht recht gelingen will. Hartnäckig schrillt es weiter. 20 Mal, 25 Mal. Weder das Gerät noch der Anrufer wollen aufgeben. Erst nach dem 33. Klingeln gräbt sich Grossenbacher mühsam aus den zerwühlten und verschwitzten Laken. Die ganze Zeit über, in der er das elende Gerät sucht, plärrt es unerbittlich weiter.

»Was ist?«, schnauzt er schnell in das Mikrofon, als er das Gerät schließlich gefunden hat und bevor ihm wieder schwindlig wird. Alles dreht sich erneut um die eigene schiefe Achse. Grossenbacher entdeckt die leere Flasche Grappa und das Zahnputzglas aus dem Badezimmer auf dem Boden neben dem Bett und weiß nicht, wie beides da hingekommen ist.

»Wo bist du? Und warum gehst du nicht ans Telefon?« Es ist wie immer Dienst-Chef Lüthi, der nicht weiß, wie man mit übermüdeten und überarbeiteten Mitarbeitern umgeht. »Es ist jetzt zwanzig vor zehn!«

»Im Bett«, krächzt Grossenbachers unkontrollierbare Stimme. In der kurzen Pause, die jetzt entsteht, hört Grossenbacher nur die abschreckend schmatzenden Geräusche von Lüthis Nicorette-Kaugummi.

»Was du bist immer noch zu Hause! Was sagst du? – Im Bett? Da bin ich aber auf deine Erklärung gespannt!«, kommt es giftig aus dem Hörer.

Grossenbacher stöhnt und wirft das Gerät aufs Bett zurück.

»Hallo, Paul! Bist du noch dran?«, gellt es gefährlich spitz aus dem Lautsprecher. Doch die Stimme von DC Lüthi verschwindet in der stickigen Luft des ungelüfteten Zimmers. Grossenbacher schleicht sich unterdessen ins Bad und lässt kaltes Wasser über den Kopf laufen. Ganz langsam aktivieren sich die einzelnen Körperfunktionen. Die Körperteile sortieren sich, melden sich zurück und nehmen sogar, wenn auch eingeschränkt, wieder ihre Funktion wahr. Auch seine Hirnzellen werden so weit reanimiert, dass er wieder ins Schlafzimmer wanken kann, wo er als Erstes das Fenster aufreißt, um die faulige Nacht hinauszulassen.

»Hallo, Paul! Bist du noch da?«, tönt es verzweifelt aus der Ferne.

»Ja, warum?«, flüstert Grossenbacher.

»Endlich, Himmelherrgott! Ich muss schon sagen, der Herr hat Nerven. Pennt er einfach in den Tag hinein und lässt unsereins arbeiten. Ist das deine Vorstellung von Teamarbeit?« Lüthi wartet vergebens auf eine Antwort. Nach einer weiteren beklemmenden Pause spricht er etwas versöhnlich: »Diese Geschichte mit deiner Pennerei regeln wir später. Wichtiger sind vorerst die neusten Ereignisse in Langnau …«

»Eh …, hör mal«, unterbricht Grossenbacher seinen Dienst-Chef etwas forscher als beabsichtigt, denn er hat seine Stimmbänder noch nicht unter Kontrolle, »kannst du vielleicht etwas leiser sprechen? Das bläst mir gleich das Gehirn aus dem Schädel. Und können wir nicht in einer Viertelstunde telefonieren, bis da habe ich geduscht und einen Kaffee getrunken – bitte?«

»Was ist denn jetzt wieder? – Also gut, aber du weißt, dass mir langsam der Geduldfaden reißt! Alle sind bei der Arbeit nur du, Paul, du nervst. Bis in einer Viertelstunde!« Dienst-Chef Christian Lüthi hat aufgelegt.

Immer noch wackelig auf den Beinen setzt Grossenbacher die Mokkakanne auf den Herd und stellt sich unter die Dusche, wo er sich das kalte Wasser in den Nacken laufen lässt. Die wohltuende Frische kriecht von den Fußsohlen die Beine hinauf und von da via Rückenmark Wirbel um Wirbel langsam in seinen Kopf, wo sie die vom Alkohol verkümmerten Synapsen reaktiviert. Schlimme Bilder tauchen auf, die er am liebsten sofort abwaschen würde. Grossenbacher erinnert sich, wie er sich gestern, nach dem Intermezzo hinter dem Baum, ausgelaugt und erschöpft zu seinem Dienstwagen zurückgeschleppt hat. Sein Magen wollte sich nicht beruhigen. Vorsichtig war er ins Auto geklettert und hat sich – ja darauf bedacht keine falsche Bewegung zu machen – hinters Steuer geschoben.

Das Blubbern des Kaffees ruft ihn wieder in die Gegenwart. Fröstelnd schleicht er in die Küche. Mit einer Tasse in der Hand wählt er Lüthis Direktnummer.

»So, jetzt geht's schon besser. Was ist denn los?«

»Ja, das nähme mich auch wunder?«

»Eh, das erzähl ich dir ein andermal. Aber warum hast du angerufen?«

»Du warst gestern bei den Wachters in Langnau, also bist du so weit im Bilde. Zwei Dinge haben sich inzwischen ergeben. Erstens ist ihr Mann nicht nach Hause gekommen und zweitens hat Frau Wachter heute Morgen im Garten, genauer im Steinbeet mit den Kakteen, eine kleine Puppe gefunden.«

»Was du nicht sagst. Spinnst du eigentlich? Wegen dem Scheiß holst du mich aus dem Bett? Er ist wohl bei einer anderen untergekommen, kein Wunder bei der Figur. Und nach dem Lausbubenstreich von gestern hat jetzt auch noch ein Mädchen seine Puppe verloren. Ist ja klar, dass da die Kripo einschreiten muss, um diesen verzwickten Fall zu klären!«, braust Grossenbacher auf und macht sich gleichzeitig lustig über den ernsten Ton von Lüthi. Doch dieser lässt sich nicht beirren und meint nur: »Der Puppe steckt ein Dartpfeil im Kopf!«

Eine Puppe mit einem Pfeil im Kopf scheint nicht so harmlos, wie er im ersten Augenblick glauben machen wollte. Das könnte eine Bedeutung haben. Hat Tell den Apfel verfehlt? Mit einem Pfeil im Kopf! Blitzartig drängt sich eine Passage in seine Erinnerung, und Grossenbacher ist sofort hellwach:

Mit diesem zweiten Pfeil durchschoss ich – Euch,
Wenn ich mein liebes Kind getroffen hätte,
Und Eurer – wahrlich! hätt ich nicht gefehlt.

In diesem Fall ist die Puppe ein Symbol! Grossenbacher ist sich sicher. Aber wofür? Stellt sie Walter, den Sohn von Tell dar, der von dessen Pfeil getroffen wurde oder umgekehrt? Sollte jemand mit einem Zauber belegt werden? Grossenbacher nippt am dampfenden Kaffee und die Fragen drehen sich etwa gleich schnell wie die letzten Alkoholreste in seinem Kopf. Er sieht Puppen, die mit Nadeln bearbeitet werden. Grossenbacher stöhnt auf, ein neuer Magenkrampf zwingt ihn in die Knie. Dabei verschüttet er den heißen Kaffee über den Küchenboden. Er steht mitten in der braunen Brühe und verbrennt sich fast die nackten Füße daran. Fluchend und zeternd gießt er den Kaffeerest in den Schüttstein und hinterlässt dunkle Fußabdrücke auf dem hellen Steinboden, als er ins Bad hinüberhuscht. Gekrümmt vor Schmerz sitzt er auf dem Rand der Badewanne und reibt seine Füße mit einem Frotteetuch.

»Verdammter Voodoo-Scheiß!«, schreit er mit wehleidig verzerrtem Gesicht durch die Wohnung. Er erinnert sich genau, es ist noch gar nicht so lange her, da stand er vor einem ähnlichen Rätsel aus Zeichen und Symbolen, das ihn verwirrt hat. Das war an den letzten Osterfeiertagen in Südfrankreich. Anna und er sind für ein weiteres Mal in die Ardèche gefahren, um beim Kauf eines baufälligen Gemäuers einen Schritt weiterzukommen. Telefonisch hatten sie sich nach langem Hin und Her mit dem Besitzer über den Preis einigen können, sodass sie endlich mit Erleichterung zusagen konnten. Der Verkäufer hatte ihnen zugesichert, dass er noch am Donnerstag vor Ostern einen Termin beim Notar organisieren werde. So weit hatte dann auch alles geklappt.

Das Haus, genauer der Steinhaufen, der jetzt ihnen gehörte, offenbarte seine wirklichen Geheimnisse erst nach harten Anstrengungen. Bis anhin hatten sie nur einen einzigen Raum des Gebäudes besichtigen können, der durch eine verrottete Tür über die zugewachsene Terrasse erreichbar war. Von diesem Zimmer war der Durchgang in die weiteren Räume mit Schutt und Gerümpel versperrt. Um in den anderen Teil des Hauses zu gelangen, mussten sie sich zuerst durch ein haushohes Dornengestrüpp zur hinteren Gartentür durcharbeiten, was Grossenbacher an das Märchen vom Dornröschen erinnerte. Das Überwinden des Dickichts dauerte weit über einen Tag, sodass sie erst am Ostersonntag das Haus über die Gartentreppe betreten konnten. Doch wie er mit einem kräftigen Ruck die verkeilte Holztür aufstoßen wollte, wich er erschrocken zurück. Links und rechts des Türrahmens und oben über die Breite des Sturzes waren unzählige Wildschweinfüße befestigt. Schockiert und angeekelt vom grausigen Bild stürzte Grossenbacher die Steintreppe hinunter und kämpfte sich durch die dornige Hölle zurück in die Freiheit.

Was hatte er da entdeckt?

Schon begann er den Kauf des Gemäuers zu bereuen, wie er atemlos Anna von seinem Fund erzählte. Anna konnte

ihn schließlich davon überzeugen, erst einmal eine Arbeits-
pause einzulegen und in der Bar im Dorf ein Bier zu trinken.

Was wollten sie ihm oder ihnen mit diesem makabren
Zeichen mitteilen? Was hatte das zu bedeuten? Wollte man
sie verjagen, sie verscheuchen? Nach den ersten kühlen
Schlucken beruhigte er sich allmählich, sodass er wieder
klarer denken konnte. Die Klauen waren alle alt und von
Wind und Wetter gegerbt und ausgetrocknet. Sie mussten
schon sehr lange, vielleicht sogar seit Jahren am Türrahmen hängen. Also galten sie kaum ihnen und waren folglich nicht als Drohung zu verstehen. Aber Voodoo konnte
oder musste es trotzdem sein. Gibt es in Frankreich unbekannte Zauberkulte, von denen sie noch nie gehört hatten? Sind nicht Haiti und der Süden der USA Gebiete, in
denen der Voodoo noch praktiziert wird, und waren diese
Gebiete nicht einmal französisch?

Sie bestellten beim Kellner einen weiteren *Demi*.

Konnten es geheime Zeichen einer verborgenen Bruder-
schaft sein? Hatte nicht der Verkäufer etwas von Orden,
Kreuzzügen und Tempelrittern erzählt und dabei auf die
Ebene hinausgezeigt, wo sich ein massives, burgähnliches
Gemäuer, eine alte Commanderie der Kreuzritter, in die
Reben duckte. War es möglich, dass sich diese geheimen
Zeichen seit dem Mittelalter gehalten hatten? Doch, wenn
er sich die Sache recht überlegte, konnte das nicht sein,
denn sein soeben erstandener Steinhaufen war laut vorma-
ligem Besitzer höchstens 200 Jahre alt, demzufolge konnten es unmöglich die Ordensbrüder der Templer gewesen
sein. Und dennoch, das konnte Grossenbacher mit Sicherheit sagen, hingen die Wildschweinfüße an der Tür. Er
hatte sie mit eigenen Augen gesehen. Oder waren es vielleicht ganz einfach normale Jagdtrophäen, die zu Ehren der

erfolgreichen Jäger am Haus angebracht worden waren? Erst nach dem dritten *Demi* kamen Anna und er zur Überzeugung, dass ihnen wohl niemand einen Streich spielen wollte und dass die abgehackten Klauen schon seit Jahren am Türsturz hängen mussten. Denn wer hätte sie in dieser kurzen Zeit und – erst nachdem er das Dickicht überwunden hatte – am Rahmen befestigen können?

6

Wachtmeister Paul Grossenbacher sitzt schon seit gut zehn Minuten hinter dem Steuer seines Dienst-Volvos. Aber er ist nicht losgefahren, hat nicht einmal den Motor gestartet. Ein zufällig vorbeieilender Passant hätte ihn gut für einen, von der Morgenhitze übermannten und eingenickten Autolenker halten können. Doch Grossenbacher schläft nicht, er sitzt einfach nur da und starrt die Parkverbotstafel mit dem schematischen Abschleppfahrzeug, die an der Hauswand vor seiner Nase angebracht ist, an und spürt dabei wieder ein gefährliches Rumoren in seinem Bauch. Unentschlossen überlegt er, was er tun soll, denn irgendwie hat er das Gefühl, dass er sich schnell entscheiden muss: Sein Magen oder Wachter? Und diese Unsicherheit scheint seinen Denkapparat zu hemmen. Endlich bewegt er sich, zwar nur ganz langsam, kaum sichtbar, doch er bewegt sich und zieht sein Mobiltelefon hervor, dazu reißt er gähnend den Mund weit auf.

»Ja, hier spricht Grossenbacher von der Kripo. Kannst du mich bitte mit jemandem von der Fahndung verbinden? – Ja, ich warte.« Die Fünfte von Beethoven dudelt in der Leitung.

»Kantonspolizei Zürich, Signer am Apparat. Wie kann ich Ihnen helfen?«, meldet sich eine Frauenstimme aus den Tiefen des Äthers.

»Ah, hier Grossenbacher, Wachtmeister bei der Kripo. Ich möchte eine Person zur Fahndung ausschreiben lassen. Bin ich da richtig bei Ihnen?«

»Da könnte ja jeder kommen. Das geht nicht so einfach und schon gar nicht per Telefon!«, versucht ihn die Signer abzuwimmeln.

»Das ist mir eigentlich egal!« Grossenbacher und auch sein Magen werden bereits wieder leicht säuerlich. »Mir ist klar, dass das nicht der offizielle Dienstweg ist, aber wir haben eine vermisste Person und vielleicht keine Zeit mehr. Der Direktor der Sozialversicherungsanstalt des Kantons Zürich, Jonas Wachter, ist seit gestern Morgen verschwunden. Verschiedene Hinweise deuten auf eine Entführung, doch ist es auch möglich, dass der Vermisste einfach abgetaucht ist. Wachter ist eine Person von öffentlichem Interesse, und was das bedeutet, muss ich ja wohl nicht erklären. Also, suchen Sie ihn! Weitere Infos gibt's bei DC Lüthi an der Zeughausstrasse drüben – danke, und auf Wiederhören.« Wachtmeister Grossenbacher wartet keine Antwort ab und unterbricht einfach die Verbindung.

Für Personenfahndungen gibt es eine extra Abteilung, dafür braucht man ihn nicht.

Endlich dreht er den Zündschlüssel, gähnt noch einmal und rollt rückwärts auf die Friesenbergstrasse hinaus, legt den Ersten ein und gibt Gas. Zwei Querstraßen weiter gleich wieder links. In der Binz fährt er Richtung Allmend die Uetlibergstrasse hoch. Von da immer der Sihl entlang. Leimbach, Adliswil, Langnau am Albis, weiter durch den Sihlwald. Um den Kreisel, und erst nach einer dreiviertel Drehung den Hirzel hinauf. Oben im Dorf hält er nach Schönenberg. Erst jetzt wird Grossenbacher klar, wo er eigentlich hinfährt. Hätte er sich nicht besser telefonisch anmelden sollen? Vielleicht ist sein Freund Sämu gar nicht im Atelier? Genau am Dorfanfang von Hütten biegt er wieder ab. Bei der Bushaltestelle Langmoos führt ein schmaler geteerter Weg zur Häusergruppe hinauf. Mit Schwung stellt Grossenbacher den Volvo auf den Vorplatz vor Sämus Haus.

Das Tor zu Sämu Freis Atelier steht weit offen. Doch Grossenbacher hält verdutzt inne, als er um die Ecke biegt, denn das, was er sieht, ist sogar für ihn als hartgesottenen und abgebrühten Polizisten, der schon einiges gesehen und erlebt hat, außergewöhnlich. Sogleich erinnert er sich auch an seinen letzten Besuch. Da hatte ihm Sämu, Samuel Frei, wie sein früherer Schulkamerad und Ex-Banker mit richtigem Namen heißt, die ersten Holzschnittabzüge gezeigt, die er mithilfe der Körperabdrucke von ganz mit Farbe bemalten nackten Frauen angefertigt hatte. Schon da hat er ab der Kühnheit von Sämus künstlerischem Werk gestaunt. Aber das, was er jetzt im Atelier sieht, übertrifft die abgeklatschten Holzschnitte bei Weitem.

Sämu kniet am Boden mit dem Rücken zum offenen Tor und hantiert mit einer selbst konstruierten Wurfmaschine, welche flüssige Farbladungen quer durchs Atelier schleudert. Das Ziel ist eine nackte junge Frau. Sie steht auf einem Bein, mit weit ausgebreiteten Armen vor einer übergroßen Leinwand, und wird regelrecht mit Farbe beschossen. Sämu versucht, den Lärm der Wurfmaschine zu übertönen, und schreit zu seiner Muse hinüber: »Stillhalten! Wunderbar!

Genial so, nicht bewegen! Noch drei Würfe und wir sind fertig!« Kurz darauf reißt er das Kabel, mit dem die Farbkanone mit der Kabelrolle verbunden ist, aus der Dose. »Wow, toll. Bleib noch einen Moment, ich befreie dich gleich.« Sämu steht auf, dehnt den strapazierten Rücken und rauft sich die wilden grauen Haare, bevor er zu seinem Modell hinübergeht, um ihm vom Podest zu helfen. Dann stehen beide stumm vor dem Werk, um das Resultat zu begutachten. Der Körper der Frau hinterließ eine weiße, scharf gezeichnete menschliche Silhouette auf der Leinwand.

»Geil!«, hört Grossenbacher Sämu rufen. Dann kann er den Lachanfall nicht länger unterdrücken, denn das Bild, das sich ihm bietet, ist zu absonderlich. Die splitternackte junge Frau, deren Vorderseite über und über mit Farbe bekleckert ist, zeigt sich Grossenbacher von ihrer sauberen Seite, der Rückenansicht. Und neben dieser Halbfarbigen steht sein alter Schulfreund, der sich vor Begeisterung wieder und wieder mit den verschmierten Händen in die Haare greift und somit immer mehr Farbe auf seinem Kopf verteilt.

»Ah, Paul, du bist's. Schön, dass du dich wieder einmal sehen lässt und mich besuchen kommst. Komm her, schau dir mein neustes Werk an. Was meinst du? Wie findest du's?« Vor lauter Begeisterung kommt es Sämu gar nicht in den Sinn, dass es seinem Modell eventuell peinlich sein könnte, nackt neben den beiden Männern zu stehen.

»Sämu, eh … ich bin per Zufall hier vorbeigekommen und habe mir gedacht, schau einfach schnell rein, vielleicht hat Sämu etwas Neues, das er mir zeigen kann.«

»Schön, Paul, das ist jetzt wirklich eine Überraschung. Du bleibst zum Mittagessen. Ja? Keine Widerrede. Ah, entschuldige, darf ich vorstellen, das ist Claire – Paul, ein alter Schulkamerad.«

Während das Modell duscht, stehen die beiden Männer in der Küche. Sämu Frei hantiert geschickt mit Messer und Pfannen. Während Grossenbacher von den merkwürdigen Zeichen und Symbolen erzählt, die ihn seit gestern beschäftigen, schiebt der Künstler den fein geschnittenen Knoblauch ins heiße Öl. Sofort zieht eine aromatische Duftwolke durchs Haus und Grossenbacher krümmt sich vor Schmerzen. Ein neuer Anfall presst seinen Magen zu einem stählernen Klumpen. Vergebens drückt er sich die Fäuste in den Bauch. Es nützt nichts. Stöhnend lässt er sich auf einen Stuhl fallen.

»He, Paul, was ist mit dir?« Mit besorgter Miene eilt Sämu Frei zum bleichen Freund hinüber. Unter Schmerzen erzählt der Wachtmeister von seinen Magenproblemen, die ihn seit Kurzem plagen. Langsam löst sich die Verkrampfung, sodass er freier atmen und einen Schluck Wasser trinken kann, welches ihm Sämu hingestellt hat. Der goldgelb angezogene Knoblauch wird mit gehackten Tomaten aus der Dose übergossen, bevor Frei die Temperatur herunterschaltet.

»So, geht's wieder? – Das muss ein wirrer Kauz sein«, meint Sämu Frei als Zwischenkommentar zum Bericht von Grossenbacher und schüttet Salz plus eine volle Packung Penne ins kochende Wasser. Grossenbacher beendet seine Schilderung mit den Worten: »So weit, so gut – nun, ich habe gehofft, dass du mir etwas über Voodoo erzählen kannst, da du dich ja mit solchen Dingen auskennst, wenn ich mich recht erinnere.«

Frei öffnet eine Konservendose Thunfisch, lässt das Öl vorsichtig abtropfen und überlegt, wie und wo er mit seiner Erklärung anfangen soll: »Um Voodoo geht's. Bist du da sicher?«

»Nein«, kommt Grossenbachers schnelle Antwort, »ich habe absolut keine Ahnung, um was es hier eigentlich geht. Aber die Puppe mit dem Pfeil im Körper sieht irgendwie nach Hexerei und faulem Zauber aus.«

»So, so, fauler Zauber? – Also, wenn du meinst.« Frei zerquetscht mit der flachen Seite des Küchenmessers einige schwarze Oliven und wirft das Fruchtfleisch zusammen mit einer Handvoll Kapern in die kochende Soße. »Nun, Voodoo wird oft mit schwarzer Magie in Verbindung gebracht. Man sagt, das komme wahrscheinlich durch die Praktiken des Totenkults. Genauer dem Glauben an die Wiederbelebung Verstorbener. Man nennt das auch Nekromantie. Das ist die eine Möglichkeit. Die andere, Voodoo-Zauberer sollen angeblich das Blut von Kindern für geheimnisvolle Zeremonien verwenden. Schön makaber, nicht? Aber Ritualmordlegenden findest du überall in der Religionsgeschichte.« Sämu unterbricht sich kurz, um die Teigwaren in einen Sieb zu gießen. Die Dampfwolke beschlägt für einen Moment die Küchenfenster. »Es gibt aber Voodoo-Rituale bei denen Tiere geopfert werden. Diese Tieropfer dienen der spirituellen Ernährung der Loa. Loas sind Wesen oder Gottheiten in der Voodoo-Religion, die verehrt werden. Sie besitzen jedenfalls uneingeschränkte Macht. Oft versuchen Priester oder Gläubige, ihre vermeintlichen geistigen Kräfte für Schadzauber einzusetzen.« Frei grinst, zerkleinert den Thunfisch und gibt ihn in die Soße. »Es gibt auch Priesterinnen, sogenannte Mambos, im Voodoo.«

In diesem Augenblick schaut das Modell in die Küche, um sich zu verabschieden. Nachdem Sämu mit ihr das Finanzielle geregelt hat, schüttet er die Pasta in die Pfanne zu der Soße und gibt ein Stück Butter dazu. »Aber das ist nicht das, was du eigentlich wissen möchtest, oder, Paul?«

»Eh, doch schon. Aber die Puppe …«

»Genau die Puppe!« Sämu nimmt wieder den Faden auf und schmeckt gleichzeitig die Soße mit Salz und Pfeffer ab. »Ein bekannter, aber meist übertrieben dargestellter Brauch ist das Herstellen von Voodoo-Puppen. Weißt du, diese Puppen sind eine Art Notlösung. Die Sklaven durften damals keinen Voodoo praktizieren, darum tarnten sie die Loas einfach als Puppen.« Sämu schweift schon wieder ab. »Voodoo ist ursprünglich eine westafrikanische Religion. Das Wort leitet sich, soviel ich weiß, aus der westafrikanischen Sprache Fon oder Fongbé für *Geist* oder auch *Gottheit* ab und existiert möglicherweise schon seit Tausenden von Jahren. Die Herkunft und Geschichte der Sklaven prägte die Religion in Westindien. Aus ihren afrikanischen Gemeinschaften gerissen und zur Arbeit und zum christlichen Glauben gezwungen, versuchten sie, ihre ursprüngliche Religion und die Hoffnung und Identität, die sie mit ihr verbanden, wieder aufzunehmen – aber, wenn ich so von Voodoo erzähle, fällt mir eine ganz andere Geschichte ein.« Während Sämu über seinen Einfall nachdenkt, zerzaust er sich wieder die Frisur. »Also, es geht um einen Mann, hier aus dem Dorf, und ob du's glaubst oder nicht, er hat mir die Geschichte genau so erzählt. Also, es ist nicht eine dieser Mären, die man überall hört, weißt du, der Bruder eines Freundes hat erzählt, dass der Cousin seines Schwagers und so weiter. Du weißt, welche Geschichten ich meine. Also, der Mann hatte ähnlich wie du Magenbeschwerden nichts und niemand konnte ihm helfen. Er war total verzweifelt, so hat er es jedenfalls erzählt. Er wusste weder aus noch ein, bis er eines Tages von einer Frau aus dem Muotathal hörte, die mit natürlichen Heilpraktiken noch jedem geholfen habe, der zu ihr gekommen sei. Also, Paul, jetzt hör gut zu, denn das, was jetzt kommt, ist reinster Voodoo made in Switzerland. Der Mann ging zu der Alten, und weißt du, was sie ihm geraten hat, nachdem sie ihn untersucht hatte?«

»Sämu, woher soll ich denn das wissen?« In Grossenbachers Stimme schwingt nach wie vor ein klägliches Zittern mit.

»Die Hexe aus dem Muotathal hat zu ihm gesagt: Geh in den Wald und such eine Schnecke. Es muss eine große rote ohne Häuschen sein. Hast du eine gefunden, schau, dass sie noch lebendig ist. Verschluck die Schnecke, ohne zuzubeißen oder sie zu zerkauen. Das, und nur das wird dir helfen. Der Mann hat natürlich der Frau nicht geglaubt und weiterhin Tabletten gefressen. Doch die Anfälle gingen nicht zurück, so hat er eines Tages, ob aus Verzweiflung oder Wut weiß ich nicht, all seinen Mut zusammengenommen und im Wald eine Schnecke gesucht, die er anschließend runtergeschluckt hat. Und siehe da, seit diesem Tag hat sich sein Magen beruhigt und die Attacken sind zurückgegangen, bis sie ganz ausblieben. Du siehst, Voodoo gibt es auch bei uns.«

Geschickt, wie man es von den Fernsehköchen kennt, hackt Sämu mit seinem überdimensionierten Küchenmesser ein Büschel großblättrige Petersilie und streut sie über das dampfende Gericht. Vorsichtig hebt er den Pfanneninhalt durch, sodass sich die Soße mit der Pasta verbindet.

»Paul, nimmst du bitte zwei Teller, Besteck und Gläser aus dem Schrank, wir essen am Tisch draußen unter dem Kirschbaum.« Frei steckt den Korkenzieher in die Hosentasche, klemmt sich eine Flasche Chianti unter den Arm und trägt die dampfende Pfanne hinters Haus. »Jetzt noch zu deinen Voodoo-Puppen. Oft werden sie einem bestimmten Menschen nachgebildet. Manchmal wird der Puppe auch ein Foto auf das Gesicht geklebt. In dem man Nadeln in die Puppe sticht, sollen dem Betroffenen Schmerzen zugefügt werden. Meistens werden aber Voodoo-Puppen zum Heilen von Krankheiten benutzt. So, mehr weiß ich auch nicht! Zufrieden? Na, dann Prost und guten Appetit!«

Den späteren Nachmittag verbringt Grossenbacher im Büro und was er tut, sieht tatsächlich nach Arbeit aus. Das heißt, er ruft den Aussenposten Horgen an und lässt eine Streifen-Patrouille die Nachbarschaft der Wachters abklappern, um herauszufinden, ob vielleicht jemand etwas bemerkt oder gesehen hat. Da die Fahndung nach Wachter eingeleitet ist, wendet er sich seinem Computer zu, um selbst ein paar halbherzige Nachforschungen über den Direktor der Sozialversicherungsanstalt anzustellen, um etwas mehr über den Mann zu erfahren. Nach einer Viertelstunde – und ohne eine einzige Partie Solitär zu spielen – hat er nichts gefunden. Nichts, was von Bedeutung wäre und nichts, was auch nur im Entferntesten auf eine Unregelmäßigkeit in Wachters Leben deuten könnte. Im Polizeiarchiv waren nur ein paar unbedeutende Park- und Geschwindigkeitsbußen registriert. Auch im erweiterten Umfeld findet er nichts. Alles ist in Ordnung. Keine Skandale – keine negativen Zeitungsberichte. Wachter führt ein absolut zurückgezogenes, unscheinbares Leben und hat, so macht es den Anschein, eine überaus saubere Weste. Doch Grossenbacher weiß, wer in der Politik oder in der öffentlichen Verwaltung so hoch steigt, hat immer einen Rucksack zu tragen, da ist sich der Wachtmeister sicher. Macht und Machtgier gehen selten mit leeren Händen an einem vorbei. Darum lässt Grossenbacher auch bald von der Suche ab und widmet sich dem erheblich spannenderen Thema Voodoo und übersinnlichen Sekten. Leider ist auf den Datenbanken der Polizei zu diesem Thema nicht viel zu finden. Okkulte Gesellschaften scheinen in der Schweiz nicht allzu oft mit dem Gesetz in Konflikt zu geraten. Sie bleiben, was der Begriff sagt: Verborgen und verdeckt. Eben geheim. Also startet Grossenbacher Google und Wikipedia, wo er reichlich Material findet. Seitenweise lädt er Informationen über Voodoo und Okkultismus aus dem Netz herunter. Er sucht nach möglichen Verbindungen zwischen Astrologie, Alchemie und Magie. Er hätte nie gedacht, dass sich hinter der Esoterik ein so weites Feld von geheimen Kräften, geheimnisvollen Riten und Bräuchen verbirgt. Mythologien und Rituale, Bruderschaften, Logen, Orden und geheime Gesellschaften. Noch nie hat er vorher etwas von Rosenkreuzer und Theosophie gehört. Aufhorchen lässt ihn ein Beitrag, der die Aufnahmerituale oder Initiationsriten der verschiedenen Bruderschaften beschreibt. Ein Suchender oder Lehrling, wie die Anwärter oft genannt werden, muss bei der Prüfung ein Tod- und Wiedergeburtsritual durchlaufen. Es gebe keine Worte für das tiefe emotionale Erlebnis, das mit der Einweihung in bestimmte mystische Gruppen verbunden ist. Das Ritual rühre so machtvoll an gewisse, dem menschlichen Wesen innewohnende Bedürfnisse, Sehnsüchte und Gefühle, dass sich die Erinnerung daran für das ganze weitere Leben fest in den Menschen einprägt. Diese Prüfungen und Läuterungen dienen auch dem Schutz der von der Bruderschaft gehüteten Geheimnisse. Die gemeinsame Erfahrung von Furcht, Schmerz und Geheimnisoffenbarung schweißt die Eingeweihten noch fester zusammen und grenzt sie zugleich gegen außen ab. So liegt über allem ein mystisch hochstilisierter Schwur der Verschwiegenheit.

Grossenbacher brummt der Schädel. Was er liest, übertrifft in seiner momentan etwas windigen Verfassung seine spirituellen Fähigkeiten. Darum beschließt er, die geheimen Mächte sich selbst zu überlassen und in alchemistischer Weise seinem Körper Wohlbefinden zu verschaffen, indem er ihn mit frischem Bier versorgt. Zudem nimmt ihn wunder, ob es die Band Black Sabbath, auf die er vorhin bei der Suche nach okkulten Themen gestoßen war, noch gibt. Erinnerungen an seine Teenager-Jahre im Jugendzentrum kehren mit dieser Heavy-Metal-Band zurück. Er muss sich unbedingt eine CD besorgen.

7

Freitagmorgen. Grossenbacher sitzt genauso gelangweilt in seinem Büro wie immer und schwitzt auch genauso wie immer. Andere würden es als Faulheit bezeichnen, doch dabei kommt man kaum ins Schwitzen. Zur geistigen Stimulation spielt er Solitär in der Hoffnung, dass ihn das bei seinen Recherchen über den Voodoo-Kult weiterbringt, was es schließlich auch macht, denn Black Sabbath kommen ihm wieder in den Sinn.

Doch bevor Grossenbacher sein Büro Richtung CD-Laden verlässt, greift er zum Telefon, das er unter einem Bündel Papier über die Freimaurer findet. Doch Kripo-Chef Fahrni nimmt nicht ab. Eine ganze Weile hört er dem Rufton in der Leitung zu, bis ihm auch das verleidet. Bei Ex-Libris, an der Ecke zur Bahnhofstrasse, durchsucht er die Regale, und findet im Aktionskorb eine Scheibe von Black Sabbath. *Greatest Hits 1970-1978.* Genau das Richtige, genau, was er gesucht hat. Er ersteht die CD und macht sich voller Vorfreude auf den Weg zurück ins Büro. Er kann es kaum erwarten, den Tonträger in den alten Ghettoblaster, der unten im Schrank vor sich hin staubt, einzulegen und die Lautstärke hochzudrehen. Nach der ausgiebigen Mittagspause im Garten des Restaurants Italia, die ihm dazwischengekommen ist, verbringt Wachtmeister Grossenbacher den Nachmittag headbangend beim Studium des Voodoo-Kultes.

Kurz bevor das Wochenende beginnt, fällt ihm ein, dass er am Vormittag Fahrni hatte anrufen wollen. Er greift zum Apparat, den er diesmal unter einem dicken Stoß Kreuzritterpapiere findet. Während er auf die Verbindung wartet, überlegt er sich, was für eine tolle Erfindung dieses Gerät doch ist, man stelle sich vor, er hätte jetzt zu seinem Chef die Treppe hinaufsteigen müssen.

»Fahrni!«

»Ja, hier Grossenbacher. Hast du vor dem Wochenende ein paar Minuten für mich?«

»Ah, unser Grossenbacher. Ich bin sehr in Eile, denn ich habe gleich eine Besprechung außer Haus …«

»Ich mach ganz schnell«, unterbricht ihn Grossenbacher.

»Mein lieber Grossenbacher, wie gesagt, ich habe im Augenblick wirklich keine Zeit. Versuchs doch später noch einmal.«

»Aber es ist wirklich wichtig!«

»Nein!«

»Muss ich auf die Knie gehen, um eine Audienz zu kriegen?«

»Nun gut«, überlegt Fahrni, »wenn du dich schon einmal freiwillig bei mir meldest, so will ich nicht so sein. Wenn du gleich zu mir hoch kommst, so kann ich dir noch fünf Minuten geben.«

Der Wachtmeister verdreht die Augen zu Ping-Pong-Bällen und kratzt sich gleichzeitig am Kopf. »Gut, Chef, danke, Chef! Ich bin in einer Minute bei dir. Bis dann, Chef!«

Im gleichen Augenblick, in dem er den Hörer auflegt, krampft sich sein Magen so heftig zusammen, dass es ihm schwindlig wird und er zu Boden geht. Schwer atmend bleibt er unter dem Pult liegen. Nach einiger Zeit, Grossenbacher kann nicht genau sagen, wie lange er sich schon am Büroboden windet, klingelt das Telefon. Nach dem fünften Läuten ist es wieder still, und die Verkrampfung löst sich so weit, dass sich der Wachtmeister aufrichten kann. Erneut schellt das Gerät über seinem Kopf. Er bekommt das Kabel zu fassen und zieht den Apparat über die Tischkante.

»Ja!«, schnauft er mit abgewürgter Stimme in den Hörer.

»Hier Fahrni, wo bist du? Ich habe in zehn Minuten einen Termin außerhalb. Wenn du mich sprechen willst, so beeil dich.«

»Ich – ich kann nicht, ich bin am Boden«, stöhnt Grossenbacher.

»Was?«

»Ich … eh, ich bin unterwegs.« Ächzend rappelt sich Grossenbacher auf die Knie. Dann wuchtet er seinen massigen Körper auf die Beine, indem er sich an Pult und Stuhllehne festklammert. Sofort wird ihm wieder schwarz. Kleine weiße Punkte, die zum Teil einen gelblichen bis bläulichen Lichthof haben, schwirren in ungelenken Bahnen vor seinen Augen. Mit beiden Händen fasst er sich zuerst an den Kopf, dann an seinen Bauch. Er kann das

Rumpeln, das – wie bei einem Erdbeben – den Krämpfen vorausgeht, nicht nur hören, sondern auch fühlen. Eine neue Eruption bahnt sich an. Vorsichtig versucht er einen Schritt Richtung Tür. Die Bewegung löst die Verkrampfung und giftige Gase treten aus. Die Wolke durchdringt gefährlich schnell den bereits muffigen Büroraum.

Unten beim Ausgang kann er den Kripo-Chef gerade noch abfangen: »Du bist am Gehen, Roland? Da hab ich jetzt aber Glück gehabt!«

»Ja, ich habe dir vorhin doch gesagt, dass ich in zehn Minuten einen Termin habe.«

»Roland, entschuldige. Aber ich hatte einen Krampf, darum habe ich's nicht geschafft. Ich brauch nur eine Minute.«

»Gut, komm mit.« Fahrni hält Grossenbacher die Glastür auf. »Wo brennt's denn?«

Sie überqueren zusammen die Zeughausstrasse und schlüpfen gegenüber durch die enge Pforte auf das Gelände der Polizeikaserne.

»Gestern hat mir Lüthi eine Überprüfung übergeben.«

»Ja, ich habe davon gehört«, wirft Fahrni ein und schenkt ihm einen fragenden Blick.

»Es geht um merkwürdige Zeichen bei einem Ehepaar in Langnau. In ihrem Garten steht eine Holzstange mit einem Tirolerhut oben drauf. Dann haben sie zwei ebenso seltsame wie rätselhafte Briefe mit Zitaten aus Schillers *Wilhelm Tell* erhalten. Der Mann, übrigens der Direktor der Sozialversicherungsanstalt des Kantons Zürich, Jonas Wachter, ist seit gestern Morgen nicht mehr aufgetaucht, und ein Tag später liegt im Garten eine Puppe mit einem Pfeil im Kopf. Das ist alles etwas wirr und abstrus. Ich habe sicherheitshalber veranlasst, dass der Mann auf die Fahndungsliste ko…«

»Okay, wir sind da!«, unterbricht Kripo-Chef Fahrni den Wachtmeister und öffnet sein Fahrzeug.

»Rasch, wo liegt das Problem?«, drängt Fahrni.

»Alles ist sehr geheimnisvoll. Ich habe mich gestern und heute Morgen mit der Tell-Sage beschäftigt. Da gibt es verschiedene Hinweise, dass Wachter in Gefahr sein könnte. Die erste Warnung …«

»Was sagst du da?«, unterbricht ihn der Kripo-Chef erneut. »Du willst nicht allen Ernstes behaupten, dass es in der Tell-Sage verschiedene Hinweise dafür gibt, dass Wachter in Gefahr sein könnte?«

»Nein, nur indirekt. Schau, die erste Warnung, übrigens handelt es sich bei beiden Drohbriefen um Zitate aus Schillers *Wilhelm Tell*. Also: ›Den nehm ich jetzt heraus aus eurer Mitte‹ ist bereits eingetroffen. Die zweite Warnung:

›Eu'r Walten hat ein Ende. Der Tyrann
Des Landes ist gefallen. Wir erdulden
Keine Gewalt mehr. Wir sind freie Menschen.‹

– könnte eine Morddrohung sein, die aber hoffentlich noch nicht umgesetzt ist. Doch die Voodoo-Puppe mit dem Pfeil macht mir zu schaffen. Mir kommt nur die Stelle bei Schiller in den Sinn, wo Gessler den Tell nach dem zweiten Pfeil fragt:

So will ich Euch die Wahrheit gründlich sagen.
Mit diesem zweiten Pfeil durchschoss ich – Euch,
Wenn ich mein liebes Kind getroffen hätte,
Und Eurer – wahrlich! hätt' ich nicht gefehlt.

Ich gebe zu, das klingt mehr als absurd. Aber könnte die Puppe nicht Walterli … eh, ich meine Walter, Tells Sohn darstellen, der getroffen wurde, und nun will der Spinner mit dem zweiten Pfeil den Wächter, eh, Wachter erschießen?«

»Paul, hast du wieder einmal getrunken?« Fahrni lacht

durch das offene Wagenfenster. »Ich glaube fast, ich weiß, wer und wo der Spinner sich befindet!«

»Ach, Roland, hör doch auf. Es ist wirklich kein Spaß. Wir müssen irgendetwas tun.«

»Ich würde sagen, als Erstes solltest du aufwachen, bevor du andere in der Welt herumhetzt. Oder nicht?«

»Was soll das denn?«, braust Grossenbacher auf.

Fahrni starrt Grossenbacher von unten her an: »Mir ist zu Ohren gekommen, dass du die Fahndung eigeschaltet hast. Gut, das geht ja noch. Aber dass du den Posten Horgen für dich arbeiten lässt, finde ich mehr als anmaßend von dir.«

»Du verlangst also von mir, dass ich auch noch Klinken putzen gehe?«

»Nein. Aber es geht darum, dass du wieder einmal deine Kompetenzen überschritten hast. Vielleicht wäre es besser, wenn du jetzt nach Hause gehst, dich hinlegst und etwas schläfst. Du siehst wirklich aus wie der leibhaftige Tod. Ist dir nicht wohl?« Fahrni startet den Motor und meint, als er das Automatikgetriebe auf R stellt: »Ich würde sagen, das ist Kinderkram. Aber lass dir von einem Voodoo-Priester helfen, damit du schnell wieder auf die Beine kommst.«

Kaum hat Grossenbacher die Tür zum Gebäude der Kripo aufgestoßen, meldet sich sein Magen. Vielleicht haben die Krämpfe etwas mit dem verfluchten Gebäude zu tun? Keiner der drei Aufzüge will ihn abholen. Der Schmerz nimmt so erbarmungslos zu, dass er sich auf die unterste Treppenstufe fallen lässt. Laut stöhnend massiert er seinen Bauch und bemerkt nicht, dass er beobachtet wird. Er klammert sich am Treppengeländer fest und versucht sich hochzuziehen.

»He, Paul, was ist mit dir?«

Die Stimme kommt aus der ersten Etage. Mühsam folgt sein Blick den geschliffenen beigefarbenen Kunststeinstufen entlang in die Höhe. Schwach kann er oben am Treppenrand die verschwommene Silhouette einer Person erkennen.

»Was ist? Fehlt dir etwas? Kann man dir helfen?«, will die schemenhafte Gestalt, die wie ein außerirdischer Besucher aussieht, wissen.

»Nein, danke«, versucht er abzuwinken, »es geht schon wieder.«

»Aber etwas stimmt doch nicht mit dir. Du bist ja ganz bleich. Komm, setz dich wieder.«

Das Wesen ist jetzt die Treppe heruntergekommen. Es ist nicht E.T. und auch kein anderes grünes Männchen, sondern Grossenbachers langjähriger Kollege Detektiv Robert Weber.

»Du siehst wirklich scheiße aus.« Weber stellt sich breitbeinig vor ihn hin. »Was hast du? Was fehlt dir?«

»Ach, nichts. Etwas Falsches gegessen oder so. Mein Magen spielt seit ein paar Tagen total verrückt«, versucht Grossenbacher zu erklären. »Ist nur halb so wild.«

»Das gefällt mir nicht. Warst du schon beim Arzt?«

»Robert, wo denkst du hin? Mir fehlt nichts, es ist nur der Magen, der spinnt.«

»Wie du meinst. – Eigentlich habe ich dich gesucht. Ich wollte noch etwas mit dir besprechen. Aber in deinem Zustand vertagen wir das besser auf Morgen oder auf Montag. So lange hat es schon noch Zeit.«

»Nein, nein. Sag schon, was ist?«

Weber zögert einen Augenblick, dann setzt er sich neben Grossenbacher auf die Treppe und starrt das fraktale Muster der abgeschliffenen Steinchen in den beigeweiß gesprenkelten Bodenplatten an. »Also gut«, meint Robert Weber endlich, »wenn du mir versprichst, zu einem Arzt zu gehen, erzähle ich dir, was los ist.« Er schaut seinen Kollegen lange von der Seite an, runzelt die Stirn und ergänzt: »Versprochen?«

»Wenn's unbedingt sein muss, du sturer Hund! Ich werde mich anmelden. Zufrieden?«

»Okay! Also, ich wollte dir sagen, dass es sich schon herumgesprochen hat hier im Haus.«

»Was hat sich denn herumgesprochen, wenn ich fragen darf?«

»Eben, das mit deinem Magen. Es ist nicht zu übersehen, es ist nicht zu überhören und es ist auch nicht zu überriechen.«

»Wie denn das?«, fragt Grossenbacher erstaunt. »Du meinst, man kann es riechen?«

Nach einer Pause, in der die beiden Männer stumm nebeneinander auf der Treppe sitzen, meint der Wachtmeister endlich: »Aber das ist wohl nicht der Grund, warum du mit mir reden wolltest?«

»Nein. Nicht wirklich, obwohl es stimmt, was ich sage.«

»Also, ich warte …«

»Ich hatte heute, gleich nach dem Mittag, ein Gespräch mit dem Chef.«

»Und, worum ging's?«, unterbricht ihn Grossenbacher sogleich wieder.

»Wenn du's so wissen willst, um meine Karriere. Fahrni hat mich für ein internationales Spezialprogramm im Zusammenhang mit dem Schengen-Abkommen vorgeschlagen. Für den Anfang ist das ein viermonatiger Ausbildungskurs: Umgang mit dem computergestützten Informationssystem SIS. Am Ende der Ausbildung werde ich so etwas wie der Vertreter der internationalen Polizeiko-operation hier bei uns an der Zeughausstrasse sein.«

»Und, wann soll's losgehen?«

»Ich fliege schon nächsten Dienstag. Die Ausbildung ist in Frankfurt.«

»Schon. Und wer hilft mir bei der Arbeit?«, will der Wachtmeister sofort wissen.

»Das weiß ich nicht. Es tut mir leid, aber eine solche Chance will und kann ich mir nicht entgehen lassen. Ich hoffe, das verstehst du?«

»Hm, ich kann ja wohl nicht von dir erwarten, dass du dein ganzes Leben lang mein Kuli bleibst. Aber nennt man das Dankbarkeit?« Grossenbacher brummelt und wippt unentschlossen mit dem Kopf hin und her. »Eigentlich hast du recht. Und wenn ich das so sagen darf, tut's dir bestimmt gut.«

Die beiden sitzen noch eine Weile nebeneinander, wobei jeder, so scheint es, mit sich und seinem eigenen Universum beschäftigt ist. Plötzlich fragt Grossenbacher aus dem Nichts: »Gibt es eigentlich diese Black Sabbath noch?«

»Black … was?« Weber schaut ihn ganz erstaunt an.

»Du weißt schon, diese Rockband aus den 70ern. *Paranoid* und so.« Grossenbacher legt tatsächlich ein Luftgitarrensolo hin. »Mit dem Sänger Osby … Ozzy Osbourne, hieß er glaube ich. Das ist der mit der total ausgeflippten Familie, bei der zu Hause vor ein paar Jahren eine Reality-TV-Show aufgezeichnet wurde.« Ganz begeistert erzählt Grossenbacher weiter. »›Fürst der Finsternis‹ wurde er auch genannt, weil er einmal bei einer Pressekonferenz einer lebendigen Taube den Kopf abgebissen hatte. Den kennst du doch?«

»Nichts gegen deine Showeinlage, Paul, ich wusste gar nicht, dass du solche Talente hast. Aber«, Robert Weber schaut Grossenbacher dabei schmunzelnd an, »meinst du nicht, dass das vielleicht eine andere Generation ist?«

»Was andere Generation?«

»Ja, diese Black Sabbath und so. – So was hört doch heute kein Mensch mehr.«

Kein Mensch mehr? Enttäuscht lässt sich der Wachtmeister wieder auf die Treppe sinken und schimpft leise vor sich hin. »Das sind doch alles Banausen. Ist doch geil, Deep Purple, Uriah Heep und Black Sabbath. Diese Kulturbanausen!« Weiterbrummelnd zieht er sein Handy hervor und tippt aus dem Kopf eine Nummer. »Ja, Dieter, hier ist Paul. Hast du einen Moment Zeit für mich? – Nein, nicht am Telefon, ich komme zu dir ins IRM. – Ah, wenn nicht heute, dann am Montagnachmittag.« Der Wachtmeister drückt die Verbindung weg und stopft das Gerät zurück in die Hosentasche. Dann erhebt er sich, wendet sich kurz zu Weber, bevor er das Gebäude verlässt: »Wir sehen uns noch, oder nicht?« Die Glastür fällt ins Schloss, ehe der verdutzte Detektiv noch etwas dazu sagen kann.

8

Er hatte sich schon am Vorabend seine Sachen zurechtgelegt. Wenn ihn der Wecker um 3.45 Uhr aus dem Schlaf holt, muss er nur in die Kleider schlüpfen und die Tasche mit der Ausrüstung ergreifen. Er ist den ganzen Abend über nervös gewesen. Entsprechend unruhig hat er geschlafen, sodass er vor dem Summton des Weckers aufgestanden ist. Die innere Spannung hat sogar noch zugenommen.

Bevor er die Wohnung verlässt, streicht er liebevoll über die vier kalten Stahlsaiten des Fender E-Basses, der im Wohnzimmer steht. Neben dem Schriftzug von Fender zieren zwei ineinander verschlungene Zahlen das Wirbelbrett der Bassgitarre. Es ist noch dunkel, als er aus dem Haus auf die Straße tritt. Die nächtliche Frische schleicht weiterhin um die Häuser und hinterlässt Tau als erste Spuren des Morgens auf dem abgewetzten Rasenstück vor dem Wohnblock.

In seinem alten Golf dreht er die Heizung hoch, um in seinem hautengen Overall nicht zu frieren. Er freut sich auf das bevorstehende Ereignis und fährt entsprechend schnell und unkonzentriert. Das kurze Stück den See entlang und durch das verschlafene Städtchen sind die Straßen wie verlassen, erst auf dem schmalen Damm kreuzt er einen Lieferwagen. Die Autobahn ist leer. Genauso leer fühlte er sich vorgestern Abend im Übungsraum seiner Band, als sie erfuhren, dass das nächste Konzert wohl abgesagt werden muss. Erneut steigt in ihm Wut auf.

»Warum mischt sich das verdammte Arschloch in Angelegenheiten, die ihn nichts angehen?«, brüllt er gegen die Windschutzscheibe. Wie würden sie dastehen, wenn das Konzert nicht stattfinden kann? Die Vorbereitungen, der Aufwand, die Einladungen. Alles vergebens. Verärgert schlägt er mit der Faust aufs Lenkrad, sodass der VW kurz über beide Fahrspuren schlingert. Erschrocken schiebt er die finsteren Gedanken zur Seite, sie sollen ihm nicht den Tag verderben.

Eine halbe Stunde zu früh rollt er über eine Brücke auf einen schmalen, langen Kiesplatz zwischen dem mit Büschen gesäumten Bach und dem gleich steil ansteigenden Wald. Im Osten verfärbt sich der Himmel. Einige Autos sind entlang des Gebüschs geparkt. Er rollt möglichst weit nach hinten und stellt den Golf unter die Bäume am Rande des Maisfeldes, das den Platz begrenzt. Aus der Sporttasche im Kofferraum zieht er eine Haube aus Neopren und stülpt sie sich über den im Nacken ausrasierten Kopf. Er richtet sie im Außenspiegel, sodass sie auch Hals und Kehlkopf schützt. Um die Gelenke schnallt er sich Knie- und Ellenbogenprotektoren. Augen und Gesicht verschwinden hinter Schutzmaske aus Sicherheitsglas. Bevor er sich die Handschuhe überzieht, prüft er noch einmal seine Bewaffnung. Er vergewissert sich, dass das Magazin gefüllt ist, und steckt es auf den Markierer. Zum Schluss bückt er sich und zieht die viel zu kurzen Hosenbeine des gebrauchten Surfanzuges nach unten. Er ist zu großgewachsen für den abgewetzten Neoprenanzug und fühlt sich etwas eingeengt.

Ein schneller Blick übers Wagendach. Alles ist ruhig. In der Zwischenzeit sind keine weiteren Fahrzeuge eingetroffen. Nun hängt er sich den Markierer über die breiten Schultern, schlägt den Kofferraumdeckel zu und schließt sorgfältig ab. Kaum drei Minuten nach seiner Ankunft verschwindet er geräuschlos wie ein Schatten im Unterholz. Sein Zeitplan passt. Er hat genug Reserve eingeplant, um sich etwas genauer umzusehen, sich zu orientieren, die Umgebung auszukundschaften und um einen guten Startplatz auszusuchen.

Start: Samstag, 16. Juni, 5 Uhr; Koordinaten: 672358 / 247807; bei jeder Witterung, Sonnenaufgang 5.29 Uhr; Spielart: ›Last Man Standing‹ (jeder gegen jeden); ›Sudden Death‹ sowie die Koordinaten des Ziels werden während des Spiels per SMS bekannt gegeben; Achtung: Im Kanton Zürich ist, wie ihr sicher wisst, Paintball im Wald seit Anfang 2008 verboten. Also, lasst euch nicht erwischen!

Genau dieses Verbot hat der ganzen Paintball-Szene einen gewaltigen Kick gegeben. Es potenziert geradezu die Spannung und steigert die Attraktivität des Spiels. Bei jedem illegalen Wettkampf, seit der Einführung des Verbots, musste oder konnte man vermehrt das Eingreifen der Polizei als zusätzliche Variante mit ins Geschehen einbeziehen, was den Mitspielern nur noch mehr Nervenkitzel beschert. Auch am heutigen Morgen müssen die Teilnehmer mit einem äußerst dramatischen Abenteuer rechnen, denn das Terrain verspricht einiges an zusätzlichem Reiz. Als Austragungsort dient ein Truppenübungsplatz der Schweizer Armee. Doppelt illegal, verspricht gleich doppelt so viel Adrenalin.

Er kann es kaum mehr erwarten, dass es endlich losgeht. Er will zeigen, was er drauf hat und dass er den ganzen Winter in diesem feuchten Kellerloch in Schlieren trainiert hat. Er hofft, dass es ihn heute nicht so schnell erwischt wie beim ersten Kampf. Die Regeln sind einfach. Man kauft sich eine alte, noch vor dem 1. November 2002 ausgegebene und daher nicht registrierte Prepaid-Card und sendet zur Anmeldung seine Nummer per SMS an den Organisator. Anschließend bekommt man eine Meldung mit den Koordinaten des nächsten Spiels zugestellt. Jeder markierte Teilnehmer muss das Spielfeld verlassen, der letzte Spieler gewinnt. Um zu vermeiden, dass sich Spieler zurückhalten oder gar verstecken, bis kein Gegner mehr übrig ist, wird nach einiger Zeit der sogenannte ›Sudden Death‹-Modus ausgerufen. Ab da müssen die Spieler einen vorher unbekannten Punkt erreichen. Gewonnen hat, wer ohne getroffen zu werden, zuerst den am Ziel versteckten Code eingesendet hat. Als Beweis für die trefferfreie Zielankunft gelten die beiden Ganzkörperbilder, die mitgesendet werden müssen. Das Ziel kann alles Mögliche sein. Zum Beispiel eine leere Zigarettenschachtel, dann müsste man etwa das Wort *Marlboro* als Code einsenden. Doch kann es ebenso ein Zahlencode sein, der auf einen Stein geschrieben wurde, oder der EAN-Code auf einer wie zufällig weggeworfenen Chips-Packung. Darum macht er sich noch keine Sorgen, erst muss er die noch unsichtbaren Feinde überwinden. Einen um den anderen eliminieren und aufpassen, dass er nicht selbst getroffen wird. Erst wenn die Zielkoordinaten eintreffen, gewinnt der Schnellste.

Sein Handy vibriert in der Tasche. Als Startzeichen wird eine Zahl an alle Teilnehmer verschickt, die der Anzahl der gemeldeten Kämpfer entspricht. Auf dem Display erscheint die Ziffer 23. Das sind 22 Gegner, was wiederum heißt, dass er mit der Munition sparsam umgehen muss, damit er am Schluss nicht wehrlos dasteht.

Er beschließt, einen weiteren Augenblick in Deckung zu bleiben. Vielleicht ist ein übereiliger Ehrgeizling unvorsichtig und verlässt zu schnell sein Versteck. Und tatsächlich, gleich links neben ihm bewegen sich die Zweige eines Busches. Die Dämmerung hat schon eingesetzt, aber unter den Bäumen ist es immer noch dunkel. Deshalb kann er nicht genau erkennen, was sich da im Gebüsch bewegt. Er bleibt einfach mit dem Markierer im Anschlag sitzen und wartet darauf, dass ihm ein Gegner ins Schussfeld schleicht. Jetzt, kaum fünf Meter neben ihm, kann er den Körper des Mannes gut vom Waldboden unterscheiden. In aller Ruhe nimmt er den Feind ins Visier, zielt genau und drückt ab.

Der andere zuckt zusammen, fasst sich mit der Hand an die getroffene Stelle und sucht enttäuscht nach seinem

Widersacher. Die gelbe Farbe, die ihm durch die Finger tropft, ist im trüben Dämmerlicht kaum von Blut zu unterscheiden. Leise fluchend steht der ausgeschaltete Kämpfer auf und verschwindet in Richtung Parkplatz.

Noch 21. Er robbt bis zur geteerten Straße am Waldrand. Alles scheint ruhig. Nirgends auf dem freien Feld vor ihm ist eine Bewegung zu sehen. Doch er ist etwas zu weit geschlichen, denn die Bäume, die dem Bachlauf folgen und unter deren Schutz er zum Wasser hinunterkommen will, stehen zu weit rechts. Er muss jetzt über die ungeschützte Straße. Hinter einem dicken Buchenstamm kauernd wartet er eine Minute, um in den trüben Morgen zu horchen. Nichts, nur die ersten Vögel, die den Tag begrüßen. Also los! Mit drei weiten Sprüngen ist er über die offene Stelle hinweg, als er hinter sich das Geräusch von aufklatschenden Farbkugeln registriert. Farbe spritzt auf die Straße. Gleichzeitig hechtet er seitwärts in den Jungwuchs, wirft sich dabei auf den Rücken und nimmt den Markierer in Anschlag, um sofort reagieren zu können. Glück gehabt, auch dass er nicht verfolgt wird. Zur Sicherheit tastet er seinen Körper nach Farbrückständen ab. Keuchend kriecht er durch die dicht stehenden jungen Tannen zum Ufer, wo er sich langsam in den Bach hinuntergleiten lässt. Er ist er froh, dass er, nachdem er gestern das Aufgebot erhalten hat, auf Google Earth das Gelände eingehend studiert und sich eingeprägt hatte. Dabei ist ihm auch die Idee gekommen, dass er sich im Flussbett bewegen könnte. Darum hat er seinen alten Surfanzug aus dem Keller geholt. Vorsichtig gleitet er im Bachbett stromaufwärts Inzwischen ist die Sonne aufgegangen. Nach der zweiten Biegung des durchs offene Feld mäandernden Flüsschens entdeckt er oben an der Uferböschung beim zweiten Steg, der über den Bach führt, die Konturen eines menschlichen Körpers. Ohne lange zu überlegen, reißt er seine Waffe hoch und feuert.

Auch dieser Mann zuckt erschrocken zusammen, stößt aber gleichzeitig einen gellenden Schrei aus. Zwei. Nun versucht er auszurechnen, wie viele Spieler übrig sind. Es müssten noch sieben bis acht Spieler im Rennen sein. Je heller es wird, umso schwieriger ist es, sich zu verstecken. Er schaut auf die Uhr. Fünf vor sechs. Schritt um Schritt schleicht er weiter. Solange man das Ziel nicht kennt, hat es keinen Sinn, sich allzu schnell zu bewegen. In der nächsten Kurve verlässt er den Bach auf der gegenüberliegenden Seite, wo der Wald bis ans Ufer steht. Er überquert einen Kiesweg, links und rechts ist nichts zu erkennen. Schnell geht er hinüber, um wieder unter den Büschen zu verschwinden. Die zum Bach offene Waldlichtung kann er gedeckt umgehen. Dann sieht er ihn. Auf der Wiese am anderen Flussufer, zur Hälfte verdeckt durch einen knorrigen Apfelbaum, eine halbe menschliche Silhouette. Er macht kehrt, schleicht um die Lichtung zurück und gleitet vorn, wo der Waldrand in die Uferböschung übergeht, wieder ins Wasser hinunter. Neben dem Baum, hinter dem sich der Gegner versteckt hält, steht eine kleine Holzbaracke. Gedeckt von der Hütte kriecht er aus dem Wasser und robbt bis zum Ende der Bretterwand. Vorsichtig späht er um die Ecke. Kaum fünf Meter vor ihm steht er. Vorsichtig schiebt er den Markierer in Position und nimmt dabei die linke Seite der Person ins Visier.

Am Aufspritzen der Farbe erkennt er den Volltreffer. Doch der Kämpfer zeigt keine Reaktion, bleibt einfach stehen. Was soll das? Er zielt noch einmal, höher, gegen den Kopf, und feuert erneut.

Wieder sieht er die Farbe aufspritzen und ein weiteres Mal bemerkt er keine Reaktion bei dem Getroffenen. Jetzt wagt er sich etwas weiter vor und sieht, dass der Mann nackt ist. Weiter in Deckung schleicht er am Schuppen entlang, bis er an die vordere Ecke gelangt. Erschrocken fährt er zurück.

Der Mann ist nicht nur nackt, sondern mit einem schmalen Kunststoffband an den Stamm gefesselt. Deshalb bewegt er sich nicht.

»Pssst!«

Keine Reaktion.

»He! Pssst!«

Nichts.

Ein sportlicher, durchtrainierter Körper mit leichtem Bauchansatz. Mitte fünfzig, groß. Strähnen des gewellten, grau melierten Haares fallen dem Mann in das kantige Gesicht. Wie er sich das Bild einprägt, realisiert er auch, was los ist. Der Mann muss total hinüber sein. Ohnmächtig oder bis oben hin voll. Schon will er sich zurückziehen, als ihn etwas zurückhält. Etwas irritiert ihn, ohne dass er gleich sagen kann, was es ist. Es ist nicht die Art, wie der Mann an den Baum gefesselt ist und auch nicht, dass er nackt in der Morgenfrische steht. Er betrachtet jetzt den nackten Körper genauer und denkt, dass es vielleicht die roten Farbflecken sind, welche die Geschosse der Kämpfer an Körper und Kopf hinterlassen haben, die ihn gestört haben. Welcher Idiot hat heute rote Farbe geladen? Am ganzen Körper befinden sich kleine Spritzer. Aber etwas am Kopf des Mannes gefällt ihm nicht.

Es dauert eine Weile, bis er es erkennt. Und sofort weiß er auch, dass das hier nicht mehr zum Spiel gehört.

9

Detektiv Weber steckt seinen Kopf durch die Tür. Sein Chef scheint nicht im Büro zu sein. Schon will er weiter, um in der Kantine nach Grossenbacher zu suchen, anscheinend vermutet er, dass er ihn dort, mit einem kalten Motivationskaffee und in Deckung hinter der Zeitung schlafend, finden würde. Ein Bild, das zur morgendlichen Polizeikantine gehört wie der Eiffelturm zum Stadtbild von Paris oder die Pralinenschachtel zu Forrest Gump auf der Parkbank.

»Guten Morgen, Robert. Was machst denn du noch hier? Ich dachte, du bist schon weg, in Amsterdam oder Luxemburg.« Grossenbacher tippt zur Begrüßung dem Detektiv mit dem Finger auf den Rücken.

»Ah, Paul«, Weber dreht sich auf der Schwelle um, »da bist du ja! Ich hab dich bereits vermisst.« Weber lacht und macht gleichzeitig Platz, um Grossenbacher vorbeizulassen. »Nein, ich fliege doch erst morgen.«

»Ach so. Ich dachte, eh – hast du heute nicht frei? Musst du nicht packen? Es ist Montagmorgen. Aber komm doch rein. Was kann ich für dich tun?«

»Schön wär's. Hast du's noch nicht gehört? Der Tote vom Reppischtal. Am Samstag wurde ich schon kurz nach sieben, vielleicht war es halb acht, aus den Federn geklingelt. Ein AGT im Reppischtal. Ein lebloser Körper mit Verdacht auf unnatürliche Todesursache auf dem Gelände der Militärkaserne. Das ganze Rösslispiel. Und das zu meinem Abschluss bei der Kripo Zürich.«

»Nein, mit mir spricht ja niemand«, gibt Grossenbacher leicht beleidigt zur Antwort. »Ein Toter im Reppischtal? Wer war es denn?« Der beiläufig abschätzige Ton in Grossenbachers Stimme ließ die Vermutung zu, dass es ihn nicht sonderlich interessiert und er es eigentlich gar nicht wissen will.

»Der Mörder oder der Tote? Zum Mörder kann ich nichts sagen. Knüsel hat den Fall. Du weißt schon, der gleiche, der damals die Untersuchung bei dem Bauern Wartmann geführt hat.«

»Du meinst Gerhard der Schöne, der mehr Zeit für die Durchsuchung seines Kleiderschranks aufwendet als zur Untersuchung eines Tatorts?«

»Man kann es auch so sehen«, lacht Weber herzhaft. »Am Samstagmorgen, genau um 6.16 Uhr ist bei der Zentrale ein anonymer Notruf von einem Mobiltelefon mit einer nicht registrierten Prepaid-Card eingegangen. Nach dem Halter der Nummer wird noch gesucht, wobei da wenig Hoffnung besteht. – Also, wie gesagt, Knüsel hat den Fall und hat, wie er ist, sofort Unterstützung angefordert. Darum musste ich auch ins Reppischtal hinaus. Aber stell dir vor«, Weber rutscht aufgeregt auf dem Stuhl herum, »das, was ich da sah, war wirklich gruselig – in der heutigen Zeit, wo's Killer-Games gibt, sollte man meinen, dass auch Mörder etwas moderner agieren. Also, stell dir vor, das, was wir am Samstag bei der Brandtour vorgefunden haben, war schon ein starkes Stück.« Außer Atem legt Weber eine Pause ein, sodass Grossenbacher die Gelegenheit findet, die eine zentrale Frage zu stellen: »Jetzt sag schon, Robert, was hast du denn so abscheuliches gesehen?«

Weber sieht Grossenbacher ganz erstaunt an: »Warte doch! Ich komm ja gleich zur Sache. Wir fanden die Leiche eines älteren Herrn. Stehend an einen Baum gefesselt.

Splitternackt, doch komplett mit Farbe bespritzt. Jetzt kommt's, unter der Farbe machte Koci, der auch dabei war, eine grausige Entdeckung. So etwas habe ich noch nie gesehen. Die Haut des Opfers war stark geritzt. Nach genauer Untersuchung stellte sich heraus, dass sich am Oberkörper des Mannes mindestens fünf mit einem scharfen Messer, vielleicht einem Skalpell oder etwas Ähnlichem, also fünf ausgeschnittene und abgehäutete – hörst du, abgehäutete Schweizerkreuze befinden. – Aber jetzt hör gut zu, der Clou der Geschichte: Dem Mann steckte ein Pfeil im Kopf!« Robert Weber legt atemlos wieder eine Pause ein und wartet gespannt auf eine Reaktion. Doch statt etwas zu sagen, lässt sich der Wachtmeister stumm auf seinen Stuhl fallen. »Ja, was sagst du dazu?«, hakt Detektiv Weber nach.

»Eh …, zu was?« Grossenbacher kratzt seine Kopfhaut.

»Na, dazu, dass der Mann im Reppischtal mit einer mittelalterlichen Waffe getötet wurde.«

»Bist du sicher?«

»Womit?«

»Mit dem Mittelalter, meine ich?«, spielt Grossenbacher den Advocatus Diaboli?

Weber ist irritiert und wird leicht sauer: »Ach, Paul, musst du immer den Spielverderber spielen. Es liegt doch auf der Hand. Der Pfeil. Ich meine, oder es scheint wenigstens so, dass es sich um einen Armbrustpfeil handelt.«

Als Antwort brummt Grossenbacher etwas Unverständliches in seine aufgestützten Hände. Nach einer längeren, für Weber etwas unangenehm beklemmenden Pause sagt der Wachtmeister endlich: »Jetzt hat es Wachter doch erwischt.«

»Was sagst du da?« Weber schreit Grossenbacher beinahe an. »Woher weißt du, wer der Tote ist?«

Doch Grossenbacher gibt keine Antwort.

»Woher weißt du …« Weber wird von Grossenbachers Handy unterbrochen, das in irgendeiner Tasche des Wachtmeisters klingelt.

»Grossenbacher?«

»Gut, dass ich dich erreiche.« Grossenbacher erkennt Lüthi an den Kaugeräuschen. »Ich wollte dich darüber in Kenntnis setzen, dass – vielleicht hast du schon von dem Toten im Reppischtal gehört …«

»Wachter!«, wirft Grossenbacher dazwischen.

»Du weißt es schon? Trifft sich gut, denn ich wollte dir mitteilen, dass du die Akte Horgen an Knüsel weitergeben sollst.«

»Also wurde der Tote schon identifiziert. Und, wie habt ihr herausgefunden wer der Mann ist?«

»Ganz einfach, einer von Kocis Mitarbeitern im IRM hat ihn heute Morgen, als sie mit der Obduktion beginnen wollten, erkannt.«

»Und warum gerade Knüsel?«, fragt Grossenbacher ohne wirkliches Interesse.

»Er hat den Fall seit er am Samstag am Tatort war.«

»Aber, ich …«

»Du hast lediglich den Aussenposten Horgen bei der Abklärung eines Aktes von Vandalismus unterstützt. Oder siehst du das anders?«

»Nein.« Grossenbacher macht still das Gerät aus und vertieft sich mit finsterer Miene in düsteren Gedanken. Hatte er nicht den Auftrag, genau diesen Mann zu finden? Hat er nicht vor ein paar Tagen eben diesen Wachter zur Fahndung ausschreiben lassen? Er muss umgehend mit den Leuten der Fahndung sprechen. Grossenbacher springt auf und schlägt dabei mit dem rechten Knie gegen die Tischkante.

»Au, verdammte Scheiße! Wo ist mein Handy?«, schreit er und tastet seine Jackentaschen ab. Er kann es nicht finden, dabei hält er es immer noch in der Hand. Als er es bemerkt, zappt er sich durch die Liste der ausgegangenen Telefonate, findet aber die gesuchte Nummer nicht. Erst jetzt kommt ihm wieder in den Sinn, dass er sich am Donnerstag via Kripo zur Fahndung hatte durchstellen lassen und folglich die Nummer der Abteilung nicht in seiner Anrufliste gespeichert ist. Enttäuscht legt er das Handy weg und greift nach seiner Jacke.

»He, was hast du vor?«, fragt Weber ganz verdutzt, sowie er realisiert, dass Grossenbacher weg will.

»Entschuldige, ich muss sofort los. Ich habe jetzt keine Zeit, ich habe zu tun! Eh, tschau, mach's gut.«

Noch bevor Detektiv Weber etwas antworten kann, hängt Grossenbacher schon wieder an seinem Mobiltelefon.

Schwungvoll biegt Grossenbacher in der Unterführung unter dem Campus rechts in die Auffahrt und fährt mit heulendem Motor durch das Allgemeine-Fahrverbot. Oben geht es links der Rampe für Materialanlieferungen der Universität entlang bis zum hintersten Gebäude. Um 17.15 Uhr parkt er seinen stinkenden alten Volvo auf das Parkfeld mit dem Schild ›Besucher, Rechtsmedizin mit Bewilligung‹. Grossenbacher wuchtet seine hundert Kilo Körperfülle aus dem Fahrersitz und schleppt sie zwischen dem Fahrradständer hindurch die Treppe hoch zum Eingang um die Ecke. Schwer atmend rennt er gegen eine verschlossene Tür. Auf dem blauen Schild neben dem Eingang steht ›Universität Zürich, Institut für Rechtsmedizin, Öffnungszeiten: Montag bis Freitag 8-12 und 13.30-17 Uhr. Ausserhalb der Öffnungszeiten Telefon benützen‹. Immer noch nach Luft ringend sucht er den versteckten Apparat, um sich anzumelden. Ein Knacken im Türschloss verrät, dass er genau 20 Sekunden Zeit hat, um einzutreten. Wachtmeister Grossenbacher schlüpft in das verlassene Gebäude und eilt durch leere Korridore bis ins Innerste des Instituts. Er findet Dr. Dieter Koci nicht in dessen Büro. Grossenbacher hofft, ihn unten bei den Toten zu finden.

Verdis *Rigoletto* dringt traurig durch die dicke Schwingtür und verrät so Kocis Anwesenheit. Doch Grossenbachers Magen weigert sich durch die Tür zu gehen. Erneut rebelliert er und knurrt gefährlich. Schließlich nimmt der Wachtmeister all seinen Mut zusammen und stößt die Flügeltür auf.

Die Temperatur im Untersuchungsraum ist knapp unter dem Erträglichen und der kalte Hauch des Todes klatscht dem Wachtmeister ins Gesicht, als die Tür hinter ihm zurückschwingt und dabei einen unangenehmen Luftzug verursacht. Tief über seine Arbeit gebeugt steht Dr. Dieter Koci vor einem Obduktionstisch. Grossenbacher sieht nur den muskulösen, sportlichen Rücken und etwas von den blonden strubbeligen Haaren. Der Rechtsmediziner trägt eine weiße Plastikschürze, die sich kaum von dem ebenso weißen Leichentuch abhebt, das zurückgeschlagen den halben Tisch und den Körper, der darauf liegt, verhüllt. Ohne sich umzudrehen, hält er zum Gruß seine behandschuhte, blutverschmierte Hand in die Höhe, während *Rigoletto* den Leichensack öffnet und seine sterbende Tochter im Arm hält.

Der Tote, ein älterer Mann, liegt nackt auf dem kalten Metalltisch. Das Tuch bedeckt den Körper von den Hüften an abwärts. Auffällig sind die gelben und blauen Farbflecken, die den Oberkörper bedecken, und natürlich der Pfeil, der immer noch in der Stirn des Toten steckt. Präzise, wie abgemessen, hat das Geschoss genau zwischen Augen und Haaransatz den Schädel durchbohrt.

»Hallo, Paul! Da bist du ja endlich.« Dr. Koci schlägt das Tuch über den Körper des Toten, gerade so, dass nur der Kopf unbedeckt bleibt.

»Dieter grüß dich. Ist er das?«

»Ja, wenn du mit *er* Wachter meinst, ja. Sehr interessant, komm her, das musst du dir ansehen!« Koci geht zurück ans Kopfende des Tisches, beugt sich hinunter und deutet dabei auf den Pfeil, der senkrecht aus der Stirn des Toten zur Decke ragt. Grossenbachers Magen gibt ein gut hörbares gurrendes Geräusch von sich, und seine Gesichtsfarbe wird noch um eine Spur heller, was nicht nur auf das grelle Licht über dem Tisch zurückzuführen ist.

»Was ist? Verträgst du den Geruch nicht mehr? Die Menthol-Salbe liegt gleich da in der obersten Schublade. Streich dir etwas davon unter die Nase. Das hilft!«

»Ne, geht schon. Danke.«

»Wie du meinst. Schau her, das ist wirklich ein sauber gearbeitetes Exemplar. Ein richtiges Präzisionsgeschoss.« Koci berührt mit dem Finger das Pfeilende. »Ein 2219er Aluminiumpfeil, genauer eine 7075er Aluminium-Legierung, welche den Schaft etwas steifer und schwerer macht. Das heißt: Die Legierung besteht zu 5,1 bis maximal 6,1 Prozent aus Zink und wird sonst im Flugzeugbau, in der Raumfahrt und für Sportgeräte verwendet. Pfeile aus weicherem Aluminium verschleißen anscheinend zu schnell.« Koci richtet das Licht über dem Obduktionstisch, holt von der Ablage Werkzeuge, von denen Grossenbacher lieber nicht wissen möchte, wozu sie gut sind, geschweige denn, was man mit ihnen macht, und ordnet sie sorgfältig neben sich auf dem Instrumentenwagen,

bevor er weiterdoziert: »Du willst nicht wissen, woher ich
das alles weiß? – Das steht alles im Internet. Man kann da
alles nachlesen. Herstellerangaben, technische Werte und
auch wofür solche Pfeile eingesetzt werden. Da habe ich
gelesen, dass kürzere Pfeile auch ein Verletzungsrisiko
sind. Das Gewicht dieses 22 Zoll langen Aluminiumpfeils
ist geschätzt 32 Gramm, lässt sich aber durch unterschiedlich schwere Spitzen variieren. Sobald wir den Pfeil frei-
gelegt haben, werden wir auch sehen, was für eine Spitze
hier verwendet wurde. Es ist ein sehr stabiles und hoch-
wertiges Geschoss mit Moon-Endnocke und dreifacher,
fünf Zoll Rechtsdrall-Befiederung. Bin ich nicht gut? He,
jetzt möchtest du sicher auch noch wissen, mit welchem
Gerät man solche Pfeile abschießt?«

»Eh, sag's mir!«

»Solche Pfeile verschießt man ausschließlich mit einer
Armbrust. Natürlich nicht mit so einer holzigen wie Tell
eine hatte, sondern mit einer modernen High-Tech-Waffe.
Zum Beispiel mit einer Stinger von Darton.«

»Seit wann bist du auch noch Waffenexperte?«, Grossenbacher ist beeindruckt lässt sich aber nichts anmerken. »Ich
habe gar nicht gewusst, dass du auch davon etwas verstehst.«

»Das freut mich, dass ich dich einmal zum Staunen bringen kann. Doch im Ernst, das ist nicht auf meinen Mist
gewachsen. Der Mann vom FOR ist am Mittag schnell vorbeigekommen, um sich das Geschoss anzusehen – übrigens, ist er nicht schön traurig, der *Rigoletto?* – ich liebe
Verdi! –, kaum eine Viertelstunde später hat er mir ein paar
Links und die technischen Daten zu einem ähnlichen Pfeil
gemailt. Aber da gibt es noch etwas Interessanteres. Schau
hier!« Koci schlägt das Tuch auf dem Oberkörper der Leiche
wieder etwas zurück, rückt erneut die Beleuchtung zurecht

und deutet auf die Markierungen auf dem Bauch des Toten. Grossenbacher kann die fünf ausgeschnittenen Schweizerkreuze gut erkennen, denn das geronnene Blut hat entlang den scharfen Schnittkanten eine aufgestülpte Kruste gebildet, welche die Konturen der Kreuze zusätzlich hervorhebt.

»Und was ist mit der Farbe?«

»Auch davon hat er Muster mitgenommen, um sie im Labor zu untersuchen. Aber da gibt es noch kein Resultat.«

»Und, keine Idee woher die Farbspritzer kommen?«

»Nein. Ich kann's mir im Moment auch nicht erklären, es scheint alles doch recht merkwürdig zu sein.«

»Warum meinst du?«

»Weil, wie es scheint, die Farbe erst nach dem Tod, also post mortem auf den Körper gekommen ist.«

»Hm, und der Mann war nackt?«

»Ja, wie Gott ihn schuf.«

»Hast du auch Bilder vom Fundort? Und ist der Fundort auch mit dem Tatort identisch?«

»Für nähere Details musst du dich an den Neuen wenden, das ist sein Job. Aber Bilder vom Toten haben wir natürlich.« Koci wedelt mit einigen Vergrößerungen in der Luft. »Wie sagt man? – Eh, Paul, soviel ich weiß, ist das doch Knüsels Fall, was interessiert dich dann der Tote hier? Übrigens, was hältst du vom Neuen?« Dr. Dieter Koci linst Grossenbacher von unten herauf an. Grossenbacher blickt verständnislos drein. »Ich meine den neuen Chef vom FOR, der wie ein Komponist heißt, Mozart oder Schumann? – Ah, jetzt fällt's mir wieder ein, Schubert – klassisch. Macht einen guten Eindruck, hat, glaube ich, den Job sicher im Griff, so scheint es mir jedenfalls. Gute Wahl, denkst du nicht auch?«

»Ich habe keine Ahnung. Ich hatte bis jetzt nicht die Ehre.«

»Es stört dich doch nicht, dass er Deutscher ist?«

»Wieso, ist er das?«

»Ja, ist er!«

»Ich bin kein Rassist.«

»Ich meine ja nur, und es gibt immer mehr davon in der Schweiz. Besonders hier in Zürich.« Koci richtet sich auf und stemmt dabei seine Hände ins Kreuz.

»Bist du jetzt der Partei mit dem Schweizerkreuz und der kleinen gelben Sonne beigetreten?«, will Grossenbacher von Koci wissen.

»Nein. Aber ich habe nur gedacht, dass es dir vielleicht zuwider ist, mit einem Ausländer zusammenzuarbeiten.«

»Wie könnte es, du bist doch auch Tscheche …«

»War!«, unterbricht ihn Koci.

»Und warum fragst du dann solch einen Scheiß? Dieter, so kenn ich dich gar nicht!«

»Ich bin ja auch kein Rassist, das Gegenteil, das kannst du mir glauben. Aber neulich saß ich in der S-Bahn und geriet in eine Billett-Kontrolle und, stell dir vor, alle vier Kontrolleure waren Deutsche. Denk dir einmal die Situation: Deutsche kontrollieren Schweizer in der Schweiz. Irgendwie hatte ich das Gefühl, dass da etwas nicht stimmt, und habe mir dabei vorgestellt, wie ich reagieren würde, wenn sie mich ohne gültigen Fahrschein erwischen würden. Ich bin mir nicht sicher, was ich ihnen an den Kopf geworfen hätte.« Koci macht eine Pause und steckt die Fotos in den Umschlag zurück: »Neuerdings diskutiert man auch, ob man Ausländer als Polizisten zulassen soll. Ich kann mir einfach nicht vorstellen, dass das die Schweizer akzeptieren würden.«

»Du meinst von wegen fremden Vögten und so?«

»Ja, vielleicht ist es das. Wir haben uns damals mit vereinten Kräften von ihnen befreit. Sind nicht diese gemeinsamen Befreiungskämpfe der Kern, der Wille, der Zusammenhalt dieser Nation?«

Nach einer Pause meint Grossenbacher mehr zu sich selbst als zu Koci: »Ich habe gar nicht gewusst, dass der Neue schon angefangen hat.« Immer noch irritiert von Kocis Frage bleibt Grossenbacher am Fußende des Metalltisches stehen. Der Zettel, der vom Zeh des toten Direktors der Sozialversicherungsanstalt herunterhängt dreht sich verspielt in der schwachen Zugluft der Belüftungsanlage. Grossenbacher starrt gebannt darauf. Dann richtet sich sein Blick auf den Toten, nicht dass ihn das Gemetzel, das Koci an der Leiche anrichtet, interessiert, aber er muss sich irgendwie ablenken. Er fühlt ein Stechen und Klemmen in der Magengegend. Die wiederkehrenden Bauchkrämpfe machen ihm zu schaffen.

»Sorry wegen vorher! So habe ich das natürlich nicht gemeint«, entschuldigt sich Koci bei Grossenbacher. »Ich habe nur gedacht …«

»Ja, ja, – man sieht, was es bringt, wenn man zu viel denkt. Man fängt an, so einiges durcheinanderzubringen«, stöhnt der Wachtmeister vom unteren Ende des Tischs.

»Ich habe gedacht – nein, eigentlich wollte ich nur von dir wissen, wie du dazu stehst, zu der Zunahme der Expats und besonders der Deutschen hier in Zürich.« Dr. Koci wendet sich wieder der Leiche zu, schlägt das Tuch etwas zurück und meint dann: »Irgendwie habe ich das Gefühl, dass noch richtig politischer Zündstoff darin steckt, denn stell dir vor, was sie damals nicht geschafft haben, scheint ihnen heute problemlos zu gelingen.«

»Du bist und bleibst ein verdammter Zyniker. Hast du's endlich, oder muss ich noch lange hier in der Kälte herumstehen und mir eine Lungenentzündung einfangen? Mir frieren bald die Zehen ab, dabei ist es doch Mitte Juni!« Angewidert beobachtet Grossenbacher, wie Dr. Koci mit sicheren Schnitten Wachter bearbeitet, sodass die Leiche fast aussieht, als passe sie in die Auslage einer Metzgerei.

»Du musst dich schon noch einen Moment gedulden. Aber was ich noch fragen wollte, du hast mich am Freitag nicht wegen dieses Toten angerufen? Also, wo drückt der Schuh?« Koci hantiert mit einer Elektrosäge. Bald stinkt es nach verbranntem Horn im Raum. Grossenbachers Gesicht wird noch weißer als das Tuch über Wachters Körper. Er schließt die Augen und versucht mit regelmäßigen Atemzügen die aufsteigende Schwäche zu überbrücken. Koci klappt die Schädeldecke zurück und beginnt damit, die Pfeilspitze vorsichtig aus der Hirnmasse zu befreien. Grossenbacher dankt Verdi für die musikalische Geräuschkulisse, welche die Laute aus Wachters Gehirn übertönt.

Statt dass sich sein Magen beruhigt, rumort es in ihm noch lauter. Grossenbacher schwankt zu einem leeren Tisch hinüber. Zuerst lehnt er sich nur lässig daran, doch der Tisch rollt nach hinten weg, sodass der Wachtmeister beinahe zu Boden fällt. Erschrocken klammert er sich an das Gestell, tastet sich um das Möbel herum und tritt die Rollenbremsen fest. Nur nichts anmerken lassen. Cool lehnt er sich an die hydraulisch höhenverstellbare Arbeitsplatte auf dem gebürsteten Vierkant-Metallprofil. Dann zwingt ihn eine Krampfwelle in die Knie. Stöhnend biegt und windet er sich. Kraftlos legt er sich auf den Seziertisch und krümmt sich vor Schmerzen. Die Kälte des blitzblanken Stahls der Tischplatte dringt von unten schnell durch seinen Körper. Grossenbacher versucht, den Kopf zu drehen, um zu Koci hinüberzuschielen, erblickt aber nur den abgeschrägten, nach innen abfallenden Ablaufkanal mit den großen runden Löchern, der dazu dient, heruntertropfende Körpersäfte aufzufangen. Sofort wird ihm noch übler. Der Geruch nach Desinfektionsmittel, Bodenwichse und versengten Knochen tragen zusätzlich dazu bei.

Koci, mach schon!, will Grossenbacher sagen, bringt aber keine Silbe über die Lippen, und in dem Augenblick, in dem sich Dieter Koci zu ihm umdreht, übergibt sich Grossenbacher in den Ablaufkanal.

»He, he, Paul! Was ist mit dir?« Koci wischt sich die Hände an einem Tuch ab und eilt herbei, um Grossenbacher zu stützen. »Soll ich gleich aufschneiden und ausräumen? Wir wären gerade am richtigen Ort.« Koci macht sich nicht allzu viele Sorgen um den Wachtmeister, denn über die Jahre, in denen sie schon zusammenarbeiten, hat er den ausgeprägten, oft ans Zerstörerische grenzende Lebenswandel von Grossenbacher zur Genüge kennengelernt.

»Dieter, ich glaube«, Grossenbacher stöhnt, »diesmal hat es mich erwischt. Etwas stimmt mit meinem Magen nicht. Ich glaub, ich muss sterben! Seit ein paar Tagen habe ich Krämpfe und Anfälle. Einer nach dem anderen. Das ist doch nicht normal? – Ich habe bestimmt ein Magengeschwür!« Er wischt sich mit den Feuchttüchern, die ihm Koci hinüberreicht, den Mund: »Sorry, aber ich habe mich nicht mehr unter Kontrolle.«

»Hast du darum angerufen?«

»Ja.«

»Ah! Also, du meinst – wenn ich dich richtig verstehe –, du willst meinen medizinischen Rat. Du willst, dass ich dich untersuche? Hier und jetzt!«

»Ja. Ich musste es Weber versprechen.«

»Aha! Wenn das mit den Krämpfen schon so lange dauert, warum gehst du nicht einfach zu einem Arzt, zum Beispiel zu deinem Hausarzt?«

»Du weißt ganz genau, dass ich nie zu einem Doktor gehe und folglich auch keinen Hausarzt habe.«

»Aber, Paul, dann gibt es auch Notfalldienste in den Spitälern. Also warum gerade ich?«

»Das sind doch alles Deutsche da.«

»Du spinnst!«

»Jetzt fang schon an, Herrgott noch mal! Oder willst du mich auf deinem Schragen verrecken lassen?«, brüllt Grossenbacher verzweifelt.

»Ist ja gut, Paul. Zieh bitte dein Hemd aus.« Koci geht zu einem der weißen Einbauschränke an der Längsseite des Raumes und kommt mit einem sauberen weißen Leintuch zurück: »Leg das auf den Tisch, sonst bekommst du tatsächlich noch eine Lungenentzündung.« Dann beginnt er mit der Untersuchung. Vorsichtig tastet er den aufgeblähten Bauch des Wachtmeisters ab. Er drückt da und dort und fragt, als er ihm den Finger links oben in den Oberbauch presst: »Tut das weh?«

Grossenbacher stöhnt statt einer Antwort.

»Hast du auch Rückenschmerzen?«, will der Doktor von seinem Patienten wissen.

»Ja«, ächzt Grossenbacher, »irgendwie strahlt es so nach hinten aus.«

Nach dem oberflächlichen Check meint der Rechtsmediziner: »So, du kannst dich jetzt wieder anziehen. Ich bin kein allgemein praktizierender Arzt und habe in der Diagnose bei lebenden Menschen nicht allzu viel Übung, aber soviel ich feststellen kann, musst du so schnell wie möglich ins Krankenhaus. Paul, das ist jetzt das Wichtigste, denn ich schätze, dass du an einer Entzündung der Bauchspeicheldrüse leidest. Damit ist nicht zu spaßen. Verstehst du mich?« Koci wartet vergeblich auf eine Reaktion. »Ich habe einen guten Freund am Uni-Spital. Er wird einen Termin für dich organisieren. Du musst so schnell wie möglich in die Röhre.«

»Was?«, poltert Grossenbacher los. »Das kommt ganz und gar nicht infrage!«

Koci hilft Grossenbacher vom Tisch. »Hör gut zu, Paul. Ich denke, dass normalerweise eine Ultraschall-Untersuchung reichen würde, aber, so wie ich es einschätze, bei einem so fortgeschrittenen Stadium wie bei dir, ist ein CT unumgänglich.« Der Rechtsmediziner führt den Wachtmeister in einen an den Untersuchungssaal angrenzenden Büroraum, in dem die Temperatur einigermaßen erträglich ist, und heißt ihn, sich auf einen der beiden Stühle zu setzen. Dann versucht Koci dem Wachtmeister den Sinn und die Notwendigkeit eines solchen Checks noch einmal näher zu erläutern. Als er den Wachtmeister endlich so weit hat, dass der sich bereit erklärt, seinen Rat zu befolgen, fragt er noch: »Paul, ich glaube, dass das nicht alles ist. – Wo klemmt's denn noch?«

»Was meinst du?«

»Na, ich hab das Gefühl, dass auch sonst irgendetwas mit dir und deinem Leben nicht stimmt. Dass dich etwas bedrückt. – Wie geht es übrigens Anna?«

Es entsteht eine lange Pause in der Grossenbacher stur geradeaus blickt und auch sonst keine Reaktion zeigt, sodass schließlich Koci meint: »Na, wie du meinst, Paul. Das geht mich ja auch nichts an. Aber denk daran, morgen als Erstes mit dem Unispital zu telefonieren, und – was ich noch sagen wollte: Übertriebener Alkoholkonsum kann übrigens ein Grund für Pankreatitis sein. Paul, ich glaube, das muss ich dir nicht extra sagen: Alkohol ist ab sofort strengstens verboten.«

Grossenbacher beginnt ganz leicht zu frieren. Gänsehaut an Armen und Beinen. Der nüchterne, mit Vorhängen abgedunkelte Raum fühlt sich, als säße er in einem Kühlschrank Es ist nicht viel anders als bei Koci, denkt er und ist froh um die Decke, welche die Schwester vorsorglich über ihm ausbreitet. Trotzdem fröstelt er. Vielleicht auch wegen der ungewissen Situation, dem Unwohlsein, den Magenkrämpfen und dem leichten Vibrieren des Tomographen-Schlitten. Die Schwester sagt noch, dass er sich nun nicht mehr bewegen dürfe und sie gleich nebenan sei, und verlässt den Raum. Der Schlitten setzt sich mit einem Ruckeln in Bewegung. Das hochfrequente Zittern des eierschalenfarbigen Gerätes, das ihn nun langsam verschluckt, hat sich auf die Liege unter ihm übertragen. Er schlägt die Augen auf, obwohl ihm die Schwester geraten hat, sie zu schließen und sich zu entspannen. Dicht vor seinem Gesicht, er berührt sie fast mit der Nasenspitze, sieht er nur die Kunststoffabdeckung des Scanners, der sich mit einem Surren und Knattern, das weit aus dem Orbit zu kommen scheint, Millimeter um Millimeter durch seinen Körper arbeitet.

Spürt er die Strahlung des Gerätes? Vielleicht gleicht es dem Gefühl, wenn man fremde Blicke im Rücken spürt? Wie gestern, als er am Nachmittag das Gelände vom Waffenplatz im Reppischtal besucht hat, um sich die Fundstelle von Wachters Leiche anzusehen. Natürlich hat er sich umgesehen, aber nichts entdecken können. Auch später hat er es noch zwei, drei Mal verspürt und sich dabei immer wieder ganz vorsichtig und unauffällig umgesehen. Doch er hat nichts gesehen. Er musste sich getäuscht haben, darum hat er es auch bald wieder vergessen. Aber jetzt steckt er hier in dem Rohr und die Erinnerung daran ist so stark, dass er die Blicke wieder spürt.

Klar, es war nicht sein Job, und Grossenbacher kann sich auch heute nicht vorstellen, was ihn dazu gebracht hat, überhaupt da hinauszufahren, denn eine solche Aktion passte nicht zu ihm. Vielleicht war es ganz einfach zu erklären: Ein Sieg der Neugierde über Vernunft und Trägheit.

Dieses eine Mal hat Wachtmeister mbA Paul Grossenbacher gemacht, was man ihm angeraten hat. Um genau 7.05 Uhr hat er gestern Morgen die Nummer angerufen, welche ihm Dieter Koci am Abend zuvor im Institut für Rechtsmedizin aufgeschrieben hat. Zu seiner Überraschung war Professor Dr. Cortali persönlich am Apparat, sodass er nicht lange erklären musste, um was es ging. Er war von Koci informiert worden und hatte ihm einen Termin für morgen Mittwoch 10.30 Uhr freigehalten. Auf Anraten des Professors hat er sich, wenn auch widerwillig, eine gute halbe Stunde vor dem Termin unten an der Rezeption gemeldet. Und es ist genau das eingetroffen, was ihm der Mediziner gesagt hat.

Grossenbacher zog sich aus einem Dispenser in der Eingangshalle des Universitätsspitals Zürich einen Zettel mit einer Nummer, genau wie auf der Post, und wartete, bis seine aufgerufen wurde. Die Rezeptionistin erklärte ihm, dass er sich in einer falschen Abteilung befinde und schickte ihn in ein anderes Gebäude des Universitätsspitals. So irrte er durch die langen, erstaunlicherweise sehr belebten Gänge unterschiedlichster Baustile auf der Suche nach dem richtigen Schalter. Als er ihn gefunden hatte, war er natürlich nicht der Einzige, der in der Schlange stand. Endlich vorn angekommen, musste er feststellen, dass der richtige Schalter derjenige nebenan war. Beim nächsten Anlauf klappte es. Man fand seinen Termin, und Grossenbacher wurde mit allen erdenklichen Daten im System registriert. Zum Schluss bekam er einen rosa Klinikausweis, den er von jetzt an überall vorweisen musste. Auf einem zweiten Zettel erhielt er eine Wegbeschreibung und die Zimmernummer, wo er sich in knapp drei Minuten zu melden hatte.

Das ist etwa eine Stunde her, und nun liegt er fröstelnd in dieser futuristischen Maschine.

Erst als Grossenbacher das Spital verlässt, realisiert er, dass er den Professor Dr. Cortali gar nicht gesehen hat. Ist der vielleicht auch nur eine Erfindung wie Tell, fragt er sich, während er an der Haltestelle an der Rämistrasse auf das nächste Tram wartet. Er hat am Morgen ausnahmsweise die Öffentlichen genommen, da er vermutet hat, dass er oben beim Unispital sowieso keinen Parkplatz finden würde.

10

Freitagmittag; das Bürotelefon klingelt, als ob der Anrufer bestens über die Anwesenheit des Wachtmeisters Bescheid weiß. Grossenbacher nimmt den Hörer ab und versucht gleichzeitig die Black-Sabbath-CD ins Abspielgerät zu schieben.

»Ja!«, knurrt er ins Mikro. Den Kaugummikaugeräuschen nach zu urteilen, die in sein Ohr dringen, kann es nur Dienst-Chef Lüthi sein. Grossenbacher drückt das CD-Fach zu.

»Ah, Paul, gut, dass ich dich erwische, denn wir brauchen sofort das ganze Rösslispiel in einem Schrebergarten in Andelfingen. Bodenwiesstrasse, gleich hinter dem Schwimmbad. Klar? – Dann los!« Ohne Grossenbachers Antwort abzuwarten, legt Lüthi wieder auf. Die Befehlsausgabe ist so schnell gegangen, dass Grossenbacher in dieser Zeit nicht einmal den Player einschalten konnte. Er drückt auf die Play-Taste.

»Andelfingen?«

Mit der Skip-Taste hüpft er durch die Song-Liste, bis er findet, was er hören will. Song Nummer fünf *Paranoid* donnert durchs Büro.

»Wo ist das überhaupt?«

Er hat keine Ahnung.

Da Grossenbacher keine Lust hat, selbst zu fahren, und auch nicht genau weiß, wohin, würgt er Ozzy Osbournes Gekreische ab, schaltet das Gerät aus und eilt in den Bereitschaftsraum hinunter, in der Hoffnung, eine Mitfahrgelegenheit zu finden. Auch die Angst vor seinen Magenkrämpfen, ein erneuter Anfall könnte ihn überraschen, zwingt ihn den Materialbus des FOR zu nehmen, wo er einen freien Platz findet. Ohne zu fragen, ob der Sitz wirklich frei ist, nimmt er auf dem Beifahrersitz Platz, schnallt sich an und wartet. Als sich der Fahrer hinters Steuer schwingt, staunt dieser über seinen ungewohnten Fahrgast, sagt aber nichts. Erst als er sein Fahrzeug aus dem Hof auf die Straße hinaus manövriert, meint Grossenbacher mit einem freundlichen Kopfnicken: »Du hast nichts dagegen, oder?«

»Nein, kein Problem. Du bist doch Grossenbacher, von der Kripo, nicht?«

»Genau.«

»Und warum fährst du nicht selber? Du hast doch einen eigenen Dienstwagen, oder?«

»Weißt du«, gibt Grossenbacher zur Antwort, »es ist einfach viel bequemer, sich chauffieren zu lassen.« Dann dreht er sich vom Fahrer weg und starrt aus dem Seitenfenster, obwohl er da nur die kalten Betonwände des Milchbucktunnels vorbeiziehen sieht. Die mit Dreck und Ruß gefüllten schwarzen Fugen zwischen den Betonelementen flimmern wie die Taktstriche einer brausend lärmenden Symphonie vorbei. Er hat keine Lust, mit jedem über seine Beweggründe zu sprechen, darum bleibt er stumm, bis sie kurz vor Andelfingen von der A4 herunterfahren.

»Weißt du eigentlich, was passiert ist?«, will Grossenbacher endlich wissen.

»Nein, nicht genau. Man hat nur gemeldet, dass ein Toter in den Schrebergärten hinter dem Schwimmbad liegt. Mehr haben sie nicht gesagt.«

»Aha!«

Sie biegen links in die Hauptstrasse ein. Kleinandelfingen, ein typisches Zürcher Weinland-Dorf. Eine bescheidene Anzahl Häuser der Straße entlang aufgereiht, das größere Gebäude musste wohl das Schulhaus oder die Gemeindeverwaltung sein. Die Kirche befindet sich auf dem Schlosshügel, am gegenüberliegenden Flussufer im anderen Ortsteil. Grossenbacher vermutet, dass dieser Ortsteil wegen der Nähe zur Kirche schneller gewachsen ist und darum Grossandelfingen heißt. Die Ampel an der einspurig befahrbaren Holzbrücke steht auf Rot. Ruhig plätschert die Thur unter dem alten Bauwerk vorbei. Kein einziges Auto kommt ihnen entgegen, doch das Signal bleibt stur. Es ist still. Neben dem leisen Klopfen des Diesels glaubt Grossenbacher das Plätschern des Flusses durch das offene Beifahrerfenster zu hören. Grün! Der Fahrer lässt den Motor aufheulen und brettert mit Vollgas durch die Galerie. Am anderen Ufer reißt er erschrocken das Steuer herum, denn die Fahrbahn macht unmittelbar hinter der Brücke einen scharfen Knick nach rechts. Die Pneus kreischen, und aus dem Kastenaufbau des Lieferwagens ist ein beängstigendes Poltern zu hören. Den Wachtmeister dünkt, dass sich hinten im Laderaum nicht nur die Kisten verschoben haben, sondern dass sich der ganze Aufbau verselbstständigt hat. Bei der nächsten Abzweigung zeigt ein Wegweiser zum Schwimmbad.

Vor dem Parkplatz des Freibades steht ein uniformierter Polizist, der sie am überfüllten Abstellplatz vorbei weiter in die nächste Seitenstraße winkt. Nach dem Eingangsbereich des Bades stehen bereits Fahrzeuge der Polizei am Straßenrand. Zivile Einsatzwagen, Streifenfahrzeuge, wobei einer vergessen hat, das Blaulicht auszumachen, ein Sanitätswagen mit offener Hecktür und die Busse des Forensischen Institutes. Der Fahrer schließt dicht auf, lässt jedoch vorher den Wachtmeister aussteigen, sodass sich dieser nicht zwischen Maschendrahtzaun und Wagenseite durchquetschen muss. Am Eingang der Schrebergartenanlage, welche bereits großräumig mit rot-weißem Band abgesperrt ist, steht ein weiterer Uniformierter, der den Wachtmeister, nachdem dieser sich ausgewiesen hat, passieren lässt. Der Tatort ist nicht zu verfehlen. Er liegt da, wo sich die meisten Personen befinden. Zudem haben die Techniker vom FOR zwei weiße Zelte über der Fundstelle aufgebaut, um die Leiche vor den neugierigen Blicken der zahlreichen Zaungäste und der warmen Mittagssonne zu schützen. Grossenbacher geht den asphaltierten, aber löchrigen Weg entlang bis zur Parzelle, auf der die Zelte stehen. Ein hölzernes Gatter versperrt den Zugang zum Garten. Dahinter ein Plattenweg zwischen einem perfekt geschnittenen Rasenstück. Am Ende des Pfades steht ein Häuschen im Chaletstil des Berner Oberlands. Die beiden Fenster links und rechts der verschlossenen Tür sind mit karierten Vorhängen geschmückt. An den Simsen hängen Blumenschalen mit Geranien, deren rote Blüten sich stechend vom dunkel gebeizten Holz abheben. Über allem zockelt an einem kurzen Mast eine verwitterte Schweizerfahne. Grossenbacher zwängt sich am Chalet und einer Regentonne vorbei in den hinteren Teil des Gartens zum aufgebauten Zelt. Die Beete werden von in die Erde gerammten Blechen begrenzt.

Im gleichen Augenblick, in dem Grossenbacher die Zeltplane zurückschlägt, um unter das Verdeck zu treten, blitzt die Kamera von Philipp Attinger, dem Kriminalfotografen auf. Der Wachtmeister wird so geblendet, dass er nichts mehr sieht. Kleine helle Punkte kreisen in seinem beschränkten Universum.

»He, hallo! Pass doch auf, wo du hintrittst, du Idiot!«, schreit eine Stimme aus dem Hintergrund.

Nur langsam erholt sich die Netzhaut von dem eingebrannten Licht, sodass Grossenbacher wieder einzelne Gegenstände von den Umrissen der anwesenden Menschen unterscheiden kann.

»Eh, sorry! Das Blitzgerät hat mich geblendet. Was ist geschehen, wer kann mich auf den neusten Stand bringen?«

»Du hast ja wieder einmal Glück gehabt, dass du nicht auf eine Spur, sondern nur in die Objektivtasche vom Attinger getreten bist.«

Grossenbacher erkennt die Stimme von Dr. Dieter Koci, dem Chef des IRM. Ehe er sich darüber Gedanken machen kann, warum er immer der Letzte auf dem Platz ist, fragt ihn Koci: »Und, wie war's am Mittwoch? Warst du überhaupt da?«

»Ah, Dieter, du bist's?«, begrüßt Grossenbacher den Rechtsmediziner »Wo?«

»Bei Cortali meine ich.«

»Ah, da meinst du. Ich denke ganz gut so weit, aber auch etwas kalt.«

»Ich habe dir ja gesagt, dass du keine Angst haben musst und dass das ganz schnell geht.«

»Wenn du dem schnell sagst, so möchte ich nicht wissen, was für dich langsam ist. Gut, im Gegensatz zu dir und deinen Untersuchungen ging es tatsächlich schnell – eh, eigentlich wollte ich wissen, was hier genau passiert ist? Erstens, und zweitens, warum bist du hier? Und dann kannst du mir sicher sagen, wo ich den Brandtour-Off finde?«

Der sportliche Mann mit der kräftigen Figur eines Zehnkämpfers und dem blonden Stoppelhaar, das sich nicht unter die weiße Haube zwängen lässt, reicht dem Wachtmeister ein paar frische Gummihandschuhe.

»Eh, um ehrlich zu sein, habe ich noch keinen Brandtour-Off gesehen. Aber lass dich mal vom Lang ins Bild setzen. Er leitet bis jetzt die Untersuchung. Okay?«, Koci wendet sich wieder dem Toten zu. Grossenbacher schaut sich etwas genauer im Zelt um, bevor er aufs Geratewohl durch die Gartenanlage brüllt: »He, Lang, wo steckst du?«

Ein uniformierter Polizist vom Posten Andelfingen tritt vor. »Guten Tag, ich bin Erich Lang. Was kann ich für Sie tun?«

»Klingt wie aus der Werbebroschüre ›Die Polizei, dein Freund und Helfer‹! Lernt man heute so etwas auf der Polizeischule?« Grossenbacher sieht nur Unverständnis in Langs Augen. »Nun, ist auch egal. Ich wüsste gerne, was hier vorgefallen ist.«

»Wir haben Folgendes: Genau um 11.28 Uhr schickt uns die Funkleitzentrale mit dem Verdacht auf unnatürliche Todesursache in die Schrebergärten hinter dem Schwimmbad. Ein Mann, hier seine Personalien«, Lang hält Grossenbacher ein Papier hin, »hat die leblose Person gefunden und mit seinem Handy den Notruf alarmiert. Sanität und Notärztin sind fast zur gleichen Zeit wie wir eingetroffen. Wir haben sofort mit dem ersten Angriff begonnen, doch außer dem Zeugen hier«, er deutet wieder auf den Zettel in Grossenbachers Hand, »haben wir bis jetzt keine Personen gefunden, die etwas gesehen oder gehört haben. Ich war auch drüben in der neuen Gemeindekanzlei und an der Kasse vom Schwimmbad. Aber da hat man nichts bemerkt.« Polizeikorporal Lang macht eine Pause, um Luft zu holen. Verlegen schaut er sich um, räuspert sich, bevor er weiterspricht: »Die Ärztin konnte nur noch den Tod feststellen. Ich habe dann sofort mit der Einsatzzentrale Kontakt aufgenommen.«

»Gut, dann sollte das laufen. Da bis jetzt, wie ich sehe, weder Brandtour-Off noch Staatsanwalt aufgetaucht sind, übernehme ich jetzt. Oder hast du etwas dagegen?«

»Nein, nein!« Der Korporal hebt beide Hände. »Nein, bitte übernehmen Sie nur. Ich muss zugeben, das ist mein erster Fall mit einem Mord. Bei uns auf dem Land gibt es so etwas normalerweise nicht.«

»Wieso Mord? Woher weißt du das?«

Dieter Koci steht jetzt wieder bei ihnen. Grossenbacher will von ihm wissen, warum er denn so schnell am Fundort war und warum der Lang von Mord spricht.

»Die Ärztin, ich kenne sie von früher, hat mich angerufen und mir von dem erstaunlichen Fall berichtet, den ich mir unbedingt ansehen müsste. Keine Angst wegen den Kosten, ich bin in meiner Mittagspause und aus rein privat-beruflichem Interesse hierher gefahren, falls dich das überhaupt interessiert.«

»Nein, nicht wirklich, mach das mit dem Staatsi aus, falls er endlich eintrifft, nicht mit mir. Aber, wenn du schon einmal hier bist. Was haben wir?«

»Gut. Wir haben hier einen Mann, geschätztes Alter 65 bis 70. Nach Auskunft des Obergärtners, oder wie das auch immer heißt, dem Zeugen eben – vielleicht Gartenmeister –, der ihn gefunden und die Polizei alarmiert hat, ist der Tote der Mieter des Pflanzstückes gleich nebenan. Den Namen bekommst du vom Garten-Chef oder vom Lang. Aber – komm schau's dir selber an.« Koci führt Grossenbacher etwas tiefer ins zweite Zelt hinein. Die Sonne hat die Luft unter der Zeltleinwand auf Backofentemperatur gebracht, sodass der Wachtmeister sofort stark schwitzt.

Was Wachtmeister mbA Paul Grossenbacher zu sehen bekommt, erinnert ihn augenblicklich an die Schlacht am Morgarten, wo die Eidgenossen dem Ludwig eins auf die Rübe gegeben hatten. Ein wehrhafter älterer Eidgenosse liegt rücklings und mit verdrehten Gliedern über jungem Gemüse. Dem Mann in Gartenkleidern, Kurzarmhemd und Überhosen klafft eine wüste, blutverschmierte Wunde am Kopf. Der Schädel ist in Längsrichtung von der Nasenwurzel bis zum Hinterkopf in zwei gleiche symmetrische Hälften geteilt. In der tiefen Kluft steckt nach wie vor die scharfe Klinge einer Hellebarde. Ein Teil der zersplitterten Schädeldecke hat sich wie eine umgestülpte Orangenschale nach außen geklappt und wird nur noch von einem Hautfetzen am Kopf gehalten. Die aufgeschlitzte Kopfhaut hat sich dabei durch die Eigenspannung von der Bruchstelle zurückgezogen. An den glatten Schnittkanten der Haut haben sich Klumpen aus eingetrocknetem Blut gebildet. Gläsern schimmert der freigelegte Schädelknochen. Die von Hand geschliffene, beilförmige Schneide der altertümlichen Waffe hat mit Leichtigkeit den Knochen gespalten und ist bis zum Halswirbelansatz durch das Hirn gedrungen, sodass man ungehindert die Windungen studieren kann. Am Boden unter den Kopfhälften hat sich ein See aus dunkelrotem Blut und Hirnflüssigkeit gebildet. Sofort meldet sich Grossenbachers Magen und zwingt ihn, einen Schritt vom Opfer wegzutreten. Tief durchatmen und professionell sein. Doch die Luft im Zelt wird nicht besser.

Man sieht, dass derjenige, der hier zugeschlagen hat, mit dem Umgang dieser mittelalterlichen Hieb- und Stichwaffe vertraut ist. Es braucht Übung, mit einem so sperrigen Kriegsgerät umzugehen. Der Schlag wurde so kräftig ausgeführt, dass der Mann sofort tot gewesen sein musste. Koci kauert sich über den Toten und deutet auf die Quetschwunden an den Unterarmen und auf die stichartigen Einschnitte in den Lenden und an den Beinen, die erstaunlicherweise nicht bluten.

»Hier und hier.« Koci hebt dabei vorsichtig das Hemd in die Höhe. »Diese Stiche kommen von dem Hacken an der Hellebarde. Das Opfer hat sich gewehrt, was man gut an den typischen Deckungsverletzungen an der Unterseite der Arme erkennen kann. Der Mann hat versucht, die Hiebe mit den bloßen Armen abzufangen. Dann wollte er wohl fliehen. Der Täter hat das durch einen Schlag mit der Hellebarde verhindert. Du musst dir vorstellen, Paul, mit dieser fürchterlichen Waffe kann man mit der Lanzenspitze zustechen, und wenn das Opfer ausweicht, hat man

immer noch diesen scharfen Sporn, den man beim Zurückziehen in den Gegner rammen kann. Ein wahnsinnig brutales Gerät. Eine wahnsinnige Tat!«

»Was meinst du, wie lange liegt er schon da?«

»Ich denke, das sind ein paar Stunden. Vielleicht sogar
seit letzter Nacht.«

Grossenbacher schaut auf seine Uhr und meint: »Jetzt
ist es fast zwei, also könnte es …«

»Paul, ich sagte doch, ein paar Stunden. Die Körper-
kerntemperatur gibt wegen der direkten Sonneneinstrah-
lung kaum sichere Werte, und Totenstarre und Totenflecke
sind doch sehr ungenaue Indikatoren. Aber ich gebe dir
einen Todeszeitraum von gestern Abend vielleicht 21 Uhr
bis heute Morgen, sagen wir etwa 4 Uhr. Genauer geht's
im Moment nicht.«

»Gibt es Zeugen?« Der Wachtmeister blickt sich suchend
um, bekommt aber keine Antwort. »Eh – Dieter, du sag-
test soeben etwas von Verteidigungs- oder Deckungsverletzungen und Flucht. Könnte es demnach sein, dass der
Kampf nicht hier begonnen hat? Dass hier nur das Ende,
sozusagen die Endphase stattgefunden hat? Wenn ja, wenn
das so ist, so gibt es vielleicht, nein, dann muss es entsprechende Spuren außerhalb von diesem Garten geben. Hat da
schon jemand daran gedacht oder trampeln die Deppen da
draußen fröhlich alles nieder?« Mit dem letzten Satz wendet er sich an die Leute von der Spurensicherung. Doch
außer dem Fotografen Attinger und Dr. Koci ist niemand
im Zelt. »Wo sind die alle hin?« Erstaunt tritt der Wachtmeister aus dem Zelt, um nachzusehen. Die Sonne steht
senkrecht über den rechtwinklig angelegten Gartenbeeten.
Erst jetzt realisiert er, wie heiß es im Zelt, aber auch hier
in den Gärten ist. Kein Windhauch, die Luft steht, als ob

sie den Atem angehalten hätte. Hoch oben am wässrig blauen Himmel zieht ein Bussard seine Kreise, und aus dem benachbarten Schwimmbad dringt fröhliches Kindergeschrei herüber. Da, da bewegt sich etwas. Grossenbacher mustert nun die Gartenanlage etwas genauer und entdeckt hinten bei der Hecke eine Person im weißen Overall der Spusi, die mit einer langen nummerierten Nadel eine Stelle markiert, welche sie eben genauestens untersucht hat. Die hochgewachsene schlaksige Gestalt im antiseptischen Ganzkörperanzug streift sich beim Gehen die Kapuze vom Kopf, als sie auf ihn zukommt.

Ein junger Mann, den Grossenbacher noch nie gesehen hat. Der vom Herunterbeugen leicht gerötete Teint und die vielen Sommersprossen geben dem blassen Gesicht mit den ausgeprägten Kieferknochen einen Hauch von Farbe. Das rötlich schimmernde Haar ist preußisch streng zurückgekämmt. Kein einziges Büschel widersetzt sich der erzwungenen Ordnung. Die Frisur scheint wie in Stein gemeißelt, nicht einmal die unvorteilhafte Schutzkappe des faserfreien Schutzanzuges schafft es, Unordnung zu stiften.

»Hallo, Sie sind sicher der berühmte Grossenbacher«, kommt es in druckfertigem Deutsch aus seinem Mund, dabei streckt er dem Wachtmeister die Hand hin, »ich bin Harald Schubert, der neue Mann beim FOR, oh, entschuldigen Sie.« Mit einem Ruck reißt er quietschend die Gummihandschuhe von den Fingern und schüttelt dem nun etwas überraschten Wachtmeister die Hand.

»Ja, ich ... eh, ich habe ge... gemeint«, stottert Grossenbacher verlegen und fällt automatisch ins Schriftdeutsche, »dass Sie erst nächsten Monat anfangen – ach ja, Koci hat mir schon davon berichtet. Haben Sie schon etwas gefunden?«

»Ja, so einiges. Leider haben der Notarzt und die Sanität die nähere Umgebung des Toten platt gemacht. Da war nicht mehr viel zu holen. Jedoch da drüben gibt es ein paar interessante Spuren, die ich Ihnen gerne zeigen möchte.«

Der Wachtmeister beginnt sofort zu kochen. Mit vor Aufregung zitternder Stimme poltert er los: »Können diese Trottel denn nicht aufpassen? Wie oft muss man ihnen das noch erklären! Begreifen diese Banausen nicht, dass sie bei Fundorten, besonders, wenn Leichen herumliegen, vorsichtig sein müssen? Und, hm – wo sind sie?«

»Eh, wen meinen Sie denn?« Der neue Chef der Spurensicherung schaut den Wachtmeister leicht konsterniert an.

»Die Dummköpfe natürlich, wer denn sonst!«

Wie so oft, wenn Grossenbacher vor einem neuen Fall steht, reagiert er übermäßig heftig und unkontrolliert. Schon die geringsten Kleinigkeiten können ihn so aus der Bahn werfen, dass er sich maßlos aufregt und seinem Missmut lautstark Luft verschaffen muss.

Schubert weicht automatisch einen Schritt zurück und runzelt die Stirn. Die Kollegen haben ihn gewarnt, kurz bevor er zum Fundort aufgebrochen ist »Au, hast du's schon gehört? Grossenbacher ist aufgeboten! Sei ja vorsichtig, der Mann ist so gefährlich, wie er auch faul und gut ist.«

»Ach, Himmelherrgott noch mal!« Innert Sekundenbruchteilen ist Grossenbacher in der richtigen Stimmung für einen seiner berüchtigten Rundumschläge. Schon holt er aus für die nächste Breitseite, doch wird er vom Neuen gleich unterbrochen: »Kein Grund zur Panik, mein lieber Wachtmeister Grossenbacher. Zugegeben, in der näheren Umgebung der Leiche konnten wir nichts mehr finden, doch ist das nicht so relevant, denn, so glaube ich wenigstens, hat das Opfer hier in diesem Garten nur den mit dem Leben unvereinbaren finalen Schlag erhalten. Aber da drüben, zwei Parzellen weiter hinten und gleich hier im Nachbargarten«, Schubert deutet mit dem Daumen über seine Schulter, »gibt es quantitativ wie qualitativ hochwertige Spuren und Anhaltspunkte. Wenn Sie so gut sein möchten, um mit mir hinüberzugehen, so werde ich Ihnen die Funde zeigen und die Einzelheiten dazu erläutern. Also, wenn ich bitten darf?«

Doch statt sich zu bewegen, einen ersten Schritt zu machen, bleibt Grossenbacher wie angewurzelt stehen. Diejenigen, die ihn schon länger kennen, ziehen vorsichtshalber die Köpfe ein, denn sie glauben zu wissen, was jetzt kommt. Der Wachtmeister plustert sich auf, wobei sich sein Brustkorb bedrohlich hebt und sich der Nacken rot verfärbt. Balzverhalten, Revier markieren durch den Leithammel! Doch erstaunlicherweise passiert nichts. Grossenbacher lässt hörbar Luft ab, bleibt still und starrt den Neuen so lange stechend an, bis ihm die eigenen Augen brennen. Dann, auf einmal, meint er in einem ganz ruhigen, beinahe kollegialen Tonfall: »Gut, dann wollen wir.«

Die Männer verlassen die Parzelle, und Harald Schubert führt sie zu dem weiter hinten gelegenen Garten, wo er dem Wachtmeister und dem Polizisten Lang das Gatter aufhält. »Sie können unbekümmert eintreten, wir haben in diesem Bereich schon alles gesichert, und was wir nicht mit ins Labor nehmen können, ist gut sichtbar markiert.« Tatsächlich ist der Garten über und über mit Nummernnadeln gespickt. »Also«, Schubert setzt ohne Umschweife zu seinem Vortrag an, »aus der Spurenlage ist zu entnehmen, dass der Kampf hier in diesem Garten begonnen haben muss. Fußabdrücke, Blutspritzer und andere Kampfspuren deuten klar darauf hin.« Harald Schubert zeigt den Polizisten Einschläge der Hellebarde in der Dachrinne und dem Giebel des Gartenhäuschens. Auf den ersten Blick könnten die Kerbungen auch von einer normalen Axt herrühren, jedoch die Lage in der Höhe lässt auf einen längeren Stiel schließen. »Hier und hier«, er reckt sich hoch, um die Stellen zu markieren, »sehen Sie fehlgeschlagene Hiebe. Der Angreifer hat sein Opfer nicht immer getroffen. Erst da hinten fanden wir Blut in der Erde. Hier muss er ihn ein erstes Mal erwischt haben. Das Blut sowie die DNS werden mit derjenigen des Opfers verglichen. Ebenso haben wir von den tiefen Abdrücken der Schuhsohlen in den frischen Beeten Gipsabgüsse gefertigt. Ich kann jetzt schon sagen, dass einige in Größe und Muster mit den Schuhen des Opfers übereinstimmen. Daneben haben wir auch Abdrücke des vermeintlichen Täters sichergestellt. Beachten Sie bitte die zwei Vertiefungen im Boden, genau hier«, er deutet auf eine Stelle am Rand eines Salatbeetes, »sehen Sie, hier ist das Opfer auf die Knie gefallen und hat wahrscheinlich mit den Armen weitere Hiebe abgefangen.« Schubert richtet sich wieder auf. »Den Spuren zufolge muss das Opfer hier gelegen, wenn nicht gar gestorben sein. Was mir noch nicht ganz klar ist, ist die Tatsache, wie der Verletzte oder eben Tote von diesem Grundstück in das übernächste gekommen ist. Aber das finden wir noch heraus. Wenn Sie mir jetzt in den Nachbargarten links vom Fundort folgen wollen, so kann ich Ihnen da noch etwas anderes, aber ebenso Interessantes zeigen.«

Gemeinsam gehen sie den schlecht asphaltierten Gartenweg zurück und betreten die Parzelle links der Fundstelle. Auch hier steht ein Holzhäuschen mit überdeckter Veranda. Fahnenmast und Scheiterbeige sind links neben der Baracke. Vor der mit Gartenplatten ausgelegten Pergola thront ein selbst gemauertes Garten-Cheminée. Die Feuerstelle ist beinahe klinisch sauber geputzt. Es scheint fast, als wäre sie noch nie oder schon lange nicht mehr benutzt worden. Die Scheiter auf dem Stapel unter dem Vordach sind auf den Millimeter genau gleich lang. Grossenbacher schätzt, dass sie alle aufs Gramm gleich schwer sind. Im Unterschied zu den beiden anderen Gärten steht die Hütte im hinteren Bereich des schmalen Grundstücks. Die Tür des Schrebergartenhäuschens ist verschlossen. Auch hier ist der ganze Garten mit in die Erde gesteckten Nadeln übersät und zwar so dicht, dass man das Terrain nur auf Zehenspitzen betreten kann.

Schubert ist der kleinen Gruppe vorausgegangen, steht nun vor der Hütte, bückt sich und deutet auf eine ganz bestimmte Stelle am Türpfosten: »Hier kann man deutlich erkennen, dass mit einem flachen Gegenstand versucht wurde, die Tür aus den Angeln zu heben. Was dem Einbrecher bei einer solch einfachen Verriegelung bestimmt gelungen ist. Vorsicht, der Rahmen ist stark beschädigt. Eh, und übrigens, das Innere habe ich noch nicht unter die Lupe genommen.« Schuberts Mobiltelefon klingelt. Er entschuldigt sich und wendet sich von seinen Begleitern ab. Konzentriert hört er dem Anrufer zu und entfernt sich dabei von den beiden Polizisten, sodass er bald hinter dem Häuschen verschwunden ist.

»Was ist das für eine Baustelle da hinter den Feldern?«, will Grossenbacher von Lang, dem Andelfinger Polizisten wissen.

»Die Gebäude neben dem Wäldchen? Das ist das Zivilschutzausbildungszentrum des Kantons Zürich.«

»So, so – Zivilschutz«, brummt der Wachtmeister, »das hat ihm auch nichts genutzt.«

»Wie?«

»Ach, nichts. Ich dachte nur.«

Schubert streckt den Kopf hinter der Scheiterbeige hervor, um zu sehen, ob die beiden noch da sind. »Wachtmeister Grossenbacher! Kommen Sie doch bitte hier nach hinten. Ich denke, das sollten Sie sich ansehen.«

Grossenbacher trottet missmutig zu Schubert hinüber und lässt sich zeigen, was er unbedingt ansehen muss. Seine Laune hat sich noch keinen Millimeter verbessert, seit er den aufgespaltenen Mann gesehen hat. Und für die langweiligen Fußabdrücke, die ihm Schubert so dringend zeigen wollte, kann er sich trotz aller Anstrengung nicht begeistern. Nur das dreieckige Kunststoffplättchen mit den abgerundeten Ecken, das vom groben Schuhprofil in den Boden getreten ist, kann sein Interesse kurzzeitig wecken.

»So, mehr weiß ich im Moment auch nicht. Was wir noch entdecken, können Sie später im Bericht nachlesen. Wenn Sie mich jetzt entschuldigen wollen, man braucht meine Hilfe drüben im Zelt!«, sagt Schubert, überlässt Grossenbacher und Lang kurzerhand sich selbst und entschwebt in den benachbarten Garten.

Unentschlossen steht Grossenbacher im Vorgarten und lässt den Blick in die Umgebung schweifen. Auf der einen Seite, nach Westen, der Weg, das Weizenfeld und dahinter die Zivilschutzanlage. Nach Osten, das Gartenhäuschen mit Büschen als Grenze. Dahinter das längliche Gebäude der Gemeindekanzlei. Über das flache Dach hinweg hört man das Geschrei aus dem Schwimmbad dahinter, und weiter hinten, nach der Liegewiese, kann man das mit Buschwerk und Bäumen gesäumte Ufer der Thur erahnen. Links und rechts von seinem Standort reihen sich die schmalen Gärten. Die ganze Landschaft wird von einem wolkenlosen durchsichtigen Himmel überzogen, in dessen Mitte eine grelle weißgelbe Scheibe brennt. In dem

Augenblick, in dem Grossenbacher seine Jacke an einen Zaunpfosten hängen will, tippt ihm jemand auf die Schulter und flüstert ihm ins Ohr: »Paul, ich bin dann weg.«

Kaum eine Minute später sieht Grossenbacher, wie Staatsanwältin Oberli den Weg entlang stöckelt. Vorsichtig balanciert sie um die aufgerissenen Belagsschäden, immer darauf bedacht, dass die teuren Louboutins keine Kratzer kriegen und sie trotzdem einen möglichst eleganten Auftritt hat. Dunkles Deux-Pièces, weiße Bluse und kurzer, knapp knielanger Jupe, nicht enden wollende Beine auf hochhackigen schwarzen Schuhen mit den roten Sohlen. Bei diesem Anblick verbessert sich Grossenbachers Laune merklich und er fragt sich, wie Koci es geschafft hat, sich rechtzeitig zu verdrücken. Doch was kümmert's ihn, solange er diese langen Beine der Justiz auf sich zukommen sieht. Ein kurzer Genuss, schon steht Staatsanwältin Manuela Oberli vor ihm, schürzt herausfordernd die Lippen und meint: »Nun, sag schon, wer war's?«

»Hm, der Mörder ist bekanntlich immer der Gärtner, das dürfte an diesem Ort doch wohl klar sein oder nicht?«

»Okay, Paul, eins zu null für dich. Aber sag schnell, was haben wir? Es schwirren schon die wildesten Gerüchte durch die Gänge der Staatsanwaltschaft.«

»Also, ich würde dir als Erstes raten, noch einen Historiker und einen Archäologen hinzuzuziehen, denn unser Toter scheint ein Kriegsopfer aus der Schlacht am Morgarten anno 1315 zu sein. Aber, schau's dir besser selber an und lass dir vom Neuen die Spuren und die Lage erklären. Ich glaube, der Mann ist tatsächlich brauchbar.« Grossenbacher weist die Staatsanwältin in den nächsten Garten und schreit laut über die ganze Anlage hinweg: »Schubert lass die Musik erklingen, du hast neues Publikum!« Aus dem

Augenwinkel sieht er noch, wie der Neue auf die Staatsanwältin zu schwebt, dann dreht er sich weg schlurft den Weg zur Straße zurück, wo er sich erneut dem Studium der Umgebung widmet. Er stellt sich in den Schatten eines Baumes und betrachtet die Schrebergartenanlage. Ein längliches Grundstück zwischen Gemeindekanzlei und Feldweg, wie Toastbrot in Scheiben geschnitten. Der Wachtmeister zählt als Erstes die Gärten, die vor ihm liegen. Er kommt auf 16 Parzellen. Auch möglich, dass es mehr sind. Er überprüft das Resultat auf der Liste, die ihm vorhin Polizeikorporal Lang in die Hand gedrückt hat. Darauf sind 18 Gärten vermerkt. Erneut schweift sein Blick über die grüne Kleinbürgerwelt. Er findet das achte Pflanzstück, von der Zufahrtsstraße aus gezählt, wo jetzt ein Toter liegt. Vermutlich der Pächter dieses Abschnitts. Und in der zehnten Parzelle fand laut Schubert der Kampf statt. Das nächste Grundstück, der elfte Garten, scheint etwas verwildert und unbenutzt zu sein. Noch weiter hinten, in der 13. Parzelle, ist ins Gartenhäuschen eingebrochen worden. Der Zeuge, der Gärtner von Parzelle eins hatte ausgesagt, dass der Tote der Pächter des zehnten Gartens sei. Reichlich kompliziert, denkt Grossenbacher und beobachtet, wie der Neue mit Staatsanwältin Oberli in den Büschen von Garten sieben verschwindet.

Wie ist der Tote von Garten zehn über die Zäune auf das übernächste Grundstück gekommen? Sagte Schubert vorhin nicht, dass der Mann schon auf Grundstück zehn gestorben sein muss. Nun gut, Schubert ist vielleicht der neue Chef vom Forensischen Institut Zürich, aber trotzdem kein Mediziner. Jedoch weiß auch Grossenbacher, dass Tote, wie die Bezeichnung schon sagt, eben tot sind und höchstens noch die Gemüter bewegen. Also scheint die Frage berechtigt: Wie ist er auf das andere Grundstück gekommen? Warum hat der Mörder den Toten in einen anderen Garten gelegt? Von irgendwoher hört Grossenbacher eine Schulhausglocke und bald darauf auch die Kinder, die aus dem Schulhaus, das auf der anderen Straßenseite liegt, stürmen. Automatisch blickt er auf sein Handgelenk: 15.17 Uhr.

Was, schon?, denkt er und schleicht den Feldweg zurück, an Garten sieben, acht und neun vorbei bis zur Hütte, in welche eingebrochen wurde. Polizeikorporal Lang steht wie zur Bewachung immer noch vor dem Häuschen. »He, Grossenbacher! Nein, Herr Schubert hat mich gebeten, hier niemanden hineinzulassen. Das gelte besonders für dich. Das hat er sogar ausdrücklich gesagt.«

»So, so, hat er gesagt – dann empfehle ich dir, ihm nicht zu sagen, dass ich jetzt in der Hütte bin. Komm, mach Platz, lass mich durch, ich werde schon nichts kaputt machen.« Wachtmeister Grossenbacher schiebt den verunsicherten, uniformierten Polizisten zur Seite, stößt die im Rahmen verklemmte Tür auf und schlüpft in das Holzhaus. Ein scharfer, beißender Geruch schlägt ihm entgegen. Als sich seine Augen an das Zwielicht in der Hütte gewöhnt haben, beginnen sie sogleich zu tränen. Grossenbacher ist überrascht von der Größe des Raumes. Rechts an der Wand stehen ein unverschlossener Werkzeugschrank und allerlei andere Gartenutensilien. Der Gestank in der Hütte kitzelt in der Nase Er niest. »Pfui, hier stinkt's aber gewaltig!« Grossenbacher hält sich den Handrücken vor die Nase. In der Ecke gleich hinter einem Holzschrank entdeckt er eine einfache, unbenutzte Schlafstätte. Links vom Eingang, unter den beiden Fenstern, füllen eine Eckbank, Tisch mit dunkelblauem Wachstuch und zwei Stühle den Raum. Auf dem Tisch stehen ein Kerzenständer und eine Vase mit vertrockneten Sonnenblumen. Die hängenden Köpfe hinterlassen auf dem Tuch eine gelb leuchtende Korona aus Blütenstaub. Eine doppelte Sonnenfinsternis. An der Rückwand, genau über dem Schlafplatz, hängt, Grossenbacher kann es kaum glauben, eine Hellebarde. Gleich darunter befinden sich zwei in die Wand geschraubte Haken. Genau der Platz für eine zweite Waffe. »He, Lang«, schreit er aus der Hütte, »kannst du beim FOR eine Lampe organisieren. Ich sehe nichts, es ist viel zu dunkel hier drin und Strom gibt es nicht. Grossenbacher hört, wie sich Lang auf den Weg macht. Vorsichtig zieht er die Tischschublade heraus und findet sofort, was er darin vermutet hat: Zündhölzer. Im gleichen Augenblick, indem er das Streichholz an der rauen Fläche der Packung reibt, fällt ihm die einfache Kochstelle an der Wand auf. Zwei Gas-Rechauds und ein Chromstahlbecken mit Wasseranschluss. Die große Propangasflasche steht gleich darunter. Er erkennt auch, was in der Hütte so penibel stinkt. Es ist Gas! Ausströmendes Gas aus der Flasche unter der Kochstelle. Mit einem geistesgegenwärtigen, aber gleichfalls verzweifelten Hechtsprung durch das verschlossene Seitenfenster versucht sich Grossenbacher noch in Sicherheit zu bringen, bevor ihm das Häuschen um die Ohren fliegt.

11

Es brennt, höllisch! Ganz langsam kehrt Wachtmeister Grossenbacher aus den ewigen Jagdgründen zurück, wobei er durch eine fette Schicht aus schleimig wabbelndem Pudding flutscht. Erinnerungsfetzen kleben noch in den Augenwinkeln und zwar genau so weit hinten, dass er sie nicht mehr erspähen kann. Alles, was er mit Bestimmtheit weiß, ist, dass sein Körper unerträglich brennt und schmerzt. Er fühlt sich erschüttert und unaufgeräumt, gerade so, als hätte ein Voodoo-Priester seine Knochen durcheinandergeschüttelt und über einem Aschefleck ausgeworfen, um daraus die Zukunft zu lesen. Von ganz weit, es könnten hunderte von Metern sein, hört er das Gemurmel des Medizinmanns.

Was will denn der von mir, fragt sich Grossenbacher und versucht, sich bemerkbar zu machen, sich zu bewegen, sich zu wehren. Doch scheinen seine Bemühungen nicht bis an die Oberfläche durchzudringen. Man nimmt ihn nicht wahr. Panik erfasst ihn. Langsam, aber wirklich nur ganz langsam, fügen sich Stück um Stück seine Knochen und Körperteile wieder zu einer Einheit zusammen. Die Enden der Erinnerungsfäden verknüpfen sich, sodass vereinzelte klare Bilder entstehen, die ihm vor Augen halten, was überhaupt geschehen ist. Dann wird er wieder zurück ins Nirwana gerufen. Und er beschießt, erst einmal da zu bleiben, denn da, wo er jetzt ist, fühlt sich alles weich und bequem an. Ein schöner Ort, denkt er und hofft, dass er sich nicht mehr bewegen muss.

Das Nächste, was er spürt, ist das Ziehen und Rauschen, das entsteht, wenn das eigene Blut durch die Adern schießt. Dann fliegt er und fühlt sich unheimlich leicht. Sanft wird er hochgehoben und auf eine warme Unterlage gelegt. Etwas Hartes wird im aufs Gesicht gepresst und auf einmal bekommt er wieder Luft und kann atmen. Er fühlt, wie sich seine Lungen füllen und das Leben Zug um Zug zurückkehrt. Wenn er gewusst hätte, dass die Rückkehr so mit Anstrengung verbunden ist, hätte er sich das Ganze vielleicht noch einmal überlegt. Die Enttäuschung ist groß, und er ist versucht, schnell zurückzusinken. Die mühsam erkämpfte und knapp erkennbare Umgebung droht erneut zu verwischen. Es entsteht eine neue Unschärfe, verursacht durch eine Dunstwolke, die jetzt den engen weißen Raum füllt. Vibrationen übertragen sich auf seinen Rücken und von da auf den ganzen Körper. Ein Rucken, ein leichtes Schütteln, dann ertönt ganz eindeutig ein Martinshorn. Doch Wachtmeister Paul Grossenbacher weiß nicht genau warum.

Ein Gesicht, versteckt hinter einem grünen Mundschutz und unter einer gleichfarbigen Haube schiebt sich in sein eingeschränktes Gesichtsfeld.

»Herr Grossenbacher, können Sie mich hören? – Ja? Bleiben Sie bitte still liegen und bewegen Sie sich nicht. Wenn Sie mich verstehen können, so versuchen Sie, nur mit den Augen zu zwinkern.«

Grossenbacher weiß, dass er Menschen mit Mundschutz schon gesehen hat, damals in den Nachrichten im Zusammenhang mit der Vogelgrippe, doch er weiß nicht, wie er nach Japan gekommen ist. Mit aller Kraft, jedenfalls kommt es ihm so vor, presst er seine Augen zusammen.

»Gut. Herr Grossenbacher, ich bin Hannes Graf, leitender Arzt in der Notfallstation des Kantonsspitals Winterthur.«

Grossenbacher erkennt nicht mehr von dem Mann als die zwei grünen Augen unter der grünen Haube und denkt, dass es schon erstaunlich ist, wie gut er neuerdings Japanisch versteht.

»Sie haben Glück gehabt. Zum einen, dass es Sie nicht schlimmer erwischt hat, und zum anderen, dass der Rettungswagen und die Sanitäter noch vor Ort gewesen sind.

So konnte sofort professionell Erste Hilfe geleistet werden. – Hm, wissen Sie überhaupt, was passiert ist?«

Grossenbacher versucht zu antworten.

»Nein, nein! Nicht bewegen.«

Das Gesicht verschwindet, und Grossenbacher hört ein Husten. Dann taucht der vermummte Kopf wieder auf: »Sie hatten einen Unfall und waren bewusstlos. Man hat Sie ins Spital gebracht. Nach Ihrer Einlieferung haben wir Sie geröntgt und neben den oberflächlichen Schnittwunden an Ihren Händen und den Verbrennungen zweiten Grades am Kopf auch eine Fraktur der Ulna links, ich meine der linken Elle diagnostiziert. Zum Glück nichts Lebensbedrohendes. Alles ist bereits sauber versorgt oder eingegipst.«

Wieder das Husten.

»Entschuldigen Sie, wir mussten Ihnen den Kopf verbinden, da Sie, wie eben gesagt, auch in diesem Bereich Verbrennungen haben. Eh, ja. Und, leider – darum haben Sie auch keine Haare mehr. Sie wissen ja, wie schnell Haar abbrennt. Den Rest mussten wir abrasieren. So, das wäre alles. Sie bleiben vorerst zur Beobachtung hier auf der Station liegen und werden erst später in den Bettentrakt verlegt.

Das Augenpaar verschwindet aus seinem Gesichtsfeld. Plötzlich tauchen sie wieder auf, doch sind sie diesmal blau und geschminkt.

Ein Luftzug und Vibrationen holen ihn wieder aus dem Dämmerzustand. Neonröhren flitzen vorbei. Das Quietschen von Plastiksohlen auf dem gebohnerten Linoleum, dann verändert sich auch der Klang der Gummiräder. Hohl und metallen, dann ein Rumpeln. Mit einem dumpfen Puff schließen sich die Lifttüren und der Fahrstuhl setzt sich mit einem gewaltigen Ruck in Bewegung, sodass Grossenbacher in die Matratze des Spitalbettes gedrückt wird.

Die Stockwerke huschen vorbei, dann greifen die Bremsen so brutal, dass es den Wachtmeister, der sich noch kaum von dem rasanten Start erholt hat, beinahe aus den Leintüchern katapultiert. Was Grossenbachers Körper gerade noch verkraften kann, macht sein Magen nicht mit. Der klägliche Inhalt ergießt sich über das Bett und tropft auf den Fahrstuhlboden. Der beißende Gestank von Erbrochenem und Galle verteilt sich sofort in der Liftkabine.

Ein sanfter Kuss holt ihn zurück. Als er sich endlich überwinden kann, seine Augen zu öffnen, blickt er direkt in die Augen von Anna, die ihn besorgt beobachten. Sofort überrascht ihn ein Schamgefühl, das ihm sogar etwas Röte ins Gesicht treibt. Er ist alt, gebrechlich und verletzlich geworden, nicht mehr der große Grossenbacher. Er schämt sich so hilflos vor Anna zu liegen. Neben seinem Körper ist jetzt auch seine Seele geknickt. Gleichzeitig fragt sich Grossenbacher, ob er ein altes sentimentales Weichei geworden ist und wenn ja, warum.

»Du? – Was machst denn du …« Das Sprechen fällt ihm schwer und er stinkt so abscheulich aus dem Mund, dass Anna zurückschreckt.

»Psst, Paul«, flüstert Anna und legt einen Finger auf seine Lippen, »sei jetzt still. Was machst du denn für Sachen? – Nein, nein, nicht antworten. Die Ärzte haben gesagt, dass du dich unbedingt ausruhen musst und dich ja nicht anstrengen oder gar aufregen darfst, nur so wirst du wieder gesund. Ruh dich aus, so kommst du am schnellsten wieder auf die Beine.«

Anna verschwindet aus seinem Blickfeld.

»Ich hab dir auch frische Kleidung mitgebracht«, hört er seine Frau von irgendwo her weitersprechen. Die Bandagen hindern ihn, seinen Kopf zu drehen. Dann nimmt er raschelndes Papier und das Rauschen von Wasser wahr. Ein Gefäß wird gefüllt. Grossenbacher versucht, den ganzen Körper in die Richtung des Geräusches zu drehen, doch gelingt ihm nur ein kläglich schmerzvoller Schrei. Sofort hört das Rauschen auf und Annas Gesicht taucht wieder auf.

»Du sollst doch still sein, damit ist auch gemeint, dass du still liegen sollst. Du kannst herumturnen, wenn du wieder zu Hause bist!«

Das vertraute Antlitz ist wieder weg, doch spricht sie weiter mit ihm: »Mach dir keine Sorgen, Paul. Ich geh nicht weg. Ich stell nur die Sonnenblumen ins Wasser, damit sie nicht die Köpfe hängen lassen.«

In seinem eingeschränkten Sichtfeld kann er nur gelochte Deckenplatten und einen dunklen Plastikhandgriff der mit einem Lederriemen an einem chromglänzenden Metallbügel hängt erkennen.

»Wieso?«, brummt er mehr zu sich als zu Anna. »Ich kann sie sowieso nicht sehen.«

Sonnenblumen?

Die Sonnenblumen mit hängenden Köpfen – Schrebergarten – Hütte – Kochstelle mit Gasflasche – Streichhölzer – Kerze – Tisch – dunkles Tischtuch – Korona – Sonnenfinsternis. Endlich wird ihm klar, was geschehen sein muss und warum er hier so angeschlagen in einem Spitalbett liegt. Und mit dieser Erkenntnis kehrt auch seine letzte Reaktion zurück. Er schreit, nein, er brüllt: »Ach du Scheiße!« Zum Schutz zieht er den Kopf zwischen die Schultern, bevor er durchs Fenster springt. Der unvollendete Aufschrei musste noch raus, bis er sich verschluckt und sich in einem wüsten Hustenanfall wiederfindet.

Annas Nase taucht wieder auf: »Alles in Ordnung?«

Grossenbachers Antwort geht in einem Stöhnen unter. Endlich hat er begriffen, was genau passiert ist. Unaufhaltsam rasseln Bilder und Fragmente von Gesprächen vorbei und formen ein neues Erinnerungsgebäude. Er durchlebt den ganzen Nachmittag noch einmal. Diesmal in Zeitraffer und rückwärts. Das austretende Gas, die Streichhölzer, die Hütte, Staatsi Oberli mit den neuen Schuhen, der Neue – Schumann oder Schubert, jedenfalls etwas mit Sch, Musik und einem Komponisten, wobei er sich sicher ist, dass es nicht Mozart ist. Die Hirnmasse. Der Tote mit der Hellebarde, der gespaltene Kopf. Die Fahrt nach Andelfingen, *Paranoid* von Black Sabbath und die CT-Röhre, dann summt er: »Finished with my woman 'cause she couldn't help me with my mind …!«

»Was meinst du, Paul?«, unterbricht ihn Anna, die ihn nach wie vor besorgt beobachtet.

»Das ist *Paranoid*«, murmelt der Wachtmeister etwas lauter.

Ihre besorgte Miene verfinstert sich sichtbar, dann legt sie die Stirn in Falten und meint: »Halt mich nicht zum Narren, so etwas würde ich in diesem Augenblick nicht ertragen.«

»Nein!«

»Nein?«

»Nein!«

»Was meinst du genau mit *nein*?«

»Eben, dass ich dich nicht zum Narren halte.« Darauf erzählt er ihr von der CD, die er gekauft und im Büro immer wieder gehört hat. Eben auch, bevor er an den Tatort musste. Er erzählt von den Jugenderinnerungen, dem Gefühl von Freiheit und Auflehnung, was er alles sonst noch mit dieser Musik verbindet. Er erzählt von den Träumen und der Aufbruchstimmung von damals und den unerträglichen Magenschmerzen von heute. Er erklärt ihr, dass ihn Dr. Koci, der Rechtsmediziner, an das Unispital überwiesen hat und dass er dort durch die Röhre geschoben wurde. Die definitiven Resultate seien aber noch ausstehend.

»He, Grossenbacher«, Anna platzt der Kragen, »jetzt ist aber genug! Entrüstet spring sie von der Bettkante und beginnt ihrem Mann die Leviten zu lesen: »Du bist und bleibst ein rücksichtsloser Rüpel! Ich hätte es wissen müssen. Dabei habe ich gedacht oder gehofft, ach wie blöd sind wir Frauen doch, dass du dich nach unserer letzten Auseinandersetzung geändert, gebessert hast. Wie kommst du dazu ... nein, wie kannst du dir anmaßen, mir nichts von all dem zu erzählen? Was meinst du eigentlich, wer ich bin? Ich bin deine Frau, und ich habe als solche das Recht zu erfahren, wie es um die Gesundheit meines Mannes steht!« Anna stapft wütend durchs Krankenzimmer, bevor sie genau so wütend weiterspricht »Hast du es wenigstens den Ärzten hier im Spital gesagt? Die könnten das gleich in einem Aufwisch kurieren! Wenn du eh schon hier bist.«

»Nein, ich hatte noch keine Zeit ...«

»Genau das meine ich!«, unterbricht ihn Anna wütend. »Immer hast du eine schnelle Ausrede zur Hand.«

Es ist still im Krankenzimmer. Doch die Spannung zwischen den beiden bleibt spürbar. Seit Längerem treiben unausgesprochene Probleme Keile zwischen ihre Beziehung.

»Meinst du eigentlich, dass es mich nicht interessiert, was mit dir geschieht? – Vielleicht muss es jetzt sein, dass alles auf den Tisch kommt. Gut, wie du willst! Klar, tut es mir leid, dass wir keine Kinder kriegen können und ich weiß, dass es dich immer noch beschäftigt. Auch ich war lange untröstlich. Aber es ist nun mal so, Punkt! Sind es deine Spermien oder meine Eierstöcke, wir wissen es nicht. Also hör endlich auf, dich zu bemitleiden. Und hör mir jetzt genau zu! Mein Problem ist nicht der unerfüllte Kinderwunsch, sondern dein schrittweiser Rückzug ins Reduit. Du sprichst nicht mehr mit mir. Das macht mir zu schaffen. Ich bin deine Frau und somit ein Teil deines Lebens. Verstehst du? – Geht das in deinen verdammten Dickschädel hinein?«

Nach ihrem Ausbruch ist Anna an die zweihundert Mal zum Fenster und zurück zur Zimmertüre marschiert, um sich schließlich, einer intuitiven Regung folgend, neben ihrem Mann auf das schmale Bett zu legen. Nicht nur weil sie ihm ihre Liebe zeigen will, sondern weil sie von der Aufregung ermüdet ist. Stumm liegen sie nebeneinander, jedoch ohne sich zu berühren, was bei der Breite des Bettes kaum möglich ist. Die physische Nähe hat eine beruhigende Wirkung auf Grossenbacher, der immer noch nichts gesagt hat, aber unruhig im Krankenbett herumzappelt.

Lange liegt Anna wach neben ihrem lädierten Mann und horcht seinen unregelmäßigen Atemgeräuschen. Außer dem Röcheln und dem feinen Schnarchen ist es für sie still im ganzen Gebäude. Hin und wieder füllt Grossenbacher seine Lungen mit einem mächtigen rasselnden Atemzug, wobei er jeweils ein, zwei Mal nachzieht, um anschließend die Luft pfeifend wieder auszustoßen. Endlich schläft auch Anna ein.

12

Es ist Samstag, kurz nach Mittag. Das Geschirr der leichten Spitalkost ist bereits abgeräumt und die Fenster stehen weit offen, denn der Essensduft, der sich mit den Duftmolekülen der Spitalluft verbmischt hat, schleicht immer noch durch Grossenbachers Zimmer. Endlich hat man ihm auch eine Zahnbürste gebracht, weshalb er sich beinahe wie neugeboren fühlt. Anna ist schon lange weg. Sie musste in aller Frühe nach Biel. Weiterbildungsseminar in Magglingen für Sportlehrer der Gymnasialstufe. Sie hatten eine kurze und enge Nacht auf der Krankenhausmatratze. Nur einmal wurden sie gestört, als eine Schwester zur Kontrolle den Kopf durch die Tür steckte. Trotzdem waren beide Grossenbachers am Morgen erstaunlich guter Laune.

»Hallo, Bea, ich bin's, Paul. Es ist Samstag, etwa«, er blickt auf sein Handgelenk, während er auf Bea Pellis Combox spricht. Doch am Arm gibt's nur Verbandstoff und Gips, keine Uhr, »shit, ich weiß nicht, wo meine Uhr hingekommen ist! Ich schätze, dass es etwa viertel vor zwei ist. Okay? Du musst mir so schnell wie möglich etwas herausfinden. Ich suche einen Verein, einen Klub oder etwas in dieser Art. Es geht um Mittelalter und Ritter. Auch um Kampfsport. Vielleicht gibt es einen Ritterklub, ich meine einen Verein, wo sie altes Rittertum und Ritterbräuche pflegen. Eh, eigentlich suche ich so etwas wie einen Judo-Klub für Bauern und Eidgenossen. Eine Gruppe, die mit mittelalterlichen Waffen Kampfsport oder Kampfspiele veranstaltet. Ist dir irgendwie klar, was ich meine? Sonst ruf mich an, oder wenn du etwas gefunden hast.« Grossenbacher drückt mit dem linken Daumen den roten Knopf am Telefon und strebt quer durch die Eingangshalle dem Spitalausgang zu. Vor dem Gebäude setzt er sich in ein Taxi und lässt sich zurück nach Zürich fahren. Das praktische, aber ungeliebte Telefon surrt nervös in seiner Tasche, es fühlt sich an, als ob er einen Schwarm Hornissen mit sich herumtragen würde. Genervt zerrt der Wachtmeister das Gerät mit zwei Fingern vorsichtig aus seinem Jackett, denn er hat keine Lust, sich von den Insekten stechen zu lassen. Sein gelbes Handy hat die Explosion gut überstanden, weil es in der Tasche seiner Jacke am Zaunpfosten einige Meter weiter weg hing.

»Was ist?«

»Hi, Paul. Hier ist Bea. Ich habe von deinem Unfall gehört. Wie geht es dir? – Wie ich sehe, hast du mich soeben angerufen?«

»Ach ja, genau. Bitte entschuldige, dass ich dich am Samstag anrufe«, wenn's drauf ankommt, kann Grossenbacher sogar nett sein, »aber ich brauche dringend deine Hilfe!«

»Wozu brauchst du meine Hilfe, gibt es dafür nicht Krankenschwestern im Spital?«, gibt Detektivin Bea Pelli, die ab und zu für ihn arbeitet, wie immer frech zurück.

»Eh, ich bin gar nicht … eh, ist ja auch egal. Nein – ich sitze im Taxi nach Zürich.« Grossenbacher hat sich entschlossen, nicht weiter auf die Fragen von Pelli einzugehen, und erklärt der Detektivin stattdessen noch einmal genau, was er ihr schon auf die Combox gesprochen hat. Pelli hört jetzt, ohne zu unterbrechen, zu und verspricht, sich so schnell wie möglich an die Recherche zu machen. Während das Taxi stadteinwärts rollt, lehnt sich Grossenbacher in die tiefen Polster des Rücksitzes und driftet in Gedanken zurück zu den Ereignissen der letzten Tage. Ist es möglich, dass das alles irgendwie zusammengehört? Dass alles kein Zufall ist? Oder wie sonst erklärt sich, dass gewisse Dinge im Doppelpack, also zwei Mal geschehen? Die zwei Leichen; zwei Männer, die kurze Zeit hintereinander mit mittelalterlichen Waffen umgebracht wurden. Oder, warum liegt er in letzter Zeit so oft in Spitäler? Davor war er lediglich bei seiner Geburt in einem und damals die Geschichte mit dem Schneebrett im Schulskilager, die hat auch im Spital geendet. Aber in letzter Zeit war er schon zweimal bei Ermittlungen verunfallt im Spital gelandet. Gestern, nachdem ihm die Hütte um die Ohren geflogen ist, und dann der Besuch im Kantonsspital Chur, damals nach dem Unfall mit dem manipulierten VW Polo im Prättigau. Entweder Grossenbacher ist alt geworden oder die Arbeit gefährlicher. Vielleicht ist es auch beides.

Ein maßloser Durst plagt Paul Grossenbacher auch noch nach dem zweiten Bier. Verzweifelt versucht er, die Aufmerksamkeit des Barkeepers auf sich zu lenken, was sich aber an einem warmen Samstagabend im Frühsommer, wo die halbe Stadt nach den Wochenendeinkäufen beim Apéro sitzt, als äußerst schwierig erweist. Es wäre leichter, in der Sahara zu einem kühlen Bier zu kommen als hier in der trendy Bar, wo's mehr ums Aussehen als um den Durst geht. Und mit dem Aussehen hadert er im Moment dank des einbandagierten Kopfes und des eingegipsten Armes. Unmutig klopft er so lange mit dem Gips auf die Theke, bis der Barbesitzer Mitleid mit der Granitabdeckung des Tresens bekommt und ihm ein weiteres Bier vor die Nase knallt.

Wie Grossenbacher so hinter seinem Bier hängt, flimmert die Diashow über die Abenteuer der vergangenen Tage in seinem Kopf. Es scheint ihm, als seien bereits Wochen vergangen, seit er *Wilhelm Tell* von Schiller gelesen hat. Noch weiter weg erscheint der Drohbrief von Langnau. Das Verschwinden von Sozialversicherungsdirektor Wachter, die Puppe mit dem Dartpfeil im Kopf und wie der Entführer daraufhin seine Drohung wahr gemacht hat.

Es gibt kein erkennbares Motiv und auch kein Bekennerschreiben! Eigentlich gibt es nichts!

Etwas anderes ist ebenso unklar: Warum hat Knüsel den Fall? War nicht er auf die Geschichte in Langnau am Albis angesetzt? Er muss unbedingt mit DC Lüthi sprechen.

Grossenbacher sucht nach seinem Mobiltelefon, um den Dienst-Chef zu erreichen. Doch das Läuten verliert sich ungehört im Äther. Wochenende! Grossenbacher versucht es über die Zentrale. Drei Minuten säuselt die *Tragische Sinfonie* in c-Moll von Franz Schubert durch sein Ohr, dann wird ihm mitgeteilt, dass Dienst-Chef Lüthi nicht im Hause sei. Grossenbacher verlangt nach Feldweibel Gerhart Knüsel. Das Gegeige in der Leitung zerrt jetzt unerträglich an seinen bereits angespannten Nerven. Er verliert die Geduld. Auch Knüsel ist nicht im Büro. Fluchend macht er das Gerät aus. Doch kaum hat er's zurück auf den Tresen gelegt, klingelt es, als ob es damit absolut nicht einverstanden ist.

»Ja?«, grunzt er in den Apparat.

»Scheinst wieder einmal in bester Laune zu sein, Paul! Hier ist Bea.«

Grossenbacher hört im Hintergrund eine Kirchenglocke. »Wo bist du und was willst du?«

»Ich bin am Limmatquai und auf dem Weg zum Bellevue. Wieso?«

»Ach, nur weil ich Kirchenglocken gehört habe.«

»Hab ich gar nicht bemerkt. Hast du etwas zum Schreiben? Ich habe mich über Ritterspiele, Mittelalter und alte Kampftechniken schlaugemacht. Im Archiv haben wir nichts, darum habe ich im Netz herumgesurft. Aber die meisten Treffer sind Freizeitunternehmungen, welche Ritterspiele und Mittelalterthemen für Firmenanlässe und Teambildungsseminare anbieten. Ich denke, das ist nicht das, was du suchst.«

»Scheint so.«

»Ach bist du wieder ermutigend! – Egal, ich habe noch zwei Adressen gefunden, wobei ich die eine recht interessant und vielversprechend finde. Die erste ist ein Klub, den Namen habe ich schon wieder vergessen. Ist auch nicht so wichtig, denn auf ihrer Website sieht das alles ganz harmlos aus. Mittelalterliche Kampftechniken mit Schwert, Schild und Lanzen. Sie trainieren in der Sportanlage Sihlhölzli. Der andere Klub heißt *Bellum et virtus*. Wenn du mich fragst, eine etwas undurchsichtige Vereinigung, die ebenfalls Training in Kampftechniken des Mittelalters anbietet. Es scheint mir ein recht geheimnisvoller Verein zu sein. Die ganze Homepage ist gespickt mit martialischen Parolen, aber keine Möglichkeit sich anzumelden oder in Kontakt zu treten. Jedenfalls war es nicht so einfach, Informationen über sie und ihre Anschrift herauszubekommen. Aber mit etwas Fingerspitzengefühl hab ich's trotzdem geschafft. Die Trainings finden jeweils samstags statt …«

»Wann und wo?«, unterbricht Grossenbacher ungeduldig.

»Ab 16 Uhr, irgendwo bei oder in der Tennishalle von Schlieren. Wiesenstrasse 8. Das ist vis-à-vis vom Bahnhof Schlieren. Auf der anderen Seite der Gleise.«

»Weißt du auch, wie lange sie da trainieren?«

»Nein, leider nicht. Aber ich kann versuchen, es rauszukriegen, wenn du möchtest.«

»Ach, lass es. Das war's. Danke und ein schönes Wochenende.« Grossenbacher steckt das Telefon weg und legt einen der beiden letzten Zwanziger, die ihm geblieben sind, auf die Theke. Was von seinem Geld nicht in Flammen aufgegangen ist, hat die Taxifahrt von Winterthur nach Zürich verschlungen.

»Bea, ich bin's«, Grossenbacher hat sein Telefon wieder hervorgezogen, »mir ist noch eingefallen, hast du die Handynummer vom Neuen aus dem FOR?«

»Ja, hab ich.«

»Ja, gut, dann gib sie mir!«

»Null, neunundsiebzig, sechshundert …«

»Moment, warte noch. Ich muss noch etwas zum Schreiben haben.« Grossenbacher klemmt das Gerät zwischen Kopf und Schulter, grabscht unbeholfen mit der gegipsten Linken nach einem neuen Bierdeckel und krakelt mit dem Stift des Barkeepers die Nummer drauf. Dann wirft er Pelli aus der Leitung, um umgehend Schubert anzurufen.

»Schubert.«

»Hier Grossenbacher. Du hast doch Koci über den Armbrustpfeil aufgeklärt. Kannst du ein solches Gerät beschaffen und mit den Ballistikern entsprechende Tests durchführen?«, platzt er gleich los, als Schubert den Anruf entgegennimmt.

»Ah, unser Stuntman! Wie ich höre, schon wieder auf den Beinen. Das freut mich. Ja, ich habe auch schon daran gedacht, bin mir aber nicht sicher, was es uns bringen soll.«

»Gut, dann sind wir uns ja einig. Danke. Tschau!«

»Halt, halt! Nicht so schnell. Gibt es denn einen begründeten Verdacht oder etwas Bestimmtes, was du herauszufinden hoffst?«

»Hm, ich weiß es selber nicht so recht. Es ist mehr so ein Gefühl, so aus dem Bauch heraus, wenn du verstehst, was ich meine. Sagen wir einmal, es ist eine Idee. – Und, kannst du das für mich machen?«

»Etwas mehr, also etwas Konkretes brauche ich schon.«

»Keine Ahnung«, Grossenbacher wird schon wieder ungeduldig, »vielleicht einen Anhaltspunkt, ein vergleichbares Resultat oder einen Hinweis auf die benutzte Waffe, was weiß ich, das ist doch dein Job. Ich habe einfach das Gefühl, dass es wichtig ist!«

»Ich weiß nicht recht. Lass mich darüber nachdenken, dann werden wir ja sehen, ja. Hm, wenn ich mir die Sache so überlege, hm – doch dazu bräuchten wir nicht nur den Pfeil, sondern auch ein Abschussgerät. Gut, ich kann dir nichts versprechen, aber ich versuche es. Aber sag mir eines bitte, der Fall mit dem Armbrustpfeil ist doch bei Feldweibel Knüsel, oder täusche ich mich da?«

Grossenbacher bleibt die Antwort schuldig, macht das Gerät aus, streicht das Wechselgeld von der Theke und macht sich auf den Weg zur Toilette, wo er ungeschickt den Verband vom Kopf reißt und ihn achtlos in den Mülleimer wirft. Vor dem Spiegel muss er zugeben, dass er es besser gelassen hätte. Er sieht aus wie der Bruder des Aliens, welches H. R. Giger vor Jahren für Hollywood entworfen hatte.

13

Vor der Bar beginnt die Suche nach einem freien Taxi. Endlich – Grossenbacher hat das Gefühl, als habe er schon die halbe Stadt zu Fuß durchquert – findet er einen freien Wagen, der ihn nach Schlieren bringt.

Hoffentlich ist noch jemand da, denkt Wachtmeister Grossenbacher und überlässt dem Taxifahrer sein restliches Geld. Er steht vor einer Halle, der man von Weitem ansieht, wofür sie gebaut wurde. Braun-violette Well-Eternit-Fassade, vom First über die Dachkante bis zum Fundament, eine überdimensionierte, mongolische Jurte, groß genug, um die gesamte Bevölkerung der Mongolei aufzunehmen. Nur an der Stirnseite befindet sich ein schmales Fensterband. Vor der Halle steht ein gebogener gelber Turm, der den Schriftzug ›Vitis – Tennis, Squash, Badminton‹ trägt. Grossenbacher fragt an der Rezeption nach der Kampfsportgruppe.

Vom Besucherparkplatz führt ein schmaler Trampelpfad durch ein ungepflegtes und mit fliegendem Abfall übersätes Grasband zur Rückseite des gedrungenen Bauwerks. Hinter der Halle, am Ende des lang gestreckten Gebäudes, findet er eine verwitterte, in den Eternitverschlag eingelassene Tür. Der Wachtmeister stößt sie auf und schreitet durch einen finsteren Korridor, der ins Gebäudeinnere führt.

»Was will ich eigentlich hier? Und wo um Himmels willen ist mein Portemonnaie?« Wachtmeister Grossenbacher ist sich nicht mehr so sicher, was er eigentlich in diesem düsteren Gebäude sucht. Gewisse Zweifel überkommen ihn, als er am Ende des Ganges um die Ecke biegt und beinahe eine Treppe hinunterstürzt. Sekundenlang balanciert er auf der obersten Stufe, ohne sich entscheiden zu können, in welche Richtung es weitergehen soll. Ein ungewöhnliches, helles Klacken, das jeweils von einem unterdrückten Schrei begleitet wird, dringt aus dem finsteren Kellerloch herauf.

Halt, still!

Grossenbacher hält den Atem an. Sind das vielleicht

Hilferufe? Grossenbacher stutzt. Es klingt wie die Schreie eines Gefolterten? Fantasiebilder vermischen sich mit unverarbeiteten visuellen Erinnerungen und formen sich zu Horrorszenarien. Dabei sieht er vor seinem inneren Auge eine schwarz verhüllte Gestalt, die auf einer wackeligen Kiste balanciert. Die Arme seitlich ausgestreckt. Kopf und Gesicht sind unter einer schwarzen Kapuze verborgen. Den Hals in einer Schlinge und die Handgelenke verkabelt. Grossenbacher sieht sich schon, wie er glorreich Folteropfer aus dem Abu-Ghuraib-Gefängnis rettet, und stürmt, ohne auch nur eine weitere Sekunde zu zögern, die Treppe hinunter. Da er wie meistens keine Dienstwaffe bei sich trägt, setzt er alles auf die Karte Überraschungsangriff und hofft, dass sein schreckliches Aussehen ihm dabei helfen wird.

Unten, am Ende der Stufen, rammt er mit dem Schwung seines Körpergewichts eine Türe aus den Angeln, welche ihm im Weg ist. Laut brüllend steht er mitten in einer Gruppe behelmter Ritter, die mit zweihändigen Schwertern aufeinander eindreschen. Im dem Augenblick, in dem das Holz der Tür splittert und Grossenbacher in die Szene platzt, erstarren die Kämpfenden mit erhobenen Waffen. Versteinert wie beim Anblick Medusas halten sie mitten in ihren Bewegungen inne und glotzen den Eindringling aus verschlossenen Visieren an. Die Helme der Ritter bewegen sich synchron von dem Mann, der aussieht wie Frankensteins Bruder, zur zersplitterten Tür zu ihren Füßen und wieder zurück.

Auch dem Wachtmeister versagt jetzt die Stimme, und sein Herz fällt ihm buchstäblich in die Hose, als er sich so plötzlich von gepanzerten Kampfmaschinen umstellt sieht. Reflexartig reißt er die Arme über den Kopf, um sich vor eventuellen Angriffen zu schützen. Dabei vergisst er seine gebrochene Linke, sodass er noch einmal einen heiseren Schrei ausstößt. Gleichzeitig erwartet er, dass er augenblicklich von unzähligen Schwerthieben in seine Einzelteile zerlegt wird.

Doch es geschieht nichts.

Vorsichtig nimmt er die schützenden Arme herunter und blinzelt argwöhnisch in die Runde. Die Ritter scheinen noch erschrockener als er. Dann fällt ihm nichts anderes ein, als noch einmal wie ein Stier loszubrüllen. Und siehe da, es hilft. Die Kämpfer weichen einen Schritt zurück. Allmählich erholt er sich von seinem ersten Schock, sodass er endlich in die staunende Runde fragen kann: »Bin ich hier richtig?«

»Es kommt ganz drauf an, was Sie suchen?«, kommt die Antwort metallisch unter einem der Helme hervor. Ein wahrhaftiger Hüne mit breiten Schultern macht einen Schritt auf Grossenbacher zu. »Normalerweise pflegt sich Besuch vorher anzumelden und nicht wie ein Überfallkommando der Polizei durch die Tür zu stürzen. Was wollen Sie hier?«

Ehe Grossenbacher antworten kann, brüllt der kleine Ritter, der neben dem Hünen steht: »Los, auf ihn! Keiner kann hier ungestraft eindringen!« Er hebt sein Schwert zum Schlag. Dabei rutschen die weiten Ärmel des grob gewobenen Gewandes über seine Ellenbogen zurück, sodass der Wachtmeister auffällige Tätowierungen auf seinen Oberarmen sehen kann. Auf der linken Schulter prangt ein Ring, darin sternförmig angeordnete, blitzartig gezackte Linien, die sich über die Mitte spiegeln. Darin ein zweiter, kleinerer Kreis. Auf der Innenseite des rechten Armes ist das Textfragment ›…re heißt Treue‹ in alter Frakturschrift zu lesen. Doch der Große stellt sich ihm geschickt in den Weg und pariert den herniedersausenden Hieb mit seinem Schwert.

»Schlecht ausgeführter Schielhau. Oder sollte das gar ein Scheitelhau werden?«, kritisiert der großgewachsene Ritter den Kleinen.

»Oh, ent… entschuldigen Sie« stottert Grossenbacher erschrocken, »ich eh, ich bin die Polizei! Ich stand oben auf dem Treppenabsatz und habe Schreie gehört. Da dachte ich, dass eh, – ehm, dass jemand in Not sei. Dass jemand Hilfe braucht. Darum meine vielleicht etwas übertriebene Eile.« Grossenbacher reißt sich zusammen und versucht mit möglichst ruhiger Stimme die heikle Situation zu entschärfen. Umständlich stellt er sich vor und sucht vergebens nach seinem Dienstausweis. Erst jetzt fällt ihm ein, dass dieser möglicherweise gestern bei der Explosion aus seiner Tasche gefallen und eventuell sogar verbrannt ist, wie auch sein Portemonnaie. Aber wie soll er das nur erklären? Unmöglich. Eine solche Geschichte würde kein Mensch glauben und schon gar kein Ritter aus dem Mittelalter.

Die Ritter rücken jetzt etwas näher auf und ziehen dabei den Kreis um den Wachtmeister zusammen.

»Eh, ähm«, stottert Grossenbacher weiter. Und plötzlich macht sich das bekannte Brennen im Magen wieder bemerkbar. »Eh, ich – ich suche Bello und Vito. Ist das hier?«

Die maskierten Kämpfer schweigen, fixieren ihn weiterhin bedrohlich durch die schmalen Schlitze der Visiere.

»Bella e Vitra? Irgendwie so hat man mir gesagt. Ein Klub, in dem man mittelalterliche Kampftechniken erlernen kann. Das ist doch hier, oder?«, will er ganz höflich wissen.

»*Bellum et virtus*! ›Kampf und Stärke‹ oder auch ›Kampf und Tugend‹, wie Sie wollen. – Aber noch einmal, was wollen Sie von uns?« Röhrt die Stimme hinter dem Visier. Der Sprecher reckt sich und macht einen weiteren Schritt auf Grossenbacher zu. Einen Augenblick bleibt er drohend vor dem Polizisten stehen und es dünkt Grossenbacher, als sei der Mann größer geworden, als wachse er.

»Kommt's bald, oder muss ich nachhelfen?« Der Hüne zieht sich langsam den Ritterhelm vom Kopf und streicht sich eine blonde Strähne aus dem Gesicht, wobei er den Eindringling keine Sekunde aus den Augen lässt.

Plötzlich krümmt sich Grossenbacher und stöhnt auf. Erneute Magenkrämpfe toben in seinem Bauch. Gebeugt erwartet er unweigerlich den Streich eines Schwertes auf seinem Rücken. »Wo ist das WC?«, keucht er und versucht, sich wieder aufzurichten. Wie von unsichtbarer Hand gesteuert, öffnet sich eine Gasse und gibt den Blick auf eine Tür im hinteren Teil Raumes frei. Grossenbacher durchschreitet eine leere, möbellose, aber an den Wänden entlang mit alten zerschlissenen Matratzen gepolsterte, muffige Halle. Kaum hat er die Toilettentür hinter sich geschlossen, verlässt ihn die Angst mit Donner durch alle Löcher. Erneut fragt er sich, was er eigentlich an diesem verdammten Ort will? Ist es Zufall, dass das Klublokal der *Bellum et virtus*, der mittelalterlichen Ritter, nur ein paar Kilometer von der Fundstelle im Reppischtal entfernt ist? Er muss unbedingt herausfinden, ob oder wie die Ritter mit dem Wachter in Verbindung gebracht werden können. Grossenbacher drückt die Spülung, wäscht sich die Hände an dem Brünnlein, das mehr Wasser auf die Wände verspritzt, als ins Becken läuft, und macht sich auf in den Kampf mit der Tugend.

»Sorry!«, brummt Grossenbacher, als er wieder in den Kreis tritt. »Mein Magen macht das einfach nicht mehr mit.«

Um der Trainingsgruppe, deren Teilnehmer mittlerweile alle ihre Helme ausgezogen haben, zu beweisen, dass er tatsächlich Wachtmeister bei der Zürcher Kantonspolizei ist, bittet er den Wortführer, bei der Zentrale an der Zeughausstrasse anzurufen und sich mit Wachtmeister Grossenbacher verbinden zu lassen. Er sagt ihm noch, dass er darauf bestehen soll, mit dessen Mobiltelefon verbunden zu werden. Als das Gerät in seiner Tasche zu klingeln beginnt, gibt er es an den blonden Wortführer weiter und hört zu, wie dieser mit sich selbst spricht. Dieser Beweis genügt dem Ritter, sodass sich die Situation im Kellerlokal etwas entspannt.

Schleppend zieht sich das Gespräch mit den Kämpern hin, ohne dass Grossenbacher etwas Verwertbares oder auch nur im Entferntesten Verdächtiges heraushört. Keine versteckten Botschaften und keine Versprecher. Und als er feststellt, dass die Schwerter, mit denen die vermeintlichen Ritter kämpfen und üben, aus Holz sind, wird ihm klar, dass die Truppe wesentlich harmloser ist als ihr Name. Kurz darauf weiß er, dass er auf dem Holzweg ist, zu glauben, der Klub *Bellum et virtus* hat etwas mit den beiden Morden mit historischen Waffen zu tun. Daraufhin bedankt und entschuldigt er sich bei der Gruppe und gibt an, wohin sie die Rechnung für die Reparaturkosten der Türe schicken können. Wachtmeister Paul Grossenbacher flucht, denn er ihm ist bewusst, dass er mit der Aufklärung der beiden Morde keinen Streich weiter gekommen ist.

Irgendwie scheint es Grossenbacher, dass die ganze Geschichte bislang nichts als ein einziger Reinfall ist. Außer vielleicht, dass er jetzt weiß, was ein Voodoo-Priester macht, und er innert vier Tagen zwei Mal auf einem Spitalbett gelegen hat, hat sich nichts zur Klärung der Morde ergeben. Erschwerend kommt das Magengeschwür hinzu.

Wann, haben sie im Unispital gesagt, dass der genaue Befund vorliegt? Er sieht sich bereits gezeichnet von der schweren Operation, bei der man ihm ein – mittlerweile bestimmt schon zu einem faustgroßen Tumor herangewachsenes – Geschwür herausschneiden wird. Bei diesem Gedanken macht sich sogleich wieder sein Bauch bemerkbar. Gezeichnet von den Magenkrämpfen und frustriert über das magere Ergebnis seiner Recherchen, schlendert er ziellos durch die kaum sehenswerte Ortschaft. Während des Spaziergangs, er steckt gerade am Straßenrand wegen des roten Ampelmännchens fest, fällt ihm auf, dass er, wenn er sich die Sache genau überlegt, gar keinen eigenen Fall mehr hat. Denn der Fall Wachter liegt bei Knüsel, und der andere, der Gespaltene, der mit dem zweigeteilten Kopf aus Andelfingen, ist mittlerweile ganz sicher von einem anderen Kollegen übernommen worden, da er bei der Ausübung seiner Pflicht verunfallte und eigentlich einbandagiert im Spital liegen soll.

Doch Grossenbacher kümmert wenig, dass andere Ermittler mit der Klärung seiner Fälle beauftragt worden sind. Noch nie hat er großen Respekt vor hierarchisch bestimmten Entscheidungen gehabt. Wie meistens folgt er lieber seinem Instinkt und verlässt sich dabei auf seinen Bauch, und der sagt ihm, dass die Krämpfe diesmal nicht vom Bauchspeicheldrüsenkrebs, sondern vom Hunger kommen. Erstaunt stellt er fest, dass er seit dem Frühstück im Kantonsspital Winterthur und den zwei Stangen, oder waren es deren drei, in der *Helvti* nichts mehr gegessen hat. Zielstrebig hält er auf das nächste Restaurant zu. Mit Heißhunger setzt er sich in die Gaststube der Pizzeria *Salmen* und bestellt nach einem kurzen Blick in die Speisekarte Kalbsbratwurst mit Zwiebelsauce und Rösti für 16,50 und gleich zwei Stangen Bier dazu. Eine zum Anfeuchten und eine zum Runterspülen.

Satt und zufrieden lehnt er sich nach dem Essen zurück. Zufrieden mit sich und seinem Magen, da er bis jetzt alles behalten hat, was er hineingestopft hat. Als er zahlen will, melden sich augenblicklich neue Probleme. Mit Schrecken stellt er fest, dass er kein Portemonnaie und folglich auch kein Geld dabei hat, was wiederum der Bedienung nicht passt. Bald stehen Wirt, Serviertochter und der Koch an seinem Tisch und diskutieren lautstark den Tatbestand der Zechprellerei. Unbeholfen versucht sich Grossenbacher zu erklären. Doch wird er sofort mit einem Schwall an Vorwürfen überschüttet. Das Angebot, bei der Polizei anzurufen, um nachzufragen, bringt den Wirt auf die Idee, gleich die Polizei holen zu lassen. Was er auch umgehend macht. Der Polizeiposten von Schlieren befindet sich gleich quer über die Kreuzung, sodass innert Minuten eine Patrouille auf dem Parkett steht. Weil er sich nicht ausweisen kann, nehmen sie ihn mit, um seine Personalien zu überprüfen.

14

Montagmorgen, Grossenbacher sitzt ausgeruht hinter seinem Pult und versucht, Staatsanwältin Oberli ans Telefon zu bekommen. Die Aufklärung des Falles mit dem Mann mit dem gespaltenen Schädel muss irgendwie weitergehen, und er will wissen, wann, wie und wo.

Ausgeruht ist Grossenbacher deshalb, weil ihn die Polizeipatrouille noch früh am Samstagabend zurück ins Kantonsspital Winterthur gebracht hat. Nachdem sie auf dem Posten seine Personalien kontrolliert und festgestellt haben, dass er tatsächlich der echte Grossenbacher ist, beglichen sie die offene Rechnung im *Salmen* aus der Staatskasse und steckten ihn wieder ins Bett. Den Samstagabend und den ganzen Sonntag hat er mit Schlafen verbracht. Erst gegen Sonntagabend hat man ihn, nachdem er die halbe Belegschaft mit seinem Gejammer um den Verstand gebracht hat, mit einem neuen Gips und einem neuen Kopfverband auf den Heimweg geschickt.

Grossenbacher ist fast gleichzeitig mit seiner Frau Anna zu Hause angekommen. Sie müde vom anstrengenden Meeting in Magglingen, er aufgekratzt und ausgeschlafen. Nach dem *Tatort* zappte er noch lange quer durch die Programme, bis er den Weg ins Bett fand.

Während er angestrengt dem Tuten in der Leitung zuhört, wartet er auf den Beginn der Standortsitzung zum Fall Wachter. Er hat da eigentlich nichts verloren, doch Staatsanwalt Donati hat die Besprechung per Mail auf 9 Uhr einberufen und ihn in den Verteiler genommen.

Unermüdlich klingelt es in der Leitung. Oberli scheint tatsächlich nicht im Büro zu sein. Von DC Lüthi hat er gleich beim Eintreffen erfahren, dass er den Mann, den er interimsmäßig auf Andelfingen angesetzt hat, wieder abgezogen hat, als er gestern Abend erfuhr, dass Grossenbacher wiederhergestellt und bereits am Samstagabend die Arbeit wiederaufgenommen hat. Der Wachtmeister unterbricht die Leitung und versucht's auf Oberlis Handy. Doch auch hier spricht nur die Stimme der Combox zu ihm. Er hinterlässt eine Botschaft.

Die Sitzung zum Fall Wachter beginnt pünktlich. Neben Staatsanwalt Silvio Donati und Wachtmeister Grossenbacher sitzen auch DC Christian Lüthi, Polizeifeldweibel Gerhard Knüsel, seine beiden Assistenten, Leute vom FOR, eine Vertretung vom IRM und ein Mann am Tisch, den Grossenbacher schon einige Male im Haus gesehen hat, aber nicht weiß, wer er ist und was für eine Funktion er hat. Staatsanwalt Donati eröffnet die Sitzung, indem er alle herzlich willkommen heißt und seine Hoffnung zum Ausdruck bringt, den Fall möglichst schnell aufzuklären. »Ich glaube, ich muss euch einander nicht mehr vorstellen, dazu kennen wir uns schon lange genug. Aber mit einer Person«, dabei deutet er auf den in den Gängen der Zeughausstrasse 11 gesehenen Fremden, »muss ich euch kurz bekannt machen. Gerrit van den Kerkhoff ist Mitarbeiter von McKinsey. Wie ihr vielleicht wisst, hat McKinsey vom Kanton den Auftrag, in einigen kantonalen Ämtern und Organisationen nach Leerläufen und ineffizienten Mechanismen zu suchen. Der Plan ist es, Verbesserungs- und Optimierungsmöglichkeiten auszuarbeiten und vorzuschlagen, mit dem Ziel, den unnötig aufgeblasenen Staatsapparat wieder etwas schlanker zu machen. Es ist ausgemacht, dass sich Herr van den Kerkhoff im Hintergrund hält und selbstverständlich auch an das Amtsgeheimnis gebunden ist. Also, ihr könnt frei sprechen, so als ob Herr van den Kerkhoff gar nicht anwesend wäre. – Gibt's dazu noch Fragen?« Donati blickt sich um. Niemand scheint besonderes Interesse zu zeigen oder etwas dagegen zu haben, und schon will er mit dem nächsten Traktandum weitermachen, als Grossenbacher oben am Tisch auffällig grunzt. »Ja, Paul. Möchtest du etwas dazu sagen?«

»Eh, ja«, etwas verlegen versucht er sich den Kopf zu kratzen, doch seine Finger bemühen sich vergeblich, es gibt nur einen Verband. »Was für eine Qualifikation hat Herr van den Kerkhoff, um die Ermittlungsarbeit der Polizei auf ihre Effektivität und Effizienz hin zu überprüfen?«

»Was willst du damit sagen?«

»Genau das, was ich gesagt habe. Silvio, du hast mich schon verstanden. Also, Herr van den Kerkhoff, darf ich Sie bitten, mich entsprechend ins Bild zu setzen?«, wendet sich der Wachtmeister direkt an den Gast.

Dieser rutscht etwas unruhig auf seinem Stuhl herum, streicht sich seine gegelten Haare aus dem scharf gezeichneten bleichen Sommersprossengesicht und richtet sich kerzengerade auf. »Als Spezialist für Unternehmensberatung sind wir von der international operierenden Beratungsfirma McKinsey befähigt, Abläufe zu prüfen, Fehler und Mängel zu erkennen und entsprechende Analysen zu erstellen, um so Entscheidungsgrundlagen für die Entscheidungsträger bei unseren Auftraggebern zu erarbeiten. Ich hoffe, dass ich Ihre Frage bezüglich der Qualifikation verständlich beantwortet habe.«

»Ja, das haben Sie allerdings. Danke.« Grossenbacher schüttelt gut sichtbar für alle den Kopf und brummt noch etwas Unverständliches.

»Zufrieden? Können wir anfangen?«, will Donati bereits genervt wissen. »Gerhard«, Donati schaut zu Knüsel hinüber, »kannst du uns auf den neuesten Stand bringen, bitte?«

Knüsel erhebt sich und geht zu der vorbereiteten Pinnwand, die auf der andern Seite des Tischs aufgestellt ist. Auch heute ist es wieder eine wahre Freude, Knüsels modische Aufmachung zu bestaunen. Der Polizeifeldweibel trägt einen eleganten, sehr eng geschnittenen Anzug aus feinem, schwarz-grau-weiß kariertem Stoff. Dazu ein Gilet in der gleichen Stofffarbe. Darunter ein lindengrünes Hemd, dessen Kragen ein anthrazitfarbener Foulard zusammenhält. Seine Füße stecken in schmalen, spitzen, braunen Halbschuhen und hellgelben Socken, die hervorlugen, wenn er sitzt.

Die Pinnwand ist fast leer. Nur einige Fotos und Papiere sind angebracht. Wie um zu zeigen, dass auch er übers Wochenende gearbeitet hat, zieht Knüsel ein Foto der Puppe mit dem Dartpfeil aus seinen Unterlagen und pinnt es an die Wand neben das Bild mit dem Hut auf der Stange in Wachters Garten.

»Das Auffälligste, was sage ich, ich meine natürlich das Auffälligste neben der Art und Weise, wie der Mann ums Leben gekommen ist, scheint die Tatsache, dass er schon ein paar Tage im Voraus gewarnt worden ist. Und zwar durch diese Drohbriefe«, dabei weist er auf zwei aufgehängte A4-Blätter, auf denen die Drohungen:

DEN NEHM ICH JETZT HERAUS AUS EURER MITTE!

und

EU'R WALTEN HAT EIN ENDE. DER TYRANN DES LANDES IST GEFALLEN: WIR ERDULDEN KEINE GEWALT MEHR: WIR SIND FREIE MENSCHEN

zu lesen sind. »Und diese Puppe, die man im Vorfeld des Mordes in seinem Garten gefunden hat. Also können wir davon ausgehen, dass die Tötung geplant war und nicht im Affekt erfolgt ist. Das heißt, nicht Totschlag, sondern Mord, was jedoch keinen Einfluss auf unsere Ermittlungen haben sollte.« Knüsel setzt sich wieder an den Tisch, bevor er weitermacht, klebt er eine wildgewordene Haarsträhne zurück.

»Wir haben auch mit der Wachter, 'tschuldigung, ich meine mit der Frau des Ermordeten gesprochen. Sie kann sich aber nicht vorstellen, wer ihren Mann umgebracht hat. Sie sagte uns, dass er eher ein friedvoller Mensch gewesen sei, und soviel sie wisse, mit niemandem zerstritten war. Er hatte weder Feinde noch irgendwelche Bekannten, die mit einer solch abscheulichen Tat in Verbindung zu bringen sind.« Nervös nestelt Knüsel an seinem Foulard herum, bevor er es neu richtet. »Das bringt uns nicht weiter. Oder hat jemand eine Idee? – Ah, das hier hab ich noch: Dr. Koci hat mir vorhin den Bericht des Rechtsmedizinischen Instituts zugestellt.« Er klopft dabei auf ein Dossier vor sich. »Leider zeitlich etwas knapp, sodass ich es noch nicht durchgehen konnte. Aber am Nachmittag wissen wir mehr.«

»Gut!«, unterbricht ihn Donati, »bleiben wir vorerst bei dem, was wir haben. Das sind in erster Linie die Drohungen im Vorfeld: Briefe und Objekte. Dazu kommt ein Pfeil als Mordwaffe. Was kannst du uns dazu sagen?«

»Zugegeben, viel haben wir noch nicht. Man bedenke, dass der Tote vor einer guten Woche gefunden wurde und zwei Wochenenden dazwischenlagen. Ich versuche trotzdem eine erste Zusammenfassung der bisherigen Ermittlungsresultate. Also, wir haben am Mittwoch vor einer Woche eine Anfrage vom Posten Horgen um Unterstützung in dieser Sache erhalten. Christian, du unterbrichst mich, wenn ich falsch liege – also, du hast darauf Grossenbacher nach Horgen geschickt, um auszuhelfen. Leider gibt es da keinen Bericht dazu. Und soviel ich weiß, hat Grossenbacher am Tag darauf eine Fahndung nach Jonas Wachter veranlasst. Auf jeden Fall lief die Sache nicht gerade professionell an und wurde in ihrer Brisanz total verkannt. Schon wenn man die beiden Drohbriefe liest, und dann diese Puppe, da muss man gewarnt sein, da muss man doch sehen, dass da ein gefährlicher Irrer am Werk ist. Und dann das plötzliche Verschwinden des Opfers. Ausgenommen der Fahndungsmeldung wurde nichts unternommen. Ich bin überzeugt, dass, wenn man die Sache, ich meine die Warnungen, ernster genommen und man den Direktor der Sozialversicherungsanstalt entsprechend gesucht hätte, man den Mord hätte verhindern können.« Nach einer kurzen, aber gut inszenierten Verschnaufpause, in der er Grossenbacher über den Tisch weg fixiert, setzt er erneut an: »So bleibt mir nichts anderes übrig, als hinterher aufzuräumen. – Das FOR hat mir bestätigt, dass der Fundort nicht mit dem Ort der Tötung identisch ist. Was so viel heißt, dass Wachter erst nach seinem Tod ins Reppischtal gebracht worden war, wo man ihn nackt an einen Baum gefesselt hat. Aber wann und wie wissen wir nicht. Das FOR ist noch daran, die gefundenen Spuren auszuwerten. Sie sagten jedoch, dass wir nicht allzu viel erwarten dürfen, denn der Täter sei äußerst vorsichtig, ja geradezu professionell vorgegangen. Sie hätten fast nichts Brauchbares gefunden. Auf einer zweiten Schiene versuchen wir herauszufinden, ob Wachter irgendwelche Feinde gehabt hat. Seine Frau hat dazu gesagt, dass ihr niemand einfalle und auch das Klinkenputzen in der Nachbarschaft hat nichts Brauchbares ergeben. Wir werden uns heute in der Zürcher Sozialversicherungsanstalt umhören. – Du siehst, Silvio, wir sind im Moment voll dran.« Zufrieden mit seinem Vortrag faltet er seine Hände über dem Aktenordner und schaut sich um, als erwarte er Applaus für seine Rede.

Staatsanwalt Donati räuspert sich: »Danke für deine Ausführungen, Gerhard. Ich sehe, du hast einiges zu tun. Aber noch einmal zurück zur Tatwaffe. Eigentlich wollte ich wissen, was es mit dem Pfeil auf sich hat. Kann mir jemand weiterhelfen?«

Niemand meldet sich zu Wort. Donati wartet mit gesenktem Kopf und klopft mit der Rückseite seines Schreibers auf die Tischkante. Nach dieser etwas angespannten und nachdenklichen Pause sagt er: »Was meinst du dazu, Paul?« Doch von Grossenbacher kommt keine Antwort.

»Paul, ich habe dich etwas gefragt!« Donati hat nun seinen Tonfall leicht verschärft.

»Ich?«, fragt nun Grossenbacher mit gespielter Naivität. »Ich habe mit dem Fall nichts zu tun. Mein Fall liegt mit gespaltenem Kopf in Andelfingen. Das ist Knüsels Geschichte. Ich bin nur hier, um zu erfahren, wer nach meinem Fahndungsauftrag vom Donnerstag vor einer Woche geschlafen hat.« Gelangweilt wendet er sich ab.

»Du hattest doch den Auftrag, den Horgenern zu helfen. Nennst du das helfen? Statt etwas zu unternehmen, den Fall einfach an die Fahndungsgruppe abzugeben?« Donatis Ton ist um eine Spur schärfer geworden.

»Ja.«

»Geht's auch ein bisschen ausführlicher?«

»Ja, ich habe ihnen geholfen. Ich war vor Ort, habe mir alles angesehen, den Hut auf der Stange und den ersten Drohbrief. Ich habe mit allen Beteiligten gesprochen, um mir ein Bild von der Lage zu machen. Ich habe das FOR aufgeboten und die Spuren, die ich persönlich am Fundort gesichert habe, ins Labor zur Untersuchung geschickt. Bis zu diesem Zeitpunkt deutete nichts auf ein solches Verbrechen hin. Doch habe ich bereits am Mittwoch vor einer Woche meine Vermutung zu einer möglichen Entführung von Wachter mit dem Horgener Polizisten besprochen. Und als ich am Donnerstagmorgen von der Puppe erfuhr, habe ich umgehend die Suche nach Wachter eingeleitet. Das ist die Aufgabe der Fahndungsspezialisten, wie du auch weißt. Hast du sonst noch einen Wunsch?« Grossenbacher hat direkt zu Donati gesprochen, als ob sich beide allein im Sitzungszimmer befinden. Der Wachtmeister hat sich in Fahrt geredet und macht gleich weiter: »Klar haben wir zwei Wochenenden und eine ganze Woche hinter uns. Ich lag im Spital, da ich bei meiner Untersuchung des Tatorts in Andelfingen in die Luft geflogen bin. Das nur nebenbei. Die erste Drohung: ›Den nehm ich jetzt heraus aus eurer Mitte!‹, ich nehme an, dass sie da auf dem A4-Blatt an der Wand steht, ist wortgleich mit der Drohung von Gessler, nachdem ihm Tell gestanden hat, was er mit dem zweiten Pfeil gemacht hätte.« Wachtmeister mbA Paul Grossenbacher zitiert nun die Stelle aus dem kleinen gelben Heft:

»Ich kenn euch alle – ich durchschau euch ganz –
den nehm ich jetzt heraus aus eurer Mitte,
doch alle seid ihr teilhaft seiner Schuld,
Wer klug ist, lerne schweigen und gehorchen.«

Verdutzt und erstaunt zugleich hängt die Gruppe an seinen Lippen.

»Auch die zweite Drohung, könnt ihr in Schillers *Wilhelm Tell* nachlesen. Nachdem Tell den Gessler in der hohlen Gasse erschossen hat, versucht Rudolf der Harras, Gesslers Stallmeister, mit dem Schwert Ordnung zu schaffen, um die Lage wieder in den Griff zu bekommen. Doch der Freischütz Stüssi fällt dem Stallmeister in den Arm und meint:

Eu'r Walten hat ein Ende. Der Tyrann
Des Landes ist gefallen. Wir dulden
keine Gewalt mehr. Wir sind freie Menschen.

Rein aus den beiden Drohbriefen kann man aus zwei Tatsachen zum Profil des Mörders schließen. Erstens: Der Täter muss einen recht hohen Bildungsgrad haben, was man nicht von allen Polizisten hier im Raum behaupten kann, und zweitens: Der Täter ist wohl ein Patriot.«

»Ich verstehe nicht ganz!«, schaltet sich der Dienst-Chef ins Gespräch ein. »Kannst du das bitte etwas genauer erklären?«

»Was habe ich soeben gesagt? – Viel gibt's dazu nicht zu sagen. Aufgrund der Zitate nehme ich an, dass der Täter belesen, folglich gebildet ist. Wer sonst kennt sich bei Schillers *Tell* so gut aus. Die Zeile: ›Wir sind freie Menschen‹ ist ein Ausdruck, der im übersetzten Sinn etwa ›für unsere freie Willensnation‹ bedeutet. Also muss er diese Gemeinschaft besonders lieben, wenn er dafür sogar bereit ist, zu töten. Dabei fällt mir ein, dass auch das Motiv der Rache, Rache für ungerechte Behandlung, eine Möglichkeit sein kann. Der Satz: ›Wir dulden keine Gewalt mehr‹ sagt doch, dass bereits Gewalt oder Ähnliches ausgeübt wurde, was man aber nicht mehr akzeptieren will und genug davon hat.«

»Und wo hast du das her?«, fährt Knüsel dazwischen.

»Aus dem kleinen gelben Reclam-Büchlein.«

»Du spinnst ja!«

»Kann gut sein.« Grossenbacher lehnt sich in seinem Stuhl zurück und fixiert dabei Staatsanwalt Donati, bis dieser fragt: »Und warum sagst du das erst jetzt?«

»Es hat niemand danach gefragt, und dann war ich ja auch noch außer Gefecht gesetzt.« Grossenbacher klopft mit dem Gipsverband auf die Tischplatte.

»›Der Tyrann des Landes ist gefallen‹ gibt uns eventuell einen Hinweis auf die Tatzeit. Frau Wachter hat den Brief mit der Warnung vorletzten Mittwoch in ihrem Briefkasten gefunden. Heute wissen wir, dass Wachter selbst seit diesem Tag nicht mehr aufgetaucht ist. Also ist es sogar möglich, dass er zum Zeitpunkt, an dem der Brief gefunden wurde, bereits tot war.« Grossenbacher verstummt und scheint über das Gesagte nachzudenken. Nach einer Weile hebt er den Kopf und meint: »Das FOR hat den Brief untersucht, jedoch keine verwendbaren Spuren gefunden. Schwarzer Laserdruck eines HP-Geräts auf Norm-A4-Papier, hochweiß, holzfrei, matt, ECF, 80 Gramm pro Quadratmeter.«

»Paul, warum kommst du damit erst jetzt?«, will Donati noch einmal wissen.

»Sorry, aber auch ich brauch etwas Zeit für meine Arbeit, und dann haben wir ja gehört, dass die Tat genau auf ein Wochenende gefallen ist. Aber, wenn ich schon einmal dran bin, kann ich auch gleich sagen, was ich über den Pfeil weiß, der in Wachters Kopf steckte. Oder wollt ihr darüber referieren?« Grossenbacher wendet sich an die Leute vom FOR, die bis bisher stumm am Tisch gesessen haben.

»Nein, mach nur. Ich denke, dass du genauso aufdatiert und im Bilde bist wie wir.«

»Wie ihr meint. Also, es handelt sich um einen Aluminiumpfeil mit der Bezeichnung 2219. Ein Armbrustpfeil aus einer harten 7075er Aluminiumlegierung, wie sie im Flugzeugbau oder der Raumfahrt verwendet wird, sei besonders verwindungssteif und garantiere so eine überaus saubere Flugbahn. Gewicht: 32 Gramm; Länge: 22 Zoll. Man kann unterschiedlich schwere Spitzen aufschrauben. Der Pfeil hat eine Moon-Endnocke und dreifache, fünf Zoll Rechtsdrall Befiederung. Solche Pfeile werden mit einer modernen Hightech-Armbrust geschossen. Und da kommen zum Beispiel Produkte von *Darton* oder *Exca-*

libur infrage, beides amerikanische oder kanadische Hersteller. Ich habe schon mit beiden per Mail Kontakt aufgenommen, jedoch noch keine Antwort erhalten. Für deren Produkte habe ich in der Schweiz keine Handelsvertretung gefunden. Aber im Internet gibt es entsprechendes Bildmaterial.« Grossenbacher langt in die Innentasche seiner Jacke und zieht ein zerknittertes Blatt heraus. Er streicht es an der Tischkante glatt und schiebt es Donati über den Tisch. »Schau's dir an, Silvio. Das sind echte Hightech-Geräte aus Karbon mit allem Schnickschnack und Zielfernrohr. Ich hab den Text gleich von Google übersetzen lassen. Hier das Original.«

STINGER KARBONDESIGN ARMBRUST

Great Lakes Armbrust von Darton Bogenschießen wurden kombiniert robuste Zuverlässigkeit, anmutig Ästhetik und außergewöhnliche Bilanz für mehr als einem halben Jahrhundert. Das Ergebnis ist eine seit Langem bestehende Ruf zur Herstellung eines Hochleistungs-Sport-Armbrust.

Sporting einem 17-Zoll Krafthub, schießt die Auswirkungen auf 345 Meter pro Sekunde ab 165 Pfund Zuggewicht, und die Runde Energie cam betont Geschwindigkeit, mit der seidigen Glätte. Synthetische Kraft Joch Kabel haben Anker Anlagen auf jedem Bein aufgeteilt, um Drehmoment auszugleichen. Die Armbrust verfügt auch über einen Trocken-Brandschutz-Mechanismus, eine einstellbare Schaftkappe und nimmt zwei verschiedene Mechanismen Spannen.

Der Stinger hat zwei verschiedene Spanngerät Möglichkeiten, einen Spitzenwert Gewicht von 165 Pfund, Quad Gliedmaßen, synthetische Kabel mit geteiltem Anker Anlagen zur Verringerung der Drehmoment und eine 151/2-inch Krafthub. Die Realtree Laubhölzern Green Stinger

Funktionen LimbSaver Technik, effiziente Energie-Legie-
rung Nocken, eine maschinell arrow Länge, ein Alumi-
nium-Front Riser, und über einen Trigger-Mechanismus
mit kontrollierter Empfindlichkeit und eine glatte 5-Pfund
ziehen. Kontakt Darton Olympische (800) 356-6522 oder
www.dartonarchery.com.
  Darton Archer, Manufacturing
  48739-Hale, Michigan

»Beeindruckend, nicht?«, Grossenbacher beobachtet
Donati, wie er das Blatt überfliegt.

»Man muss sich vorstellen, dass eine solche Armbrust
einen Pfeil mit einer Geschwindigkeit von über 100 Meter
in der Sekunde abschießen kann. Zum Vergleich erreicht
eine Pistolenkugel plus minus 300 Meter pro Sekunde.
Auch die Reichweite einer solchen Waffe ist beachtlich.
Sie liegt zwischen 85 und 150 Metern. Doch der größte
Vorteil ist die Lautstärke. Eine Armbrust ist sehr, sehr leise.
Man kann höchstens das schwache Sirren des Pfeils hören. –
Knüsel, schiebst du mir den Bericht von Dr. Koci herüber?«

Widerwillig und kommentarlos schubst der gedemütigte
Polizeifeldweibel die Dokumentenmappe vom IRM über
den Tisch. Grossenbacher öffnet sie ebenfalls kommentarlos und beginnt zu lesen. Schnell überfliegt er die Seiten, als
suche er etwas ganz Bestimmtes. Dabei scheint er vergessen
zu haben, dass er nicht allein am Tisch sitzt. Während die
Anwesenden warten, teils in ihren Unterlagen blättern oder
lesen, macht sich Gerrit van den Kerkhoff eifrig Notizen.

Erst ein auffälliges Husten vonseiten der Staatsanwaltschaft lässt Grossenbacher fragend aufblicken. »Ich suche
einen Hinweis auf die Todeszeit, irgendwie ist sich Koci
auch nicht sicher, was den genauen Zeitpunkt anbelangt. –

Es scheint fast, als könne man nicht genau sagen, wann der Tod eingetroffen ist! – Oder gibt es inzwischen neue Erkenntnisse, die noch nicht im Bericht enthalten sind?« Grossenbacher blickt fragend zum Vertreter des IRM, doch dieser schüttelt den Kopf.

15

»Wer ist eigentlich dieser Jonas Wachter? Und warum musste gerade dieser Jonas Wachter sterben?« Grossenbacher sitzt wieder einmal in seinem Büro, führt Selbstgespräche und spielt mit einem roten Caran d'Ache Bleistift. Sorgfältig platziert er die Finger der rechten Hand so, dass die Spitze des Stiftes genau zwischen Zeige- und Ringfinger liegt. Den Mittelfinger, der genau über der Bleistiftspitze schwebt, spannt er mit der Linken zurück, um ihn schnappen zu lassen. Der Stift springt in die Luft und vollführt einen eleganten Salto und landet anschließend auf der Pultplatte. Immer wieder lässt er den Bleistift fliegen. Dazu denkt er laut vor sich hin: »Und warum musste er auf diese Art und Weise sterben?«

Wachtmeister mbA Paul Grossenbacher weiß eigentlich, dass er sich auf die Aufklärung des Falls in Andelfingen konzentrieren soll, doch schafft er es nicht, sich nur auf die Schrebergartengeschichte zu fokussieren. Irgendwie hat er sich in den Fall Wachter verbissen. Der Stift schafft einen weiteren Salto.

»Grossenbacher, nimm dich zusammen! Konzentrier dich auf deine Aufgabe. Also«, der Wachtmeister spricht weiter mit sich und dem roten Bleistift, »wer ist der Tote im Schrebergarten? Und warum musste ausgerechnet dieser Mann sterben? Und warum musste er auf diese Art und Weise sterben? – Das, lieber Grossenbacher, solltest du so schnell wie möglich herausfinden!«

Aber er findet keine Antwort. Weder bei dem akrobatischen Bleistift noch in seinem Bürosessel. Resigniert lässt Grossenbacher erneut den Bleistift fliegen. Doch diesmal hat er es übertrieben. Das Flugobjekt hüpft von der Schreibtischplatte zurück und stürzt sich in einer selbstmörderischen Aktion von der Pultkante. Ungeschickt versucht er den fallenden Stift aufzufangen, was ihm wegen seines eingegipsten Arms nicht gelingt. Der rote Bleistift rollt über den Boden, bis er unter dem Schubladenstock des Schreibtischs verschwindet. Grossenbacher grübelt an seinem Pult. Unbeweglich, den Kopf in die rechte Hand gestützt, presst er sich Daumen und Zeigefinger in die Augenwinkel, bis er Sterne sieht. Der linke Arm baumelt leblos an der Seite. Das Gewicht des Verbandes lastet schwer an seiner Schulter.

Plötzlich schlägt er mit unerwarteter Wucht die Faust auf die Tischplatte und springt hoch.

»Genau, das ist es«, poltert er, »das ist die zentrale Frage! Wer ist eigentlich der Tote von Andelfingen? Kann mir das vielleicht jemand sagen?«

Die Bürowände geben keine Antwort, darum reißt er den Hörer aus der Halterung und schreit nach den Akten vom Schrebergarten. Die Auskunft ist so ernüchternd wie banal. Die Akte Andelfingen liegt im Posteingangsfach auf seinem Pult. Wild schnaubend schnappt er sich die Mappe, steckt den Hörer in die oberste Schublade, legt den Telefonapparat dazu und schließt das Fach. Fest entschlossen, sich nicht mehr stören oder ablenken zu lassen, vergräbt er sich für die nächsten Stunden, das Kinn wieder in die Handfläche der rechten Hand gestützt, in den Unterlagen.

Der Tote von Andelfingen heißt Köbi, oder Jakob Escher, war Witwer und wäre in drei Wochen 67 geworden. Er wohnte allein in einer Mietwohnung in der kleinen Gemeinde Humlikon, gut 3,5 Kilometer von Andelfingen entfernt. Um die AHV-Rente aufzubessern, arbeitete Escher als Hauswart in verschiedenen Liegenschaften in der Region. Köbi Escher war Mieter des Schrebergartens Nummer zehn hinter dem Schwimmbad Andelfingen. Der Akte liegt eine Liste aller Gartenmieter bei. Der erste Garten zur Straße hin gehört einem Hans Mäder, der auch gleich als Garten-Chef aufgeführt wird. Grossenbacher erinnert sich vage, dass der Andelfinger Polizist etwas in dieser Richtung gesagt hat. Und hat er nicht auch gesagt, dass dieser Mann der einzige Zeuge vor Ort war? Hat er mit ihm gesprochen? Oder muss man ihn noch vernehmen? Grossenbacher zerzaust den Ordner, kann aber nirgends ein entsprechendes Protokoll finden.

Das Gartenhaus von Garten Nummer 13, das mit ihm in die Luft geflogen ist, gehört einem gewissen Rudolf Winkler aus Andelfingen. Auch von diesem Herrn findet Grossenbacher kein Einvernahmeprotokoll. Plötzlich, aus den tiefsten Tiefen seines Unterbewusstseins, steigt ein vages Bild an die Oberfläche. Zwei eingeschraubte Haken an einer Holzwand. Genau darüber hängt eine Hellebarde, die mit zwei gleichen Haken an der Täfelung befestigt ist.

Die Nummer 8, der Garten, in dem die Leiche von Escher gefunden wurde, gehört einem Almen Stankovic, einem Baggerführer ebenfalls aus Andelfingen. Mit diesem Mann hat Polizeikorporal Lang am Samstag gesprochen. Stankovic hat angegeben, seit zwei Wochen, also auch am vergangenen Freitag, auf einer Autobahnbaustelle kurz vor St. Gallen beschäftigt zu sein. Auf Autobahnbaustellen beginne die Arbeit im Sommer um halb sechs am Morgen und man arbeite bis zum Sonnenuntergang durch, hat er zu Protokoll gegeben. Er sei die ganze Woche nie im Garten gewesen, was man sicher auch sehen könne. Die Angaben hat Stankovics Arbeitgeber bereits bestätigt.

Nummer 11, der Garten neben Escher, wurde laut Kopie der Mietverträge, die Grossenbacher zuunterst in der Mappe ausgräbt, erst vor einem Monat an Köbi Escher vermietet.

Garten 12 gehört einem Benedikt Steiner, einem 62-jährigen, gelernten Schreiner, der als Instruktor beim Zivilschutzausbildungszentrum des Kantons Zürich seinen Lebensunterhalt verdient. Steiner wohnt ebenfalls in Andelfingen und gibt zu Protokoll, in den letzten Wochen ein paar Mal Streit mit Escher gehabt zu haben. Es ging dabei immer um das Grundstück Nummer 11, das genau zwischen ihren Gärten liegt. Escher habe ihn beschuldigt, in der Zeit, in der die Parzelle nicht benutzt wurde, die Grenzen zugunsten seines eigenen Gartens verschoben zu haben. Was aber nicht stimme. Der spinne doch, der Escher, sei paranoid, fühle sich immer benachteiligt und sehe überall nur das Schlechte. Man könne wegen der Grenzstreitereien mit Hans Mäder sprechen, der wisse genau, wo die Grundstücksgrenzen verlaufen. Mäder könne auch der Polizei bestätigen, dass Escher ein rechthaberischer Lügner, ein ewiger Nörgler und Stänkerer gewesen sei, dem niemand etwas recht machen konnte. Ein richtiger Bünzli, ein Pedant und Prinzipienreiter, ein typischer Schweizer eben. Er könne es gleich sagen, man mochte ihn nicht besonders. Auch hier in den Gärten nicht.

Grossenbacher interessiert sich nicht für das kleinbürgerliche Geschwätz und legt das Protokoll in den Hefter zurück. Achtlos kritzelt er eine Notiz auf den Deckel der Akte, dass er Feldweibel Lang noch nach diesem Mäder, dem Garten-Chef, und einigen anderen Dingen fragen muss. Etwas gedankenverloren kratzt sich Grossenbacher ausgiebig an seinem Kopfverband, bis dieser verrutscht.

»Wo verdammt noch mal ist der Zusammenhang? Wo liegt die Verbindung von Wachter und Escher?«

Wachtmeister mbA Paul Grossenbacher ist überzeugt, dass in der Geschichte der beiden Toten etwas Gemeinsames zu finden ist. Es muss einen Punkt geben, wo sich ihre Wege gekreuzt haben oder wo sich ihre Beziehungsradien überschneiden. Genau bei diesem Schnittpunkt muss die Lösung der beiden Morde zu finden sein. Warum sonst sind beide mit mittelalterlichen Waffen getötet worden? Die Waffenwahl kann kein Zufall sein. Da steckt eindeutig mehr dahinter.

Aber was genau, und wo ist das Motiv?

Grossenbacher kann sich nichts vorstellen, was als Grund für eine solche Tat infrage käme. Auch ist er sich nicht sicher, mit wie vielen Tätern sie es zu tun haben. Einer oder zwei? Vielleicht gibt es dazu einen Hinweis in der Akte? Erneut beginnt er den Papierstoß auf der Suche nach einem möglichen Hinweis auf Gemeinsamkeiten der Täter durchzuackern. Nicht besonders erfolgreich schlägt er schließlich die Mappe wieder zu. Zum Vergleich müsste er das Material vom IRM und mehr Informationen über den Fall Wachter zur Verfügung haben. Grossenbacher weiß, dass er beides von Koci, dem Rechtsmediziner, bekommen kann, wenn er ihn ganz lieb fragt. Darum will er Dieter

Koci anrufen, kann aber sein Telefon nicht finden. Verzweifelt lüftet er alle möglichen Papiere und Dokumente, die den Tisch überfluten, in der Hoffnung, darunter den vermissten Apparat zu finden. Er steht sogar auf, geht um den Schreibtisch, doch auch hier kann er das Gerät nicht entdecken. Kopfschüttelnd gibt er auf und greift zum Handy.

Dr. Dieter Koci verspricht ihm, in einer halben Stunde einen vorläufigen Zwischenbericht aufs Mail zu stellen. Grossenbacher bedankt sich, steckt das Mobiltelefon in seine Hosentasche und bückt sich vorsichtig, um unter dem Pult nach dem Apparat zu sehen, findet wiederum nichts, außer einem roten Bleistift.

»Himmelherrgott noch mal!«, flucht er los, »wo um alles in der Welt steckt dieses verdammte Gerät?«

Trotz der heftigen Schimpftirade bleibt das Telefon wie vom Erdboden verschluckt. Grossenbacher zupft erneut sein Mobilgerät aus dem Sack und drückt seine Büronummer in die Tasten. Ehe die Verbindung zustande kommt, vernimmt er aus der obersten Schublade des Korpus' ein unterdrücktes Tuten.

Nach wie vor fluchend reißt er das Schubfach auf, fischt das Gerät heraus und drückt den Hörer auf die Gabel. Sowie er sein Handy ausmacht, ergreift er den Hörer vom Tischapparat. Eine Stimme meldet sich unerwartet: »Dann würde es mich auch interessieren, warum du so herumfluchst?« Die Stimme gehört eindeutig zu Staatsanwältin Manuela Oberli. »Paul, ich rufe dich an, weil ich gehört habe, dass du wieder im Büro bist. Wie geht es dir? Bist du in etwa einer halben Stunde noch da? Wenn ja, so würde ich gerne bei dir vorbeischauen. Es gibt einiges zu besprechen. Einverstanden?«

»Bist du endlich aufgetaucht? Gut. Ich habe dich auch schon gesucht. Ja, oder soll ich hinüberkommen?«

»Wenn das geht, käme mir das natürlich sehr gelegen. Danke. Bis dann!« Grossenbacher kann nicht einmal eine Frage nach der Verpflegung stellen, da hat Oberli aufgelegt. Paul rafft die verstreuten Unterlagen zusammen, stopft sie in eine leere Migros-Papiertüte und wickelt sich, in einem Anflug von Eitelkeit, und bevor er das Gebäude der Kriminalpolizei durch den Hofeingang zur Müllerstrasse hinüber verlässt, den Verband vom Kopf. Auf der Höhe vom *Irma la Douce* wechselt er hinüber zur Bäckerstrasse. Beim Volkshaus überquert er den Helvetiaplatz diagonal. Durch den dichten Mittagsverkehr sputet er über die Langstrasse, zum Lebensmittelgeschäft mit der verwitterten Aufschrift auf der grauen Markise SAM METZGEREI MARKET hinüber. Die Auslage auf dem Gehsteig hat nichts mit Fleischhandel zu tun. Früchte aller Art türmen sich wie auf einem mediterranen Markt. Im Take-away nebenan bestellt er einen Döner, lässt aber aus Erfahrung und aus Rücksicht auf Oberli die Zwiebeln weg. Die Migros-Papptüte zwischen den Beinen, verschlingt er den Kebab an einem der beiden Stehtische. Es erweist sich als äußerst schwierig, den Kebab mit nur einer Hand zu essen. Es tropft und schmiert, auch über seinen Bauch. Mit vollem Mund beobachtet Grossenbacher den Koch, wie er mit dem langen Messer gebratene Kruste des aufgespießten Fleischstücks schneidet. Ein Stück für alle. Wie war noch sein erster Gedanke, als er den Toten im Schrebergarten gesehen hat? – Das sieht aus wie bei der Schlacht am Morgarten! – Genau, aber einer für alle passt besser zur Schlacht von Sempach. ›Den seinen eine Gasse gemacht.‹ Winkelried, der Held, hatte sich in die Spieße der Gegner geworfen, sodass ein Weg für die Seinen frei wurde. Aufgeregt lässt Grossenbacher den Rest des gefüllten Fladenbrots auf die Tischplatte klatschen. Die Joghurtsauce spritzt und hinterlässt ihre Spuren – diesmal auf seiner Jacke. Mit klebrigen Fingern sucht er nach seinem Handy.

»Hi, Bea. Ich bin's, Paul. Ich bin immer noch im Mittelalter. Diesmal geht's um die Schlacht von Sempach«, schnattert Grossenbacher gleich aufgeregt los, als die Verbindung hergestellt ist. »Wenn ich mich nicht täusche, so gibt es da eine jährlich wiederkehrende Gedenkfeier. Kannst du für mich nicht schnell herausfinden, wann diese Erinnerungsfeier stattfindet? Ich meinte, es müsste irgendwann im Sommer sein.«

»Hallo, Paul«, am Klang der Stimme kann man erkennen, dass Bea Pelli versucht, ihre Wut zu unterdrücken, »bin ich ein Auskunftsbüro, oder was? Kauf dir endlich ein iPhone, dann kannst du deinen Scheiß selber googeln!«

»Sorry, Bea, es ist wirklich wichtig.«

»Ach ja?«

»Bitte.«

»Gut, ich kann das schon herausfinden, jedoch bin ich im Moment nicht im Büro und werde erst um halb zwei zurück sein. Weißt du, Paul, normale Menschen wie ich einer bin müssen zwischendurch auch einmal etwas essen. Wenn du dich so lange gedulden kannst, werde ich das gerne für dich erledigen«, sagt sie und legt auf.

Leicht konsterniert bestaunt Grossenbacher das verstummte Gerät. Was ist denn jetzt wieder los, fragt er sich und versucht, die Reste des Döners zurück in die Alufolie zu stopfen.

»Hallo! Hallo, entschuldigen Sie!«

Grossenbacher reagiert nicht.

»Hallo, bitte! Entschuldigen Sie!«, ruft der türkische Koch hinter der Theke jetzt etwas lauter, sodass sich sogar Passanten auf dem Trottoir umdrehen.

Grossenbacher schaut ihn fragend an: »Meinen Sie mich?«

»Ja, Sie. Sie wollten doch wissen, wann die Schlacht von Sempach war und wann die Gedenkfeier stattfindet.«

»Haben Sie mich etwa belauscht?«

»Nein, wo denken Sie hin. Entschuldigen Sie bitte, aber Sie haben eben so laut telefoniert, dass ich meine Küche hätte verlassen müssen, um nicht verstehen zu können, was Sie eben am Telefon gesagt haben.«

»Aha! Ja und?«

»Eben die Schlacht von Sempach. Also, die Schlacht war 1386 und die alljährliche Feier findet nächsten Samstag, den 30. Juni statt.«

»Aha, und woher wissen Sie das?«, fragt Grossenbacher doch etwas erstaunt.

»Ganz einfach«, der Mund unter dem gewaltigen Schnurrbart verzieht sich zu einem breiten Grinsen, sodass man die großen weißen Zähne sehen kann, »ich musste letzte Woche zum Einbürgerungstest.«

Wachtmeister mbA Grossenbacher sagt gar nichts mehr und glotzt den Mann hinter der Theke an. Nach einer Weile meint er: »Und da wollen die solche Sachen wissen? – Eh, danke. Unglaublich. Aber sagen Sie, ist das nicht abschreckend?«

»Nein, das ist Geschichte.«

»Und, gehen Sie hin?«, will Grossenbacher wissen.

»Zum Test? Da war ich schon.«

»Nein, ich meine nach Sempach, ans Fest.«

»Nein, das ist mir zu unsicher, zu gefährlich.«

»Was, wieso?« Grossenbacher versteht nicht. Das Gemetzel ist doch schon seit ein paar hundert Jahren vorbei.

»Doch! Ich würde sagen, dass es sogar sehr gefährlich

ist. Gucken Sie nie Fernsehen? Man weiß nie, zu was die fähig sind.«

»Und wer bitte schön sind *die*?«

»Na, die Skinheads und Faschos. Die rechte Szene eben. Die rufen jedes Jahr zum Umzug in Sempach. Auch für den nächsten Samstag ist wieder ein Aufmarsch angekündigt. Letztes Jahr waren weit über 200 Neonazis mit Fahnen und Symbolen am Festplatz. Können Sie sich nicht erinnern? – Nein, das ist mir wirklich zu gefährlich, auch wenn ich schon bald Schweizer bin.«

Warum ist er nicht früher darauf gekommen, fragt sich Wachtmeister Grossenbacher, als er sich vom Kebabkoch verabschiedet und zum Helvetiaplatz zurückkehrt. Nationalisten. Könnte das die gesuchte Verbindung zwischen den zwei Toten sein? Waren beide Nazis? Aber dann bleibt gleichwohl die Frage, warum man sie getötet hat und warum mit diesen Waffen? Grossenbacher bleibt plötzlich stehen, sodass ein Passant, der genau hinter ihm den Fußgängerstreifen überquert, in ihn hineinläuft.

»'tschuldigung«, brummt der Polizist abwesend, »oder ist es vielleicht genau umgekehrt?«

16

Nach einer längeren Pause, in der sich Staatsanwältin Manuela Oberli und Grossenbacher wie Katz und Maus beäugen, jederzeit bereit, einen Angriff abzuwehren oder selbst zuzuschlagen, versucht der Wachtmeister zuerst laut und wortgewaltig, später doch etwas ruhiger und besonnener, die Staatsanwältin von seinen neuesten Überlegungen zu überzeugen. Eigentlich weiß Grossenbacher gar nicht mehr so genau, warum sie sich gestritten haben. Er weiß nur, dass er recht hat und nicht bereit ist, sich dem Diktat der Staatsanwaltschaft zu unterwerfen.

Auch kann er nicht verstehen, warum die Staatsanwältin seine Idee mit den Nazis so absurd und weit hergeholt und – wie sie es klar und deutlich gesagt hat – sogar ziemlich einfältig findet. Auch ließ sie sich nicht von seiner Theorie überzeugen, dass die beiden Fälle zusammengehören oder sonst irgendwie miteinander verbunden sein müssen.

Soll sie doch den Scheiß allein machen, denkt sich Grossenbacher und beschließt vorläufig nichts mehr zu sagen und stattdessen einfach trotzig aus dem Fenster zu starren.

Vielleicht wäre der Streit nicht so heftig und emotional ausgefallen, wenn Oberli nicht so attraktiv ist. Etwas an ihrer Person reizt ihn immer wieder. Genau dieses Etwas bringt ihn jedes Mal so weit, dass er gar nicht mehr rational denken und handeln kann. Verstohlen beobachtet er sie in der Spiegelung des Fensterglases. Auch sie erholt sich zusehends von dem Ausbruch und wirkt wieder gefasst. Sie richtet sich die Haare und gibt vor, in ihren Unterlagen zu lesen. Dabei hat sie Mühe, so zu tun, als sei nichts weiter vorgefallen. Wie er sie so betrachtet, wird ihm auf einmal klar, dass er ihr viel zu verdanken hat und er wohl deshalb immer wieder mit ihr streitet. Aber trotzdem hat er recht! Davon ist er überzeugt.

Etwas verlegen rückt Grossenbacher seinen Stuhl zurecht, hüstelt peinlich berührt und beginnt, Papiere aus dem Migros-Sack auf den kleinen Tisch zu stapeln.

Er muss sich beschäftigen, um auf andere Gedanken zu kommen, darum vergräbt er sich ebenfalls in dem mitgebrachten Aktenberg. Eine Viertelstunde eisernen Schweigens schwebt als unausgesprochenes Waffenstillstandsabkommen in der Luft. Endlich hebt Manuela Oberli den Blick vom Papier und mustert den Polizisten direkt und herausfordernd. Mit der Hand schiebt sie die schulterlangen blonden Haare hinters Ohr.

»Gut, du hast gewonnen!«

»Siehst du!«

»Lass es gut sein, Paul. Wir müssen sehen, dass wir weiterkommen. Darum, erklär mir das mit den Neonazis noch einmal! – Bitte.«

»Nun, es ist ganz einfach!«, murmelt Grossenbacher. »Die Frage ist ganz einfach. Wer zieht heute mit so altertümlichen Waffen durchs Land und bringt Leute um? Zwei Morde mit mittelalterlichen Tatwaffen.«

»Zufall!«

»Klar, kann es Zufall sein, das weiß ich auch. Aber trotzdem«, versucht er sich zu rechtfertigen.

»Bedenke, der Pfeil wurde höchstwahrscheinlich mit einer Armbrust, ich gebe ja zu, dass Armbrüste altertümliche Waffen sind, abgeschossen. Der Pfeil selbst ist aber ein moderner, ich will sagen, er muss in der heutigen Zeit hergestellt worden sein.«

»Also noch einmal. Nimm Andelfingen.« Grossenbacher kommt wieder in Fahrt. »Der Mörder muss gewusst haben, dass in der Hütte, die mir um die Ohren geflogen ist, sich zur Dekoration zwei Hellebarden an der Wand befanden. Eine hing noch an der Wand, als ich das Gartenhaus betrat. Ich kann mich erinnern, dass ich kurz vor der Explosion, genau darunter, die Aufhängevorrichtung für eine zweite Waffe gesehen habe. Der Mörder hat also gewusst, wo er sich eine Waffe besorgen konnte. Das wiederum grenzt den Täterkreis auf alle ein, die je einmal in dem Holzhaus gewesen sind. Ich habe mit Lang, dem Polizisten aus Andelfingen, telefoniert, weil in den Akten das Protokoll von der Einvernahme des Pächters genau dieses Gartens fehlt. Lang hat berichtet, dass Rudolf Winkler, so heißt der Pächter, seit zehn Tagen auf einer Kreuzfahrt sei und erst am 29. zurückkomme. Das habe er von Winklers Nachbarin erfahren, die in der Zwischenzeit nach der Katze schaut und die Pflanzen in seiner Wohnung gießt. Also scheidet dieser schon einmal aus. Klar, der Ordnung halber muss man sein Alibi noch genau überprüfen.« Nach einer Pause, in der sich Grossenbacher sichtlich entspannt, fährt er weiter: »Wer kommt noch infrage? Der nächste Gartenbesitzer.« Grossenbacher kritzelt eine Notiz auf den erstbesten Aktendeckel. Er muss Polizeikorporal Lang beauftragen, Winkler nach dessen Rückkehr von seiner Kreuzfahrt, nach seinem Gartenhäuschen, dem Sprengstoff und den Waffen, die er darin lagert, zu befragen. »Eh … wo war ich? Ah, ja. Ein gewisser Reto Grendener. Dieser hat ein hieb- und stichfestes Alibi, das bereits verifiziert ist. Der andere Nachbar auf der vorderen Gartenseite, Steiner Benedikt, Instruktor beim Zivilschutzausbildungszentrum des Kantons Zürich. Er hat auch angegeben, dass er am Freitag gearbeitet hat. Es wäre für ihn ein Leichtes gewesen, schnell vom Zivilschutzzentrum quer übers Feld zu kommen, den Escher zu erschlagen und unbemerkt wieder zu verschwinden. Die Zivilschutzanlage liegt vielleicht 250 Meter Luftlinie entfernt. Auch ist er bis jetzt der Einzige, der ein Motiv haben könnte. Jedenfalls hat er sich im Gespräch mit Lang ziemlich über

Escher ausgelassen. Er hat in den letzten Wochen ein paar Mal Streit mit ihm gehabt. Escher habe ihn beschuldigt, an der Parzelle, die zwischen ihren Gärten liegt und die Escher inzwischen gemietet hat, Stück um Stück für sich abgegraben zu haben, um so seinen Garten unrechtmäßig zu vergrößern – ich weiß nicht recht. Reicht das für eine solche Tat? Wer erschlägt heute schon jemanden wegen einer Ackerscholle?« Grossenbacher verstummt und versinkt in seinen Gedanken. Auf einmal schreckt er hoch und meint mehr zu sich selbst als zur Staatsanwältin: »Das erinnert mich an etwas, das ich vor langer Zeit einmal gelesen habe. Es ist eine Geschichte von zwei Bauern. Zwischen ihren Feldern liegt ein Acker, der niemandem gehört und nach und nach schneiden sie sich mit dem Pflug ein Stück von diesem Niemandsland ab. – Ich kann mich nicht mehr erinnern, was das für eine Geschichte ist, aber sie hat doch verblüffende Ähnlichkeit mit den Vorkommnissen und den Beschuldigungen im Schrebergarten.«

»Paul, du schaffst es doch immer wieder, mich in Staunen zu versetzen. Was du da eben erzählt hast, kenne ich. Die Episode stammt aus der Erzählung *Romeo und Julia auf dem Dorfe* von Gottfried Keller. Ich kann mich noch gut an die Stelle erinnern: *Als nun, mit der letzten Furche zu Ende gekommen, der Knecht des einen halten wollte, rief sein Meister: ›Was hältst du? Kehr noch einmal um!‹ ›Wir sind ja fertig!‹ sagte der Knecht. ›Halt's Maul und tu, wie ich dir sage!‹ der Meister. Und sie kehrten um und rissen eine tüchtige Furche in den mittlern herrenlosen Acker hinein, daß Kraut und Steine flogen ...‹* Ich habe Kellers *Die Leute von Seldwyla* erst kürzlich wieder gelesen.« Oberli scheint sich zu fragen, woher Grossenbacher nur dieses Wissen hat. Schließlich hat er auch schon aus Schillers *Tell* zitiert.

»Hm«, brummt Grossenbacher nach einer Weile, »irgendwie hat es mir zu viel Literatur in diesen Fällen. Oder was meinst du? – Und«, fährt Grossenbacher, ohne auf Oberlis Antwort zu warten, fort, »Koci hat einen Todeszeitraum von Donnerstag 21 Uhr bis Freitag 4 Uhr definiert, also das passt nicht zu Steiners Arbeitszeit und wir müssen noch herausfinden, was er in der Nacht getrieben hat. Doch glaube ich wiederum, dass uns das nichts bringt.«

»Warum meinst du?«

Nach einer Pause fährt Grossenbacher weiter: »Andere Verdächtige konnten wir bis jetzt nicht ausmachen. Oder siehst du eine Möglichkeit? Es bleibt uns nichts anderes, als den Kreis von möglichen Tätern und Motiven zu erweitern. Und dann sind wir wieder am Anfang unserer Unterhaltung.«

»Gut. Aber ich will trotzdem alles über diesen Steiner wissen. So einfach kommt er mir nicht davon. Und, ich bin sicher, Steiner ist schon mehr als einmal im Gartenhaus vom Winkler gewesen und wusste folglich, wo die Waffe zu finden war.« Oberli wechselt vorerst das Thema. »Ich habe gehört, dass Weber weggeht. Hast du einen Ersatz? Jemand, der die Geschichte von Steiner zusammentragen kann?«

»Hm, nein. Aber …«

»Nichts aber!«, unterbricht ihn Oberli, »ich werde mit Fahrni sprechen, damit du einen Ersatz oder wenigstens Unterstützung bekommst. – Also, noch einmal zurück zu deiner These mit den Faschos. Erklär mir deine Theorie noch einmal. Und diesmal bitte ohne auszuweichen!«

»Jetzt hör schon auf, Manuela. Willst du noch einmal einen Streit provozieren?« Grossenbacher schaut Oberli direkt in die Augen. Aber als von ihr keine weitere Reaktion kommt, entschließt er sich, einen neuen Versuch zu wagen und seine Gedanken in Worte zu fassen. »Schau, ich weiß ja auch nicht genau, wie ich auf die Idee gekommen bin. Jedenfalls scheint es mir eine mögliche Variante zu sein. Eine Möglichkeit, die einiges verspricht. Ich war heute Vormittag an der internen Sitzung zum Fall Wachter. Donati hat sie geleitet. Wie du vielleicht weißt, hat Knüsel den Fall. Auch er hat nichts. Überhaupt nichts. Nur einen Toten und einen Armbrustpfeil. Oh, – wenn ich so darüber nachdenke, kommt mir eine ganz andere Idee!« Schnell sucht er sein Mobiltelefon, scrollt im Verzeichnis nach einer Nummer und wartet dann auf die Verbindung. »Hoi, Sämu, ich bin's, Paul. Hast du einen Moment? – Gut, danke. Also hör mal, ich brauch schon wieder eine Auskunft, was denn sonst. – Genau, wie immer. Kennst du einen Jonas Wachter? – Ja, genau, den Direktor der Sozialversicherungsanstalt des Kantons Zürich.« Der Wachtmeister hört nun dem längeren Vortrag am anderen Ende zu und versucht gleichzeitig, die ungeduldigen Gebärden von Staatsanwältin Oberli mit einer Handbewegung zu beschwichtigen, was wegen seines Gipsarms eher nach plumper Anmache aussieht. Als er endlich das Telefon weglegt, scheint es, als sei Grossenbacher auf seine halbe Größe zusammengeschrumpft. Klein, mit hochrotem Kopf sitzt er wie ein begossener Pudel in seinem Stuhl und spielt abwesend mit dem ausgeschalteten Gerät auf der Tischplatte. Dann weicht auch noch die Farbe aus seinem Gesicht, sodass sich Staatsanwältin Manuela Oberli tatsächlich Sorgen macht.

»Und, was ist?«, will sie endlich wissen.

Doch Grossenbacher gibt keine Antwort.

»Paul, hallo! So sag doch etwas! Mit wem hast du eben telefoniert?«

Ganz langsam kehrt Paul Grossenbacher zurück. Mit

der Zunge befeuchtet er die ausgetrockneten Lippen, bevor er mit krächzend belegter Stimme meint: »Erinnerst du dich an den alten Fall im Prättigau? Damals hat mir ein alter Schulfreund mit seinen Informationen über die Finanzwelt auf die richtige Spur geholfen.«

»Ach ja, ein Herr Frei.« Oberli nickt. »War das eben …?«

Grossenbacher räuspert sich, nickt und versucht, seine Stimme wieder in den Griff zu bekommen. »Ja. Hast du etwas zu trinken? Ich bin total ausgetrocknet und kann kaum noch sprechen.«

Oberli steht auf, geht zu ihrem Schreibtisch und kommt mit einer angebrochenen Mineralwasserflasche zurück. »Bitte entschuldige, Paul, aber Gläser gibt es bei uns nicht.«

Grossenbacher hat keine Augen für die tolle Figur mit den Modelmaßen. Sogar die ausgesprochen langen Beine der Staatsanwältin, die für seinen Geschmack viel zu früh im kurzen Jupe verschwinden, lassen ihn im Moment kalt. Dankend setzt er an und leert die grüne PET-Flasche in einem Zug. Dann fährt er sich mit dem Handrücken über den Mund und meint endlich: »Wie du gehört hast, habe ich soeben diesen Herrn Frei, eben Sämu, nach Jonas Wachter gefragt. Ich musste unbedingt mehr über die Person und ihr Umfeld wissen. Und der Sämu weiß solche Sachen. Also, der Tote, eh, also Jonas Wachter, war seit sechs Jahren als Direktor bei der SVA, der Sozialversicherungsanstalt des Kantons Zürich, und somit verantwortlich für die AHV des Kantons. So weit nichts Neues. Aber damals, bei seiner Einsetzung, war der heutige Bundesrat Felix B. Marthaler noch Regierungsrat und Vorsteher der Sicherheitsdirektion des Kantons Zürich. Was so viel heißt, dass Wachter von Marthaler in diese Position gehoben wurde. Marthaler war damals sein Vorgesetzter.«

Staatsanwältin Oberli schüttelt den Kopf, sie versteht nicht. Mit einem tiefen Seufzer steht Grossenbacher auf und geht zum Fenster hinüber, wo er starr, den Blick geradeaus, die rechte Hand tief in der Hosentasche vergraben, stehen bleibt. Er muss aufpassen, dass die unangenehmen Erinnerungen ihn nicht wieder aus der Bahn werfen. Er möchte die alte Geschichte endlich vergessen.

War Wachter auch eine der Schachfiguren, damals in Marthalers Spiel, das ihn letztendlich zum Bundesrat machte?

War Wachter einer der Helfershelfer, der für seine Hilfe mit einem lukrativen Posten belohnt wurde?

Doch Grossenbacher kann sich im Zusammenhang mit dem alten, abgeschlossenen Fall Rechsteiner nicht an den Namen von Wachter erinnern. Ist es möglich, dass Marthaler Wachter schon früher auf den Direktorenposten gehoben hat? Wenn ja, stellt sich fast automatisch die Frage, was er als Gegenleistung für Marthaler erledigen musste? Die Amtszeit von Wachter spricht doch eher für die zweite These. Diese Erkenntnis hilft Grossenbacher allerdings nicht weiter.

Endlich dreht er sich vom Fenster weg und setzt sich stumm zurück an den Tisch. Das alte Zeug muss bleiben, wo es ist. Er muss es endlich vergessen. Abwesend tastet er mit dem Finger über die kaum verheilten Wunden zwischen den frisch nachgewachsenen Haarstoppeln. Eine der Blessuren fühlt sich immer noch feucht an. Mit einem Papiertaschentuch versucht er die Wundflüssigkeit abzutupfen. Staatsanwältin Oberli sieht ihm dabei schweigend zu und erlebt eine ganz neue Seite des Wachtmeisters. Sie wartet nach wie vor auf eine Erklärung für den plötzlichen psychischen Tiefflug Grossenbachers, lässt ihm jedoch etwas Zeit, um sich wieder zu sammeln. Doch dieser macht keinerlei Anstalten, sich zu erklären. Vielmehr beginnt Grossenbacher, als er endlich mit seiner Wundbehandlung fertig ist, seine Papiere zusammenzuschieben und unsortiert in die Tasche zu stopfen. Zum Schluss legt er die Jacke oben drauf und geht stumm zur Tür.

»Halt, Paul. So kommst du mir nicht davon. Du bist mir eine Erklärung schuldig. Was war das soeben?«

Statt die Tür zu öffnen, dreht sich Grossenbacher um und fragt: »Hast du eine Idee?«

17

Grummelnd schlägt Grossenbacher die Tür zu seinem Büro zu. Das plötzliche Auftauchen des Ex-Regierungsrates und heutigen Bundesrats Felix B. Marthaler bei einer seiner Ermittlungen hat ihm den Tag versaut.

»Hab ich denn eine Idee?«, knurrt er.

Eine gute halbe Stunde lehnt er mit gekreuzten Beinen an der Kante des Schreibtischs und starrt unbeweglich auf das abgewetzte Linoleum, bis er erkennt, dass er immer die gleichen ausgetretenen Pfade benutzt. Er erkennt auch, dass er etwas ändern, sich bewegen muss, um das Ziel zu erreichen. Vielleicht sogar in seinem Verhalten, in seinem Leben. Unweigerlich fällt ihm die Aussage seines norwegischen Kollegen, Kjel Langsett, ein: ›Man muss das Unwahrscheinliche denken, um Motive zu erkennen.‹

»Aber das versuche ich doch schon die längste Zeit, verdammt noch mal!« Grossenbacher stampft durch sein Büro.

»Und trotzdem ist kein einziger Anhaltspunkt zu erkennen.« Mit der Rechten fasst er den Gipsarm hinter dem Rücken und trottet in seiner engen Zelle auf und ab. »Und dann kommt noch erschwerend hinzu, dass keine Sau mir das Unwahrscheinliche glauben will!« Frustriert bleibt er vor seinem Pult stehen und glotzt auf den schwarzen Monitor. Er fährt seinen Computer hoch, um zu sehen, ob Kocis Mail schon eingetroffen ist. Tatsächlich, allerdings gibt der Zwischenbericht nicht viel mehr her, als er bereits weiß. Nur Kocis Vermutung betreffend Wachters Todeszeit lässt ihn die entsprechenden Zeilen ein weiteres Mal lesen. Koci schreibt, dass er vermutet, Wachter sei schon zwei oder drei Tage vor Auffinden umgebracht und anschließend tiefgefroren worden. Das sei mitunter der Grund, warum die exakte Todeszeit so schwierig zu bestimmen ist. Die Leiche ist erst im Laufe des Samstagmorgens nach und nach aufgetaut, sodass der normale Verwesungsprozess erst wieder zu diesem Zeitpunkt eingesetzt hat.

Es ist schon bald fünf und das Telefon, das wieder auf seinem Platz auf dem Pult steht, klingelt. Es ist Lüthi, der sich gerade ein neues Dragée-Kaugummi in den Mund schiebt und gleichzeitig am Apparat hängt: »He, Grossenbacher! So wie's aussieht, hat jemand ein Geschenk für dich abgegeben. Du kannst herunterkommen und deine neue Verstärkung in Empfang nehmen.«

Verstärkung? Kann die Oberli zaubern? Es ist kaum zu glauben, wie schnell sie die versprochene Unterstützung organisiert hat. Und erst noch erfolgreich, wie's scheint.

»Gut, dann schick sie mir herauf!«

»Nein, Paul, das geht aus verschiedenen Gründen nicht, wie du bestimmt weißt. Wenn du Hilfe brauchst, so musst du sie dir selber holen!«, bellt Lüthi ins Telefon.

»Verstehe. Christian, kannst du sie nicht heraufbegleiten …« Lüthi hat schon aufgelegt.

Wenn er die Hilfe tatsächlich will, so bleibt Grossenbacher nichts anderes übrig, als sich zu bewegen und zum Empfang hinunterzugehen. Auf dem Weg macht sich Grossenbacher Gedanken über das Beziehungsnetz, welches Oberli in den oberen Etagen haben muss. Unten, beim Eingang, steht eine uniformierte Polizistin, deren Gesicht ihm bekannt vorkommt. Doch kann er sich weder an den Namen erinnern noch daran, woher er die junge Frau mit dem etwas zu kleinen Kopf, den breiten Schultern, den rötlichen Haaren und das mit Sommersprossen geschmückte Lächeln kennt.

»Guten Tag, Wachtmeister Grossenbacher, es freut mich sehr, dass mein Wunsch so schnell in Erfüllung gegangen ist.«

»Guten Tag, Ihr Wunsch? In Erfüllung? Entschuldigen Sie, ich kann mich nicht …«

»Macht nichts. Ich bin Larissa Fehr, Polizeigefreite vom Aussenposten Horgen. Wir haben am Mittwoch vor einer Woche zusammen zu tun gehabt. Oben in Langnau, vielleicht erinnern Sie sich?«

»Ach ja, genau. Sie sind die mit dem Fingerabdruck-Set, nicht wahr? Alles klar. Und was verschafft mir die Ehre?«

»Ich wurde vor einer halben Stunde aufgeboten, mich hier an der Zeughausstrasse 11, bei der Kripo zu melden. Sie hätten Not am Mann, hieß es, und Dienst-Chef Lüthi, bei dem ich mich melden sollte, hat mich nun zu Ihnen durchgestellt.«

»Wunderbar! Wer hätte gedacht, dass das so schnell geht. Nun, sei's drum. Ich bin Paul, freut mich.« Grossenbacher gibt der jungen Polizistin die Hand und bittet sie, mit in sein Büro zu kommen.

»Setz dich«, Grossenbacher deutet auf den Stuhl vor seinem Pult, »zwei Aufgaben habe ich heute für dich. Erstens:

Du gehst nach Hause und ziehst dir etwas Anständiges an. Mit deiner Uniform kann man vielleicht Verkehrssünder erschrecken, aber keine Verbrecher. Und zweitens: Du fährst anschließend nach Urdorf und Bergdietikon, hier in diese Gegend.« Grossenbacher zieht eine Landkarte aus dem Papierstapel, faltet sie auf und zeigt mit dem Finger in die Gegend vom Reppischtal. »Hier in Rudolfstetten-Friedlisberg, Gwinden und wie die Orte sonst noch alle heißen, fragst du nach einem Lieferwagen, vielleicht ein Kombi oder ein kleiner Kühlwagen, wie die Fahrzeuge von Bianchi, dem Fischhändler. Die kennst du doch, oder?«

»Ja, klar. Das sind die mit dem Hummer und dem senf-gelben Streifen. Und …«

»Genau. Wir suchen ein Fahrzeug, das am vergangenen Samstagmorgen in aller Herrgottsfrüh in dieser Gegend aufgetaucht ist. Irgendwo hier«, dabei macht er einen Kreis um die Fundstelle im Reppischtal, »hier muss er für einige Zeit parkiert haben. Und dort muss ihn jemand gesehen haben. Hundehalter, Frühaufsteher oder Spätheimkeh-rer. Egal wer, es muss ihn einfach jemand gesehen haben.«

»Ja, eh – eine Frage hätte ich noch.« Fehr schaut auf ihre Uhr am Handgelenk. Beinahe viertel nach fünf. Sie begreift, dass es fürs Volleyballtraining um 18.30 Uhr nicht mehr reicht und meint: »Um was geht's denn genau?«

»Hier«, Grossenbacher zerrt die Migros-Papiertüte unter dem Tisch hervor und schiebt sie Fehr hinüber. Hier steht alles drin. Kannst es bis morgen lesen. Wir suchen eine tiefgefrorene Leiche, die hier«, erneut tippt er mit dem Finger auf die Karte, »an einen Baum gefesselt, gefunden wurde. Nein, stimmt nicht ganz. Die Leiche haben wir inzwischen gefunden, aber wir wüssten gerne, wie sie da hingekommen ist. Es ist deine Aufgabe, nach einem entsprechenden Transportmittel zu suchen. Ach, und übrigens war der Tote dieser Wachter, den wir letzten Mittwoch vermisst haben. – So weit alles klar? – Gut, dann los! Ich werde in der Zwischenzeit einen Arbeitsplatz für dich, eine Zutrittskarte und was es sonst noch braucht organisieren.«

»Aber warum ein Tiefkühltransporter?«

»Nun, wie würdest du ein gefrorenes Stück Fleisch in der Größe eines Menschen transportieren?«

Als Fehr zum Büro hinaus ist, widmet sich Grossenbacher wieder dem Toten im Schrebergarten. Wo war er stehen geblieben? Genau bei der Ackerscholle. Eigentlich hat es keinen Sinn, dass Steiner Escher erschlägt, wenn er ihm ein paar Quadratmeter Land klaut. Das ist doch total unlogisch.

Holzweg, Abbruch!

Wenn's umgekehrt gelaufen wäre, so hätte es vielleicht gepasst. Aber wer erschlägt schon einen Menschen für ein paar Quadratzentimeter Land, die nicht einmal ihm gehören. Was ist in diesem Fall das Unwahrscheinliche? – Irgendwie will ihm nichts einfallen.

Ein unangenehmer Gedanke lässt einen schalen Nachgeschmack zurück. Erwartet ihn wieder einmal eine dieser unerträglich mühsamen Ermittlungen, die sich im gleichen Tempo vorwärts entwickeln wie die Beschaffung neuer Kampfflugzeuge für die Schweizer Armee? Grossenbacher sieht ein, dass er dieser Entwicklung nichts entgegenzusetzen hat und gibt auf. Wenigstens für heute. Zudem erhofft er sich von einem kühlen Bier neue Impulse.

Abgelenkt durch sommerlich nackte Beinen, die unten in hochhackigen, römischen Schnürsandalen und oben in kaum handbreiten Jupes enden, trottet Grossenbacher planlos durchs Stauffacherquartier. An der Ecke Badener-

und Ankerstrasse stößt er die Türe zur von einem Klimagerät unterkühlten *Esshalle*, dem früheren *Schmuklerski*, auf. Nie hätte er gedacht, dass er so schnell am Gefrierpunkt dieser Ermittlung ankommen würde. Normalerweise lässt sich die Flaute bei der Arbeit gut um ein paar Tage, manchmal sogar um Wochen, nach hinten schieben. Aber in dem Fall von Andelfingen scheint es, als dass sich alles mit vereinten Kräften gegen ihn stemmt. Er findet das lose Ende des Fadens nicht. Andererseits weiß Grossenbacher nicht genau, warum er die etwas bescheuerte Idee – er gibt es im Stillen sogar zu – von den alten Kämpfern immer noch mit sich herumträgt. Außer der Mordwaffe gibt es keinen Hinweis für seine These. Aber das stimmt nur zur Hälfte. Wie er mittlerweile weiß, sind Armbrust und Pfeil moderne Geräte; nur deren Bezeichnung ruft Assoziationen zum Mittelalter hervor. Genau das hat ihm am Nachmittag Staatsanwältin Oberli unmissverständlich mitgeteilt. Auch das zweite Bier hilft ihm nicht weiter.

Diese Ungewissheit verursacht ihm seelische Schmerzen, und diese wiederum drückt ihn unbarmherzig an den Tresen. Bei der dritten Stange kommt Wachtmeister Grossenbacher zum Schluss, dass Kleinvieh auch Mist macht, und er sich folglich damit abfinden muss, alle Kleinigkeiten, seien sie noch so unbedeutend, zusammenzutragen. Immer in der Hoffnung, später daraus für die Staatsanwaltschaft ein stimmiges Mosaik basteln zu können. Zum Glück hat er jetzt Hilfe bekommen.

Mit der vierten Stange akzeptiert er, dass die Aufklärung des Mordes an Köbi Escher harte und zähe Arbeit sein wird und er nicht den erhofften großen Wurf landen kann, der ihn aus einem genialen Gedanken heraus und auf einen Schlag zum Ziel führt.

Grossenbacher hat in seiner Trübsal den rüstigen Rentner, der weiter oben an der Bar auf einem Hocker klebt und in einer Zeitung blättert, nicht beachtet. Erst jetzt, wo sich der Fremde näher zu ihm an die Bar schiebt und seinem Hund befiehlt: »Mach schön Platz, Hedi!«, schaut er kurz zu dem Mann hinüber. Drahtige, ausgemergelte Figur, Typ Langstreckenläufer. Beinahe nur noch Haut und Knochen. Rasierte, lederne Wangenhaut mit Kinnbart und Schnauzer. Beides inzwischen ergraut und weiß. Das hagere, asketische Gesicht wird von einer gewaltigen Nase dominiert, auf der eine feine randlose Brille mit Metallbügeln sitzt. Die Stirn geht nahtlos in eine Vollglatze über und endet hinten in einem Kranz kurz geschnittener, ebenfalls grauer Haare. Der Mann trägt funktionale Freizeitkleidung in beige bis grau. Unauffällig, gut schweizerisch. Eine langweilige Erscheinung, ebenso gut schweizerisch. Grossenbacher schätzt den schmächtigen Mann auf weit über 60, sogar gegen 70.

»Toll das Wetter?« Ungefragt versucht der Mann Grossenbacher in ein Gespräch zu verwickeln. Wobei Gespräch etwas übertrieben ist, denn Grossenbacher braucht nichts zu sagen, nur ab und zu ein zustimmendes Nicken, Grunzen oder Kopfschütteln. Zwischendurch unterstreicht er mit einem »Eh!« oder »Mh!« seine Zustimmung. Sogar ein erstauntes »Ach ja?« ist einmal zu hören.

Bereits nach fünf Minuten weiß Grossenbacher, dass der Mann Egloff heißt, Autonarr ist und früher, das heißt in den 70ern, in seinen jungen Jahren, einen Datsun Violet / 160 J SSS Coupé mit 89 PS gefahren hatte und seit ein paar Jahren Witwer ist. Im gleichen Atemzug erfährt er, dass der Mann drei erwachsene Kinder und fünf Enkel hat und mit seinem jüngsten Sohn keinen Kontakt mehr pflegt. Doch auch die beiden anderen Familien sieht er nur ein bis zwei Mal im Jahr. Das komme bestimmt von früher, da sei er berufsbedingt oft tagelang, ja sogar wochenlang fort gewesen. Darunter habe natürlich die Familie gelitten, wie er heute sehe. Doch als Geschäftsführer einer kleinen Küchenbaufirma im Zürcher Unterland habe er damals weit herumreisen müssen, um für die Auslastung des Betriebes Aufträge zu akquirieren. Man habe auch damals schon viel arbeiten müssen, um auf einen grünen Zweig zu kommen, nicht nur heute. Der Unterschied war vielleicht, dass auch viel Arbeit anstand. Natürlich gab es die Öl-Krise und später die Krise in der Uhrenindustrie, doch war der Glaube an ein stetes Wachstum ungebrochen, sodass der Staat entsprechend investierte. Man denke an die Autobahnen, die Atomkraftwerke und später die Einführung des BVG. Man habe viel gearbeitet und immer seine Steuern, Beiträge und Sozialabgaben geleistet.

Er sei vor vier Jahren pensioniert worden, und man müsse sich das einmal vorstellen, die AHV habe bis heute noch nicht bezahlt. Er habe ein Leben lang geschuftet, und nun, sollte man meinen, doch ein Recht auf eine entsprechende Rente. Allerdings bekomme er nichts, oder wenigstens nicht das, was ihm zustehen würde. Die AHV weigere sich zu zahlen, was ihm gehöre. Es sei nicht mehr wie früher, klagt der Mann. Er dürfe eigentlich nichts sagen, nicht darüber reden, bis der Zeitpunkt gekommen sei. Doch Betrug sei das auf jeden Fall.

Zuerst hat Grossenbacher halb interessiert zugehört, doch je länger der Alte jammert, umso weniger achtet er auf das Geschwätz. Kurz bevor der Wachtmeister die Geduld verliert und einen Zwanziger auf die Theke legt, um damit den Unterhaltungsabbruch zu signalisieren, meint der vergrämte Alte: »Es ist doch so, ich habe nichts gegen die sozialen Errungenschaften unseres Staates, wo der brave Mann an sich selbst zuletzt denkt und für alle einsteht, aber ob alle auch für den Einen einstehen, ist damit noch nicht garantiert. Und das wird Folgen haben, das kann ich Ihnen schon jetzt versprechen!«

Mit etwas Glück schafft es Grossenbacher rechtzeitig nach Hause, sodass er bequem am gedeckten Tisch Platz nehmen kann. Nach dem Essen nimmt Anna ihr Glas mit ins Wohnzimmer, um sich der von ihr geliebten TV-Serie *Grey's Anatomy* hinzugeben, während er sich mit dem dünnen Sportteil des *Tages-Anzeigers* frühzeitig ins Bett begibt. Kurz bevor er einnickt, fällt ihm noch einmal der aufdringliche Alte ein.

›Der brave Mann denkt an sich selbst zuletzt!‹, kommt ihm irgendwie bekannt vor. Doch was wollte der Mann eigentlich von ihm?

18

Um sich nicht in der großen weiten Welt der unerledigten Arbeit zu verlieren, hat sich Grossenbacher schon am frühen Dienstagmorgen eine Liste aller Kleinigkeiten zusammengestellt, welche er am heutigen Tag erledigen will. Doch allein das Aufschreiben der einzelnen Posten benötigt seine volle Konzentration, sodass er erst zur Kaffeepause damit fertig wird. Nachdem er in der Kantine im sechsten Stock einen doppelten Espresso in sich hineingeschüttet und eine doppelte Portion Gipfeli hinterhergestopft hat, macht er sich gestärkt wieder an die Arbeit.

Zuoberst auf seiner Liste steht der liegen gebliebene Bürokram. Das Eingangsfach leeren, alles visieren und anschließend im Fach für die Ausgangspost stapeln. Zuunterst in der Postkiste entdeckt er eine Einladung vom neuen Forensischen Institut Zürich. Willkommens-Apéro für den ebenfalls neuen Chef, Harald Schubert. Der Anlass fand am Freitag vor sechs Wochen statt. Sorry, Schubert!, denkt Grossenbacher und entsorgt die Karte im Papierkorb. Ebenso seit Wochen stapeln sich verschiedenste Berichte und Protokolle auf seinem Tisch. Die Unterlagen liegen achtlos aufeinandergeschichtet, sodass sie eher dem schiefen Turm von Pisa gleichen als wichtiger Polizeiinformation, die darauf wartet, gelesen zu werden. Grossenbacher nimmt allen Mut zusammen und widmet sich mit vollem Eifer dem wackligen Campanile. Mit dem ausgestreckten Bein schiebt er den Papierkorb so weit unter dem Tisch durch, dass er auf der Rückseite gerade über die Tischkante hinausragt. Grossenbacher fängt nun an, Gott zu spielen, indem er auf die Pultplatte schlägt und damit ein Erdbeben der Stärke 8,9 auf der nach oben offenen Richterskala seinen Turm von Pisa heimsuchen lässt. Der Papierstapel wackelt bedenklich und rutscht ganz langsam nach hinten. Nach drei weiteren Erdstößen bröckelt der Turm und verabschiedet sich ins bereitgestellte Auffangbecken. Noch bevor es Zeit fürs Mittagessen ist, ist der Glockenturm der Bürokratie vom Erdboden verschwunden. Auch am Nachmittag erledigt Grossenbacher effizient seine Büroarbeiten, sodass er gegen Abend seine Liste beinahe abgearbeitet hat und mit gutem Gewissen zu seinem Feierabendbier aufbrechen kann. Doch wie er seinen

Computer herunterfährt, steht Fehr, die Neue, in Jeans und Hemd mit aufgekrempelten Ärmeln im Büro.

»Ja?« Grossenbacher ist es, als hätte er das Gesicht der jungen Frau schon irgendwo einmal gesehen. »Was gibt's?«

»Eh, Paul? Ist es möglich, dass du dich nicht an mich erinnern kannst? – Okay, ist ja auch egal!«, meint sie ziemlich selbstsicher, »ich wollte dir nur das Resultat meiner Befragung aus der Gegend vom Reppischtal rapportieren. Oder willst du es lieber morgen früh im Bericht lesen?«

»Ah, du bist's«, unterbricht Grossenbacher, dem wieder eingefallen ist, wen er vor sich hat. Er versteht nicht, warum ihm Fehrs Gesicht so fremd bleibt. Die Haare, ihr Schnitt, der Teint, die Sommersprossen, eines der Merkmale will sich einfach nicht speichern lassen. Oder ist Fehr so einzigartig, dass er in seinem beschränkten Hirn nichts Vergleichbares abgelegt hat? »Entschuldige bitte. Ohne Uniform habe ich dich wirklich nicht erkannt. Nein, nein! Lesen? Kann ich nicht – eh, ich meine, habe ich keine Zeit dafür. Ach, vergiss es. Also, was hast du mitgebracht?«

»Leider nicht allzu viel. Wie du mir aufgetragen hast, bin ich in der Umgebung des Fundortes von Tür zu Tür gegangen, um nach einem entsprechenden Wagen zu fragen. Leider hat nur ein Bauer aus Friedlisberg etwas gesehen, hier seine Angaben.« Fehr legt einen Notizzettel auf den Tisch. »Er war wegen einer Kuh, die gekalbert hat, um diese Zeit wach. Er sagt, er kann sich genau an die Zeit erinnern, da er eben auf das Kalb gewartet und daher alle paar Minuten ungeduldig auf die Uhr geschaut hat. Es muss um 3.05 Uhr am Samstagmorgen gewesen sein. Er hat draußen vor der Stalltür eine Zigarette geraucht und dann ist ein kleiner Lieferwagen vorbeigefahren. Er hat noch gedacht, wo denn der hinwolle um diese Zeit. Da könne man ja nirgends abladen. Der Bauer meint, er erinnert sich, dass es ein weißer Mercedes Sprinter war, mit einem Kastenaufbau hinter der Fahrerkabine. Er hat die Kühlmaschine auf dem Dach der Kabine gut gesehen. Der Aufbau war angeblich weiß und ohne Beschriftung. Er ist sicher, dass es ein Mercedes war, denn sein Bruder hat auch so einen Sprinter, aber einen etwas neueren. – Das ist alles, mehr habe ich leider nicht.«

»Gut, da hast du aber Glück gehabt. Irgendwie musste der Tote ja ins Reppischtal gekommen sein.« Grossenbacher schiebt einen neuen roten Bleistift unter den Gips und versucht, sich so am Unterarm zu kratzen, was aber nicht zu seiner Zufriedenheit gelingt. »Also gut, als nächsten Schritt schlage ich vor, dass du dich auf die Suche nach diesem Mercedes Sprinter machst. Sprich mit Mercedes Schweiz. Dann finde heraus, wer solche Kühlaufbauten herstellt. Vielleicht gelingt es uns, so an den Besitzer des Fahrzeuges zu kommen. Oder weißt du etwas Besseres, oder hast du einen anderen Vorschlag?«

»Nein. Das scheint mir auch der richtige Weg zu sein, denn so viele Hersteller wird es kaum geben. – Ist das alles?«

»Ja, ich denke schon. Was hast du gesagt, der Bauer meinte, es sei ein älteres Modell gewesen. Hm ... tschau.«

Larissa Fehr verabschiedet sich und macht sich sofort wieder an die Arbeit, denn sie weiß genau, dass sie den alten Fuchs nur mit guter Arbeit überzeugen kann. Vielleicht wird er sich dann an sie erinnern. Im Treppenhaus denkt sie noch einmal an die letzte Bemerkung von Grossenbacher. Warum hat er nach dem Alter des Lieferwagens gefragt? War das ein Tipp? Hat ihr der Wachtmeister einen versteckten Hinweis gegeben? Oder hat er sich gar nichts dabei gedacht, was sich die Gefreite Fehr eigentlich gar nicht vorstellen kann.

19

Es ist Mittwoch, Grossenbacher kommt gerade von einer weiteren, ergebnislosen Sitzung zum Fall Wachter zurück und trifft in seinem Büro auf die junge Fehr, der man von Weitem ansieht, dass ihr etwas Wichtiges auf den Nägeln brennt. Nervös tanzt sie im Zimmer herum. Sie lässt Grossenbacher gar nicht erst zu Wort kommen und sprudelt gleich mit den Neuigkeiten los: »Ich hab ihn! Ich hab ihn! Stell dir vor, es war gar nicht so schwer, ihn zu finden.«

»Wen hast du?«, brummt Grossenbacher etwas schwer von Begriff, denn seine Gedanken hängen gerade beim Fall Wachter. »Du willst nicht behaupten, dass du den Mörder gefasst hast, oder?«

»Nein, nicht den Mörder, den Kühlwagen. Ich hab ihn!«, verkündet Larissa Fehr voller Stolz.

»Ah, das ist ja was total anderes.« Grossenbacher erinnert sich wieder an den Auftrag, den er Fehr gegeben hatte. »Gut. Also, mach schon, erzähle.«

»Du hast mich gestern mit deiner Bemerkung auf die Idee gebracht, gar nicht bei Mercedes Schweiz anzufangen …«

»Welche Bemerkung?«, unterbricht der Wachtmeister und setzt sich auf seinen Bürostuhl.

»Gestern Abend, kurz bevor ich gegangen bin, hast du noch einmal den Bauer aus Friedlisberg, den Zeugen zitiert, der meinte, es sei ein älteres Modell gewesen. – Ich weiß nicht, was du genau mit diesen Worten sagen wolltest. Ist jetzt auch egal, jedenfalls hat mich deine Äußerung auf eine Idee gebracht. Auch die Aussage vom Bauern, dass der Aufbau weiß war, hat mir zu denken gegeben. Warum weiß?«

»Ja, warum?«

»Ganz einfach, weil man den Lieferwagen nicht mehr braucht und verkaufen will, hat man die alte Beschriftung weggemacht. Also habe ich im Internet alle Autobörsen nach Mercedes Sprinter mit Kühlaufbau abgefragt. Drei passende Fahrzeuge habe ich gefunden. Ich habe überall angerufen. Zwei sind noch zu haben und einer wurde, du glaubst es nicht, zuerst sagten sie, er sei noch zu haben ...«, Fehr unterbricht ihren Redefluss, um Luft zu holen, dann sprudelt sie weiter, »besser der Reihe nach. Also ich habe auch da, beim dritten Händler, einen Termin für die Besichtigung vereinbart. Kaum zehn Minuten später haben sie mich zurückgerufen und gesagt, dass der Lieferwagen verschwunden sei. Sie könnten sich die Sache nicht erklären, denn verkauft hätten sie ihn bestimmt nicht. Wenn doch, müssten sie ja die entsprechenden Dokumente haben. Also bleibt nur eines, der Wagen wurde vom Hof des Gebrauchtwagenhändlers in Wetzikon gestohlen. Bingo! Das würde zu deinen Überlegungen und zu der Aussage des Bauern passen. Die technischen Daten des Fahrzeugs, die ich vom Händler bekommen habe, hab ich dann an die Verkehrspolizei weitergegeben. Vielleicht entdecken sie es irgendwo. – Was denkst du?«

»Was ich darüber denke? Ganz einfach, wir wissen jetzt, wie der Transporter aussieht, welche Marke und so weiter. Wir haben eine, wie mir scheint, verlässliche Zeitangabe und die Richtung, in welcher der Lieferwagen letzten Samstag gefahren ist. Jetzt müssen wir versuchen, die Fahrstrecke rückwärts aufzurollen und, falls wir Glück haben, finden wir so einen weiteren Zeugen. Verstehst du?«

»Du meinst ...«

»Genau!«

Fehr ist etwas verwirrt. Kein Lob, kein Dank. Dabei war sie eben noch so stolz auf das Ergebnis ihrer Nachforschungen. Enttäuscht bleibt sie einen Augenblick zu lange vor Grossenbachers Pult stehen.

»Was gibt's noch?«

»Ah, eh, entschuldige. Nichts weiter.«

Als Larissa Fehr resigniert zur offenen Bürotür hinaus ist, denkt Grossenbacher: Hartnäckig, aber brauchbar. Erstaunlich, was sie in dieser Zeit schon herausgefunden hat. – Wenn der Knüsel wüsste, was wir schon wissen, würde er mir wohl den Kopf abreißen. Das Telefon klingelt.

»Grossenbacher.«

»Ich bin's, Christian«, meldet sich Lüthi kaugummikauend am anderen Ende, »hör mal, Paul, so geht das natürlich nicht. Du kannst dir nicht einfach alles und jeden unter den Nagel reißen!«

»Was willst du?«

»Eben, wie gesagt, so läuft das nicht. Larissa Fehr wurde nicht zu deiner Unterstützung abkommandiert. Sie gehört zum Team von Knüsel. Also erwarte ich von dir, dass du sie sofort zu Knüsel hinüberschickst.«

»Jetzt stopp mal!« Innert Sekundenbruchteilen ist Grossenbacher auf 110 und bellt grantig zurück. »Erstens, habe ich mir nichts unter den Nagel gerissen. Falls du dich erinnern kannst, hast du sie am Montag zu mir geschickt!« Wild schnaufend unterbricht er seinen Wortschwall. Ob Lüthis Vergesslichkeit mit seinem chronischen Nikotinmangel zusammenhängt? Laut zählt er auf: »Zweitens arbeitet sie seit Montag an Knüsels Fall, und drittens ist sie im Moment unterwegs!« Der Wachtmeister hämmert den Hörer in die Halterung zurück. Kaum zehn Sekunden später läutet es erneut. »Was ist denn jetzt noch!«, faucht er in die Sprechmuschel.

»Störe ich?« Eine unbekannte Stimme dringt in reinstem Hochdeutsch an Grossenbachers Ohr. »Hier ist Harald Schubert vom FOR. Oder der Neue, wie man mich zu nennen beliebt.«

»Ha, hier Paul. Entschuldige, aber die Deppen vom Dienst machen mich total fertig. Und, ist das Paket angekommen?«, fragt der Wachtmeister ungeduldig.

»Ja, bereits heute Morgen. Nun haben unsere Ballistikexperten alles eingerichtet und sind bereit für die ersten Tests. Ich habe mir gedacht, dass dich das interessieren würde und du vielleicht dabei sein möchtest. Deshalb ruf ich an, um dir zu sagen, dass wir so weit sind.«

»Ah, das ist genial. Da bin ich aber gespannt. Fangt nicht ohne mich an, ich komme sofort zu euch hinüber.«

20

Schubert führt Grossenbacher in den Keller, wo sich die Schießanlage für ballistische Tests befindet. Der neue Chef des Forensischen Institutes Zürich schließt auf und betätigt den Lichtschalter. Im Aufflackern der Neonröhren erkennt der Wachtmeister ein Metallgestell. Eine Art Galgen oder auch Staffelei, auf dem eine moderne, äußerst brutal und gefährlich aussehende Armbrust montiert ist. Ein solches

Gerät hat er noch nie gesehen. Nur der kurze Schaft und der gekrümmte Bogen erinnern Grossenbacher entfernt an das Bild von Wilhelm Tells Waffe. Alles andere scheint aus einer anderen Welt zu stammen. Statt Holz erblickt er eine Kombination aus gebürstetem Aluminium und grüngrauen Karbonschichten. Um Gewicht zu sparen oder aus Stabilitätsgründen sind einzelne Teile miteinander verbunden oder weisen seltsame Öffnungen und Löcher auf, sodass das Gerät mehr dem Knochengerippe eines vorsintflutlichen Tieres als einer Waffe gleicht. Oberhalb des Handgriffs mit dem integrierten Abzug ist ein justierbares Zielfernrohr angebracht. Das Auffälligste an dem Gerät sind die beiden Umlenkrollen, die sich an den Enden des Spannbogens befinden. Um diese Räder ist in verwirrend komplizierter Weise die Sehne geführt. Die Waffe ist gespannt und ein ebenso moderner Pfeil, wie der, der Wachter im Kopf steckte, aufgelegt. Als Ziel dient eine gelbe Schalungstafel, wie man sie von Baustellen kennt. Das Brett ist in eine Halterung gespannt, sodass es senkrecht im Raum steht.

Harald Schubert erklärt Grossenbacher den Ablauf des Tests, den sie, sobald der Ballistiker Martinez und sein Assistent zurückgekommen sind, durchführen wollen. Es gehe nicht darum, was der Einschlag für Spuren und Quetschungen im Material verursache, sondern darum, ob sich beim Abschuss des Pfeils gleiche oder vergleichbare Kratz- oder Schleifspuren nachweisen lassen, wie die auf dem Schaft des Pfeils, der Wachter getroffen hat.

»Ehe ich's wieder vergesse«, Grossenbacher ist in Gedanken wieder einmal an einem ganz anderen Ort, »die Farbkleckse auf dem Körper des Toten. Kannst du mir dazu etwas sagen, oder muss ich besser mit Koci darüber sprechen? Doch nein, er sagte mir, ich solle dich fragen.«

»Ah, habe ich dir das noch nicht gemailt? Kann sein, dass ich nur mit Knüsel gesprochen habe. Die Farbe hat uns keine Probleme aufgegeben. Es ist ganz gewöhnliche Lebensmittelfarbe, in einer Zusammensetzung wie sie für Paintball-Markierer verwendet wird. Bei diesem Spiel werden mit einem pistolenartigen Gerät, einem sogenannten Markierer, mit Farbe gefüllte Gelatinekugeln verschossen. Trifft die Kugel auf ein Hindernis, so platzt sie und hinterlässt einen Fleck. Du fragst dich sicher, warum nur gelb und blau? Ganz einfach, rote Farbe ist in der Paintballszene verpönt, wenn auch nicht verboten. Grund ist die Verwechslungsgefahr mit Blut. – Und wie ist nun die Farbe auf den Körper gekommen? Ganz einfach! Die Spuren sind eindeutig, auf den Toten wurde geschossen.«

»Geschossen, sagst du?«

»Ja, mit eben einem solchen Markierer. Natürlich haben wir zusammen mit dem IRM auch das getestet und nachgeprüft. Dabei ging es um die Frage, was für Aufprallspuren sich ergeben, wenn man einen solchen Farbball auf angefrorenes Fleisch schießt. Ach ja, habe ich dir gesagt, dass die Leiche tiefgekühlt war? Als wir sie fanden, war sie im Kern immer noch hart wie Eis.«

»Danke, das habe ich mitbekommen. Stell dir mal vor, wie groß ein Tiefkühler sein muss, um einen Mann von Wachters Größe, im Bericht von Koci stand 1,92 Meter, ausgestreckt hineinlegen zu können.«

»Genau, denn der Leichnam durfte auf gar keinen Fall gebogen oder gekrümmt werden, sonst hätte er niemals so gerade am Baum gestanden. Soviel mir bekannt ist, hat Dr. Koci auch keine Frakturen an Armen oder Beinen festgestellt.«

»Ist es möglich in einem Kühlwagen einen Mann wie Wachter einzufrieren?«

»Das weiß ich nicht. Ich glaube nicht, dass das so einfach geht.«.

»Eben!« ist alles, was Grossenbacher dazu sagt. Dann bückt er sich zur schussbereiten Armbrust hinunter. Aber diese Bewegung rächt sich sofort. Ein brutales Stechen durchfährt seinen Magen. Im selben Augenblick kehren Martinez und sein Assistent auf den Schießstand zurück. Vor Schmerz gekrümmt murmelt Grossenbacher eine Begrüßung, bevor er sich auf dem kalten Betonboden des Kellers windet. Um den Krämpfen entgegenzuwirken, streckt er sich der Länge nach aus, zieht aber schnell die Beine wieder an den Rumpf. Schubert und Martinez eilen erschrocken herbei und knien sich zu ihm.

»Hallo, Paul!« Harald Schubert berührt vorsichtig Grossenbachers Schulter.

»Hallo! Was ist? Was hast du? Kann ich dir irgendwie helfen? – Soll ich einen Arzt rufen?«

Statt einer Antwort bekommt er nur ein zähes Röcheln zu hören. Mit den Händen massiert der Wachtmeister seinen Unterleib. Erneut heult er auf, versucht sich aber gleichzeitig auf die Ellenbogen zu stützen.

»Verdammt noch mal!«, presst er zwischen den Zähnen hervor, »ich habe geglaubt, dass das vorbei ist.«

»Schnell, hol ein Glas Wasser«, weist Martinez seinen Assistenten an. Und zu Grossenbacher meint er: »Komm, ich helfe dir. Du bist immer noch ganz bleich. Setzt dich erst mal hier auf diesen Stuhl. Was hast du denn?«

»Ich weiß es auch nicht, Alejandro. Ich war schon zur Untersuchung im Unispital. Vielleicht ein Magengeschwür oder Darmkrebs. Eine Entzündung der Bauchspeicheldrüse oder gar Pankreatitis oder wie immer das heißt. Ich weiß es nicht, ich habe noch keinen definitiven Befund.«

»Soll ich einen Krankenwagen rufen?«, bohrt Harald Schubert besorgt nach.

»Nein, wo denkst du hin. Es geht schon wieder.« Wie um zu demonstrieren, dass es ihm tatsächlich wohler ist, steht Grossenbacher vom Stuhl auf, geht zur aufgebockten Armbrust zurück und macht da weiter, wo er vor einer Minute jäh unterbrochen worden ist. »Und wie funktioniert das nun genau?«

»Wie du meinst, Paul.« Schubert ist ihm zu der Abschussvorrichtung gefolgt. »Hab ich dir schon gesagt, dass wir nicht den gleichen Pfeiltyp gefunden haben, ja? – Ich habe dem Lieferanten ein Bild unseres Pfeils zugestellt und er meinte, dass er einen solchen Pfeil noch nie gesehen hat. Er hat uns aber eine Auswahl an Material und der Bauart ähnlicher Geschosse zur Verfügung gestellt. Unter anderem auch den 2219er, den Aluminiumpfeil, den ich fälschlicherweise als Mordwaffe bezeichnet habe. So können wir nun wenigstens einen einigermaßen repräsentativen Vergleichstest machen und hoffen, dass uns die Ergebnisse weiterhelfen. Also, schau da unten, mit diesem fernsteuerbaren Abzugsmechanismus, hier unterhalb der Armbrust, lösen wir den Schuss aus. Der Pfeil fliegt bis zur Holzwand. Anschließend untersuchen wir unter dem Mikroskop die Kratz- und Abriebspuren, die beim Abschießen auf der Oberfläche des Pfeilschafts entstanden sind. Wenn wir etwas finden, wird jede einzelne Schleifspur beurteilt, bewertet und katalogisiert, sodass man sie mit denjenigen auf dem gefundenen Pfeil vergleichen kann. Gibt es Ähnlichkeiten, so lassen sich Rückschlüsse bezüglich Materialbeschaffenheit und Art der Abschusswaffe herleiten.

Diese wiederum führen uns hoffentlich zu einem Hersteller und via diesen zu einem Händler und so zu einem Käufer, sprich Benutzer.«

Was nun folgt, ist eine langweilige Prozedur, in der die unterschiedlichsten Pfeiltypen, die Schubert in der kurzen Zeit auftreiben konnte, sorgfältig auf die Armbrust gelegt und in die Bautafel geschossen werden. Vorsichtig wird jeder Pfeil aus der Zielwand gezogen und unter dem Mikroskop genauestens untersucht. Viel Neues bringt der Test nicht, und nur ein Pfeil weist vergleichbare Schleifspuren auf. Dieser Pfeil stammt aus einer alten Serie, die, wie Schubert berichtet, seit Jahren nicht mehr hergestellt wird. Der Händler habe ihm gesagt, dass der Pfeil für heutige Anwendungen zu schwer sei und darum nicht mehr hergestellt werde.

»Zu schwer? Hast du die Pfeile auf die Waage gelegt?«, will Grossenbacher wissen.

»Du meinst zum Vergleich? – Nein, du hast recht, das habe ich noch nicht gemacht.« Martinez schickt den Assistenten mit den Geschossen ins Labor hinauf, um jedes einzeln zu wiegen. Dann meint er, während sie auf das Resultat warten, dass sie vielleicht mehrere Armbrüste testen sollten. Es könnte durchaus sein, dass die unterschiedliche Mechanik und Technik der Produkte andere Spuren der Beschleunigung hinterlassen.

Der Assistent gibt das Ergebnis des Gewichtvergleichs per Telefon durch. Der Pfeil mit der vergleichbaren Abnutzung ist der schwerste unter den getesteten Geschossen und kommt dem Gewicht des Tatpfeils am nächsten.

»Das heißt«, fasst Schubert zusammen, »so wie's aussieht, ist unser Pfeil ein älteres Produkt, das sicher nicht mehr hergestellt und folglich auch nicht mehr verkauft wird. Wo führt uns das hin?«

»Hm«, brummt der Wachtmeister »ich weiß es auch nicht. Jedenfalls macht's uns die Aufgabe nicht leichter. Einer wird mit einer Waffe erschlagen, die es nur noch im Museum gibt. Und der andere wird mit einem Pfeil erschossen, den man schon seit Ewigkeiten nicht mehr kaufen kann. Was folglich so viel heißt wie: Der Mörder muss die Mordwaffe seit Jahren oder gar Jahrzehnten für einen Fall wie diesen aufbewahrt haben. Was wiederum heißt, dass er seit dieser Zeit immer damit gerechnet hat, die Waffe nötigenfalls einzusetzen. Also muss die Armbrust wie auch der Pfeil gewartet und gepflegt und für einen späteren eventuellen Einsatz bereitgehalten worden sein. Ist unser Mörder ein Schläfer, der aufgeweckt wurde? – Wenn man herausfinden könnte, wann die Produktion des Pfeils eingestellt wurde, so wüssten wir auch, wie lange sie für den Einsatz bereitgehalten wurde.«

In diesem Augenblick kommt der Assistent in den Keller zurück und wedelt mit einem Papier in der Luft. »Der Waffenhändler, von dem wir die Pfeile erhalten haben, hat noch eine Mail geschrieben. Er hat versucht, die Herkunft unseres Pfeils herauszubekommen und hat mit verschiedenen Herstellern Kontakt aufgenommen. Er schreibt, dass ein gewisser Produzent, eine Firma Excalibur Crossbow aus Kitchener – Kanada, in den 70er-Jahren des vergangenen Jahrhunderts ähnliche Pfeile hergestellt habe. Der Geschäftsführer habe ihm versprochen, ins Archiv hinunterzusteigen, um nachzusehen, ob er etwas zu diesem Pfeiltyp findet. Unser Händler erwartet in ein paar Tagen eine Antwort.«

»Gut, sehr gut!«, meint Grossenbacher. »Aber, Harald, oder möchtest du lieber, dass ich Harry sage?«

»Nein, Harald reicht völlig.«

»Harry, hol den Wagen!«, flüstert Grossenbacher unvorsichtig vor sich hin.

»Was sagst du?«, unterbricht ihn Harald Schubert barsch.

»Nichts. Also, ich glaube, wir sollten den Kontakt mit der Firma, wie hieß sie doch gleich?«

»Excalibur Crossbow«, der Assistent reicht ihm das Papier mit der genauen Anschrift: 2335 Shirley Drive, Kitchener ON N2B 3X4. »Kitchener liegt etwa 100 Kilometer westlich von Toronto. Ich hab's auf Google-Earth gecheckt.«

»Gut, wir müssen den Kontakt zu dieser Excalibur Crossbow auf eine offizielle Ebene stellen. Ich meine von Polizei zu Polizei. Sonst haben eventuelle Ergebnisse vor Gericht keine Chance. Und zudem glaube ich, dass es die Sache vereinfachen würde. Kannst du das in die Hand nehmen? Wir müssen wissen, ob und wann sie solche Pfeile produziert haben und an wen sie geliefert wurden?« Grossenbacher verabschiedet sich. Kaum aus dem Keller, klingelt, als hätte es nur darauf gewartet, dass er mit den Ballistikern fertig war, sein Telefon.

»Hm?«

Am anderen Ende ist Professor Dr. Cortali vom Unispital. Mehr als dieser Grunzton ist in den nächsten Minuten nicht mehr zu vernehmen. Angespannt hört der Wachtmeister zu und wartet in der Eingangshalle auf den Lift, der ihn zu seinem Büro hinaufbringen soll. Das Resultat der Untersuchung trifft schneller ein als der Aufzug. Es ist einfach, aber schwer zu verstehen: Man hat nichts gefunden.

Doch sein Blutdruck, meint der Professor noch, der sei viel zu hoch! Er würde ihm empfehlen mit seinem Hausarzt darüber zu sprechen.

Zurück in seinem Büro, setzt sich Grossenbacher auf seinen Stuhl und weiß nicht, wie ihm geschieht. Hatte er doch vor kaum einer Stunde den letzten Anfall, und jetzt sagt ihm der Mediziner, dass da nichts sei. Doch Zeit für weitere Überlegungen bleibt ihm nicht, denn das Telefon auf seinem Schreibtisch beginnt hartnäckig zu klingeln.

»Grossenbacher?«

»Gut, dass ich dich erwische. Ich bin's, Larissa Fehr.«

»Aha!«

»Du hast schon wieder vergessen, wer ich bin?«

»Nein, wieso? Hab ich das?«

»Nein, nein. Vergiss es bitte. Ich stehe auf dem großen Parkplatz bei Mercedes Schweiz in Schlieren. Vor mir steht ein älterer Mercedes Sprinter mit Kühlaufbau. Der Wagen ist nicht angeschrieben. Alle Beschriftungsfolien sind entfernt worden. Nur ein senfgelber Streifen ist unten am Rand des Kühlkastens geblieben. Der Verantwortliche von Mercedes behauptet, dass das Fahrzeug nicht ihnen gehört und er nicht weiß, wie und wann es auf den Hof gekommen ist. Also habe ich mit dem Gebrauchtwagenhändler in Wetzikon telefoniert. Die Typennummer stimmt mit derjenigen des gestohlenen Lieferwagens überein.«

»Hast du reingeschaut?«

»Nein, ich habe nichts angefasst. Das soll jemand vom FOR machen. Sie müssten jede Minute hier eintreffen.«

»Du hast die Spusi schon aufgeboten? Ohne zuerst mit mir Rücksprach…«

»Ich konnte dich nicht erreichen. Dein Handy war besetzt und im Büro warst du auch nicht. Also habe ich in der Zwischenzeit vorsorglich das Forensische Institut aufgeboten und es dann noch einmal bei dir versucht.«

»Sie sollen den Wagen komplett auseinandernehmen.

Zentimeter für Zentimeter. Egal, wie lange das dauert. Das Fahrzeug ist im Moment unsere heißeste Spur. Achte darauf, dass sie auch den Dreck aus den Pneuprofilen kratzen und untersuchen. Die Dreckrückstände könnten vielleicht beweisen, dass das Fahrzeug im Reppischtal gestanden hat. Alles klar so weit?«

»Ja, sicher. – Sonst noch etwas?«

»Ja. Ich habe weder ein Magengeschwür noch Darmkrebs«, erklärt er Fehr etwas unmotiviert und völlig aus dem Zusammenhang gerissen. Sofort ist ihm die ungewohnte Vertrautheit peinlich und er wechselt schnell das Thema. »Eh ... die Untersuchung des Pfeils hat uns zu einer Firma nach Kanada geführt. Die haben vor Jahren ähnliches Material hergestellt.«

Endlich! Grossenbacher wäre beinahe durchs Büro getanzt. Unglaublich, was diese Fehr in der kurzen Zeit alles herausgefunden hat. Inzwischen hat er auch Vertrauen zu ihr gefasst und gibt ihr gleich am Telefon einen Überblick der Tests, die sie in der Schießanlage im Keller des FOR durchgeführt haben. Anschließend besprechen sie weitere Details und vereinbaren, dass sie sich am nächsten Morgen in Grossenbachers Büro treffen, bevor sie ihre Untersuchungsergebnisse bei der nächsten Sitzung an Knüsel weitergeben wollen.

Grossenbacher packt seine Jacke und verlässt das Büro. Unten in der Zeughausstrasse hat er das beklemmende Gefühl, als sei er nicht allein. Irgendwie hat er den Eindruck, als beobachtet ihn jemand, als spüre er heimliche Blicke.

21

Wachtmeister Paul Grossenbacher ist klar, dass er sich mehr mit seinem Toten aus Andelfingen beschäftigen soll, doch findet er in diesem Fall keinen Einstieg, kein Ende des Fadens, an welchem er beginnen könnte, die Geschichte aufzurollen. Der Donnerstag wie auch der Freitag vergehen, ohne dass sich etwas Nennenswertes ereignet. Einzig der Wutanfall, den Knüsel bei der nächsten Sitzung zum Fall Wachter bekam, als Grossenbacher die Ergebnisse seiner bilateralen Untersuchungen präsentierte, gab an der Zeughausstrasse Gesprächsstoff für mehr als eine Kaffeepause.

Es ist noch sehr früh am Samstagmorgen, den 30. Juni. Grossenbacher liegt wach neben seiner Frau Anna im Bett und lauscht dem kläglichen Pfeifen einer einsamen Amsel mit Liebeskummer, die im alten Apfelbaum im Garten hinter dem Haus sitzt. Der Wecker hat ihn vor zehn Minuten aus einem schönen Morgentraum mit aufstrebender Nebenwirkung geklingelt. Anna ist nicht erwacht, hat sich aber demonstrativ auf die andere Seite gedreht. Er bleibt so lange liegen, bis sich die Sache wieder entspannt. Ein langer und ebenso harter Tag erwartet ihn.

Gestern Abend, es war nach dem gemeinsamen Kinobesuch, einer Wiederaufführung von *Braveheart* mit Mel Gibson – Anna mag den Schauspieler, was wiederum Grossenbacher nicht verstehen kann –, saßen sie auf dem Nachhauseweg noch in einer Bar. Während sie einen Schlummertrunk zu sich nahmen, kam ihm die Idee, heute zur Gedenkfeier der Schlacht von Sempach zu fahren. Der Held, das Pathos und das grausige Gemetzel der Kampfszenen im Film haben ihn wohl zu dieser Entscheidung verholfen. Doch mehr als die historische Rückblende, die Schlacht von Sempach fand vor über 600 Jahren statt, interessiert ihn die Gegenwart mit dem Umzug und dem Aufmarsch der rechten Eidgenossen. Noch in der Bar hat er mit Larissa Fehr telefoniert und mit ihr vereinbart, dass sie ihn am nächsten Morgen, so gegen halb zehn an der Ecke Goldbrunnenstrasse / Friesenbergstrasse, also bei ihm zu Hause, mit einem Dienstwagen abholen soll.

Mit Morgenstummheit sitzen die beiden Polizisten nun nebeneinander im zivilen Dienstfahrzeug. Gefreite Fehr muss sich auf den dichten Samstagsverkehr konzentrieren. Erst wie sie die Autobahnauffahrt hinter dem abgerissenen Hardturmstadion erreichen, entspannt sie sich und gibt Gas. Grossenbacher starrt durch die Frontscheibe, stützt mit der rechten Hand den schweren Gips am linken Arm und versucht, die Irrwege und Umleitungen auf der unendlichen Baustelle am Stadtrand zu verstehen. Hat er endlich eine Fahrspur ausgemacht, auf der man höchstwahrscheinlich zur Autobahn gelangt, erweist sie sich nach dem nächsten Brückenpfeiler als Sackgasse.

Kopfschüttelnd wendet er sich schließlich zu Fehr: »Du weißt, um was es geht, da in Sempach?«

»Ich muss gestehen, ich hatte in Geschichte einen Fensterplatz. Aber ich habe gestern nach deinem Anruf den Wikipedia-Artikel gelesen. Also, die Schlacht fand am 9. Juli 1386 statt. Sie gilt in der Geschichte der Schweiz als der Höhepunkt des Konfliktes zwischen den Habsburgern und den Eidgenossen.« Fehr schaltet in den dritten zurück und gibt Gas. Der Motor heult auf, der Wagen schießt auf die Überholspur hinaus. Vierter, fünfter, Stadtgrenze und Schrebergärten fliegen an ihnen vorbei, dann lehnt sie sich entspannt ins Polster zurück. »Also, rund hundert Jahre vor der Schlacht, sicher weißt du das, hatten sich die Kantone Uri, Schwyz und Unterwalden am 1. August 1291 auf dem Rütli ihren Zusammenhalt gegen die Habsburger geschworen. Doch die Habsburger versuchten, natürlich ihren Besitz wieder zurückzubekommen. Herzog Leopold I. …« Fehr setzt nach der Geschwindigkeitsbegrenzung hinter dem Limmattaler-Kreuz zum Überholen an, bevor sie weitererzählt. »Wo war ich? Genau – also, Leopold I. zog mit seinem Heer 1315 gegen die Schwyzer. Die konnten aber Leopolds Männer bei Morgarten schlagen. Wenn ich es noch recht weiß, war dann Luzern der vierte im Bund und vertrieb ebenfalls die Vögte aus seinem Territorium. Inzwischen hatten sich auch Zürich, Glarus, Zug und Bern der Eidgenossenschaft angeschlossen. Darauf versammelte Leopold III. den schwäbischen und Aargauer Adel in Brugg. Aber um einen Feldzug zu bestreiten, reichte das Heer nicht. Viele Söldner wollten sich nur gegen Geld anwerben lassen, weshalb Leopold einiges an Ländereien verpfänden …«

»He, hallo! Ich will doch keinen Geschichtsunterricht«, unterbricht Grossenbacher Fehrs Redefluss, »ich wollte doch nur wissen, um was es bei der Schlacht ging!«

»Entschuldige, ich dachte, dass dich die Fakten interessieren würden. – Gut, ich mach's kurz. Der Legende nach soll sich in der Schlacht Arnold von Winkelried heldenhaft in die Speere der Feinde geworfen haben, um für den Angriff der Seinen eine Bresche zu schlagen. Seit 1387 findet eine patriotische Totengedenkfeier zur Erinnerung an die Schlacht statt. Ein bunter Festzug mit historisch eingekleideten Gruppen, Blasmusik, kantonale und lokale Behördenvertreter, Gäste und Schaulustige ziehen vom Städtchen zum Schlachtfeld hinaus. Ansprachen und Kranzniederlegung beim Winkelrieddenkmal, Umtrunk mit Imbiss bei der Schlachtkapelle. Der Festumzug kehrt am Nachmittag ins Städtchen zurück, wo ein Hellebardenlauf und am Abend ein *Städtlifest* stattfinden. Höhepunkte sind der sportliche Hellebardenlauf und die Festwirtschaft.« Als Fehr ihren Vortrag beendet, fahren sie schon auf das Autobahnkreuz Wiggertal zu, wo sie Richtung Gotthard abbiegen.

»Hellebardenlauf, sagst du? Passt ja gut.«

»Du meinst, dass das etwas mit dem Toten im Schrebergarten von Andelfingen zu tun haben könnte?«

»Wer weiß! Der Schwerpunkt liegt heute aber nicht auf dem Hellebardenrennen, sondern auf der rechten Szene und dem Aufmarsch der Glatzköpfe.«

»Genau, das wollte ich dich fragen. Was wollen wir eigentlich auf dieser Gedenkfeier? Was ist der Anlass für unseren Ausflug?«

»Eben, die Glatzköpfe.«

»Du meinst Glatzköpfe, wie du?«

Grossenbacher grinst schräg und fingert vorsichtig an der verkrusteten Kopfhaut.

»Das würde dir wohl so passen, he?«

»Ja, klar! Ich habe es schon lange vermutet«, frotzelt Larissa Fehr zurück, »denn ich weiß auch, dass seit einigen Jahren die Feierlichkeiten durch den Aufmarsch der Skinheads gestört werden. Die Rechtsextremen versuchen, den Anlass für ihre Propaganda zu nutzen. – Aber dafür ist doch die Luzerner Polizei zuständig. Die brauchen uns nicht, oder?«

»Doch, doch! Eh, ich meine, nein. Wir werden ganz inkognito da sein. Ich meine ganz privat. Ich möchte nur einmal sehen, wie diese Glatzköpfe auftreten. Ich möchte sehen, ob es genau so ist, wie wir es aus den alten, Schwarz-Weiß-

Dokumentarfilmen kennen. Die gleiche Stimmung, das gleiche mulmige Gefühl im Magen. – Glaubst du, dass man ihnen die Dummheit ansieht?«, will Grossenbacher wissen.

»Und was willst du wirklich?«, fragt Larissa Fehr zurück.

»Nun«, Grossenbacher zögert, »ich weiß es auch nicht genau. Es ist wieder einmal mehr eine Ahnung, so ein Gefühl. Irgendwie erwarte ich, oder vielleicht erhoffe ich mir, dass wir ein paar bekannte Gesichter sehen.«

»Bekannte Gesichter?«

»Ja.«

»Du meinst, dir bekannte Gesichter?«

»Ja, wenn du's so sagst.«

»Dann hatte ich also doch recht. Du hast Bekannte unter den Glatzköpfen?«

»Vielleicht!«

»Aha!«

Stumm fahren sie auf der A2 Richtung Süden. Fehr hat es bis jetzt fertiggebracht, die linke Fahrspur nicht zu verlassen. Kurz vor der Ausfahrt Sursee schwenkt sie mit einem halsbrecherischen Manöver nach rechts auf die Abbiegespur, dabei wird Grossenbacher arg herumgeschüttelt. Er versucht sich im Wagen festzuhalten, vergisst aber im Schreck den Gips. »He, pass doch auf! Was machst du? Verdammt!«, schreit Grossenbacher mit vor Schmerz und gleichzeitig Angst verzerrtem Gesicht.

Fehr weiß nicht genau, warum der Wachtmeister im Wagen herumbrüllt. Sind es ihre Fahrkünste, die ihn so in Rage bringen? Sie entschließt sich, besser nicht nachzufragen.

»Wo willst du hin?«, schnauzt Grossenbacher sie jetzt etwas lauter an und massiert seinen ramponierten Arm.

»Zur Schlacht von Sempach!«

»Ach, jetzt reicht's aber! Hör jetzt auf mit dem Scheiß, ja!«

»Sorry, ich habe mir gedacht, dass du wohl kaum beim Umzug mitmarschierst, sondern direkt zum Festplatz hinauf möchtest, um deine Glatzen zu sehen. Da aber genau wegen dieses Umzugs die Straße zur Schlachtkapelle gesperrt ist, fahre ich einen Umweg über Beromünster. Von da hinüber nach Neudorf und weiter bis Hildisrieden, um so von hinten ans Gelände zu kommen. Einverstanden?«

Grossenbacher brummt wieder etwas Unverständliches und starrt nur noch stur durchs Seitenfenster.

Sie kommen genau so nahe ans ehemalige Schlachtfeld, wie sie ein Verkehrskadett fahren lässt. Er winkt den Wagen mit der Zürcher Nummer von der Straße. Sie fahren auf eine frisch gemähte Wiese, die zum Parkplatz umfunktioniert wurde. Von hier aus müssen sie den Rest des Weges zu Fuß zurücklegen, was wiederum Grossenbacher gar nicht passt. Auch das Herumfuchteln mit dem Dienstausweis nützt nichts. Der junge Bursche lässt sich nicht erweichen. Sie müssen wie alle anderen Gäste gehen.

Und wie befürchtet, sind sie bereits etwas spät dran. Die verschiedenen Ansprachen von Regierungsmitgliedern des Kantons Luzern und anderen geladenen Gästen sind bereits vorbei, und am Pult beendet gerade der Ehrengast seine Rede mit den Worten: »… auch der Bundesrat überbringt die besten Wünsche und grüßt im Namen der Eidgenossenschaft alle Mutigen und Gefallenen! – Danke. Und auch ich wünsche Ihnen allen weiterhin ein schönes Fest!«

Applaus.

Während Bundesrat Felix B. Marthaler sein Manuskript einsammelt und vom Podest klettert, erstarrt Grossenbacher zur Salzsäule. Schweißperlen treten auf seine Stirn. Wenn er gewusst hätte, dass Marthaler hier ist, wäre er

nicht nach Sempach gefahren. Er muss sich zusammenrei-
ßen, um sich nicht brüllend auf den Bundesrat zu stürzen.
Die Wut über den ungelösten Fall, welcher von Marthaler und seinen Untertanen verschleppt worden war, flackert wieder auf. Grossenbacher zittert und wendet sich
ab. Stumm richtet er den Blick in die Ferne, lässt ihn über
die weite offene Landschaft gleiten in der Hoffnung, seine
unsanft geweckten bösen Erinnerungen an eine Zeit, die er
lieber wieder vergessen will, ließen sich an der Weichheit
der sanft geschwungenen Hügel besänftigen. Nachdem der
Beifall abgeklungen ist, wenden sich die Zuhörer schnell
dem offerierten Imbiss zu, was auch hier wieder beweist,
dass selbst die Liebe zum Vaterland durch den Magen geht.

Plötzlich kommt Bewegung in die weit entfernte Hori-
zontlinie. Aus dem in der frühen Mittagshitze flimmern-
den Straßenasphalt taucht ein zweiter Umzug auf. Zuerst
sieht man nur Fahnenspitzen, die sich rhythmisch auf
und ab bewegen, dann allmählich Köpfe und Schultern.
Dann Hände, die Fahnenstangen umklammern. Fahnen
schwingend marschieren sie in schweren Springerstiefeln
direkt zum Winkelried-Denkmal. Vor dem Gedenkstein
versammeln sie sich in einem weiten Halbkreis und legen
einen mit Bändern geschmückten Kranz nieder. Auf der
Kranzschleife steht in alter Frakturschrift: ›In Knechtschaft geboren / In Freiheit gestorben‹.

Neonazis. Kahl rasierte Schädel und schwarze Sonnen-
brillen. Einige tragen schwarze Baseballmützen mit der gut
sichtbaren Aufschrift *88*. Andere tragen die Zahl *18* oder
Texte wie *Ehre – Treue – Vaterland* oder den Schriftzug
Blood & Honour auf ihren T-Shirts. Meist sind es junge
Männer in Shorts und Turnschuhen mit Socken oder
schwarzen Stiefeln. Vereinzelt sind es auch ältere, schon

ergraute Herren. Aber es sind nicht nur Männer. Erstaunlich viele junge Frauen stehen ebenso stramm.

Sofort rebelliert Grossenbachers Magen. Schwer atmend legt er seine Hand auf Fehrs Schulter und stöhnt: »Komm, lass uns von hier verschwinden. Mir wird schon vom Anblick schlecht, und ich denke, ich habe gesehen, was ich sehen wollte. – Los gehen wir, bevor ich kotzen muss!«

Doch kaum hat er das gesagt, zuckt er zusammen. Seine Hand krallt sich in Fehrs Schulter fest, bis sie aufschreit. Die junge Polizistin macht sich sogleich Sorgen um die Gesundheit des Wachtmeisters. »Was ist? Ist dir nicht gut? Komm, setz dich hier auf die Festbank.«

»Nein, nein! Es geht schon wieder. Es ist gleich vorbei. Sieh nur, es ist schon gut.«

»Du setzt dich jetzt hier hin!«, fährt ihn Fehr an.

Grossenbacher gehorcht und lässt sich auf einer Festbank nieder. »Sag, hast du vielleicht eine Kamera dabei?« Der Wachtmeister hat seine Gedanken schon an einem anderen Ort. Und plötzlich ist er wie umgedreht, nervös und zappelig, wie wenn jemand seine Sprungfeder wieder aufgezogen hätte. Ist es möglich, dass er mit seiner Vermutung recht hat? Es muss jemand mit blinder Autoritätsgläubigkeit und einer ausgesprochen Liebe zum Vaterland hinter den Morden stecken.

»Nein, leider nicht. Du hast mir gestern am Telefon nicht gesagt, um was es heute geht. Doch ich habe mein Handy dabei, damit kann ich recht gute Fotos machen.« Larissa Fehr kramt ihr Mobiltelefon hervor und schaltet den Fotomodus ein. »Denkst du, dass das geht? Die Qualität ist natürlich nicht die Beste. Auch zoomen kann man damit leider nicht besonders gut, doch es ist besser als nichts. Was möchtest du aufnehmen?«

»Siehst du da drüben, den Kleinen?« Grossenbacher zeigt verstohlen mit dem Finger in die Richtung eines kahlköpfigen Fahnenträgers. »Der dritte rechts neben dem Stein. Der, der die übergroße Schweizerfahne trägt. Genau die, auf welcher das weiße Kreuz bis zum Rand gezogen ist und in der Mitte das komische Morgensternzeichen darauf hat.«

»Meinst du den Kleinen mit den vielen Tattoos?«

»Genau. Mach bitte ein paar Bilder von ihm. Ich interessiere mich vor allem für die Tattoos auf den Armen. Wenn das möglich ist?«

»Halt mal.« Fehr hängt ihre Jacke Grossenbacher über den Gipsarm und verschwindet im Getümmel der Festbesucher. Nach einiger Zeit sieht der Wachtmeister, wie die junge Polizistin ganz unbefangen zum Winkelried-Gedenkstein hinüberschlendert und sich so von der Seite her der immer noch im Halbkreis stehenden Gruppe nähert.

Warum ist er vorhin so erschrocken, als er den kleinen Fahnenträger entdeckt hat?

Angestrengt versucht Grossenbacher, das Gesicht des Glatzkopfs mit Bildern seiner Erinnerung abzugleichen. Doch erfolglos. Kein Treffer. Unbekannt! Aber warum hat er intuitiv auf das Erscheinen genau dieses Neonazis reagiert? Ein verschwommener, undefinierter Eindruck. Es ist nicht das Gesicht. Es ist die kleine, untersetzte Statur des Fahnenträgers, die zu einer gespeicherten Erfahrung in seinen Hirnwindungen passt und sich deckungsgleich darüber geschoben hat. Diese Übereinstimmung hat bei Grossenbacher so etwas wie einen inneren Alarm ausgelöst.

Im gleichen Augenblick, in dem der Neonazi seinen rechten Arm zum gestreckten Gruß erhebt, wird er von Fehr geschickt, aber unauffällig fotografiert.

22

Erst am späten Sonntagabend, die Fenster in der Wohnung an der Ecke Goldbrunnenstrasse / Friesenbergstrasse sind wegen der anhaltenden Hitze weit geöffnet und Grossenbacher hat sich nur mit Unterhose und Gipsarm bekleidet aufs Sofa vor den Fernseher geworfen, um die Comedy Show *Giacobbo / Müller* zu sehen. In dem Moment, wo er das Bier ansetzt, machen die beiden Kabarettisten einen Witz über Alter, Tod und die AHV. Grossenbacher prustet los. Das Bier spritzt quer durchs Wohnzimmer.

AHV – Tod?

Da ist es wieder! Der Tote aus dem Reppischtal, Jonas Wachter, war doch Direktor der Sozialversicherungsanstalt Zürich, der staatlichen Organisation, welche die AHV, die Alters- und Hinterlassenenversicherung verwaltet. Ist das der Zusammenhang, nach dem er so lange sucht? Warum hört er plötzlich überall von dieser AHV? Bei *Giacobbo / Müller* und im *Schmuklerski*. Gibt es etwa eine Verbindung zwischen dem toten Wachter und dieser Nervensäge im *Schmuklerski*? Klar, jeder Einwohner der Schweiz hat eine AHV-Nummer und folglich früher oder später etwas mit der Versicherung zu tun.

Also – alles Bullshit!

Wieder einmal schafft er es nicht, einzuschlafen. Nicht nur das unerträgliche Brennen in seinem Magen hält in wach, es sind zu viele Dinge, die auch in seinem Kopf gären. Nazis, Glatzen, Patrioten, Schlachtenbummler, Schweizerfahnen, Armbrustpfeile und Hellebarden. Dazu Schorfe und Krusten, die ziehen und jucken, sowie Haare, die nachwachsen und durch die langsam verheilenden Stellen sprießen, was wiederum kitzelt und sticht. Ein endloses Kratzen und Reiben. Dann sind da noch zwei Tote, die auf Sühne warten.

Lange liegt Grossenbacher in dieser Sonntagnacht wach. Er kommt einfach nicht zur Ruhe. Die Bilder der aufziehenden Nazibande wandern immer wieder durch seinen Kopf. Er kann es einfach nicht verstehen und macht sich Gedanken darüber, was es außer selbstgerechtem Hass noch braucht, um dahin zu kommen? Blinder Fanatismus! Zu allem Übel hat der Kripo-Chef Roland Fahrni gleich für Montag früh eine Standortsitzung einberufen.

Wie vom Wachtmeister erwartet, ist die Sitzung beschissen gelaufen. Es begann mit einer Standpauke. Grossenbachers unkollegiales und eigenbrödlerisches Verhalten, das sich, so sagte wenigstens der aufgebrachte Kripo-Chef Fahrni mit hoch-rotem Kopf, an der Grenze des Zumutbaren abspiele, war das zentrale Thema und nicht die beiden ungelösten Fälle. Er solle sich doch in Zukunft wenigstens an seine Arbeit halten und die Kollegen die ihre machen lassen. Das sei das Mindeste, was man von ihm verlange. Diese Doppelspurigkeit bringe nichts und verzögere höchstens die Arbeit an den Ermittlungen zum Fall von Andelfingen. Während den zweieinhalb Stunden, die sie im Sitzungszimmer zusammengepfercht waren, sind sie kein bisschen weitergekommen. Weder im Fall von Andelfingen noch beim Fall Wachter. Gegen Ende des Vormittags hat Wachtmeister Grossenbacher sogar das Gefühl, dass versucht wird, ihm die Schuld für das mangelnde Fortschreiten der Ermittlungen anzuhängen. Jedenfalls gingen

die Bemerkungen von Staatsanwalt Donati und Polizeifeldweibel Gerhard Knüsel in diese Richtung.

Seine uninspirierte Erklärung, warum er am Samstag
die Fahrt nach Sempach gemacht hat, löste nur allgemei-
nes Kopfschütteln aus. Belustigt witzelten die Kollegen
über seine patriotischen Gefühle, die ihn zu der Gedenkfeier getrieben haben. Auch seinen müden Versuch, einen
Zusammenhang zwischen den Rechtsextremen und den
beiden Ermordeten zu konstruieren, scheiterte kläglich.
Entmutigt und ratlos verließ er frühzeitig die Sitzung, um
sich in seinem Büro einzuschließen.

Kaum hat er sich in den Stuhl fallen lassen, klopft es
an der Tür.

»Herein«, murmelt er mit beschlagener Stimme.

Erneutes Klopfen.

»Ja!«, krächzt er heiser und wuchtet den massigen Körper aus dem Sessel und entriegelt verärgert die Tür. »Was
gibt's denn?« Es ist die junge Gefreite Fehr, die ihm die
Fotos vom Samstag bringt.

»Ich hoffe, du kannst mit den Aufnahmen etwas anfangen. Schau hier.« Sie blättert in den Papierabzügen, bis sie
das gesuchte Bild gefunden hat. »Den Typen mit den Tattoos habe ich ganz gut erwischt.«

»Ja, danke. Und auf Wiedersehen.« Mürrisch hält Grossenbacher Larissa Fehr die Tür auf.

»Was ist los?«

»Eigentlich nichts, aber ab sofort arbeitest du ausschließlich für Knüsel.«

»Ja, aber wir …«

»Vergiss es einfach!«, unterbricht sie Grossenbacher
barsch.

Wieder allein, steht er lange vor dem Fenster und starrt

ins Leere. Dunkle Wolken hängen über der Stadt. Ein wirr zerrissener Blitz zuckt über dem Käferberg. Beim zweiten Donnergrollen setzt sich Grossenbacher zurück an sein Pult, knipst die Tischlampe an und betrachtet die Fotos. Je länger er auf die Bilder starrt, umso langsamer werden seine Bewegungen. Ein Abzug scheint ihn besonders zu interessieren. Minutenlang vertieft er sich in die Aufnahme. Dann legt er sie zurück auf den Stapel und sucht in den Schubfächern des Korpus' nach einer Lupe. Als er sie findet, widmet er sich wieder dem einen Bild. Nach der intensiven Begutachtung lehnt er sich mit geschlossenen Augen zurück. Nach geschätzten weiteren zehn Minuten richtet sich der Wachtmeister wieder auf, nimmt das Foto und unterzieht das Bild nochmals einer genauen Untersuchung.

Ohne etwas anderes zu tun, legt er die Sachen erneut zurück und starrt Löcher in die Pultkante. Langsam rutscht er in seinem Sessel tiefer, bis er die Beine auf den Tisch legen kann. Nach einer Viertelstunde macht er das, was er am besten kann. Vorsichtig platziert er einen roten Bleistift auf seiner Nasenspitze und balanciert ihn geschickt.

Inzwischen hat der Himmel wieder aufgeklart und das Gewitter hat sich längst verzogen. Wachtmeister mbA Paul Grossenbacher schreckt aus seiner Trance auf und verliert dabei einen weiteren Caran d'Ache Stift.

»Das muss es sein!« Er zerrt den Telefonapparat am Kabel zu sich heran und wählt aus dem Kopf die interne Nummer des Dienst-Chefs. »Lüthi, bist du's? Wo finde ich diese Fehr?« Grossenbacher hört einen Augenblick zu, wischt mit dem Hemdärmel den Schmutz vom Tischblatt, den seine Gummistiefel darauf zurückgelassen haben, dann unterbricht er den Vortrag von Lüthi. »... ja, ja. Ist schon in Ordnung.«

Lüthis Redefluss will nicht versiegen.

»Okay, ich habe verstanden. Schick sie doch einfach rauf!«

Wieder hört man aufdringliches Stimmengemurmel aus dem Hörer.

»Jetzt gleich!«, bellt er schließlich aufgebracht ins Telefon und schlenzt ohne einen Gruß den Hörer in die Halterung. Beschwingt beginnt er vor sich hin zu summen: »*All day long I think of things but nothing seems to satisfy* ...«

Genau in diesem Moment wird die Tür aufgerissen und Fehr steckt ihren undefinierten rötlichen Pony ins Büro.

»Du hast mich gesucht?«

»Genau, komm herein, setz dich und hör mir bitte genau zu.« Grossenbacher ist aufgesprungen und wandert hinter seinem Pult hin und her. Vorsichtig betastet er mit den Fingern immer wieder die Brandwunden an seinem Kopf.

»Hör mal. Du hast doch den Typen mit den auffälligen Tattoos fotografiert. Irgendwie werde ich das Gefühl nicht los, diesen Glatzkopf schon einmal gesehen zu haben. Aber mir fällt einfach nicht ein, wo und wann das gewesen sein könnte. Ich finde keinen Zusammenhang. Aber das ist mein Problem. – Ich habe mir gedacht, dass ein Mensch, der so auffällig tätowiert ist, auch anderen auffallen muss, und daher kein Unbekannter sein wird. Es gibt bestimmt Menschen in der Schweiz, denen diese Tattoos aufgefallen sind oder die sie sogar kennen und die uns zu dem Mann führen können. Ich denke, das ist eine Aufgabe für dich – was meinst du?«

Fehr ist etwas erstaunt, sagt aber vorerst nichts und brütet bewegungslos vor sich hin, studiert ihre Schuhspitzen und gibt sich, als hätte Grossenbacher sie nichts gefragt. Endlich hellen sich ihre Züge auf, sogar ein Lächeln huscht über ihr Gesicht: »Hast du deinen Computer eingeschaltet? – Dann lass mich bitte mal ran!«

Grossenbacher schüttelt den Kopf und startet seinen Computer.

»Warte einen Augenblick. Ist das Internet offen? – Gut, jetzt gibst du www.switzerland.indymedia.org/de ein. Hast du's?« Fehr tippt die gleiche URL-Adresse in ihr iPhone. »Jetzt mit Return bestätigen. Ich kenne diese Website, sie bringt uns eventuell ans Ziel. Ist die Site endlich offen? Gut, jetzt suchst du links in der Randspalte im Menü nach Switzerland. Okay? Hast du's?«

»Moment.« Grossenbacher wartet bis sich die Site öffnet.

»Gut, jetzt links im Themen-Menu ›Antifaschismus‹ anklicken. – Dann suche Naziaufmarsch in Sempach, oder etwas in der Art. Ein Kollege hat mir erzählt, dass da alle Nazis, die am Samstag in Sempach dabei waren, mit Foto und Namen abgebildet sind. Hast du sie gefunden?«

»Ist die Kiste aber langsam heute. Ah, jetzt, es kommt – wau! Unglaublich! Aber die haben ja nur Nummern?«

Grossenbacher zählt staunend 241 durchnummerierte Köpfe.

»Ja, es gibt einen Fotografen, der bei solchen Anlässen die Glatzen ablichtet und anschließend ins Netz stellt. Die Porträts werden durchnummeriert, weil der Fotograf nicht alle beim Namen kennt. Andere, die später die Seite besuchen, können unten in einer Liste die Namen derjenigen eintragen, die sie kennen, so wird nach und nach jeder Neonazi im Internet identifiziert und an den Pranger gestellt.«

Grossenbacher staunt, er hätte eine solche Liste doch eher bei der Polizei erwartet. Doch überzeugt ihn dieses System der Personenidentifikation. Niemand kann alle kennen, aber einige kennen welche und fügen so die vielen Einzelteile zu einem einheitlichen Bild zusammen.

Hastig scrollt er durch die Seite und sucht ebenfalls nach bekannten Gesichtern. Aber halt, was war denn das? Nervös versucht er, die betreffende Stelle wiederzufinden. Glaubt er doch, das bekannte runde Tattoo vorbeiflitzen gesehen zu haben. Und tatsächlich entdeckt er das Porträt des jungen glatzköpfigen Mannes. Es ist derselbe, der auch von Fehr heimlich fotografiert worden war. Es gibt keinen Zweifel, es dieselbe Person. Die gotische Schrift auf der Innenseite des rechten Arms ist auf beiden Bildern gut lesbar. Auf der Schulter ein Kreis, darin der schon bekannte Stern und der zweite, kleinere Kreis. Das Foto trägt die Nummer 072. Schnell scrollt Grossenbacher nach unten und sucht die Liste mit den Nummern und eingetragenen Namen. Viele Textfelder sind leer, haben noch keine zugewiesenen Bemerkungen. Endlich findet er die Zahl und auch den dazugehörenden Namen: Jan-Patrick König.

23

Grossenbacher reißt den Hörer vom Apparat und hackt mit gestrecktem Zeigefinger die Nummer von Staatsanwältin Oberli in die Tasten. Während er auf die Verbindung wartet und darüber staunt, dass er die Nummer im Kopf hat, befiehlt er Fehr, die Adresse dieses Jan-Patrick König herauszusuchen.

»Manuela, hier Grossenbacher. Ich brauch einen Durchsuchungsbefehl.«

Während er mit einem Ohr dem Vortrag über die Richtlinien zur Ausstellung von Durchsuchungsbefehlen lauscht, versucht er, sich die blonde Staatsanwältin vorzustellen, wie sie in ihrem Büro sitzt, die unendlich langen Beine übereinandergeschlagen und sich ernsthaft bemüht, ihn von seinem Vorhaben abzubringen. Doch es will beiden nicht so recht gelingen. Sie kann ihn nicht überzeugen und das Bild in seinem Kopf scheitert am Rocksaum.

»Wie? Wa… was hast du gesagt?«, stottert er mit roten Ohren und fühlt sich ertappt. Es fällt ihm schwer, seine Gedanken weg von den tollen Beinen hin zu den rechtlichen Problemen eines profanen Durchsuchungsbefehls zu lenken. Unter dem Gipsverband juckt es unerträglich. Grossenbacher klemmt den Hörer zwischen Schulter und Kopf und stopft den Zeigefinger seiner rechten Hand so weit unter den Gips wie's nur geht. Doch das Kribbeln lässt nicht nach. Oberli am anderen Ende spricht schnell und pausenlos. Endlich gelingt es dem Wachtmeister, sie zu unterbrechen. »Nein, eigentlich habe ich nichts gegen ihn vorzuweisen. Eben nur Vermutungen, wie du selber sagst, und eh, – oder dass er letzten Samstag an einem Gedenkmarsch zur Schlacht von Sempach teilgenommen hat.« Grossenbacher hört wieder zu. Diesmal konzentriert er sich nur auf das Gezwitscher der Vögel, die in den Bäumen des Kasernenareals hocken, um nicht wieder an die Beine denken zu müssen. »Ja, ich verstehe. Mir ist schon klar, dass das nicht das beste Argument ist und dass man das nicht als Grund anführen kann. – Aber, wie wär's damit? Verdacht auf Verstoß gegen das Rassismusgesetz. Ich bin sicher, dass er irgendwann in seinem Leben gegen das Rassendiskriminierungsgesetz verstoßen hat. Reicht das? – Auch nicht? Dann vielleicht das öffentliche Zurschaustellen von verbotenen Nazi-Symbolen. Das ist doch ein echter Tatbestand, oder?« Grossenbacher muss sich noch einmal einen längeren Vortrag anhören, bis er genervt unterbricht und meint: »Weißt du was, vergiss es! Ich besuche ihn einfach so. Das ist mir alles zu kompliziert. Ich gehe in einer Stunde. Mit offiziellem Dokument oder ohne ist mir scheißegal. Ich brauche keine Genehmigung, um an seiner Haustür zu klingeln. Das wird diesen Jan-Patrick König bestimmt derart nervös machen, dass er mir einen Grund gibt, ihm über die Schwelle zu folgen. Was …«

Staatsanwältin Oberlis Stimme am anderen Ende wird hörbar schärfer und bevor sie ganz ins Schrille kippt, zeichnet Grossenbacher mit dem Hörer weite Kreise in die Luft seines Büros und lässt so die Entrüstung der Staatsanwältin durch die Atmosphäre fliegen.

Dann ist auch Larissa Fehr wieder zurück. Gespannt setzt sie sich Grossenbacher gegenüber auf den Besucherstuhl. »Und, was meint sie?«, flüstert sie.

Grossenbacher hebt die Hand zum Zeichen, dass er noch nicht fertig ist.

»Klar, tschau!«

Der Wachtmeister schüttelt den Kopf, hängt auf und sagt zu Fehr: »Keine Chance. Wir müssen's inoffiziell machen. Aber so, dass, wenn unsere Vermutung zutrifft, wir trotzdem das gesammelte Material verwenden können. Ich denke, wir statten ihm – hast du seine Adresse?«

»Ja, das war absolut kein Problem. Der Bursche hatte schon regen Kontakt mit unseren Kollegen. Seine Wohnadresse ist Hauptstrasse 8 in Berg am Irchel, das liegt im

Zürcher Weinland. – Ach ja, König ist 28 und Schreiner von Beruf. Er arbeitet bei einer Küchenbaufirma in Bülach als Monteur. Das Küchenbauunternehmen liegt an der Irchelstrasse. Das ist im neuen Industriequartier hinter der alten Gießerei.«

»Gut, gehen wir. Wie lange brauchen wir?«

»Warte noch. Ein Lang vom Posten Andelfingen hat dich gesucht. Du warst am Telefon, darum hat man den Anruf zu mir umgeleitet. Er meldet, dass er einen Herr Winkler nach dessen Schrebergartenhäuschen, den explosiven Stoffen und den Waffen, welche er darin gelagert hat, einvernommen hat. Der Mann sei sehr betrübt über das zerstörte Häuschen. Zum Vorwurf, dass er Sprengstoff lagere, gibt er an, dass er sich das nicht vorstellen kann, woher der gekommen sein soll. Doch hatte er für die Kochstelle eine Gasflasche. Zu den Waffen gibt er an, dass er zwei Hellebarden Repliken zur Dekoration an der Wand hängen hatte. Die Aussage stimme mit den Ergebnissen der Spusi überein. Lang sagte noch, dass er dir das Protokoll zustellen wird, sobald er es fertig hat.«

»Gut. – Und …?«

»Nach Berg am Irchel sind es etwa 40 Kilometer über Kloten, Bülach und Eglisau. Das sollte in einer guten halben Stunde zu schaffen sein.

Geschickt lenkt Fehr den Dienst-Volvo durch den Montagvormittagsverkehr Richtung Flughafen. Grossenbacher schließt die Augen. Er gibt einiges, worüber er nachdenken muss. Da ist die schwarze Sonne. Eine Art Sonnenrad, dessen zwölf Speichen man auch als Sigrunen interpretieren kann. Innerhalb des Symbols kann man zudem drei um jeweils 30 Grad ausgedrehte Hakenkreuze erkennen. Diese schwarze Sonne ist zum Ersatzsymbol für die beiden verbotenen Zeichen geworden. Auch viele andere Zeichen sind versteckt oder werden als harmlose Codes getarnt. *1919* gleich zwei Mal der 19. Buchstabe des Alphabets, also SS. 88 gleich HH, 18 gleich AH. So existieren die Botschaften und verfemten Symbole im Versteckten weiter und erreichen beinahe unerkannt ihre Ziele.

Ein Zeichen geben. Ein Zeichen hinterlassen.

Zeichen sind stark. Zeichen sind schnell. Zeichen sind einfach, klar und deutlich. Jeder kann sie lesen, versteht sie oft auch intuitiv. Aber warum muss der Mensch sich mit Zeichen umgeben, mit denen er sich identifizieren kann? Zeichen, die er bewundern, oft sogar vergöttern kann? Können Zeichen Zugehörigkeit darstellen? Weißes Kreuz auf rotem Grund und sofort schlägt das Herz höher! Das Kreuz in der Kirche, ein Krokodil mit gebogenem Schwanz auf dem Polo-Shirt, ein aufbäumendes schwarzes Pferd im gelben Wappen des roten Sportwagens. Haben wir nicht alle unsere Zeichen, die wir anhimmeln? Zeichen, die unseren Status widerspiegeln. Statussymbole. Und hetzen wir nicht tagtäglich genau diesen hinterher? Aber sind Verkehrsschilder nicht auch Zeichen, die für Recht und Ordnung wenigstens auf den Straßen sorgen?

Am Horizont ziehen Gewitterwolken auf, und eine neue düstere Schwärze droht über Grossenbachers Land zu kommen. Der Fluch der Vergangenheit. Die alte Saat fängt wieder an zu keimen. Aber wer hat ausgesät? Dabei sollte man doch meinen, dass die Gesellschaft die Lektion nach dem letzten Weltkrieg gelernt hat. Wachtmeister Paul Grossenbacher weiß, dass es nicht seine Aufgabe ist, dies herauszufinden, trotzdem beschäftigt es ihn mehr, als er vielleicht zugeben würde, denn es ist ein Damoklesschwert, das über ihnen schwebt. Was kann man tun, denn Totschweigen bietet keinen Schutz vor der drohenden Gefahr.

Ein ganz anderer Gedanke bohrt sich jetzt in sein Hirn: Bedeutet diese Entwicklung Stillstand? Wollen die gar nicht, dass sich etwas Neues entwickelt? Muss alles so werden, wie es einmal war, ist es sogar ein Rückschritt? Und ist das vielleicht auch der Grund, dass es mit den Ermittlungen nicht vorwärts geht? Dass er genau da stecken geblieben ist, wo er sich gerade befindet? Eben im Sinne von Stillstand!

Als er wieder aufschaut, haben sie gerade die Schlaufe um Piste 28 hinter sich. Auf der Höhe von Bülach, kurz vor der scharfen Rechtskurve, setzt Fehr in der Art eines Formel-1-Fahrers zu einem Überholmanöver an, als Grossenbacher meint: »Lass uns doch dieser Küchenbaufirma einen Besuch abstatten. Vielleicht …?«

»Was meinst du mit vielleicht?«, will Fehr wissen und zieht in einem eleganten Bogen den Volvo von der Überholspur auf den lang gezogenen Abfahrtsstreifen. Vergleichsweise langsam rollen sie die Schaffhauserstrasse hinunter und biegen vor der geschlossenen Gießerei links ein. Immer noch mit viel Zug schwenkt Fehr auf den Kundenparkplatz der *Schreinerei & Küchenbau KUBAG*.

»So, da wären wir«, meint die Polizeigefreite und schaut belustigt zu Grossenbacher hinüber, der sich nach wie vor verkrampft am Griff der Wagentür festgekrallt hat. »Und, was machen wir jetzt?«

»Was denkst du?« Nach und nach kommt wieder etwas Farbe in sein Gesicht. »Wir schauen, ob der Hase im Bau ist. – Vielleicht haben wir Glück!« Grossenbacher steigt aus und meint mehr zu sich als zu Fehr: »Das Glück des

Tüchtigen.« Ohne sich nach seiner Begleiterin umzusehen, steuert er auf die Eingangstür zu. Im dunklen Korridor treffen sie statt auf eine Empfangstheke auf ein gewöhnliches, in die Wand eingelassenes Fenster, durch das man in ein Büro mit zwei Arbeitsplätzen sehen kann. Die verglaste Öffnung dient als Schalter. Der Wachtmeister klopft an die Scheibe, wobei seine Finger sichtbar fettige Flecken hinterlassen. Zu spät entdeckt er den Klingelknopf neben dem Fensterrahmen. Die blondierte Frau, die an einem der beiden Pulte sitzt, blickt von ihrer Arbeit auf. Weiße Bluse und weiße Jeans, beides prall gefüllt. Braune, faltige, ledergegerbte Haut und etwas zu viel Gold. Grossenbacher würde jede Wette eingehen, dass die Frau auch noch Ledergerber oder wenigstens Ledermann heißt. Langsam, wie in Zeitlupe, erhebt sich die Dame aus ihrem Stuhl und kommt ungefähr im selben Tempo zum Fenster herüber.

»Guten Tag«, sagt Grossenbacher laut und deutlich, als sie endlich den Fensterflügel öffnet. Gleichzeitig legt er seinen Polizeiausweis auf den Sims. »Ich bin Wachtmeister Grossenbacher von der Kripo Zürich, und das ist meine Kollegin Fehr.« Mit einer ungenauen Handbewegung deutet er hinter sich, während die Frau mit der Langsamkeit eines Chamäleons einen der manikürten Finger mit dem weißen Rändchen an der Nagelspitze ausstreckt und vorsichtig den Dienstausweis zu sich zieht.

Die Walküre studiert den Ausweis genau und meint endlich: »Aha, und was möchten Sie?«

»Mit wem ich die Ehre habe?«

»Wagner. Ich bin die Assistentin der Geschäftsführung. Wie kann ich Ihnen helfen?

»Ich würde gerne mit Herrn König sprechen. Ist das möglich?«

»Um was geht's denn?«

»Nun, das würde ich gerne persönlich mit Herrn König besprechen.«

»Tss...!«, zischt sie schnippisch über die Schulter und schwebt zurück zu ihrer Basisstation.

Während die beiden Polizisten warten, beobachten sie, wie die Frau verschiedene Nummern wählt und jeweils kurz in den Hörer spricht. Dazwischen wirft sie immer wieder fragende Blicke zum Fenster hinüber, als befürchte sie, dass der Besuch plötzlich verschwinden könne und sie sich vergebens Mühe mit der telefonischen Suche mache. Nach etlichen Minuten legt sie den Hörer zurück und segelt zur offenen Anmeldung hinüber. Mit einem Gesichtsausdruck, der Hilflosigkeit oder auch Verzweiflung ausdrücken soll schüttelt sie theatralisch die blonde Dauerwelle: »Es tut mir leid, dass Sie so lange haben warten müssen, aber ich kann Herrn König nicht finden. Er scheint nicht im Haus zu sein.« Zur Unterstreichung ihrer Aussagen verschränkt sie die Arme vor der üppigen Brust. »Kann ich sonst noch etwas für Sie tun?«

»Eh... ja. Wenn's so ist, würde ich gerne mit dem Geschäftsführer sprechen. Ist der im Haus?«

»Ja, er ist vor einer halben Stunde zurückgekommen.«

»Und, wie heißt er denn?«

»Jägendorf, Stefan Jägendorf. Und um was geht's?«

»Das werde ich mit Ihrem Chef besprechen, wenn Sie erlauben. Würden Sie uns bitte anmelden oder ihn herrufen?«

»Unser Herr Jägendorf wünscht aber, dass ich ihm melde, um was für einen Besuch es sich handelt. Oder sind Sie etwa angemeldet?«

»Nein, muss man das, um bei Herrn Jägershof einen Termin zu erhalten.«

»Jägendorf. Besser wäre es, denn unser Herr Jägendorf ist sehr viel unterwegs und auch sonst immer sehr beschäftigt. Sie verstehen?«

Grossenbacher verliert die Geduld und dreht sich grußlos vom Goldvreneli weg. Sein Magen hat sich mit einem warnenden Krampf zurückgemeldet. Der Wachtmeister will sich bereits wieder auf den Weg zum Ausgang machen, als ein kleiner schmächtiger Mann aus einer Tür tritt.

»Ah, da kommt er ja. – Herr Jägendorf!«, trällert die Kohler mit einem bezaubernden Lächeln.

»Guten Tag, kann ich helfen?« Der unauffällig gekleidete Mann streckt die Hand aus und meint zur Anmeldung hinüber: »Ist schon gut, Marianne, ich kann hier übernehmen.« Und zum Besuch: »Ich bin Stefan Jägendorf. Freut mich. – Kommen Sie, wir können hinten angenehmer sprechen. Möchten Sie etwas trinken?«

Die beiden Polizisten bedanken sich und folgen dem Geschäftsführer ins Innere des Gebäudes.

»Bitte entschuldigen Sie, wenn Sie haben warten müssen, aber«, meint er mit einem freundlichen Grinsen, »wie Sie sicher wissen, gibt es immer wieder Situationen oder Probleme, die nur der Chef lösen kann. – Hier entlang, bitte.«

Der Mann mit dem alltäglichen Gesicht, der durchschnittlichen Körpergröße und den normalen angegrauten Haaren ist so unscheinbar, dass Grossenbacher seinen Namen bereits wieder vergessen hat. Im Sitzungszimmer, das gleichzeitig auch als Planungsbüro, Planarchiv, Aufenthaltsraum, Kantine und Garderobe für die Angestellten dient, heißt sie der Mann mit einer Armbewegung, die wohl eine einladende Geste darstellen sollte, am Tisch Platz zu nehmen.

»Sie interessieren sich für eine Küche?«

Noch ehe Grossenbacher antworten kann, klingelt das Telefon auf dem Beistelltisch. Der Geschäftsführer nimmt den Anruf entgegen und hört einen Augenblick angespannt zu, meint dann in eindringlichem Ton: »Gut, ich habe verstanden. Er muss sofort weg – und bitte einschreiben lassen, man weiß ja, wie zuverlässig die Post heute ist.« Damit hängt er auf und dreht sich zu seinen Besuchern um. »Entschuldigen Sie. Das Geschäft. Wo waren wir? – Ach ja, eine Küche.«

Grossenbacher bedankt sich bei dem Herrn und stellt sich und seine Kollegin vor: »Wie Sie vielleicht wissen, wird ein neues PJZ auf dem Gelände des alten Güterbahnhofs in der Stadt Zürich geplant und, wie Sie sich sicher vorstellen können, Herr Jägermeister, das Ding wird groß und braucht natürlich auch Küchen.«

»Oh, das klingt höchst interessant.« Überraschte Begeisterung ist in Jägendorfs Stimme, als er seinen Besuch noch einmal fragt: »Und Sie sind sicher, dass Sie nichts trinken möchten?« Der Mann reibt sich tatsächlich die Hände.

Wieder lehnen die Polizisten mit dem Hinweis, dass sie im Dienst seien, ab.

»Verstehen Sie uns nicht falsch, Herr Jägerhof, wir sind von der Kripo, nicht vom Architekturbüro.«

»Was sagen Sie? – Nun, ah. Nun, wenn das so ist – ich habe verstanden!«, lacht Jägendorf peinlich laut.

»Es tut uns leid, dass wir Sie stören und Ihre wertvolle Zeit beanspruchen müssen, aber …«

»Aber bitte, meine Herrschaften«, unterbricht der Geschäftsführer Grossenbacher, »das ist doch gar kein Problem. Machen Sie sich über diesen kleinen Scherz keine Gedanken. Ich habe Sie schon richtig verstanden. Sagen

Sie mir einfach, wie ich Ihnen helfen kann, zum Beispiel wie groß die Küche sein soll, die Sie in Ihrem neuen Eigenheim geplant haben und so weiter, und, wenn Sie mir den Kontakt zur Bauherrschaft des neuen PJZ herstellen können, finden wir bestimmt eine passende Lösung.« Wieder das laute Lachen.

»Eh, eigentlich wollen wir gar keine Küche. Ich denke, Sie wissen ziemlich genau, was wir möchten. Ihre Sekretärin hat Sie eben am Telefon bestimmt genauestens unterrichtet. Um ehrlich zu sein, wir suchen Herrn König.«

»Ah, ich meinte … und warum, wozu?«

»Das wollten wir gerne mit Herrn König persönlich besprechen. Aber leider ist er nicht hier, wie uns Frau Wagner erklärt hat. Wissen Sie vielleicht, wo wir ihn finden können?«

»Aha, jetzt verstehe ich. Die Polizei! Hat er denn etwas angestellt?« Jägendorf findet das nicht mehr zum Lachen und schaut seinen Besuch ernst an.

»Wie gesagt, das würden wir gerne mit Herrn König persönlich besprechen!« Fehr ist anzumerken, dass sie den Mann nicht mag.

»Aha! Wenn's so ist. Da muss ich Sie leider enttäuschen, Herr König ist zurzeit wirklich nicht im Haus. Er musste dringend weg, auf einer unserer unzähligen Baustellen gibt es einige Probleme. Sie verstehen? Sie hätten besser anrufen sollen.« Wieder das Lachen. Sowie der Mann mit dem blöden Lachen aufgehört hat, dringen Stimmen vom Hof durchs offene Fenster. Eine Wagentür wird geöffnet.

»Und wo genau befindet sich diese Baustelle?«, will Fehr wissen.

Grossenbacher winkt ab: »Wenn König nicht hier ist, können Sie uns ein paar Auskünfte über ihn geben.«

»Nun, ich weiß nicht. Betrifft das nicht seine Privatsphäre?«

»Wie ist denn König als Angestellter?« Grossenbacher geht nicht auf den Einwand ein. »Ich meine Zuverlässigkeit, Fachwissen, Kompetenz, Kollegialität. Einfach, was sich so im Alltag hier abspielt.«

»Aha, so meinen Sie das. Also, über Herrn König lässt sich nur Gutes sagen. Er ist ein engagierter Mitarbeiter, der seine Sache zu unserer absoluten Zufriedenheit erledigt und auch von seinen Kollegen geschätzt wird. Wir können uns nicht beklagen. Und stellen Sie sich vor, wir sind hier in der Privatwirtschaft und nicht beim Staat. Das heißt, wenn's nicht so wäre, so würde Herr König wohl schon lange nicht mehr bei uns arbeiten. Verstehen Sie? Er ist schon seit seiner Ausbildung bei uns und dann geblieben. Also ein guter, treuer und auch loyaler Mitarbeiter, für den ich meine Hand ins Feuer legen würde. Was hat er denn angestellt?«

»Ist Ihnen in letzter Zeit etwas Auffälliges, etwas Merkwürdiges an ihm aufgefallen, oder hat er sich auf einmal anders verhalten?«

»Sie meinen, ob man ihm angemerkt hat, dass etwas nicht stimmt, dass er etwas angestellt hat?

»Wenn Sie's so formulieren. Ja!«

»Also, da kann ich nichts dazu sagen. Mir jedenfalls ist nichts dergleichen begegnet. Aber wenn Sie es genau wissen möchten, so kann ich gerne ein paar Mitarbeiter herrufen, damit Sie sie befragen.« Jägendorf greift zum Telefon.

Grossenbacher kommt es vor, als verschleppe Jägersort oder wie immer er heißt, ganz bewusst das Gespräch, als wolle der Mann Zeit gewinnen. Aber wozu? »Nein, nein!«, wehrt er ab, »das ist nicht nötig. Sie haben uns mit Ihrer

Auskunft schon mehr als geholfen und wir...« Grossenbacher bricht mitten im Satz ab, erhebt sich und tritt, ohne das Gespräch weiterzuführen, ans offene Fenster, um zu sehen, was draußen los ist. Er kommt gerade noch rechtzeitig, um den jungen Mann mit dem kahl rasierten Schädel zu erblicken, der sich soeben hinter das Steuer eines Lieferwagens geschwungen hat. Augenblicklich packt er Fehr am Ellenbogen und raunt ihr dabei ins Ohr: »Komm, wir gehen!«

Hat König vor ihnen die Flucht ergriffen? Warum verleugnet der Chef seinen Angestellten gegenüber der Polizei? Gehört der neue Geschäftsführer der Küchenbaufirma etwa auch zum Kreis der Neonazis? Ein Haufen Fragen blockieren Grossenbachers Denkvermögen, während Larissa Fehr den Dienst-Volvo Richtung Berg am Irchel steuert.

Plötzlich wird Grossenbacher nervös. Etwas ist nicht so, wie es sein soll. Er spürt es. Es ist das Bild, das er gesehen hat. Etwas passt nicht genau zu dem, was er erwartet hat oder in seinem Kopf gespeichert ist.

Etwas ist verändert.

Grossenbacher greift unter den Beifahrersitz und schiebt sich nach hinten. Dann dreht er die Lehne in Liegeposition und hebt die Füße aufs Armaturenbrett. Er muss sich konzentrieren, schließt die Augen, überlegt noch einmal, was er gesehen hat. Grossenbacher hat beobachtet, wie der junge Mann mit der Glatze in den Lieferwagen geklettert und davongefahren ist. Doch er ist überzeugt, dass er noch etwas ganz anderes bemerkt hat, nur will es ihm nicht einfallen, was es ist. Noch einmal versucht er sich die Situation im Sitzungsraum des Küchenbauers in Erinnerung zu rufen. Die veraltete, ungepflegte Einrichtung, der kleine Chef, der nur blöd lachte, keine Antworten gab und dabei bemüht war, so schien es ihm jedenfalls, das Gespräch in die Länge zu ziehen. Die Rufe aus dem Hof und wie er unverzüglich ans Fenster getreten war. Er sieht wie der junge Glatzkopf in blauen Arbeitshosen und einem weißen T-Shirt hinters Steuer klettert. Den ausgestreckten linken Arm zuerst am Türgriff und dann auch durchs offene Wagenfenster am Lenkrad. Die Glatze ist im Schatten der Fahrerkabine nicht mehr zu sehen.

»Halt!«

Halt, hat auch Fehr verstanden und steht unverzüglich auf die Bremse. Grossenbacher wird ruckartig aus der Liegeposition aufgerichtet. Als der Wagen zum Stehen kommt, wirft die junge Frau dem Wachtmeister einen fragenden Blick zu und zieht dabei vorwurfsvoll die Augenbrauen in die Höhe. »Was ist denn? Warum schreist du so?«

Grossenbacher sagt mehr zu sich als zu Fehr: »Ich muss mich nicht auf das konzentrieren, was ich gesehen habe, sondern auf das, was ich nicht gesehen habe. – Und nicht gesehen habe ich ...«

»Ja, was denn?«, will Fehr ungeduldig wissen.

»Ich habe zum Beispiel den ausgestreckten nackten linken Arm von König gesehen, aber ich habe darauf kein einziges Tattoo gesehen. Verstehst du?«

»Nein, aber kannst du mir vielleicht erklären, um was es denn überhaupt geht?«

»Wieso? – Ah, so. Kannst du dich an die Situation vorhin in diesem verkümmerten Sitzungszimmer erinnern? Dann die Rufe im Hof, ich bin doch aufgestanden, um nachzusehen. Und dabei habe ich beobachtet, wie König, jedenfalls hat der junge Mann ausgesehen wie unser König, in einem Lieferwagen davongefahren ist. Dabei ist mir etwas aufgefallen, ohne dass mir bewusst war, was es genau ist. Bis eben konnte ich nicht sagen, was ich noch gesehen habe. Aber jetzt weiß ich's, König trug ein weißes T-Shirt, also konnte man seine nackten Arme sehen. Aber ich sah kein einziges seiner Tattoos. Das heißt, er hat sie abgemacht oder überschminkt, was ich mir fast nicht vorstellen kann. Oder es war gar nicht König, den ich eben im Hof der Schreinerei beobachtet habe, obwohl er bis auf die Tattoos genau gleich aussah wie der Fahnenträger auf unserem Foto!«

»Du meinst …«

»Genau«, unterbricht sie Grossenbacher, »so absurd es auch klingen mag, Jan-Patrick König hat einen Doppelgänger.«

Das Klingeln des Handys reißt Grossenbacher wie so oft in den vergangenen Tagen aus seinen Gedanken. Kurz überlegt er sich, ob er das Gerät aus dem offenen Wagenfenster schmeißen soll. »Ja, was ist?«, raunzt er unfreundlich wie immer ins Telefon. Es ist Schubert, der Chef des FOR.

»Paul, ich habe neue Resultate betreffend der Armbrust und der Pfeile. Kann ich zu dir hinüberkommen oder wie wollen wir's machen?«

»Ah, du bist's! Das geht leider nicht, ich bin unterwegs ins Zürcher Weinland. Kleine Schulreise und so, verstehst du. Was gibt's denn?«

»Das kann ich dir am Telefon nicht sagen.«

»Warum, hast du etwa Angst, dass die NSA unser Telefon mithört?«

»In etwa! Aber im Ernst, ich …«

»Jetzt mach kein Theater und sag schon!«, fährt ihm Grossenbacher dazwischen.

»Ich befürchte, dass das nicht geht. Wir müssen uns schon sehen. – Wann bist du in etwa zurück?«

»Puh, keine Ahnung! Es kommt ganz drauf an, wie sich die Geschichte hier entwickelt. Wie spät ist es jetzt?«

»Beinahe halb drei.«

»Moment – Fehr«, Grossenbacher nimmt das Gerät vom Ohr und wendet sich an seine Begleiterin, »was meinst du, wann sind wir wieder zurück?«

»Lass mich nachrechnen. Wir sind etwa in zehn Minuten am Ziel. Sagen wir, dass wir dort eine Stunde verbringen und etwa 40 Minuten für die Rückfahrt benötigen, dann kommt noch der Feierabendverkehr dazu. – Hm, ich denke, dass wir nicht vor halb sechs zurück sind.«

»Harald, bist du noch dran? Gut. Also ich bin um 17.30 Uhr bei dir. Geht das für dich in Ordnung?«

»Ja, bestens. Ich erwarte dich.«

»Aber, kannst du mir gar nicht sagen, in welche Richtung es geht?« Grossenbacher versucht noch einmal, etwas aus Schubert herauszubekommen. Doch dieser will am Telefon nichts sagen. »Was soll denn diese Geheimniskrämerei?«, brummt der Wachtmeister und steckt das Telefon weg. Lauter sagt er: »Worauf wartest du noch? Los, bringen wir's hinter uns!«

Fehr startet den Volvo, und sie setzen die Fahrt fort. Bei Eglisau überqueren sie den Rhein, um bei Rüdlingen wieder zurück auf Schweizer Boden zu kommen. Am Dorfanfang von Flaach biegen sie endlich nach Berg am Irchel ab. Der Ort ist klein, sogar sehr klein, denn kaum dass sie bemerkt haben, dass sie am Ziel angekommen sind, sind sie auch schon vorbei. Fehr wendet und rollt langsam zwischen den Häusergruppen zurück. Erst jetzt fällt ihnen der leicht zurückgesetzte Dorfladen zwischen der Kreuzung und dem Restaurant *Traube* auf.

»Da, die Hausnummer 8. Hier muss es sein.« Die Polizeigefreite stellt den Volvo geschickt in eine Parklücke vor den Dorfladen.

Tatsächlich steht auf dem Klingelschild neben der Tür J+P König. Und was soll das Pluszeichen zwischen den Buchstaben? Grossenbacher drückt beherzt auf den Knopf. Keine Reaktion. Er versucht es noch einmal. Nichts. Es scheint, als ob niemand zu Hause ist.

»Wie könnte auch! König ist doch bei der Arbeit!« Grossenbacher schlägt sich ob der eigenen Dummheit mit der Hand gegen die Stirn. Langsam gehen die beiden Polizisten ums Haus.

»Ach, bin ich doof!« Grossenbacher kann's nicht fassen.

»Paul, hast du gesehen?« Fehr stößt Grossenbacher von der Seite an.

»Was, wo?« Der Wachtmeister dreht auf dem Absatz und seine Hand fasst automatisch an die Stelle, wo normalerweise seine Dienstwaffe sitzen würde, wenn er beim Verlassen des Büros eine eingesteckt hätte. »Was ist?«

Fehr winkt ab. »Nein, nicht, was du meinst. Schau, im Dorf ist Papiersammlung.«

Tatsächlich stapeln sich am Straßenrand und an den Hausecken sauber gebündelte Pakete aus alten Zeitungen.

»Ja, und?« Grossenbacher begreift nicht, was Fehr meint.

»Die Schweizer sind bekanntlich Weltmeister im Rezyklieren von Altpapier. Jeder macht mit, ob groß oder klein, ob reich oder arm, ob politisch engagiert oder fanatisch religiös, einfach jeder. Darum bestimmt auch König. Also suchen wir doch seine Bündel, vielleicht hat er Briefe oder anderes Material entsorgt, das uns ein paar Hinweise geben könnte.«

Während Wachtmeister Grossenbacher zwei verschnürte Pakete mit Zeitungen in den Kofferraum des Dienst-Volvos wuchtet, macht Fehr eine unerwartete Entdeckung.

In einer braunen Pappschachtel, die neben den Zeitungs-
bündeln steht, liegen stapelweise druckfrische Flugblätter
für ein Rock-Konzert in Andelfingen. Eigentlich nichts
Ungewöhnliches. Ein Restposten von Konzert-Flyern, der
nicht verteilt worden ist und nun ordentlich dem Recyc-
ling zugeführt wird. Doch das auffällige Design des Flyers
zieht Fehrs Aufmerksamkeit auf sich.

Als Blickfang dient die Rückansicht eines Skinheads.
Über die Schulter fotografiert, den rechten Arm ausge-
streckt zum Gruß erhoben. Ein hartes, kontrastreiches
Bild ohne Zwischentöne. Im Hintergrund sieht man das
Bundeshaus in Flammen. Der Titel in Frakturschrift dar-
über: ›Rechte Musik macht Rechte frei!‹ Kleiner darunter:
›Freitag, 22. Juni, ab 18 Uhr. Konzert im Schützenhaus
Andelfingen mit: *Kampflinie* (D), *Bombenwurf* (CH),
66 (Feuer Frei, CH)‹. Auf der Rückseite des Zettels sind
eine Beschreibung des Rahmenprogramms und eine
Anfahrtskarte zum Schützenhaus Andelfingen abgedruckt.
›Organisator: König-Macher, Berg am Irchel‹.

»Was! Lies das noch einmal!«

Fehr liest ein weiteres Mal den Text des Flugblatts durch.
Dann fasst Grossenbacher zusammen: »Also, wir haben
Freitag, den 22. Juni, wir haben Andelfingen und zum
Schluss auch noch König als Organisator. Was sagt uns das?«

»Wir wissen nun, so scheint es wenigstens, dass unser
Jan-Patrick König Konzerte für Rechtsradikale veranstal-
tet. Zudem wissen wir, dass er ein solches Konzert am
Freitag vor einer Woche in Andelfingen veranstaltet hat.«

»Genau«, ergänzt Grossenbacher, »aber was wissen wir
noch? Siehst du noch etwas?«

»Nein, mit dem besten Willen nicht.« Larissa Fehr
strengt sich an, kann aber den Punkt, den Grossenbacher

meint, nicht entdecken. »Nein, tut mir leid, ich sehe nichts mehr, oder sonst weiß ich nicht, was du genau suchst.«

»Es ist ganz einfach, es liegt sozusagen vor deinen Augen. Andelfingen. Auch unser Toter mit der Hellebarde lag in Andelfingen. Nicht im Schützenhaus, dafür im Schrebergarten. Was ja fast dasselbe ist.«

»Du meinst, dass da ein Zusammenhang besteht?«

»Aber ganz sicher, jede Wette!«

»Wie kommst du darauf?«

»Das ist wirklich ganz einfach. In Andelfingen passiert 100 oder sagen wir sogar 200 Jahre nichts. Außer dass sich vielleicht Fuchs und Hase gute Nacht sagen. Und dann plötzlich über Nacht geschieht ein Mord. Und dieser Mord passiert kaum 24 Stunden vor dem nächsten großen Ereignis. Genau einen Tag, bevor das Konzert mit rechtsradikalen Bands stattfindet. Zwei für Andelfingen ungewöhnliche Begebenheiten und das auch noch so kurz aufeinander heißt, dass sie unweigerlich etwas miteinander zu tun haben müssen. Verstehst du?«

»Nein. Was du da sagst, ergibt absolut keinen Sinn. Das ist unlogisch und ein absoluter Zufall. Du hättest es vielleicht gerne, weil es gut in deine Theorie hineinpasst. Oder etwa nicht? Komm schon, gib's zu!«

»Hm!«, grunzt Grossenbacher und zieht die Stirn in Falten. »Hm, gut, ich gebe zu, dass wir wegen den Neonaziverbindungen von König hier hergefahren sind und dass ich diese Verbindungen eher mit dem Fall im Reppischtal zusammengebracht habe. Aber man kann sich bekanntlich auch einmal täuschen und dabei einen neuen Weg entdecken.«

24

Harald Schubert blickt nur schnell vom Mikroskop auf und bemerkt, dass Wachtmeister Grossenbacher ins Labor getreten ist. »Schön, dass du's noch geschafft hast, Paul. Kannst du bitte die Tür schließen, ich bin gleich so weit.« Konzentriert linst er weiter ins Okular, gerade so, als habe er seinen Besuch schon wieder vergessen. Ohne den Kopf zu heben, meint er in die Stille: »Ein ballistisches Gutachten. Eine kleine Schießerei in der Langstrasse. Keine Verletzten, keine Toten, nur Sachschaden. Also nichts für dich. Es scheint, dass bewusst auf keine Personen geschossen wurde. Bandenkrieg oder Händel im Milieu oder in der Motorradszene. Wahrscheinlicher aber Inkasso mithilfe böser Jungs. Es besteht der Verdacht, dass eine der eingesetzten Waffen auch schon bei anderen, weniger harmlosen Gelegenheiten eingesetzt wurde. Kein Problem, eher eine einfache Geschichte.«

Der neue Chef des FOR verändert die Einstellungen des Geräts und kontrolliert das Ergebnis.

»So, alles klar. Ich kann sagen, die Kratzer auf der Kugel, die wir aus der Rückwand des Geschäfts geholt haben, sind identisch mit dem Beispiel aus unserem Archiv. Eindeutig die gleiche Tatwaffe. Waffentyp?« Schubert öffnet ein Programm auf seinem Laptop, das neben ihm steht, und blättert im abgespeicherten Waffenkatalog. »Ich würde sagen, das neun Millimeter Projektil stammt aus einer ganz klassischen SIG Sauer P220. Jedenfalls trägt die Kugel die für die SIG Sauer typischen Kennzeichen. Eine in der Schweiz weit verbreitete, halbautomatische Handfeuerwaffe, hergestellt von der SIG Sauer GmbH & Co. KG in Deutschland oder bei Swiss Arms in der Schweiz. Das wiederum kann ich, ohne die Waffe zu sehen, leider nicht feststellen. Ich sagte weit verbreitet, weil die SIG P220 seit 1975 mit der Bezeichnung Pist 75 auch in der Schweizer Armee eingesetzt wird.« Schubert notiert das Ergebnis seiner Untersuchungen auf einem Formular im aufgeschlagenen Bericht neben dem Mikroskop. Dann dreht er sich auf dem Schemel zu Grossenbacher und wirft gleichzeitig einen Blick auf die Uhr, die über der Tür hängt. »Du bist sieben Minuten zu früh. – Egal, jetzt wo du schon da bist, komm mit, ich muss dir etwas zeigen!« Schubert erhebt sich und verlässt mit Grossenbacher im Schlepptau das Labor. Drüben in seinem Büro heißt er Grossenbacher Platz zu nehmen und bietet ihm ein Glas Wasser an.

»Eh, Harald. Was hast du denn so Geheimes für mich, dass du nicht wagst, am Telefon mit mir darüber zu sprechen?«

»Genau, du sagst es, denn mit *geheim* ist das Dossier, das ich zugestellt bekommen habe, gemeint. – Wie du dich vielleicht erinnern kannst, habe ich bei oder mithilfe von Staatsanwalt Donati, der hat sich übrigens gewunden wie ein Fisch im Trockenen, in Kanada Unterstützung für die Nachforschungen bei der Firma Excalibur Crossbow beantragt. Die Kanadier haben sehr schnell gearbeitet und bereits bei der Armbrustfirma nachgefragt.«

Grossenbacher unterbricht gespannt: »Ja, und?«

»Viel konnte man nicht mehr feststellen. Der CEO von Excalibur Crossbow meinte, dass sie die Art von Pfeilen, wie wir sie suchen, schon lange nicht mehr herstellen. Er behauptete sogar, dass in der Zeit, in der er bei der Firma arbeitet, und das sind beinahe 20 Jahre, keine Pfeile dieses Typs mehr hergestellt wurden. Sie wären für heutige Verhältnisse viel zu schwer. Er bestätigte aber, dass unser Pfeil wahrscheinlich bei Excalibur Crossbow produziert worden war. Der Manager öffnete den Beamten das Archiv, wo sie ungehindert Einblick in die Unterlagen und Bücher erhalten konnten. Tatsächlich haben sie Belege über die Produktion des Pfeiltyps gefunden. In den alten Dokumenten fanden sie auch eine Bestellung aus der Schweiz. Genau dieser Typ Pfeil, ein paar hundert Stück mit diversen Anpassungswünschen, was Material, Gewicht und Länge betraf. Interessant an diesem Bestellformular ist, dass die Bestellung 1979 von den Unterhalts- und Produktionsbetrieben der Schweizer Armee in Thun eingegangen ist.«

»Das ist die heutige RUAG, oder?«

»Du, das weiß ich nicht. So lange bin ich noch nicht in der Schweiz. Vergiss nicht, wo ich herkomme. Auf jeden Fall haben die kanadischen Beamten in einem mit *TOP SECRET* abgestempelten und verschlossenen Umschlag eine weitere Bestellung aus Thun gefunden. Ebenfalls 1979 bestellte die Abteilung für Materialbeschaffung des EMD bei Excalibur Crossbow 50 Spezial-Armbrüste in extra leichter Aluminium-Ausführung. Warum der Umschlag mit einem *TOP SECRET*-Stempel versehen ist, fanden sie nicht heraus, denn so geheim konnte oder kann eine Bestellung mitsamt Umbau der 50 Armbrüsten nicht sein. Und, so viel habe ich herausgefunden, EMD ist die alte Bezeichnung für das VBS, dem heutigen Eidgenössischen Departement für Verteidigung, Bevölkerungsschutz und Sport.«

Grossenbacher versteht die Welt nicht mehr. Hat das alles überhaupt etwas mit Jonas Wachter zu tun? Gut, der Pfeil musste demnach über 30 Jahre alt sein und scheint tatsächlich von dieser Firma aus Kanada zu stammen. Und, wozu kauft man Armbrustpfeile? – Natürlich, um sie abzuschießen! Und womit schießt man diese Pfeile ab? Klar. Doch erstaunlicher findet Wachtmeister Grossenbacher, wer das Material damals kaufte. Das EMD, genauer die Industriebetriebe der ›Gruppe Rüstung‹, wie die Unterlagen aus Kanada zeigten.

»Wofür braucht eine Armee heute Armbrüste? – Und was will die Schweizer Armee, die damals noch über 600 000 Soldaten zählte, mit 50 Armbrüsten?« Grossenbacher fingert an den nachwachsenden Haarstoppeln und schaut Schubert verständnislos an.

Dieser zuckt lediglich mit den Schultern. »Macht keinen Lärm!«

Nach einer längeren Pause, in der beide an ihren losen Gedankenfäden spinnen, sagt Schubert plötzlich: »Etwas ist eigenartig.«

»Ich denke, die ganze Sache ist sogar äußerst eigenartig?«

»Ich frage mich, woher der Mörder den Pfeil hat, wenn doch alles so geheim ist?«

»Gut, das scheint mir weniger das Problem zu sein«, grübelt Grossenbacher. »Gefunden, geklaut, wir wissen es nicht. Mich interessiert mehr, warum er, ich meine der Mörder, das Geschoss über 30 Jahre aufbewahrt und nie benutzt hat. Und jetzt auf einmal nimmt er die Waffe hervor und erschießt einen Mann damit. Was ist da passiert? Warum hatte er die Waffe so lange versteckt, um sie nach Jahrzehnten, sprich einer Ewigkeit, hervorzuholen und damit jemanden zu töten? Was hat ihn daran gehindert, es nicht viel früher zu tun? Das ist der Punkt, da müssen wir suchen!«

Stumm sitzen sich die beiden Männer gegenüber.

»Könnte es sein«, Grossenbacher denkt laut weiter, »dass wir es mit einem Schläfer zu tun haben, der aus uns noch unbekannten Gründen aktiviert wurde?«

»Aber nennt man Schläfer nicht Agenten oder auch Terroristen, die als ganz normale Menschen leben und erst wenn sie *aufgeweckt* werden, ihre Tätigkeit aufnehmen?«

»Genau so meine ich das. Es scheint doch so, als ob unser Mörder mit seiner Waffe jahrelang auf den richtigen Zeitpunkt für seinen Einsatz gewartet hat. In der Zwischenzeit, also seit dem Kauf der Waffe, hat er sie gehütet, gepflegt und sprichwörtlich in Schuss gehalten.«

Minuten verstreichen und der Verkehrslärm, der durch das offene Fenster hineinbraust, hat bereits um die Hälfte abgenommen, als Grossenbacher mit einem Schrei aufspringt und dabei seinen Gipsarm an Schuberts Pult schrammt. »Au, verdammte Scheiße!« Vorsichtig tastet er mit der rechten Hand den Verband nach einer neuen Bruchstelle ab. »Mist, verdammter!«, flucht er noch immer mir schmerzverzerrter Miene. »Mir ist eben in den Sinn gekommen, dass ich die Fehr sofort auf dieses Nazikonzert ansetzen sollte!« Ohne auf den Chef des FOR zu achten, sucht er sein Mobiltelefon in der Jackentasche und befiel lautstark, als die Verbindung zustande gekommen ist: »He, Fehr! Ich habe ganz vergessen, dir zu sagen, dass du das Nazikonzert von Andelfingen abklären solltest. Ich will wissen, wer alles da war!«

»Ganz ruhig, Paul, beruhige dich. Ich habe selbstverständlich schon nachgefragt und auch mit der Gemeindeverwaltung von Andelfingen gesprochen. Das Konzert hat nie stattgefunden. Es wurde abgesagt. Das erklärt auch die vielen ungebrauchten Flyer. Das Konzert wurde nicht von den Veranstaltern, sondern von den Vermietern des Lokals abgesagt. Du erinnerst dich, das Konzert sollte am 22. Juni im Schützenhaus stattfinden. Und du glaubst nicht, wer sich gegen die Durchführung des Konzerts eingesetzt hat, als er erfahren hat, was im Schützenhaus genau vonstattengehen sollte.«

»Woher soll ich das wissen?«

»Der Hauswart.«

»Du sprichst vom Abwart des Schützenhauses?«

»Ja, den meine ich.«

»Also Escher?«

»Wau! – Wie kommst du darauf?«

»Das steht so im Protokoll.«

»Was, dass er sich gegen die Nazis gestellt hatte?«

»Nein, natürlich nicht. Nur dass Escher der Abwart vom Schützenhaus war.«

»Aha! Ich habe von Frau Heer von der Gemeinde Andelfingen erfahren, dass sich Köbi Escher mit den Veranstaltern angelegt hat. Alleine! Frau Heer sagte mir, dass auch die Männer vom Vorstand des Schützenvereins gegen das Konzert gewesen seien, nachdem sie erfahren haben, was da gespielt wird. Aber keiner habe sich getraut, etwas dagegen zu unternehmen. Nur Escher ist als Einziger hingestanden und hat die Brut rausgeworfen. Das kommt mir vor wie die Geschichte mit Winkelried. Erinnerst du dich? Auch dieser musste sterben, weil er sich vor die anderen gestellt hatte.«

»Gut gemacht. Wenn man jetzt darüber nachdenkt, so entsteht plötzlich ein ganz neues Bild. Doch Vorsicht, das sind nur Vermutungen und noch keine Beweise. Und jetzt geh nach Hause, wir machen morgen weiter. Ich will nicht, dass du da allein weitermachst. Verstanden!« Grossenbacher ist bewusst, dass es ab jetzt für die junge Polizistin gefährlich werden kann. Er schaltet das Gerät aus und versinkt in düsteren Grübeleien.

Ist es tatsächlich möglich, dass die Neonazis den alten Hauswart umgebracht haben, weil er ihnen das Konzert im

Schützenhaus verboten hat? Könnte durchaus sein. Escher hat sie vor ihren deutschen Kollegen blamiert. Ein denkbares Motiv. Mord aus Rache. So einfach ist es manchmal. Grossenbacher versucht, das Gehörte auf unterschiedliche Weise zu interpretieren, doch kommt er immer zum gleichen Schluss: Fehr hat recht.

Seit Fehrs Anruf ist bestimmt eine halbe Stunde vergangen. Grossenbacher sitzt nach wie vor zusammengesunken auf dem Besucherstuhl in Schuberts Büro. Harald Schubert selbst hat sich dem Ausfüllen von Rapporten zugewandt und achtet nicht auf die Veränderung in Grossenbachers Gesicht. Als der Wachtmeister ohne Vorwarnung vom Hocker springt, lässt Schubert erschrocken den Asservatenbeutel mit der geborgenen Kugel von der Schießerei fallen. Der Wachtmeister skandiert: »So muss es gewesen sein, das ist das Motiv! So muss es gewesen sein, das ist das Motiv!« Grußlos und ohne Schubert im Geringsten in seine Gedanken einzuweihen, lässt der Wachtmeister die Bürotür hinter sich zuknallen.

Grossenbachers verbringen einen angenehmen Abend im Garten von Freunden, die in ein eigen renoviertes Haus in Meilen, oben am See, gezogen sind. Sie, eine Studienkollegin von Anna, mit der sie ab und zu noch Kontakt pflegt, er ein überlanger Grafiker, der sich gerade eine neue schwarze Vespa für den jetzt länger gewordenen Arbeitsweg zugelegt hat und während des ganzen Abends kein anderes Thema als die Mediterranisierung der Stadt Zürich findet. Was Grossenbacher aber am meisten belustigt, ist die doch eher außergewöhnliche Lage des Hauses. Das Grundstück grenzt seitlich an den hohen, Stacheldraht bewehrten Zaun des kleinen Bezirksgefängnisses. Grossenbacher hat sich während des warmen Sommerabends so intensiv mit dem Biervorrat des Hausbesitzers auseinandergesetzt, dass Anna um Mitternacht einen auf dem Beifahrersitz laut schnarchenden Wachtmeister nach Hause kutschieren muss.

Doch kaum liegt er endlich in seinem Bett, ist er wieder hellwach. Und wie oft, wenn er in einem Fall nicht weiterkommt, bleibt dieser Zustand auch so. Schlaflos in Zürich. Erinnerungen und Gedanken tauchen auf und verschwinden genau so schnell. Bilder schieben sich wie bei einem alten Diaprojektor dazwischen. Doch sind es meist nur kurze Erinnerungsblitze, die schnell wieder verblassen, ohne dass sie eine neue Assoziation auslösen. Und auf einmal ist sich Grossenbacher sicher, dass er in den vergangenen Tagen irgendwo etwas übersehen hat. Etwas, was ihn nun beunruhigt, etwas, was ihn gefangen nimmt und versucht, sein Denken zu beeinträchtigen, ohne dass er genau sagen kann, was es ist. Er weiß auch nicht, wo er dieses störende Element gesehen oder angetroffen hat. Verzweifelt martert er seine Gehirnzellen und sortiert Erinnerungsbilder. Und dann taucht es auf. Zusammenhanglos. Einfach so. Nicht langsam und aus der Unschärfe, sondern wie ein Urknall aus einem schwarzen Loch.

Grossenbacher springt aus dem Bett, huscht ins Bad und stellt sich unter die Dusche. Frische Kleider und schon verlässt er, ohne seine Frau aufzuwecken, die Wohnung an der Ecke Goldbrunnenstrasse/Friesenbergstrasse. Noch im Treppenhaus bestellt er telefonisch ein Taxi an den Goldbrunnenplatz, von wo er sich ins Büro fahren lässt. Zielsicher greift er eine Aktenmappe aus einem der vielen neuen Stapel auf seinem Pult und durchwühlt sie. Papiere fliegen, bis er endlich das Gesuchte in der Hand hält. Es ist eine Fotografie. In einer weiteren Aktion durchstöbert er seine Pultschubladen auf der Suche nach seinem Vergrößerungsglas. Es muss doch irgendwo sein, er hat es doch erst kürzlich benutzt. Nachdem er alle Schubfächer auf den Fußboden gekippt hat, findet er es endlich. Die Lupe liegt genau da, wo er sie am vergangenen Morgen hingelegt hat. Auf dem Pult neben dem Telefonapparat. Grossenbacher richtet die Tischlampe, setzt sich auf seinen Stuhl und beginnt erneut mit der Untersuchung des Bildes, das er gestern so intensiv studiert hat. Doch diesmal konzentriert er sich nicht auf den Glatzkopf mit den Nazi-Tattoos. Sein Unterbewusstsein hat ihn auf etwas ganz anderes gelenkt. Es ist der Mann, der leicht verdeckt hinter dem Glatzkopf steht. Er weiß, dass er ihn schon einmal gesehen hat. Aber wo? An wen oder an was erinnert ihn der Mann? Welches Ereignis verbindet er mit ihm? Aufmerksam studiert er noch einmal die leicht unscharfe Figur im Hintergrund. Groß, muskulös, trotzdem unauffällig, gar unscheinbar. Einfache Kleidung. Grossenbacher fokussiert das Gesicht. Dunkler Teint, ebenfalls dunkle, ungepflegte Haare ohne Schnitt, schlecht rasiert und ohne Nase. Halt, das ist es! Denn es ist keine Nase, es ist eher etwas wie eine Hautfalte.

Erschrocken lässt Wachtmeister Grossenbacher Lupe und Bild auf den Tisch fallen. Er erkennt den Mann. Und jetzt weiß er auch, wo er ihn schon gesehen hat und wo er ihm begegnet ist. Es dauert lange, bis er sich von diesem Schock erholt. Der Mord an Sandra Rechsteiner. Sofort denkt er über die Vergangenheit nach. Zuerst taucht Marthaler auf, wobei dieser als Bundesrat nicht wirklich verschwunden ist, dann der Mann mit der Nasenfalte, von dem er überzeugt ist, dass er der Mörder von Sandra Rechsteiner ist. Doch Grossenbacher hat es nie beweisen können und der Fall wurde mit der Verurteilung eines anderen Mannes abgeschlossen. Grossenbacher ist nach wie vor überzeugt, dass das ein Bauernopfer ist.

Hat der Mann mit der Nasenfalte mit seinem Fall etwas zu tun? Gibt es einen Zusammenhang? Oder ist es ein Zufall, wie er manchmal vorkommt?

Um sich zu beruhigen, trottet er durch die Gänge des nächtlichen Bürogebäudes. Während seiner Wanderung beginnt er erneut zu zweifeln und versinkt in Gedanken.

Grossenbacher weiß nicht, wie lange er im Haus herumgetigert ist, und er weiß auch nicht, wie er im sechsten Stock in die Kantine gekommen ist. Erst der Abräumwagen, über den er hinwegstolpert, stoppt seine Gedankenflucht. Die Zeiger der Uhr über der Anrichte stehen auf kurz nach vier. Es ist still im Haus und der abnehmende Mond leuchtet blau über die abgedeckten Tische. Die Glastablare in den Vitrinen sind ebenso leer geräumt wie die Fächer für die Warmhaltewannen. Ein schaler, mit Putzmittelmolekülen durchsetzter ungelüfteter Küchengeruch hängt unbeweglich im Raum. Im Zeitungshalter neben dem Eingang steckt eine vergessene Ausgabe des *Tages-Anzeigers*. Grossenbacher schnappt sich beim Hinausgehen die zerlesene Zeitung und sucht die Toilette in seiner Etage auf.

Der Aufmacher springt ihm ins Auge: ›Neuer Fichenskandal? Mehr als 200 000 Personen wurden registriert. Der Schweizerische Nachrichtendienst hat seit Jahren unrechtmäßig Daten gesammelt mit der Folge, dass bereits wieder Abertausende von Personen-Fichen bestehen.‹

Grossenbacher überfliegt zuerst den Artikel diagonal und beginnt erst dann richtig zu lesen:

Es bestehen Zweifel an der Richtigkeit und Relevanz der gesammelten Daten. Gut 25 Jahre nach dem Fichenskan-

*dal, wird von der Geschäftsprüfungsdelegation (GPDel)
der erste Bericht zum Staatsschutzinformationssystem ISIS
vorgestellt. Weiter führt der Report aus, dass der ehemalige Dienst für Analyse und Prävention (DAP) den gesetz-
lichen Vorgaben zur Qualitätssicherung* in keiner Art und
Weise entsprochen hat.

*Das Gesetz schreibt eine periodische Überprüfung und
Beurteilung der gesammelten Daten im Fünfjahresrhyth-
mus vor, da nur staatschutzrelevante Daten über Personen
im ISIS registriert werden dürfen. Die GPDel stellt in ihrem
Bericht fest, dass diese Weisung in keinster Art und Weise
befolgt wurde. Viel mehr wurden willkürlich und unkontrolliert Daten über Personen erfasst, ohne abzuklären, ob
diese auch wirklich in die Datenbank gehörten. Sogar nach-
weislich falsche Meldungen wurden akribisch festgehalten.*

*Als Folge davon sind heute wieder 200 000 Personen
registriert. 80 000 davon nur weil sie zu einer bereits registrierten Person in irgendeiner Weise in Verbindung stehen.
Zur Entschuldigung wurden vom DAP vorwiegend technische Probleme vorgeschoben.*

*Der DAP war erst dem Justiz- und Polizeidepartement
(EJPD) angegliedert und wechselte vor etwa sieben Jahren zum Verteidigungsdepartement (VBS). Seit zwei Jahren zeichnet der neue Nachrichtendienst des Bundes (NDB)
für die Datenbank verantwortlich.*

Neben dem Artikel, der mit einem Foto eines Akten-
schrankes mit aufgezogener Schublade, in der die legendä-
ren Fichen-Karteikarten abgelegt sind, illustriert ist, steht
ein Informationskästchen mit dem Titel: *Nie wieder, hiess
es nach dem Fichenskandal!*

*Vor über 25 Jahren hat der Fichenskandal die Schweiz
in ihrem Glauben an die Grundwerte des freien Bürgers*

erschüttert. Alle, Volk, Politik und Öffentlichkeit, waren sich einig: Nie wieder darf der Staatsschutz wahllos und unkontrolliert Daten über seine Bürger sammeln. Während des Kalten Krieges hatten die Staatsschützer (Bundesanwaltschaft und Bundespolizei) ohne rechtliche Grundlagen rund 900 000 Beobachtungs-Akten (Fichen) über Personen und Organisationen, vorwiegend aus dem linken Umfeld, angelegt. Aufgedeckt wurde diese Sammeltätigkeit durch eine parlamentarische Untersuchungskommission (PUK), die im Zuge der Kopp-Affäre auch die Datensammlungs-Aktivitäten der Bundespolizei untersuchte. Der Fichenskandal führte zur Einsetzung einer zweiten PUK, welche darauf die geheime Armee P-26 und den geheimen Nachrichtendienst P-27 enttarnte.

Der Fichenskandal hatte Folgen für die Organisation des Staatsschutzes: Bundesanwaltschaft und Bundespolizei wurden getrennt. Doch aus Angst vor dem zunehmenden Terrorismus in diesem Jahrtausend verstärkte man die Informationsbeschaffung wieder und das Fichieren wurde vom computergestützten Staatsschutz-Informationssystem ISIS und dem moderneren ISIS-NT übernommen.

Grossenbacher faltet die Zeitung zusammen, drückt den Spülknopf und verlässt wie hypnotisiert die Toilette. Zwei Anregungen entnimmt er dem Artikel. Erstens: Er muss später, zu Bürozeiten unbedingt den zuständigen Kollegen beauftragen, für ihn im ISIS nachzusehen, ob es einen Eintrag zu Jan-Patrick König gibt. Und zweitens: Könnte es sein, dass?«, murmelt er, » – ja, vielleicht. Mal sehen.«

Befriedigt legt er im Büro, wie er es so oft macht, seine Füße aufs Pult und macht es sich in seinem Sessel bequem. Auch ohne einen Bleistift auf der Nase schläft er innerhalb Sekunden tief und fest.

25

»Wenn 88 für Heil Hitler steht, wofür steht dann P-26?«
Grossenbacher nimmt seine Finger zu Hilfe und rechnet nach. »P ist der 16. Buchstabe und 26 bedeutet dann
wohl Z. Also, 16-Z! Was soll denn das bedeuten?« Wachtmeister Grossenbacher reißt, etwas zerknittert von seinem
Büroschlaf, das Fenster auf. »Gut, die 2 könnte auch für
B stehen und die 6 für ein F. Das hieße dann 16-BF. Also
16 Bundes Feuer, 16 Bomben Fest, – ach, das ist doch tota-
ler Mist oder genauer: 16 Mal Botaler Fist!«, grunzt er in
die kühle Morgenluft.

FF, heißt nicht so eine der Bands, die in Andelfingen auftreten sollte? FF wie Feuer Frei. Nein, 66 heißt die Band.
Ich muss unbedingt herausfinden, wer in dieser Band
spielt. – Es gibt absolut keinen Grund, die Geheimarmee
oder was es auch immer war, mit der Neonazi-Szene in
Verbindung zu bringen. Ein Hirngespinst, nicht mehr. Es
scheint sinnlos, sich noch weiter Gedanken darüber zu
machen. Und trotzdem fragt sich Grossenbacher, warum,
oder was ihn an dieser P-26 so fasziniert. Ist es, weil sie
geheim ist? Vage erinnert er sich an etwas ganz Bestimmtes, das direkt mit dieser P-26 zu tun hat. Er ist nicht sicher,
ob er etwas im Fernsehen gesehen oder ob er irgendwo
etwas gelesen hat. Doch jetzt, wo er länger darüber nachdenkt, fällt ihm eine Schlagzeile ein: *P-26, die Geheimar-*
mee der Schweiz. Die Schweigepflicht wurde aufgehoben.
Schweigepflicht?
Wieso? Was musste verschwiegen werden?
Auf einmal hat er es mit etwas viel Geheimniskrämerei

zu tun. Geheime Armbrustkäufe, geheime Armeen und Voodoo-Zauber und jetzt noch die Schweigepflicht der P-26.

Wofür wohl das P steht? Während der Computer hochfährt, versucht sich Grossenbacher einen Reim auf die Abkürzung zu machen. P wie Politik, Panzer, Pro Schweiz, Patriot, Pornografie oder gar Paul. Blödsinn, denkt er, dann googelt er P-26. Ungefähr 300 000 000 Ergebnisse in 0,22 Sekunden. Er öffnet den Beitrag eines Online-Lexikons über die Schweizer Geheimarmee P-26.

In der Zeit des Kalten Krieges befürchteten in den westeuropäischen Ländern rechtsbürgerliche Parteien die Übernahme ihrer Regierungen durch kommunistische Gruppierungen. Um dem entgegenzuwirken, wurden unter der Oberaufsicht von GLADIO Armeen gegründet, welche solche Aktionen unterlaufen sollten. Auch in der Schweiz entstand ein solcher verdeckter Dienst; P-26 (Projekt-26), zuständig für Sabotage und Geheimdienstarbeit, und P-27, Nachrichtendienst. Unter Armeemitgliedern wurde geeignetes Personal rekrutiert, das beim MI6 in England zu Agenten ausgebildet wurde.

P-26 war eine Kaderorganisation, die erst bei einer undemokratischen Machtübernahme junge Kräfte, weitere Kader und Spezialisten für den Widerstand rekrutiert hätte. Dazu entstand im In- und Ausland die notwendige Infrastruktur, und Waffen, Sprengstoff und Spezialmaterial wurde in Depots eingelagert.

Bei der Untersuchung des Fichenskandals der Bundespolizei wurde die P-26 enttarnt. Im Bericht Nr. 90.022, der PUK zur Klärung von Vorkommnissen von grosser Tragweite im EMD vom 17. November 1990, wurden unter der Leitung von Ständerat Carlo Schmid die Organisationen

P-26 und P-27 eingehend durchleuchtet. Die Organisation war ohne parlamentarische Legimitation gegründet aber mit staatlichen Mitteln finanziert worden. Die Gruppe 426, *eine Gruppe ausgesuchter Parlamentarier, fungierte als konspirativer Beirat ohne politische Kontrolle.* Dieser parlamentarische Hofrat *wird im Bericht als* Verletzung des Primats der Politik *kritisiert. Zu den P-26 Mitgliedern wird im Bericht festgehalten:* Die Verfassungstreue dieser Personen wird nicht in Zweifel gezogen und man unterstellt ihnen keinerlei verfassungsfeindliche Absichten.

Als bekannt wurde, dass für die P-26, 2000 Männer und Frauen im Bombenlegen und lautlosen Töten in England für den Guerillakampf ausgebildet worden waren, reagierte die Öffentlichkeit empört und verlangte restlose Aufklärung. Doch das P-26 Mitglied Oberstleutnant Herbert Alboth, wurde kurz bevor er vor der Untersuchungskommission aussagen konnte, in seiner Wohnung ermordet aufgefunden. Erstochen mit dem eigenen Armee-Bajonett.

Vom geheimen Schlussbericht in der Administrativuntersuchung zur Abklärung der Natur von allfälligen Beziehungen zwischen der Organisation P-26 und analogen Organisationen im Ausland *(Archivbestand E 5563) von Untersuchungsrichter Pierre Cornu wurde bis heute nur eine Kurzfassung veröffentlicht, da die komplette Version* die guten Beziehungen der Schweiz zu anderen Staaten gefährden würde. *Der Bericht bleibt auch weiterhin unter Verschluss, da bei einer Veröffentlichung geheime Details befreundeter Staaten aufgedeckt würden (sogenanntes überwiegendes schutzwürdiges öffentliches Interesse) und teils noch lebende Personen und P-26 Mitglieder, die mit Untersuchungsrichter Cornu kooperierten, weiter-*

hin Anspruch auf den Persönlichkeitsschutz haben (sogenanntes überwiegendes schutzwürdiges privates Interesse).

Die P-26 war als Milizsystem organisiert. Die meisten
Mitglieder übten ihre normalen Berufe aus und wurden
in Wiederholungskursen geschult und trainiert. Man geht
jedoch davon aus, dass zumindest die Führungsspitze und
Instruktoren Vollangestellte, also eine Art Berufsmilitärs
waren. Generalstabsoberst Efrem Cattelan, Deckname
Rico, gilt offiziell als Chef der Organisation. Jedenfalls
erhielt er 1979 den Auftrag, die geheime Armee aufzu-
bauen.

Grossenbacher schnauft auf und erinnert sich an den
Gedanken, der ihm noch vor seinem Büroschlaf in den
Sinn gekommen war. Gleichzeitig weiß er auch, dass das
die Verbindung des Zeitungsartikels und der in seinem
Gehirn eingelagerten Erinnerung ist. Er öffnet das Mail-
programm und schreibt Staatsanwältin Oberli mit der
Bitte, in Bundesbern bei der zuständigen Behörde Einsicht in den Bericht (Archivbestand E 5563) zu verlangen. Er brauche umgehend Informationen über eventuelle
Waffenkäufe im Zusammenhang mit P-26. Dem Begeh-
ren sei unbedingt stattzugeben, da es sich im Mordfall
Wachter um sogenanntes überwiegendes öffentliches Interesse handle.

Er liest den Text noch einmal, vergewissert sich, dass
alles auch schön offiziell klingt. Befriedigt drückt er auf
Senden und lehnt sich entspannt zurück. Mit den Händen
im Nacken überlegt er sich, ob er nach diesem erfolgreichen Tag wohl schon nach Hause gehen könne. Der Anruf
von Staatsanwältin Oberli hält ihn jedoch im Büro zurück.

»Bist du nun total übergeschnappt, Paul? So etwas
kann ich nicht machen. Wenn ich mich recht erinnere, so

befinden sich die Akten zu diesem Fall noch immer unter Geheimhaltung.«

»Welcher Fall?«, fragt Grossenbacher scheinheilig.

»Na, für wen hältst du mich? Ich bin ja nicht blöd! Aber das geht nun wirklich nicht. Das übersteigt definitiv deine und auch meine Kompetenzen.«

»Na und! Ist mir doch egal. Geheimhaltung hin oder her. Ich muss unbedingt wissen, ob damals für diese Geheimarmee Pfeile und Armbrüste beschafft worden sind oder nicht!«

»Und warum willst du das wissen? Soviel ich weiß, bist du nicht am Fall Wachter dran. Wie kommst du mit Andelfingen voran?« Oberli schaltet direkt auf Gegenangriff.

»Gar nicht. Da warte ich ebenfalls auf eine Antwort aus Bern!«, lügt er und macht sich gleichzeitig eine Notiz, dass er Fehr damit beauftragen muss, abzuklären, ob König in diesem ISIS gespeichert ist oder nicht.

»Klingt nicht gerade überzeugend!«, kommt die spitze Antwort.

»Also bitte!«

»Ich organisiere für morgen 8 Uhr, eine Standortsitzung. Wir müssen endlich zu Resultaten kommen.«

»Machst du's oder nicht?«, will Grossenbacher wissen.

»Was meinst du jetzt?«

»Na, die Anfrage in Bern. Es ist mir ernst damit, und ich glaube auch, dass es für die Klärung des Falls sehr wichtig ist.«

»Wir sprechen Morgen um acht darüber!« Oberli legt auf.

Kurz vor dem Mittag meldet sich Staatsanwältin Oberli erneut auf Grossenbachers Mobiltelefon. Sie möchte wissen, wo er ist und ob sie sich treffen können. Doch am Telefon will sie nicht sagen, um was es geht. Grossenbacher ärgert sich über die erneute Geheimniskrämerei, verabredet sich jedoch mit ihr auf ein Treffen um 18 Uhr. Weil sie eh im Zürcher Seefeld zu tun hat und es ihm gleichgültig ist, wo sie sich treffen, schlägt sie die kleine Bar im Hotel Seehof vor. Das ist ihm recht, so kommt er aus dem Büro raus. Doch die verbleibende Zeit bis zum Treffen muss er irgendwie über die Runden bringen. Eine leicht vorgezogene und ebenso leicht verlängerte Mittagspause im Bernerhof, bei einem Wiener Schnitzel mit frischem Kartoffelsalat, würde einiges an Zeit wettmachen. Als er unten aus der Türe tritt, hat er sofort wieder das beklemmende Gefühl, beobachtet zu werden. Er zieht den Kopf zwischen die Schultern und marschiert im Stechschritt Richtung Kasernenstrasse davon. Vorbei am Bernerhof und um die nächste Hausecke. Auf Höhe der Schaufenster des Kriminalmuseums bleibt er abrupt stehen, um sich umzuschauen. Doch wie erwartet kann er nichts Auffälliges erkennen.

26

Die kleine Gruppe von Unverbesserlichen aus der Zeit des Kalten Krieges trifft sich normalerweise nur dann, wenn eines der Mitglieder eine Botschaft in den toten Briefkasten gelegt hat. Doch in den vergangenen Tagen war es beinahe wie in alten Zeiten. Der verborgene Briefkasten wurde fast täglich bedient. Nach dem Zeichen treffen sie sich, nach geheimen Abläufen und Richtungswechseln, in einem stillgelegten Festungsbunker, den sie für ein Butterbrot vom Bund übernommen haben und der ihnen als private Kommandozentrale dient. Die kleine Gruppe wurde vor Jahrzehnten zusammengebracht und hält, teils aus Überzeugung, teils aus nostalgischen Gefühlen immer noch fest zusammen. Gerade so, als gelte es immer noch, dem übermächtigen Feind vereint entgegenzutreten.

Maximilian ist eines der Mitglieder dieser Gruppe. Ein anderes Mitglied mit dem Decknamen Hubert übergab Maximilian bei den Treffen regelmäßig vertrauliche Informationen zum Stand der polizeilichen Ermittlungen im Fall des ermordeten Direktors der Zürcher Sozialversicherungsanstalt Wachter.

Hubert, der in seinem wirklichen Leben Erich Ziegler heißt, schlug offiziell eine Polizeilaufbahn ein und brachte es bis auf den Chefposten der Kriminalpolizei des Kantons Zürich. Dann verhalf die Wahl von Felix B. Marthaler zum Bundesrat Zieglers Karriere zu einem weiteren Sprung. Danach gab der ehemalige Kripo-Chef seine guten Verbindungen in den innersten Zirkel der Polizei nie ganz auf. Darum warnte Hubert Maximilian auch eindringlich vor dem Wachtmeister, den er von früher als er noch Kripo-Chef war, gut kannte und dessen berühmte Hartnäckigkeit ihm schon damals beinahe in die Quere gekommen wäre. Maximilian weiß jetzt auch, wen er vor Tagen auf dem Waffenplatz beobachtet hat. Es war dieser Grossenbacher, der, nachdem die Untersuchung des Fundortes schon lange abgeschlossen war, bei dem Baum aufgetaucht ist und herumgeschnüffelt hat.

Die Meldung, dass ihm Grossenbacher nun schon so nahe gekommen ist, jagt Maximilian gehörig Angst ein. Lange überlegt er, was in einem solchen Fall zu tun ist, und er fragt sich, welche Maßnahmen sie damals für derartig außergewöhnliche Situationen gelernt, vorgeplant oder einstudiert haben, und kommt zum Schluss, dass Vorbeugen die beste Verteidigung ist. So beschließt er, zu seiner Sicherheit und zum Schutz seines Geheimnisses und ihrer Gemeinschaft, den Wachtmeister zu observieren. Er hofft, dank den Informationen von Hubert im Vorteil zu sein. Denn was er gar nicht liebt, sind Überraschungen. Um auf eventuelle Aktionen des Polizisten schnell reagieren zu können, muss er also genau wissen, was der Wachtmeister plant und wohin ihn seine Ermittlungen führen. Eine Observation in dieser Größe stellt kein Problem dar, da er früher, in England, dies oft trainiert hatte.

Maximilian bemerkt bei seiner Beschattung, dass ihm der Wachtmeister immer näher kommt. Beim letzten Treffen der Gruppe berichtet ihm Hubert, dass es nach den neuesten Informationen so aussehe, als dass der Wachtmeister nun eine konkrete Spur verfolge und damit begonnen habe, in alten Akten aus Bern herumzuschnüffeln.

Der Kreis zieht sich spürbar enger.

Aber Maximilian weiß, was zu tun ist, und entwickelt, ohne auch nur eine Sekunde zu zögern, einen verhängnisvollen Plan. Rasches Handeln in Notsituationen egal welcher Art hat man ihnen damals eingetrichtert. Deshalb weiß er, dass er für jeden Notfall etwas in der Hand haben muss. Und die wirkungsvollste Art, jemanden in die Knie zu zwingen, ist, wenn man ihn vor ein moralisch und emotional unüberwindbares Hindernis stellt.

Maximilian ist klar, dass er den Wachtmeister nur mit etwas ganz Persönlichem, etwas Privatem treffen kann. Aber er weiß auch, dass er gegen den Polizisten nur einen Versuch hat, und der muss auf Anhieb sitzen. Die Achillesferse konnte bei dem hartgesottenen Polizisten nur die Bindung zu seiner Frau sein. Und sie, seine Frau, ist es, die ihn, wenn's knapp wird, von ihm abbringen wird.

Das geheime Zeichen wurde bedient und zeigt nun an, dass eine neue Nachricht im Briefkasten liegt.

27

Später, nach dem Essen und wieder zurück in seinem Büro, überlegt sich Grossenbacher, ob er nicht mit einem Spaziergang seinen Magen beruhigen und sich gleichzeitig die Wartezeit bis zum Rendezvous mit der Staatsanwältin um die Ohren schlagen soll. Das beklemmende Gefühl bleibt. Immer wieder spürt er beobachtende Blicke hinter seinem Rücken und genauso oft dreht er sich um. Doch sieht er niemanden, der plötzlich stehen bleibt und die Auslagen in den Schaufenstern studiert. Grossenbacher kommt zur Überzeugung, dass alles nur Einbildung ist und er vielleicht tatsächlich an einer Paranoia leidet. Auf der Höhe vom Bürkliplatz kommt ihm in den Sinn, dass er sich bei Anna fürs Nachtessen abmelden sollte. Sie nimmt nicht ab, weder den Hausanschluss noch am Mobiltelefon. Er hinterlässt eine entsprechende Botschaft auf ihrer Combox.

Pünktlich um 18.11 Uhr betritt Paul Grossenbacher das Lokal im Hotel Seehof. Manuela Oberli sitzt im um zwei Treppenstufen erhöhten Seitenteil so, dass ihre langen, sommerlich nackten Beine unter dem Holztisch das Erste sind, was er von ihr zu sehen bekommt. Das wirkt sich wiederum nicht besonders positiv auf seine Konzentrationsfähigkeit aus. Sie erwartet ihn bereits ungeduldig. Sein Telefon klingelt in der Tasche.

»Ja!«, schnaubt er ins Gerät, ohne darauf zu achten, wer der Anrufer ist.

»Paul? Hier ist Dieter. Wie geht's? Wo steckst du? Ich habe dich im Büro gesucht, aber ...«

»Ja, ja! Ist ja schon gut. Aber komm bitte zur Sache. Ich bin gleich verabredet.«

»Ah, da schau mal! Gut, ist vielleicht nicht so wichtig. Aber ich habe mir gedacht, dass du das trotzdem wissen möchtest ...«

»Dieter, komm bitte zur Sache. Ich habe es wirklich eilig!«, unterbricht Grossenbacher den Rechtsmediziner.

»Sorry, also es geht um den Toten von Andelfingen. Die Wunde am Kopf und die Waffe, mit der sie ihm zugefügt wurde, haben mir keine Ruhe gelassen. Darum habe ich den Bekannten einer meiner Assistentinnen zugezogen, der sich mit mittelalterlichen Waffen und alten Kampftechniken auskennt. Ich habe ihn getroffen und ihm Bilder vom Toten gezeigt. Der Mann scheint tatsächlich ein Fachmann zu sein, denn er hatte sogar einen Fachbegriff für diese Art von Schlag oder besser gesagt Hieb, wie er sich ausdrückte. Er meinte, die Verletzung sei eindeutig durch einen fachgerecht ausgeführten Scheitelhau mit einer Hellebarde entstanden. Komischer Name für einen tödlichen Schlag auf den

Kopf. – Das wollte ich nur schnell loswerden. Also dann, einen schönen Abend.«

»Aha! Eh … danke. Tschau!«

»Halt, Paul, noch etwas. Wir haben anhand der Verletzung im Kopf den Schlagwinkel abgeleitet und ausgemessen. Der Schlag wurde beinahe waagrecht ausgeführt. Das heißt, der Täter muss erhöht gestanden haben oder selbst recht groß sein, um in einem entsprechenden Winkel schlagen zu können. So, das ist nun wirklich alles.«

Kaum hat sich Grossenbacher zu Oberli gesetzt, bricht es auch schon aus ihr heraus. Sie finde es super, dass sie endlich einmal in Ruhe miteinander reden. Nicht wie im Büro, sondern locker in einer ungezwungenen Atmosphäre. Es sei ihr wichtig, dass sie sich besser austauschen und sich dadurch vielleicht auch besser verstehen. Die ewigen Streitereien und das Katz-und-Maus-Spielen seien doch sinnlose Energieverschwendung. Dann berichtet sie, dass sie es vorerst einmal telefonisch in Bern versucht, aber absolut keine Chancen gehabt habe, an die unter Verschluss gehaltenen Berichte von Cornu zu gelangen, was sie wiederum auch nicht erstaune, da der Bericht immer noch von der Geschäftsprüfungsdelegation unter Verschluss gehalten werde. Er müsse sich etwas Neues einfallen lassen, um im hängigen Fall weiterzukommen.

Anschließend plaudern sie über alles andere als über die beiden Fälle, bis sie von einem Journalisten aus dem benachbarten Pressehaus gestört werden. Grossenbacher kennt den Reporter. Es ist Beat Zimmerli, ein Mann vom *Blick*, an den er sich nur ungern erinnert, hat er doch damals im Zusammenhang mit dem Fall Rechsteiner enormen Druck auf ihn ausgeübt. Doch diesmal will Zimmerli nichts von ihm. Er beachtet ihn nicht, vielmehr versucht er auf eine plumpe Art, Staatsanwältin Oberli ein paar verfängliche Aussagen zum Fall des SVA-Direktors Wachter zu entlocken. Souverän lässt Oberli den Schreiberling abblitzen. Sie meint er solle doch besser recherchieren, dann wüsste er, dass er in diesem Fall mit Staatsanwalt Donati sprechen müsse, bevor sie ihn mit einer eindeutigen Handbewegung aus dem Blickfeld wischt.

Cüpli, Bier und kleine Häppchen gegen den Hunger. Sie reden und vergessen etwas die Zeit. Das heißt, vor allem redet Oberli. Grossenbacher hört zuerst aufmerksam zu, bis er spürt, wie sich der Alkohol wohlig in seinem Körper verteilt. Er schweift ab, träumt, bis sich auf einmal etwas zwischen seine Beine schiebt. Der nackte rechte Fuß von Staatsanwältin Manuela Oberli, der unter dem Tisch sanft gegen sein Geschlecht drückt. Feuerroter Nagellack glänzt auf den gepflegten Nägeln. Weiße, beinahe durchsichtige Haut. Die wohlgeformten Zehen graben sich tiefer und massieren, was sich aufrichtet. Er spürt jetzt nicht nur den Fuß in seinem Schritt. Bis eben hat Grossenbacher nicht gewusst, dass er auf Füße steht. Doch unter solchen Umständen, glaubt er, werde jeder zum Fetischisten. Vorsichtig streicht er mit den Fingern seiner gesunden Hand den Rist entlang. Dann steckt er entschlossen seinen Zeigfinger zwischen die große und die zweite Zehe. Wachtmeister Grossenbacher hofft, dass sie niemand beobachtet. Doch schüttelt ihn sofort wieder ein kleines Erdbeben, wenn er an den geschmeidigen Fuß so nahe an seinem Schwanz denkt. Nur dünne Stofffetzen dazwischen. Unvorstellbar, besser als jeder Traum.

Plötzlich hört Grossenbacher eine leise Stimme, die ihn fragt, was er denn gerade denkt, und irgendwo klingelt ununterbrochen ein Telefon.

»Ah, eh – was ist! Entschuldige ich, war glaube ich, etwas abwesend.« Grossenbacher spürt wie das Blut in seine Ohren schießt. »Verdammt, wo ist nur mein Handy!« Ein Hauch Chanel Nr. 5 sticht in seine Nase. Oberli steht neben dem Tisch und wühlt in ihrer Tasche, die sie auf den Stuhl gehoben hat.

»Wer kann das sein?« Ungehalten stöbert die Staatsanwältin in der überdimensionierten Handtasche nach ihrem Mobiltelefon, dabei beugt sie sich hinunter, sodass die Haare aus ihrem Nacken fallen und Grossenbacher einen flüchtigen Einblick auf die feinen blonden Härchen am Hals erhaschen kann. Im Genick, zwischen den Kapuzenmuskeln und dem Haaransatz, entdeckt er ein winziges Tattoo. Einen kleinen Totenkopf, kaum acht Millimeter groß. »Genau, das ist es!«, schreit Grossenbacher und schlägt mit der Faust auf den Tisch, dass die Gläser tanzen.

Verblüfft setzt sich Manuela Oberli, mustert ihn mit zugekniffenen Augen und drückt gleichzeitig den Anrufer weg. Das Gerät gleitet langsam zurück in die Tasche.

»Er muss einen Zwillingsbruder haben. Darum auch das Plus-Zeichen auf dem Klingelschild. Ich bin so ein Depp! Der eine heißt Jan und der andere Patrick! Wieso haben wir das nicht gleich herausgefunden? Verdammte Schlamperei!«

Verständnislos richtet sich Oberli auf. »Paul, spinnst du?«

»Nein. Das ist die Lösung! Ich muss unbedingt telefonieren.« Was er tatsächlich auch gleich macht.

Die Augen der blonden Staatsanwältin verengen sich wieder zu gefährlichen Schlitzen und in der Umgebung des Tisches wird es spürbar kühler. Ein Moment höchster Gereiztheit, während Grossenbacher Larissa Fehr seine

Erkenntnis erklärt und sie daraufhin bittet, für morgen alles über die zwei Könige zusammenzutragen, sodass sie bei der Staatsanwaltschaft einen Antrag für einen Vorführbefehl stellen können.

Als er endlich das Gespräch beendet und sich wieder zu Manuela Oberli wendet, steht sie an der offenen Fenstertür zum Innenhof. Dann dreht sich Oberli vom Fenster weg, atmet hörbar aus und setzt sich zurück an den Tisch.

»Paul, jetzt hör mir bitte zu. Ich glaube, es ist der Zeitpunkt gekommen, wo wir miteinander reden müssen. Denn so kann es wohl nicht gehen. Deine egoistischen Sondereinlagen …?«

Grossenbacher schiebt seinen Stuhl zurück und sitzt nun vornübergebeugt da und stützt dabei Ellenbogen und Gipsarm auf die Knie. Für eine Weile ist es still zwischen ihnen, bis Grossenbacher endlich den Kopf hebt und etwas sagt. »Ja.«

Oberli schluckt leer und fragt nun ganz direkt: »Wer sind Jan und Patrick König?«

»Zwei Glatzköpfe. Skinheads – ich denke, einer der beiden hat am Donnerstag vor einer Woche im Schrebergarten von Andelfingen Köbi Escher mit einer Hellebarde erschlagen. Leider weiß ich noch nicht, welcher von beiden es war. Ob Patrick oder Jan. Der Mörder trägt am ganzen Körper unzählige Tattoos. Die meisten mit rechtsextremer Bedeutung. Hakenkreuze und so. Der andere ist untätowiert und arbeitet als Schreiner bei einer Küchenbaufirma in Bülach. Der Tätowierte trainiert bei der Kampfsportgruppe *Bellum et virtus* in Schlieren altertümliche Kampftechniken. Mit Schwertern und so. Ritterspiele. Vorhin hat mir Fehr am Telefon erzählt, dass Jan König als Gitarrist in der Band *66* spielt. Die Zahl 6 steht für den Buchstaben F. Und ein doppeltes F bedeutet … was denkst du, für was wohl FF steht?«

»Sag's mir!«

»Feuer frei!«

»Das ist doch absurd!«

»Nein, das ist die Art, wie heute Neonazis untereinander kommunizieren.«

»Und woher weißt du das?«

»Stell dir vor, seit bald zwei Wochen beschäftige ich mich mit Glatzköpfen und Neonazis, dabei fällt so einiges an. Verstehst du?«

»Aha« ist alles, was sie dazu sagt. Gelangweilt spießt sie mit einem Zahnstocher die letzte Olive auf.

Grossenbacher blickt Oberli herausfordernd an. Er möchte eine Zustimmung, eine Bestätigung. Doch sie reagiert nicht. Nur ein zweites »Aha« ist von ihr zu hören, bevor sie die Olive in den Mund steckt. Der Wachtmeister macht eine flüchtige Handbewegung, als wolle er einen bösen Gedanken, eine schlechte Erinnerung wegwischen, dann fährt er mit belegter Stimme in seinem Monolog weiter: »Ich erklär's dir wohl besser von Anfang an. Also, König-Macher aus Berg am Irchel ist ein Konzertveranstalter für Anlässe von Bands mit rechtsextremem Einschlag. Am Freitag, den 22. Juni, war im Schützenhaus von Andelfingen ein Konzert mit verschiedenen Gruppen geplant. Eine Band heißt *Kampflinie* und kommt aus Deutschland. Die anderen, *Bombenwurf* und eben diese *66*, sind aus der Schweiz. Köbi Escher, der Tote aus dem Schrebergarten, war Hauswart im Schützenhaus. Frau Heer von der Gemeindeverwaltung hat erzählt, dass Escher, als er erfuhr, um was für Konzerte es ging, sich für ein Verbot des Anlasses eingesetzt hat. Damit hat er wohl auch sein Todesurteil unterschrieben. Er wurde mit einem fachmännisch ausgeführten Scheitelhau, einem klassischen Hieb mit einer Hellebarde niedergestreckt. Der tätowierte König, ob Jan oder Patrik muss noch geklärt werden, jedenfalls der Tätowierte trainiert in einer Kampfsportgruppe namens *Bellum et virtus* genau diesen Scheitelhau. Ich habe ihn beim Training in Schlieren gesehen. Vergangenen Samstag, an der Schlachtfeier in Sempach, habe ich ihn fahnenbewehrt wiedergetroffen. Es gelang uns, den Fahnenträger in einer öffentlich zugänglichen Internet-Datenbank, in der Rechtsextreme, Neonazis und Sympathisanten an den Pranger gestellt werden, als König zu identifizieren. Alles, was wir noch klären müssen, ist, wer von den Zwillingen wer ist. Wer der tätowierte Ritter, Konzertveranstalter, Neonazi und Mörder, und welcher der küchenbauende Gitarrist der Band *66* ist. Wenn wir wissen, welcher Jan und welcher Patrick ist, können wir auch eine Verhaftung vornehmen. Fehr versucht zurzeit, genau das zu klären. Wir müssen sie unbedingt zu einer Vernehmung vorladen.« Und nach einer Pause: »Natürlich nur, wenn du damit einverstanden bist.«

28

Sie weiß nicht genau, wie lange sie schon hier sitzt. Ihr Zeitgefühl hat sich verflüchtigt. Es mögen Stunden, aber auch Tage sein, denn Zeit spielt da, wo sie sich befindet, keine Rolle. Ihre innere Uhr funktioniert nicht mehr. Stress. Alles scheint zu fließen. Sie weiß auch nicht, wie lange sie hier noch ausharren muss. Sie will wenigstens die Uhrzeit wissen. Das würde ihr helfen, vorerst, sie beruhigen für einen Moment. Ist es Morgen oder mitten in der Nacht? Erneut erfasst sie Panik. Sie zittert.

Ihre Arme hat jemand auf den Rücken gebogen und an der Lehne des Stuhls, auf dem sie sitzt, festgezurrt. Die Bandage ist so straff, dass sie sich kaum bewegen kann. Auch den Kopf kann sie nicht drehen. Ein breiter Lederriemen über der Stirn presst den Hinterkopf gegen etwas Hartes. Es fühlt sich metallisch und kalt an. Am Druckpunkt scheint der Schädel schon taub vor Kälte. Gleichzeitig spürt sie, wie Schweiß ihren Nacken herunterläuft. Es ist Angstschweiß, denn in dem Raum, in dem sie sich befindet, ist es kalt. Bewegungslos muss sie die unbequeme Lage ertragen. Ihre Bluse ist nass. Es juckt furchtbar. Doch das ist im Moment nicht ihr größtes Problem.

Anna ist gefangen. Eingesperrt in einem engen, modrig riechenden hohen Raum. Sie weiß nicht, wo sie ist. Sie muss an Paul denken. Ob er sie schon vermisst? Ob er schon auf der Suche ist? Vage kann sie sich an einen üblen Geruch erinnern. Etwas Weiches, vielleicht ein Stück Stoff, wurde ihr ohne Vorwarnung aufs Gesicht gepresst. Sie weiß, dass sie danach die Orientierung verloren hat. Der nächste Erinnerungsfetzen, den sie festhalten kann, zeigt, wie sie das Treppenhaus hinuntertaumelt. Hinter ihr ein Mann. Sie versucht, sich nach ihm umzudrehen. Sie schwankt, verliert das Gleichgewicht und schlägt mit dem Kopf gegen die Wand. Benommen rappelt sie sich hoch und kippt beinahe übers Treppengeländer. Dann wird sie von hinten gestützt. Doch wirken diese Bilder ausgefranst und unscharf. Sie musste sich hinten in einen Wagen setzen. Nicht auf die Rückbank, in den Kofferraum. Dann spürt sie noch einmal das Tuch mit dem üblen Geruch und sie wurde wieder schwerelos.

Weiß-grüne, glänzende Kunstharzfarbe bis über die halbe Raumhöhe. Von der Decke an zwei Drähten eine flackernde Glühbirne. Ein kalter Luftzug schleicht über den verschmutzten Betonboden. Es ist eine Art Kaverne, die sich im Nichts verliert. Nackter, grauer Zement und Wände ohne Öffnungen. An einigen Stellen blättert die Farbe und in den Ecken nisten weiße mineralische Flecken. Feuchtigkeit dringt durch die alten Mauern. Sie atmet faulige Luft. Oben, unter der Decke, erkennt sie eckige Lüftungskanäle und dann hört sie das leise Summen des Ventilators.

Plötzlich vernimmt sie eine Stimme direkt hinter sich. Ein unsichtbarer Mann erklärt ihr, dass er ihr jetzt die Augen verbinden wird. Sie soll still sein. Dann sitzt sie mit verbundenen Augen da, wartet und versucht, Sekunden und Minuten zu zählen. Konzentriert hört sie auf jedes Geräusch. Dabei bildet sie sich ein, dass sie Schritte hört, die näher kommen oder dass sie Straßengeräusche wahrnehmen kann. Und auf einmal wieder die nüchterne Stimme, die schon einmal mit ihr gesprochen hat. Doch jetzt kommt sie direkt von vorn. Steht er jetzt vor ihr? Er beginnt zu reden und erzählt ihr eine Geschichte. Eine sonderbare Geschichte. Zuerst versteht sie nichts. Erst nach und nach nimmt die Erzählung des Mannes, eines Patrioten, der sein Leben für sein Vaterland gegeben haben will und nun von genau diesem Staat so bitter enttäuscht wurde, Form an und sie erkennt den Zusammenhang. Der Vortrag endet schließlich damit, dass der Mann erklärt, dass er jetzt nur noch einen Ausweg sieht.

Der Weg zur Sühne ist derjenige der Rache!

29

Grossenbacher beginnt, sich ernsthaft Sorgen zu machen. Hat er Anna zu sehr vernachlässigt und wieder einmal mehr an sich und höchstens noch an seine Mordfälle gedacht? Das schlechte Gewissen schlägt spitze Nägel tief in seine Seele, sodass er nicht mehr vernünftig denken kann.

Dass Anna nicht zu Hause ist, ist weiter nichts Ungewöhnliches, doch normalerweise benachrichtigt sie ihn oder legt einen Zettel auf den Küchentisch. Aber diesmal fehlt eine Nachricht. Er schaut in jedem Zimmer. Keine Spur. Das muss nicht unbedingt etwas heißen, sagt er sich immer wieder, auch Anna kann einmal etwas vergessen.

Grossenbacher wählt immer wieder ihre Nummer. Doch die Leitung bleibt stumm. Verzweifelt und zugleich auch wütend hämmert er erneut die Zahlenkombination von Annas Mobiltelefon in die Tasten. Wieder nichts. Mit einem Wutschrei schmettert er schließlich das Telefon in die Küchenecke. Aber auch hier geschieht nichts, außer dass das Gerät mit dem gelben Gummipanzer von einem quietschenden Geräusch begleitet wie ein Ball von der Wand zurückspringt und blöd blinkend liegen bleibt.

Er ist ja so ein egoistisches Arschloch! – Aber warum eigentlich? Seine Gedanken drehen sich, machen Loopings und wilde Pirouetten, um sich schlussendlich selbst in den Schwanz zu beißen. Ist Anna wieder ausgezogen wie damals, als sie meinte, er hätte ein Verhältnis mit der Polizeipsychotante Montasini?

Mitten in der Nacht durchsucht er noch einmal gründlich die Wohnung nach einer Botschaft, einem Zettel. Auch auf dem Treppenabsatz vor der Wohnungstür. Dabei entdeckt er die Hebel- und Einbruchspuren am Türrahmen. Sie sind ihm beim Nachhausekommen nicht aufgefallen. Vielleicht weil er sie nicht erwartet hat? Bei ihnen ist eingebrochen worden. Ein schrecklicher Gedanke schießt ihm durch den Kopf. Ist Anna entführt worden? Alles deutet darauf hin. Aber warum? Soll er die Polizei alarmieren? Unmöglich, er ist ja selbst Polizist.

Das Klingeln des Hausanschlusses reißt ihn aus seinen finsteren Gedanken.

»Ja, Grossenbacher?«

Auf der anderen Seite bleibt es still.

»Hier ist Grossenbacher, wer ist bitte am Apparat?« Grossenbacher wartet, vielleicht entscheidet sich der Anrufer doch noch etwas zu sagen. Nach einer Minute legt er den Hörer grußlos zurück in die Halterung, wartet aber neben dem Apparat auf einen erneuten Anruf, dabei schläft er ein.

Als er jedoch in der Nacht wach wird, ist der Platz neben ihm immer noch leer.

An der Sitzung am Mittwochmorgen erwähnt Staatsanwältin Oberli mit keinem Wort, wann und wo ihr Wachtmeister Grossenbacher die Informationen über die Gebrüder König übergeben hat. Auch Grossenbacher denkt, es brauche ja nicht jeder zu wissen, mit wem er im Seefeld etwas trinken geht, und schweigt ebenfalls. Manuela Oberli erklärt den versammelten Beamten, dass ihr Wachtmeister Grossenbacher plausibel dargelegt habe, warum die Brüder König als Tatverdächtige infrage kommen. Aufgrund dieser Indizien habe sie gestern Abend die Gebrüder Jan und Patrick König durch die KAA vorführen lassen.

Leider müssten wohl beide wieder freigelassen werden. Die Brüder haben ein stichfestes Alibi. Man sei zurzeit dabei, diese Angaben zu überprüfen, aber so wie es aussehe, sei nicht viel zu machen.

Grossenbacher schweigt. Man kann ihm nicht ansehen, ob er enttäuscht ist oder nicht. Seine Gedanken schweifen immer wieder ab. Beschäftigt ihn doch seit gestern Nacht, als er spät nach Hause gekommen ist, ein ganz anderes Problem. Anna ist nicht daheim. Sie war nicht da, als er in die Wohnung trat, und auch nicht am Morgen, als er sie wieder verließ.

»Herrgott, Grossenbacher! Was ist? Wo verdammt noch mal bist du? Die Staatsanwältin hat dich jetzt schon zwei Mal etwas gefragt!«, echauffiert sich Dienst-Chef Christian Lüthi, der sich ins Sitzungszimmer geschlichen hatte. »Etwas Anstand, bitte. Das ist das Mindeste, was man verlangen darf. Grossenbacher, wenn man gefragt wird, ist es nichts als höflich, wenn man eine Antwort gibt. Auch wenn man wie du, so wie's aussieht, nichts zu sagen hat!«

»Was ist denn nun schon wieder?«, brummelt Grossenbacher überrascht und blinzelt. Seine Augen sind rot umrandet und brennen vor Müdigkeit.

Lüthis Kopf verfärbt sich dunkelrot. Es scheint, als würde ihm gleich der Kragen platzen. Mit vor Wut bebender Stimme baut er sich vor Grossenbacher auf, dem absolut unklar ist, was gerade los ist. Hat er etwa etwas Wichtiges verschlafen? Mit offenem Mund starrt Lüthi Grossenbacher an und vergisst dabei, auf seinen Nicorette-Kaugummi zu beißen.

Grossenbacher grunzt etwas in sein unrasiertes Kinn, studiert dann zuerst die Art und Weise, wie die Raumbeleuchtung an der Decke befestigt ist, bevor er seinen harten, eiskalten Blick in Lüthis Augen bohrt. »Stellt euch vor«, beginnt Grossenbacher endlich, »wir hatten innert sechs Tagen zwei Tote. – Laut KRISTA hatten wir im vergangenen Jahr 33 Tötungsdelikte. Also, ihr seht, wir haben es hier mit einer überdurchschnittlich hohen Dichte zu tun, wenn ihr mich fragt.«

»Was hast du gesagt?«, will Dieter Koci, der ebenfalls an der Sitzung teilnimmt, vom unteren Ende des Tisches her wissen. »Wie viele Tötungsdelikte hat es im vergangenen Jahr gegeben?«

»33. Doch bin ich nicht sicher, ob die Statistik aus diesem oder aus dem vergangenen Jahr stammt. Ist ja auch egal, es sind eh 33 zu viel.« Wie zu sich selbst rechnet er vor: »Das macht alle elf bis zwölf Tage ein Tötungsdelikt. Unglaublich, nicht? – Ich war auch recht erstaunt, als ich die Zahl gelesen habe. Besonders wenn man bedenkt, dass das nur die Fälle Totschlag, vorsätzliche Tötung und Mord umfasst. Insgesamt wurden im Kanton Zürich 1 200 schwere Delikte gegen Leib und Leben registriert. Das sind dann etwa – eh, 3,2 Vergehen pro Tag! Bedenke, das ist nur im Kanton Zürich! Das hast du nicht erwartet, oder? – Man könnte meinen, wir leben in der Bronx.«

»Und was willst du uns damit sagen?«, mischt sich Staatsanwältin Oberli ins Gespräch.

»Nichts weiter, außer, dass zwei Tote innert sechs Tagen gegenüber den durchschnittlichen elf bis zwölf Tagen doch eine auffällige Verdichtung von Tötungsdelikten darstellt. Dazu kommt, dass beide Opfer mit einer mittelalterlichen Waffe getötet wurden.«

»Jetzt hör doch auf, Paul. Das sind doch nur Hirngespinste. Reine Verschwörungstheorien, die nichts mit der Realität zu tun haben!« Dienst-Chef Lüthi scheint weiterhin wütend zu sein. »Es gibt absolut keinen Hinweis, geschweige denn einen Beweis, der auch nur im Entferntesten etwas in diese Richtung andeutet.«

»Ich denke auch«, winkt nun auch die Staatsanwältin ab, »dass du dich da auf dem Holzweg befindest, Paul. Dein Bauchgefühl in Ehren, aber hier, in diesen beiden Fällen, gibt es absolut keine Gemeinsamkeiten.«

»Wie kommst du mit dieser dünnen Beweislage überhaupt auf die absurde Idee, die Verhaftung der beiden Brüder zu beantragen? Bist du nun total von Sinnen? Und dann sind mir, wenn ich schon einmal dran bin, erneut verschiedene Klagen über dich zu Ohren gekommen. Zum Beispiel, dass du Informationen nicht weitergibst, dass du Fehr immer noch für dich beanspruchst. Oder, dass du die Finger nicht von der Arbeit der anderen lassen kannst und dich immer wieder einmischst, dass du immer noch den Fall Wachter bearbeitest!«Lüthi schluckt die restliche Wut hinunter und wischt sich mit dem Taschentuch über die Stirn. »Paul, wir kennen das zur Genüge. Wir wissen beide, wohin das führt! Pass also auf, dass du nicht wieder in einer Sackgasse endest!« Zur Beruhigung steckt sich Lüthi einen neuen Nicorette-Kaugummi in den Mund.

Grossenbacher gibt sich Mühe, so zu tun, als ginge ihn das alles nichts an. Aber aus dem Augenwinkel beobachtet er, wie sich Gerrit van den Kerkhoff, der McKinsey-Schnüffler, der seit Tagen als Schatten hinter DC Lüthi herschwebt, eifrig Notizen macht, was wiederum bei Grossenbacher das Blut zum Kochen bringt. Mit leiser Stimme fragt er, ohne dabei jemanden am Tisch direkt anzusehen: »Kann mir jemand erklären, wer oder was dem Lüthi ins Gehirn gesch…« Die Tür fällt krachend ins Schloss und übertönt Grossenbachers Beleidigung.

Hat er doch Wichtigeres zu tun, als sich hier herumzustreiten. Zum Beispiel seine Frau zu suchen. Der Anrufer aus der vergangenen Nacht kommt ihm in den Sinn und schon allein der Gedanke, dass Anna etwas zugestoßen sein könnte, zwingt ihn zurück auf die Toilette. Es will einfach nichts besser werden, weder sein Verhältnis zu den Kollegen noch seine Probleme mit dem Magen.

Erschöpft, aber trotzdem erleichtert sitzt Grossenbacher endlich wieder in seinem Büro, wo ihn zum Glück niemand stört, da alle noch beim Rapport festgehalten werden.

»Also, Andelfingen.«

Grossenbacher führt wieder einmal Selbstgespräche.

»Also, wenn es stimmt, dass die Gebrüder König ein Alibi für die Tatzeit vorweisen können, stellt sich die einfache Frage: Wer war's dann?«

Grossenbacher ist jetzt ganz klar im Kopf. Auch klar ist, dass die Neonazis im Schützenhaus ein Fest veranstalten wollten. Ebenso klar ist, dass er Anna suchen muss – aber auch, dass der Schützenhauswart Escher das halb illegale Treffen vereitelt und so die örtlichen Veranstalter vor ihren deutschen Kollegen blamiert hat. Was ihn zum dritten klaren Punkt führt: Dass dies sein Todesurteil darstellte.

»Für diese Demütigung musste Escher sterben!«, brummt der Wachtmeister. »Und was ist mit König?«

Erst jetzt liest Grossenbacher die Notiz, die ihm Larissa Fehr aufs Pult gelegt hat. Der kleine verbissene Terrier mit den merkwürdigen Runen-Tattoos heißt also Patrick König und ist, laut Fehrs Angabe, der Neffe von Rudolf Winkler, mit dessen Gartenhütte er, Grossenbacher, am Freitag vor einer Woche in die Luft geflogen ist. Winkler ist wie sein Neffe ein Waffennarr, mit dessen Hellebarde aus dem Gartenhaus Köbi Escher erschlagen wurde.

»Würde ja alles zusammenpassen, doch hat dieser Patrick König leider ein Alibi, verdammt!«

Wer war's dann?

Grossenbacher ist verwirrt.

Anna, wo bist du?

Es fällt ihm schwer, sich auf eine Aufgabe zu konzentrieren. Wer konnte neben Patrick König sonst noch einen sauberen Scheitelhau anbringen?

Das passt einfach nicht zu seiner Frau, einfach so zu verschwinden. Es musste etwas vorgefallen sein.

Plötzlich erinnert sich Grossenbacher an den großen blonden Trainer der Kampfgruppe *Bellum et virtus*. Hätte nicht der Hüne, der gut einen Kopf über die Gruppe hinausragte, genau das Zeug dazu, diesen Schlag auszuführen? Er musste mehr über diese Kampfsportgruppe und den blonden Haudegen wissen. Also greift Grossenbacher zum Telefon.

»Fehr? Gut, hier Grossenbacher. Es gibt weitere Arbeit. Hast du Zeit für mich, oder musst du jetzt auch noch Knüsels ganzen Job erledigen?«

»Hallo, Paul. Nein, nein, so schlimm ist es nicht. Was kann ich für dich tun?«

»Ich suche eine ganz bestimmte Person. In Schlieren gibt es einen Klub oder Verein oder was auch immer, jedenfalls eine Kampfsportgruppe ...«

»Halt, Paul, nicht so schnell!«, unterbricht ihn Larissa Fehr und Grossenbacher hört durch die Leitung, wie sie sich Notizen macht.

»Also gut. Wie gesagt, in diesem Klub in Schlieren trainieren sie mittelalterliche Kampftechniken. Frag die Pelli, die weiß mehr darüber. Der Verein heißt *Bellum et virtus* und hat sein Trainingslokal im Keller des Tenniscenters. Hast du's?«

»Ja.«

»Gut, bei diesem Klub gibt es einen blonden Riesen. Er könnte sogar der Chef oder Trainer sein. Und genau den muss ich haben. Kannst du herausfinden, wer das ist und wo wir ihn finden? Ich brauche Namen, Wohnort, Beruf und, und, und. Natürlich auch einen Auszug aus dem Strafregister – und noch etwas, der Mann könnte sehr gefährlich sein, darum sei bitte vorsichtig und begib dich nicht zu nahe an ihn heran. Kannst du das übernehmen?«

»Führt uns der blonde Hüne nach Andelfingen oder ins Reppischtal?«

»Keine Ahnung. Hauptsache er führt uns zum Fahndungserfolg. Tschau!« Nach diesem Gespräch verlässt Grossenbacher das Büro. Er braucht frische Luft, sonst droht er zu ersticken. Er will endlich mit der Suche nach Anna beginnen.

Aber wo kann sie sein und wo soll er beginnen?

Grossenbacher wird immer verwirrter, und seine Gedanken drehen sich nur noch um seine Frau Er macht sich ernsthaft Sorgen. Und die Angst wirkt beklemmend und hemmt sein Denken. Unkonzentriert und ziellos hastet er durch die Gänge. Kurz bevor er das Gebäude verlässt, zwingt ihn ein erneuter Magenkrampf zurück zur Toilette. Und da entschließt er sich, als Erstes den Rat seines Freundes Sämu Frei zu befolgen und eine lebendige Schnecke ohne Häuschen zu suchen und dann zu schlucken. Aber wo zum Teufel findet man mitten im Sommer ein solches Tier? Eine schleimig rote, gemeine Wegschnecke.

Ziellos setzt er sich hinters Steuer seines Dienst-Volvos und fädelt entnervt in den Mittagsverkehr ein. Erst einmal zur Stadt hinaus und dann irgendwo in den Wald. Er braucht Luft, sonst kann er keinen klaren Gedanken mehr fassen.

Gedankenlos fährt er Richtung Schlieren hinaus. Einer inneren Stimme folgend biegt er rechts in die Ringstrasse ab und überquert so in einer Schlaufe die Badenerstrasse. Langsam rollt er über die Kreuzung beim Restaurant *Salmen*, welches ihm in schlechter Erinnerung ist, vorbei am Polizeiposten und unter der Bahnlinie durch bis zum Parkplatz, der nur von einer abgeweideten Wiese vom Waldrand getrennt liegt. Fürs Erste bleibt er im Wagen sitzen.

Die Mittagssonne verwandelt den Volvo nach und nach in einen Backofen. Eigentlich sollte er professionell nach Anna suchen oder suchen lassen, statt hier herumzusitzen. Magenkrämpfe reißen ihn aus seinem Grübeln. Mit dem Entschluss, endlich eine Schnecke zu verspeisen, schlägt er die Wagentüre zu und macht sich im Wald auf die Suche. Doch das Unterfangen erweist sich schwieriger, als er es sich vorgestellt hat. Da es seit Tagen, sogar Wochen nicht richtig geregnet hat, ist auch der Waldboden ziemlich ausgetrocknet und somit auch für gemeine Schnecken nicht mehr attraktiv. Ungestüm, das Jagdfieber hat ihn nun gepackt, wühlt sich der Wachtmeister durch das staubtrockene Unterholz.

»Irgendwo muss doch so ein verdammtes Ungeziefer zu finden sein!«, schimpft der Polizist ins Dickicht hinein.

Grossenbacher dringt tiefer in den Wald vor. Dabei bemerkt er nicht, dass er sich immer weiter vom Fußweg entfernt. Wie er sich zu einem moosbewachsenen modrigen Wurzelstock hinunterbeugt, um die braunen Buchenblätter wegzuwischen, in der Hoffnung, darunter endlich eine fette rote Schnecke zu finden, bemerkt er zwischen den Bäumen zur ansteigenden Böschung hin eine Bewegung. Instinktiv kauert er sich tief auf den Boden und späht gebannt in den Wald hinein. Doch da ist nichts. Vielleicht ein Tier? Plötzlich knackt es weiter oben, hinter dem Jungwuchs. Dann wieder. Grossenbacher hält den Atem an und horcht angestrengt in die Richtung, aus der das Knacken gekommen ist. Da ist es wieder. Aber wie ihn dünkt, jetzt schon etwas weiter weg. Grossenbacher steht wieder auf und versucht, auf Zehenspitzen über das Dickicht zu spähen. Tatsächlich, da steigt ein Mann mit dem Rücken zu ihm zwischen den Bäumen die Anhöhe hinauf.

Der Wachtmeister sieht den Mann nur von hinten, doch weiß er im selben Augenblick, dass er ihn schon einmal gesehen hat. Eher kleine, hagere Figur, aufrechte, beinahe stramme Haltung, aber tierhafte, geschmeidige Bewegungen. Wie das Rumpelstilzchen, denkt Grossenbacher beim Anblick des Männchens. Obwohl ihm der kurz geschnittene, weiße Haarring um den kahlen Schädel irgendwie bekannt vorkommt, kann er die Person keiner Erinnerung zuordnen. Der Grund, warum Grossenbacher den Mann nicht sogleich erkennt, ist seine eher ungewöhnliche Kleidung. Der schmächtige Mann trägt einen gefleckten Kampfanzug. Staunend blickt ihm der Wachtmeister nach. Kaum dass er weiter darüber nachdenken kann, wen er da vor sich hat, ist der Mann verschwunden. Grossenbacher versucht ihm zu folgen, doch der Mann bleibt wie vom Erdboden verschluckt.

Über die unerwartete Beobachtung vergisst Grossenbacher die Suche nach einer Schnecke und fährt in die Stadt zurück. Irgendwo stellt er das Fahrzeug ab und beginnt zu Fuß mit der Suche nach seiner Frau. Irgendwie ziellos durchkämmt er die Innenstadt, als würde er auf ein zufälliges Aufeinandertreffen mit Anna hoffen. Während seiner Wanderung über Plätze und durch Cafés, von denen er weiß, dass sich Anna gerne dort aufhält, telefoniert er mit allen möglichen Bekannten, die ihm in den Sinn kommen, und fragt sie nach Anna, bis sich der Akku dem Nullpunkt nähert. Doch niemand hat seit gestern Abend Anna gesehen oder gesprochen.

Grossenbacher versucht zur Ruhe zu kommen und gönnt sich ein zweites Verzweiflungsbier auf einer schmalen Bank des Restaurants *Biergarten* im Kreis 4.

Grossenbacher fällt das Gespräch mit Koci ein. Er war zwar gestern zu abgelenkt, als dass sich das Telefonat in sein Gedächtnis hat festsetzen können. Trotzdem kann er sich erinnern, dass der Rechtsmediziner etwas von einem Schlag berichtet hat. Aber in welchem Zusammenhang will ihm nicht mehr einfallen. Es kann eigentlich nur den Fall von Andelfingen betreffen.

Die Männer im *Biergarten* sind mit sich oder dem Beobachten des triebhaften Treibens vor dem Hotel *Sonne* auf der gegenüberliegenden Straßenseite zu beschäftigt, um einen weiteren Sonderling zu beachten, der hinter seinem Bier komische Sprechgeräusche macht.

»Hat er nicht etwas von einem externen Experten erzählt? Ein Fachmann, der den Schlag getestet oder geprüft hat!«, murmelt Grossenbacher ins halb leere Glas. »Koci hat ein ganz bestimmtes Wort gesagt. Einen Begriff, den er selbst erst einmal gehört hat«, denkt der Wachtmeister laut und vergisst darüber die Suche nach seiner Frau.

»Mit was oder wem habe ich es eigentlich zu tun? Hellebarde und Armbrustpfeil. Mittelalter und Eidgenossen. Ist das die gesuchte Verbindung? – Eidgenossen!« Grossenbacher unterbricht seinen Monolog, um beim Kellner ein neues Bier zu bestellen. »Aber sind Eidgenossen automatisch Patrioten oder Nationalisten, nur weil sie einen Eid geleistet haben? Da fragt sich, welchen Eid und was denn genau Patrioten oder Nationalisten sind? Ein Patriot ist man, wenn man sein Land liebt, denkt Grossenbacher. Ein Nationalist liebt zwar sein Land genauso, stellt aber seine Nation über andere. Ist einer ein Patriot, wenn er für Mundart im Kindergarten eintritt, oder ist er eher Nationalist? Will ein Patriot die Einwanderung stoppen, weil er Angst vor Überbevölkerung und der dadurch immer weiter fortschreitenden Zersiedelung seines geliebten Landes hat, oder weil er sich vor der Durchmischung der Völkergruppen fürchtet? – Aber dann wäre er doch eher ein Nationalist. Ist denn die Schweiz ein Volk? Gibt es die Helvetier überhaupt noch und wenn, stammen wir auch von ihnen ab? Ist die Schweiz nicht von jeher eine Gesellschaft, die sich durch Vermischung mit den Nachbarn gebildet hat? Grossenbacher überlegt sich, ob er in seinem Bekannten- und Freundeskreis jemanden weiß, der nicht mindestens eine deutsche Mutter oder einen italienischen Großvater hat.

Grossenbacher kommt das Motto des Künstlers Ben Vautier für den offiziellen Schweizer Pavillon bei der Weltausstellung in Sevilla von 1992 in den Sinn: ›La Suisse n'existe pas‹. Hatte Vautier etwa recht? Der Wachtmeister der Kantonspolizei Zürich hat schwer mit diesen tiefgründigen Gedanken zu kämpfen, denn unweigerlich stellt sich ihm die Frage, ob damals die Mitglieder der P-26 eher aus patriotischen oder nationalistischen Überlegungen der Organisation beigetreten sind. Wenn Ende der 70er-Jahre ein Mitglied der Geheimarmee 30 bis 35 Jahre alt war, älter konnten sie als Aktive wohl kaum gewesen sein, mussten sie doch fit für den Widerstand sein, so wäre der Mann heute pensioniert. – Und pensioniert heißt: AHV-Bezüger. Könnte da ein Zusammenhang zwischen Wachter von der Sozialversicherungsanstalt und dem Mörder bestehen?

›Doch man unterstellte diesen Personen keinerlei verfassungsfeindliche Absichten‹, so hieß es in dem Artikel des Online-Lexikons. Aber warum wurden sie damals Mitglied einer solchen Organisation?

Aus Gier? – Nein.

Rache? – Kaum.

Geld – für was?

Liebe?

Plötzlich schlägt Grossenbacher seine Faust auf den Festwirtschaftstisch, sodass Gläser und angebissene Würste durch die Luft fliegen. Fast gleichzeitig schreit er auf: »Aua! Verdammte Scheiße, verdammt noch mal!« Der Wachtmeister hat in seiner Unachtsamkeit seinen verletzten Arm vergessen. Wegen der Schmerzen ist ihm entfallen, an was er eben gedacht hat.

Jetzt hat er es wieder, das Wort: Scheitelhau. Bisher hat er den Begriff zweimal gehört. »Grossenbacher, konzentrier dich!« Einmal gestern, am Telefon von Koci, und das andere Mal? »Grossenbacher, konzentrier dich!« Und einmal in Schlieren, im Tenniscenter. Die Erinnerung kommt wie ein Spielfilm. Dabei erlebt er noch einmal, wie er durch die Hintertür zur Kellertreppe vordringt, wegen der Hilferufe in den Keller hinuntersaust und die Tür einrennt und schließlich vor den Rittern mit dem komischen Namen steht. Der kleine Kämpfer wollte ihn sofort angreifen, doch da ging der groß gewachsene Blonde dazwischen und sagte zu dem kleinen Tätowierten.

»… sollte das gar ein Scheitelhau werden?«

Die losen Enden der einzelnen Ereignisstränge beginnen sich zu verknüpfen, sodass ein vollkommen unerwartetes Bild entsteht.

Den kleinen Ritter mit den Tattoos mussten sie heute

wieder springen lassen. Ruft sich der Wachtmeister in Erinnerung. Auch seinen Zwillingsbruder. Beide haben Alibis, passend zur Todeszeit, wie sie von Dieter Koci festgelegt wurde.

Aber der Große, grübelt Grossenbacher weiter; sagte Koci nicht, dass der Schlag aus erhöhter Position oder von einer großen Person ausgeführt worden war? Könnte es sein, dass …? Grossenbacher ist nicht wirklich überzeugt von seiner Idee.

»Gut, lass mich einmal eins und eins zusammenzählen!«, brummt er darauf und ruft sich noch einmal die Begegnung im Keller von *Bellum et virtus* in Erinnerung.

Dr. Koci hatte den Todeszeitpunkt von Köbi Escher auf Donnerstag, den 21. Juni, zwischen 21 Uhr und kurz vor Mitternacht eingegrenzt. Aber wo ist die Verbindung? Die Gebrüder König. Jan, der Gitarrist, und Patrick, der tätowierte Bandmanager, haben angegeben, dass sie am Donnerstag zur Tatzeit im Übungsraum der Band gesessen haben, aber nicht üben konnten, weil der Bassist erst sehr spät aufgetaucht sei. Diese Aussage haben heute Morgen unabhängig voneinander der zweite Gitarrist und der Schlagzeuger bestätigt, worauf die Gebrüder König heute gegen Mittag wieder auf freien Fuß gesetzt wurden, wie ihm Fehr telefonisch mitgeteilt hat.

»Könnte es sein, dass …?«

Ja, das könnte passen. Wenn einer einen solchen Hieb von oben ausführen kann, dann er. Genau. Fehr muss sofort abklären, wer der Bassist von 66 ist. Und wenn sein Gedanke stimmt, so muss er sofort einvernommen werden. Wo zum Teufel ist mein Telefon?

›Pling‹, kündet sich der Eingang einer SMS an. Paul Grossenbacher sucht sein Mobiltelefon. Als er es endlich in seiner Hosentasche findet, stellt er fest, dass das rote Akkulämpchen nur noch matt flackert. Die Nachricht, die er noch gerade lesen kann, bevor das Display dunkel wird, ist eine Einladung zu einer weiteren Sitzung im Fall Wachter. Morgen, 16 Uhr. Abgeschickt von DC Lüthi. Dann ist sein gelbes Telefon tot.

Ich brauche sofort die Oberli und die Fehr! Wachtmeister Grossenbacher zahlt die Zeche und biegt gleich hinter dem *Biergarten* um die Hausecke. Nach hundert Metern steht er vor dem Gebäude der Staatsanwaltschaft IV und er hofft, dass Oberli in ihrem Büro sitzt und nicht mehr wütend auf ihn ist.

30

Kaum im Büro der Staatsanwältin angekommen, stürzt sich Grossenbacher grußlos auf den Telefonapparat auf Oberlis Schreibtisch, wobei er achtlos Akten durcheinanderschiebt, um an den Hörer zu kommen. Hektisch tippt er die Nummer von Fehrs Handy in die Tastatur. Dabei bedeutet er Oberli mit einem Handzeichen still zu sein. Manuela Oberli bleibt nur ein erstaunt fragender Blick. Überrascht stellt sie fest, dass Grossenbacher Telefonnummern auswendig kann, etwas, was sie ihm nie zugetraut hätte.

Endlich nimmt Larissa Fehr ab.

»Eh, ja! Hier Grossenbacher – eh, hör mal, ich habe

noch eine kleine Nachforschung für dich – ach übrigens, hast du über den großen Blonden schon etwas herausgefunden?«

»Leider nein. Diese *Bellum et virtus* trainieren, wie ich herausgefunden habe, mittwochs und samstags, jedoch beginnt das Training heute erst um sieben. Vorher kann ich leider nichts machen, da der Klub keine andere Adresse hat.«

Der Wachtmeister macht ein enttäuschtes Gesicht. »Gut, bleib dran. Ich brauche oder besser, suche inzwischen noch eine weitere Person. Kannst du auch herausbekommen, wer der Bassist von diesen *66*, der Rockgruppe der König-Zwillinge ist? Du weißt ja …« Grossenbacher wird unterbrochen.

»Du meinst von *Feuer Frei*?«

»Ja, genau die Band, welche auch auf dem Flyer …«

»Alles klar, ich habe mir auf YouTube diese *Feuer Frei* angehört …«

Grossenbacher wiegt verständnislos den Kopf: »Jetzt hör mir mal zu. Den Bassisten von diesen *Feuer Frei* muss ich haben. Kannst du herausfinden, wer das ist und wo wir ihn finden?«

»Klar kann ich. Aber, du solltest dir die Band einmal anhören. Ich muss sagen, ziemlich deftig, was die da aufführen«

Ungeduldig hört er Fehr zu und wackelt wieder ein paar Mal mit dem Kopf: »Ist ja gut! Du kannst mich hier im Büro von Staatsi Oberli erreichen – ah, noch etwas. Fehr, der Mann ist vielleicht gefährlich, also geh bitte vorsichtig ans Werk.« Bevor Grossenbacher den Hörer zurücklegt, murmelt er sogar ein kurzes »Danke«.

An Oberlis säuerlicher Miene erkennt er, dass wohl

etwas nicht stimmt. Was hat er jetzt wieder angestellt? Hätte er vielleicht an der Tür anklopfen oder gar fragen sollen, ob er telefonieren durfte? Oder ist eine Begrüßung angebracht gewesen? Höflichkeit ist das Thema, das ihm Lüthi stets vorhält.

Doch etwas verunsichert bleibt er stehen und traut sich nicht einmal mehr, unaufgefordert einen Stuhl heranzuziehen, um sich zu setzen. Ungerührt fährt Oberli mit ihrer unterbrochenen Arbeit fort und lässt dabei Grossenbacher unbeachtet vor dem Pult schmoren. Dann, nach Minuten des Schweigens, verlässt sie sogar den Raum. Das Telefon auf Oberlis Schreibtisch klingelt, doch Grossenbacher hat nicht mehr den Mut abzunehmen.

Oberli kommt ins Büro zurückgeeilt. Ohne ihren Besuch zu beachten, durchquert sie den Raum, nimmt einen Aktenordner vom runden Sitzungstisch, um ihn und zwei weitere Stapel Papier zu ihrem Arbeitstisch hinüberzutragen. Grossenbacher fasst all seinen Mut zusammen und stellt sich ihr in den Weg.

»Paul, sag mir eines«, endlich spricht sie ihn direkt an, »wo hast du deine Erziehung genossen, doch bestimmt nicht in einem zivilisierten Land?«

»Aber …«, versucht er sich zu verteidigen.

»Ach, vergiss es! Du hast die Kinderstube im Schnellzug durchquert.« Oberli lässt ihn nicht zu Wort kommen. »Jedenfalls hat es mir eindeutig und klar gezeigt, dass du absolut keinen Anstand hast! Ich wage sogar zu behaupten, du weißt gar nicht, was das ist!«

Kleinlaut, lässt er den Kopf hängen. Unter ihrem stechenden Blick, kann er zum Schluss nicht mehr anders, als sich für sein unflätiges Verhalten zu entschuldigen. »Eh, Manuela, – eh, bitte entschuldige. Aber ich war vielleicht etwas zu sehr fokussiert und von meiner Idee besessen. Ich musste das zuerst absetzen und organisieren. Glaub mir, ich wollte wirklich nicht unhöflich sein. – Entschuldige, darf ich mich setzen?«

Das Telefon auf Oberlis Schreibtisch klingelt wieder.

»Entschuldige!« Grossenbacher lässt von Oberli ab und greift zum Hörer und hat dabei alle seine guten Vorsätze schon wieder vergessen. Es ist Fehr. Und was sie ihm berichtet, lässt ihn augenblicklich alles andere vergessen. Wie weggewischt sind plötzlich die unausgesprochenen Spannungen zwischen ihm und der Staatsanwältin, denn sie haben jetzt jegliche Bedeutung verloren. Der Bassist der Band 66 heißt Adrian Habermacher, ist 26 und wohnt in Hombrechtikon. Doch nicht diese Information verschlägt Grossenbacher die Sprache, sondern das, was Fehr ihm über den großen Blonden von der Kampfsportgruppe erzählt. Interessant sei, so meldet Fehr selbst leicht irritiert, dass der von Grossenbacher gesuchte Blonde von der Kampfsportgruppe tatsächlich der Leiter dieser Gruppe sei und ebenfalls Adrian Habermacher heiße – er, Grossenbacher, hätte ihr auch gleich sagen können, dass er ein und dieselbe Person suche, meint sie verärgert. Denn so hätte sie sich nicht so blamieren müssen, als sie mit dem Zuständigen in der Personenfahndung gesprochen hat.

Und plötzlich scheint alles zusammenzupassen, sogar das Plektron, das kleine dreieckige Plastikteilchen, welches Schubert hinter der Scheiterbeige im Schrebergarten gefunden hat, fügt sich logisch ins Bild ein.

»Gut, gut!«, versucht der Wachtmeister jetzt gut gelaunt die junge Polizistin wieder aufzumuntern, »entschuldige bitte, ich hab's ja auch nur vermutet.« Dann beauftragt er Fehr herauszufinden, wo dieser Adrian Habermacher am

Donnerstagabend vor drei Wochen war? Was er damals wann und wo gemacht hat. Es gehe darum, einen möglichst lückenlosen Verlauf des Abends zu erstellen, um zu sehen, ob der Mann für die angegebene Zeit ein Alibi habe oder nicht.

Nach dem Anruf schafft es Grossenbacher tatsächlich, der Staatsanwältin seine Überlegungen und Folgerungen so überzeugend auseinanderzusetzen, dass Manuela Oberli, ohne weiteres Beweismaterial zu fordern, einen Haftbefehl gegen Adrian Habermacher ausstellt. Während die Staatsanwältin mit dem Schreibkram beschäftigt ist, fragt Wachtmeister Grossenbacher, ob er schnell telefonieren dürfe, um die Festnahme von Adrian Habermacher durch die KAA zu organisieren. Zum Schluss des Anrufes verlangt er, dass einer der Einsatzwagen bei der Staatsanwaltschaft IV vorbeikommen soll, um ihn aufzuladen. Er will unbedingt bei der Festnahme des Blonden dabei sein, denn er will sich diese Genugtuung nicht entgehen lassen. Die ungewohnte Begeisterung in Grossenbachers Stimme scheint Oberli zu irritieren.

Als der Trupp der Kriminalaussenabteilung endlich in Hombrechtikon ankommt, ist Adrian Habermacher ausgeflogen, obwohl die Leute von der KAA genau das vor der Abfahrt mit einem anonymen Anruf überprüft haben. Der Blonde ist, so scheint es, abgehauen, sodass die ganze Mannschaft unverrichteter Dinge wieder in die Kaserne zurückkehren muss.

Später am Abend, Wachtmeister Paul Grossenbacher ist vor einer Stunde müde nach Hause gekommen, als er sich, allein am Küchentisch sitzend überlegt, ob es doch nicht besser gewesen wäre, wenn er die durch die missglückte Aktion verlorene Zeit für die Suche nach Anna aufgewendet hätte?

31

Als sich kurz nach 16 Uhr das Sitzungszimmer an der Zeughausstrasse gefüllt hat, sitzen neben Dienst-Chef Lüthi, Staatsanwalt Donati und dem Polizeifeldweibel Gerhard Knüsel auch Harald Schubert, der neue Chef vom FOR, und Dr. Dieter Koci vom Institut für Rechtsmedizin um den großen Besprechungstisch. Koci hat sich ans Ende des Tisches zu Larissa Fehr, Knüsels neu zugeteilter Assistentin, gesetzt. Daneben erkennt Grossenbacher mit Widerwillen den McKinsey-Schnüffler Gerrit van den Kerkhoff. Zwei Detektive, die er nur vom Sehen kennt, und die Psychologin des Polizeipsychologischen Dienstes sitzen ebenso am Tisch. Dr. Fiona Montasini hat Grossenbacher schon früher unter ganz anderen, für ihn nicht besonders positiven Umständen kennen gelernt.

Staatsanwalt Silvio Donati eröffnet die Sitzung und wendet sich gleich an Knüsel. »Wo stehen wir? – Gerhard, gib uns bitte zu Beginn einen Überblick. Anschließend wird Frau Dr. Montasini versuchen, ein mögliches Täterprofil zu erstellen. Also, bitte ...«

Knüsel springt dynamisch, wie er ist, von seinem Stuhl auf. Auch heute ist es wieder eine Freude, den Polizeifeldweibel zu bestaunen, scheint er doch eben der neuesten Männer-Vogue entstiegen. Leider ist seine modische Kleidung das einzig Neue, was Knüsel in die Ermittlung einbringen kann. Er berichtet den Anwesenden von der Entdeckung des Kühlwagens und den kaum vorhandenen Spuren darin. Doch könne man davon ausgehen, dass der Lieferwagen für den Transport von Wachters Leiche benutzt worden ist. Zwei Dinge weisen eindeutig darauf hin. Erstens, dass die Leiche noch teilgefroren war, als man sie gefunden hat, und zweitens hat man im Inneren des Kühlraumes des Transporters einen kleinen, vertrockneten Blutkrümel gefunden, der die gleich DNA wie Wachter aufweist. Man gehe davon aus, dass Wachter an einem noch unbekannten Ort mit einer Armbrust erschossen wurde und dann in einem Kühlraum oder einer großen Kühltruhe auf Eis gelegt worden ist. Die Waffe stammt aus alten Armeebeständen. Beides, Armbrust und Pfeil, sind höchstwahrscheinlich Produkte der Marke Stinger von der Firma Darton. Aber, da sei man noch dran.

Dann habe man auf der Suche nach dem anonymen Anrufer endlich die Organisatoren des illegalen Paint-Ball-Kampfes enttarnen und befragen können. Was sie aber nicht viel weitergebracht habe, da diese die Teilnehmer nur als Telefonnummer kennen.

Die Sitzung dehnt sich in die Länge. Angeregt wird mit der beigezogenen Psychologin Dr. Fiona Montasini über mögliche Täterprofile diskutiert. Tathandlungen, Tatumstände, Opferprofil und Umfeld werden noch einmal neu zusammengesetzt, um daraus ein Bild des Tätertypus zu zimmern. So wird ein unvorstellbar brutales Monster geboren, das eher nach Hollywood als in den profanen Wald im Reppischtal passt. Nur zwei Sitzungsteilnehmer beteiligen sich nicht an der Besprechung. Gerrit van den Kerkhoff, weil er nichts zu sagen hat, und Grossenbacher, weil er ebenfalls nichts zu ergänzen hat.

Doch Koci, der Rechtmediziner, hat während der Berichterstattung immer wieder die Augen verdreht, als ob er mit Knüsel und seinen Analysen nicht einverstanden wäre. Da er ahnt, woher Knüsel seine Informationen hat, spricht er nun Grossenbacher direkt an: »Und was meint unser Wachtmeister zu diesem Fall? – Paul, es würde mich doch sehr interessieren.« Koci hebt schnell die Hand, um eventuellen Einwänden der versammelten Sitzungsteilnehmer abzuwenden. »Ich weiß, es ist nicht sein Job, aber ich möchte trotzdem seine Meinung hören, wenn er ja schon mal hier ist.«

»Zu was?«, will der Wachtmeister in seiner bekannt ruppigen Art wissen.

»Na, jetzt zier dich nicht so, natürlich zum Fall Wachter.«

»Und was willst du wirklich von mir wissen?«

»Na, ganz einfach, was du darüber denkst.«

»Gut, wenn du meinst. Ich denke, dass Wachter tot ist.«

»Ja, wunderbar, das wissen wir bereits«, mischt sich sofort Staatsanwalt Donati gehässig ein. »Was machst du eigentlich in dieser Sitzung, wenn du nichts zur Lösung des Falls beitragen kannst?«

»Keine Ahnung!«, grunzt Grossenbacher zurück.

»Ja, warum bist du dann hier?«, will auch Knüsel wissen. »Ich wüsste auch nicht, was du den gesammelten Fakten noch hinzufügen könntest.«

»Jetzt ist aber genug! Ich habe Paul zu dieser Sitzung eingeladen«, fährt der Dienst-Chef dazwischen, »weil ich mir gedacht habe, dass du«, Lüthi wendet sich an Grossenbacher, »wie ich weiß, auf eigene Faust Nachforschungen in diesem Fall gemacht hast und folglich etwas zu dessen Klärung beisteuern könntest.«

»So, könnte ich?«

»Ja!«

»Ich muss doch schon bitten«, holt nun Staatsanwalt Silvio Donati aus. »Ich bin hier der Leiter dieser Untersuchung, und ich verbitte mir, dass hinter meinem Rücken solche Entscheidungen getroffen werden. – Aber wenn du jetzt schon hier bist, so bin ich bereit, dir die Gelegenheit zu bieten, uns zu zeigen, ob du wirklich etwas weißt oder ob alles wie immer wieder nur leeres Geschwätz ist.«

Grossenbacher fixiert Donati für ein paar Sekunden über den Tisch hinweg. »Na gut!«, meint er in bedrohlich ruhigem Ton. »Ich – besser Larissa Fehr hat den Lieferwagen entdeckt und auf dem Parkplatz von Mercedes Schweiz aufgetrieben. Dank ihr konnte das FOR im Kühlraum die gefriergetrockneten Blutspuren und anschließend darin die DNA von Wachter sicherstellen. Dafür hat sie sich mehr als eine Nacht um die Ohren geschlagen. Ich kann dazu nur sagen, gute Arbeit, Fehr. Wirklich hervorragend – zusammen mit Schubert haben wir dann Kontakt zum Hersteller des Pfeils hergestellt. Dabei handelt es sich um die Firma Excalibur Crossbow in Kitchener, Kanada, und nicht um die Darton Archery Manufacturing aus Hale in Michigan, USA, wie hier eben fälschlicherweise behauptet wurde. Auch die Armbrust, mit welcher der Pfeil abgeschossen wurde, stammt von dieser Firma. Die haben …«

»Spinnst du?«, fällt ihm Knüsel ins Wort. »Willst du etwa behaupten, dass wir nicht sauber gearbeitet haben?«

»Habe ich das gesagt?« Grossenbacher scheint plötzlich auf seinem Stuhl zu wachsen. »Eigentlich wollte ich damit der versammelten Runde nur erklären, dass ihr gar nicht gearbeitet habt. Punkt. Und dass alle Resultate, die hier vorliegen, von anderen beigebracht wurden, und zu guter Letzt deine Zusammenfassung nicht einmal der Wahrheit entspricht«.

Knüsels braun gegerbte Haut ist jetzt feuerrot und droht sich noch mehr zu verfärben, wie er vor Entrüstung schnaubend von seinem Stuhl aufspringt. Wutverzerrt reißt er seinen Mund auf, doch er bringt keinen Ton heraus. Nur unverständliches Stottern und Röcheln. Knüsel wirkt hilflos und erbärmlich, sodass sogar der bisher stumm beobachtende Gerrit van den Kerkhoff aus der Reserve gelockt wird. »Entschuldigen Sie, wenn ich mich hier einmische. Also, ich muss schon sagen, so etwas habe ich in meiner ganzen Karriere noch nie gesehen. Wie kommt es, dass ein einzelner Polizist es schafft, eine ganze Abteilung so in Verruf zu bringen? Kann es sein, dass wir hier ein Beispiel von kaschierter Ineffizienz und ungeheuerlicher Anmaßung im öffentlichen Dienst erleben dürfen? Es scheint mir doch eher wie in einem Kindergarten zuzugehen, als wie auf einer professionell geführten Polizeistation. – Eines steht jetzt schon für meine Analyse fest: Polizeidienstkräfte aus tiefen Chargen sollten nicht zu wichtigen und wegweisenden Entscheidungen beigezogen werden.« Noch bevor der McKinsey-Mann sagen kann, was er von Grossenbacher hält, wird er vom Telefon auf dem Sitzungstisch unterbrochen. Wie auf Kommando verstummen die Streitenden. Es entsteht eine beklemmende Stille, in der nur das regelmäßige Schrillen des Apparats zu hören ist. Keiner macht Anstalten, den Hörer abzunehmen. Eine klare Machtdemonstration. Endlich reagiert Larissa Fehr. Sie lehnt sich über den Tisch, um das Gerät an der Schnur zu sich zu ziehen.

»Ja, hier Sitzungszimmer? Fehr am Apparat.« Sie hört einen Moment zu, dann reicht sie den Hörer zu Grossenbacher hinüber: »Es ist für dich.«

»Wer ist es?«, will der Wachtmeister wissen.

Doch Fehr zuckt die Schultern und macht dabei mit dem Hörer eine ungeduldige Bewegung in der Luft. Grossenbacher erhebt sich, um das Gerät in Empfang zu nehmen.

»Grossenbacher am Apparat. Mit wem spreche ich?«

Es bleibt still in der Leitung. Doch Grossenbacher dünkt, dass er leise Atemgeräusche wahrnimmt. »Hallo! Hier spricht Wachtmeister Paul Grossenbacher, Kantonspolizei Zürich – falls Sie etwas von mir möchten, oder etwas zu sagen haben, so sprechen Sie jetzt!«

Es bleibt immer noch still in der Leitung. Nur die Atemgeräusche sind gut zu vernehmen. Plötzlich nuschelt eine kaum verständliche, gedämpfte Stimme durch den Hörer. Auf einmal wird Grossenbacher bleich. Schweißperlen treten auf seine Stirn und sein Adamsapfel hüpft nervös. Sein ganzer Körper beginnt unkontrolliert zu zittern. Grossenbacher lässt sich auf einen Stuhl fallen. Die Person am anderen Ende spricht von Anna, da besteht kein Zweifel. Ein erneuter nuschelnder Redeschwall ergießt sich durchs Telefon. Grossenbacher versteht immer weniger. Brocken aus dem wirren Monolog bleiben trotzdem hängen: »… sinnlos … Schweigen … Eid und Ehre … Vaterland … keine Hoffnung … der brave Mann denkt an sich selbst zuletzt … das Ende … die Zeit ist da … abzurechnen …«

So plötzlich wie der Anruf eingegangen ist, ist die Verbindung wieder unterbrochen. Grossenbacher versucht nachzufragen, doch die Leitung ist bereits tot. Immer noch weiß im Gesicht lässt Grossenbacher langsam den Hörer sinken und starrt stumm auf die Tischkante.

32

Eine Bemerkung des Anrufers während dessen kurzen Monologs bringt Grossenbacher auf einen absonderlichen Gedanken, aber auch auf eine mögliche neue Verbindung. Und Grossenbacher vermutet einen Zusammenhang zwischen dem Mann im Wald und Annas Verschwinden.

Entführung, nicht Verschwinden! Grossenbacher versucht sich die Tragweite vor Augen zu führen. War das eben am Telefon wirklich dieses Männlein mit der randlosen Brille? Und wenn ja, ist er ihm mit seinen Nachforschungen bereits so nahe gekommen, dass dieser sich bedrängt fühlt?

»Himmelherrgott, genau der ist es!« Grossenbacher schreit über den Sitzungstisch, sodass die Kollegen erschrocken hochfahren. »»Mit diesem zweiten Pfeil durchschoss ich – Euch, wenn ich mein liebes Kind getroffen hätte, und Eurer – wahrlich! hätt ich nicht gefehlt.«« Laut zitiert Grossenbacher aus Schillers *Tell* vor einem immer erstaunteren Publikum. »So muss es gewesen sein. Der erste *Pfeil* muss den Mann so stark getroffen haben, dass er seinen Peiniger mit dem zweiten erschossen hat und so zum Mörder wurde! – So einfach ist das also!« Noch bevor die Tür des Sitzungszimmers ins Schloss fällt und der spärliche Applaus verklungen ist, hat Grossenbacher in seinem Büro das Handy vom Ladegerät gerissen und das Gebäude in Richtung Schlieren verlassen.

Mit einer Vollbremsung, Grossenbacher ist wie ein Berserker zum Wald in Schlieren gerast, das Heck des alten Dienst-Volvos bricht auf dem Kiesplatz aus, kommt der Wagen nur knapp vor einem parkierten Auto zum Stehen. Ohne abzuschließen, spurtet Grossenbacher hinkend wie immer, wenn er es eilig hat, den Hügel hinauf dem Wald entgegen.

Nach einigem Suchen findet er die Stelle, an der er das vermeintliche Rumpelstilzchen zuletzt gesehen hat. Er glaubt sich etwa an dem Punkt, wo das Männchen vom Erdboden verschluckt wurde. Grossenbacher dreht sich um die eigene Achse. Sein Atem rasselt und er kann nichts Auffälliges entdecken. Wie auch? »Was hast du denn erwartet?« Erst jetzt wird ihm bewusst, dass er dabei ist, einen Fehler zu machen, denn er hätte nicht Hals über Kopf das Büro verlassen dürfen, ohne vorher jemanden über sein Tun zu informieren.

»Also, Grossenbacher, es ist Zeit, sich die Sache noch einmal zu überlegen, denn egal, was du gerade vorgehabt hast, es wird dich nicht weiter bringen.«

Der Wachtmeister kratzt sich verlegen in den Haaren.

Die Idee, die ihm am Dienstag in der Früh durch den Kopf geschossen ist, als er diesen Zeitungsbericht gelesen hat, hat noch an Kontur gewonnen, sodass er sich nun die Ausgangslage gut vorstellen kann. Ist der Täter einer dieser verschwiegenen Männer gewesen? Vielleicht sogar der Chef, wie hieß er noch? Dieser Gedanke hat sich vorhin nach dem eigenartigen Telefonanruf und den Andeutungen des Anrufers beinahe bestätigt. Und auf einmal scheint alles zu passen. Gibt es tatsächlich ein Zusammenhang zwischen der Entführung Annas und der P-26? Und auf einmal sieht er den Plan hinter der Aktion. Es geht überhaupt nicht um Anna, sondern nur um ihn, man versucht ihn zu treffen, ihn erpressbar zu machen, um ihn fernzuhalten und stillzulegen.

Mit dieser Einsicht beginnt er nun systematisch den Wald zu durchkämmen. In der Nähe seines Ausgangpunkts stößt

Grossenbacher auf einen großen Metalldeckel. Eine pilzförmige Halbkugel aus dickem verzinktem Blech, die als Schutz über dem aus dem Waldboden austretenden Betonrohr befestigt ist. Die Abdeckung des Rohres ist mit einem großen Bügelschloss gesichert. Ist der Mann hier hineingeschlüpft? Unmöglich, der Deckel müsste offen gewesen sein und die Dornen, die quer über die Haube wuchern, scheinen unberührt. Keine abgeknickten Triebe, keine Spuren, die darauf schließen, dass der Deckel kürzlich geöffnet wurde. Es ist kein Bauwerk in der Nähe, zu dem dieser Ausstieg passt. Grossenbacher rüttelt zuerst vorsichtig und – als sie sich nicht bewegen lässt – wie ein Berserker an der schweren Metallhaube. Doch selbst mit aller Gewalt lässt sich der Deckel nicht bewegen.

Höchstwahrscheinlich ist das nur ein Zugang zu einer ganz normalen Brunnstube der Wasserversorgung. Nichts deutet darauf hin, dass es sich um den Einstieg zu einem Versteck handelt. Grossenbacher beschließt, zum Wagen zurückzukehren und mit Werkzeug wiederzukommen. Auf dem Rückweg zum Wagen bemerkt er – wie beim letzten Mal – eine Bewegung in den Wipfeln des Jungwuchses. Sofort duckt er sich ins Gestrüpp. Durch das Laubwerk hindurch kann er die Silhouette eines Mannes erkennen. Und es ist tatsächlich wieder das Rumpelstilzchen. Es scheint, als suche es etwas auf dem Waldboden. Grossenbacher vernimmt ein Schaben und Kratzen, dann ein dunkles hohles Poltern, gerade so, als werde die Eisentür eines leeren Kellergewölbes zugeschlagen.

Grossenbacher erkennt das Rumpelstilzchen. Er hat es schon mehrere Male gesehen, zum Beispiel vor dem Garten der Wachters. Es ist der ältere Herr mit der randlosen Brille und dem auffälligen Bart und er hat im *Schmucklerski* sogar schon mit ihm gesprochen. Doch was sucht der Mann hier im Wald? Hat er vielleicht etwas mit Annas Verschwinden zu tun? Und auf einmal ist sich Grossenbacher sicher, dass er den Entführer vor sich hat. Er hat zwar keinen Beweis, doch seine Erfahrung, seine Spürnase, eine innere Stimme oder einfach sein Bauch sagt es eindeutig. Er hat keine Zweifel mehr und eine unbeherrschte Wut steigt in ihm hoch. Mit lautem Gebrüll prescht er durch das Gebüsch.

Blitzschnell scheint der kleine Mann die Situation zu analysieren und ergreift die Flucht. Immer der Böschung folgend wetzt er davon. Mit tierähnlichen, geschmeidigen Bewegungen schafft er in kürzester Zeit die Distanz zwischen sich und dem in blindem Zorn hinterherjagenden Grossenbacher zu vergrößern. Der Wachtmeister verliert den Mann im Kampfanzug aus den Augen. Verzweifelt versucht er, die Spur des Flüchtigen wiederzufinden. An mehreren Stellen entdeckt er Fußabdrücke von Stiefeln. Der Flüchtende ist auf dem abschüssigen Waldboden weggerutscht. Zur Erde gebeugt nimmt Grossenbacher die Verfolgung wieder auf. Immer weiter in den Forst hinein.

Und auf einmal ist es ganz still im Wald.

Auch Grossenbacher bemerkt die merkwürdige Stille und bleibt stehen, um zu horchen.

Wo ist der flüchtige Mann? Und warum zeigt er sich ihm immer wieder? Will er ihm damit signalisieren, dass er dem Wachtmeister überlegen ist, aber warum flieht er dann? Oder will er vielleicht, dass er ihm folgt?

Die beklemmend unnatürliche Stille hält weiter an.

Das ist doch unmöglich. Alles ist verstummt. Kein Rauschen mehr in den Kronen der Bäume. Kein Vogelgezwitscher, aber auch keine Turbinengeräusche eines von der Piste 28 startenden Flugzeugs, das sich in einer weiten

Linkskurve in den Stadthimmel hinaufschraubt. Langsam kriecht die Ruhe Grossenbachers Rückgrat hoch und hinterlässt eine ungute Vorahnung.

Es scheint, als verschlucke die stehende Luft unter dem Blätterdach alle Geräusche. Eine Minute verstreicht oder gar zwei. Es ist immer noch still und der ganze Wald wirkt erstarrt, gebannt, gerade so, als ob die Natur auf etwas warten würde. Grossenbacher wagt nicht, sich zu bewegen.

Plötzlich, ganz leise, ein feines, sirrendes Geräusch. Eher eine Art Vorankündigung, eine Vorahnung auf etwas, das unmittelbar kommen wird. Ein akustisches Phänomen, wie man es früher bei alten Tonbandkassetten oft hören konnte. Sekunden bevor die Musik einsetzte, vernahm man ein leises Vorspiel des kommenden Liedes. Dieser Vorhöreffekt entstand durch das Durchschlagen der Magnetisierung durch die darüber liegende Trägerschicht des aufgerollten Tonbands. Genau ein solches Geräusch liegt für Sekundenbruchteile in der Totenstille, erst dann folgt die ohrenbetäubende Explosion.

Blitzartig dehnt sich eine mächtige Feuerwalze aus und die Druckwelle wirft Grossenbacher zu Boden.

33

Wie viele Leben hat eine Katze? Sieben, sagt man. Und wie viele Leben hat ein Wachtmeister der Kriminalpolizei des Kantons Zürich? Das ist der erste Gedanke, der Grossenbacher durch den Kopf geht, als er realisiert, dass er schon wieder in einem Spitalbett liegt. Vage kann er sich daran erinnern, was geschehen ist. Automatisch presst er in einem Reflex beide Hände schützend auf seine Ohren. Nach Minuten, in denen kein weiterer Knall erfolgt, murmelt er: »Wenn ich nicht wüsste, dass ich bereits paranoid bin, würde ich jetzt *Über sieben Brücken musst du geh'n* singen.«

Mit dieser Erkenntnis taucht er wieder ab.

Durch die weithin übers Limmattal hinaus hörbare Explosion wurde bei der Polizei, der Feuerwehr und dem Sanitätsdienst Alarm ausgelöst, sodass die Hilfskräfte schon bald im Wald oberhalb Schlieren eintrafen. Eine schwarze Rauchwolke wies den Rettungskräften den Weg. Auf der Suche nach eventuell betroffenen Opfern, man hatte zwei Autos unten auf dem Parkplatz gesehen und darum auf die Anwesenheit von Personen im Explosionsgebiet geschlossen, wurde das betroffene Waldstück mithilfe von Suchhunden systematisch durchkämmt. So entdeckte man im Gestrüpp den regungslosen Körper eines großen schweren Mannes. Eine erste Untersuchung durch den herbeigerufenen Notfallarzt zeigte, dass der Mann äußerlich verletzt und nicht bei Bewusstsein war. In den Taschen des Verletzten fand man einen Dienstausweis der Kantonspolizei Zürich, so wurde der Mann schnell als Wachtmeister mbA Paul Grossenbacher identifiziert. Mit Blaulicht überführte man den Bewusstlosen in die Notaufnahme des Zürcher Stadtspitals Triemli, wo er jetzt mit fachgerecht versorgten Blessuren in einem sauber bezogenen Bett im neunten Stock liegt.

Grossenbacher hat noch einmal Glück gehabt. Außer unzähligen kleinen, zum Glück nur oberflächlichen Ver-

letzungen, hervorgerufen durch umherfliegende Holz-
splitter und Steine, dem erneut doppelt gebrochenen Arm
und einem Gehörtrauma fehlte ihm nichts.

Da Sprengstoffdelikte unter die Zuständigkeit der Bundesanwaltschaft fallen, änderte sich im Wald oberhalb von
Schlieren auch sofort die Stimmung. Die Sprengstoffex-
perten der Bundeskriminalpolizei unterzogen das Waldstück einer akribisch genauen Untersuchung und konnten
schon im Laufe des nächsten Tages die Explosionsursache
ermitteln. Ein verborgenes Munitionsdepot war in die Luft
geflogen. Doch der daraufhin beigezogene Mann von der
Armee behauptete, dass das eigentlich gar nicht möglich
sei, da die Armee in dieser Gegend kein Depot besitze
oder je besessen habe. Und dennoch sind sich die Experten
darüber einig, denn die Sprengstoffspuren, die sichergestellt werden konnten, belegten die These, dass die heftige
Explosion nur von in der Armee verwendeten Sprengmit-
teln, Hexogen (RDX), Octogen (HMX) und Nitropenta,
herrührte. Doch ein Rätsel bleibt, wer das Depot im Wald
angelegt hat und wie die Explosion ausgelöst wurde. Bei
einer erneuten Untersuchung des Geländes entdeckten die
Spezialisten der BKP in einer Entfernung von gut hundert
Meter vom Explosionskrater, aufgespießt auf einen Splitt-
ter einer von der Druckwelle umgeknickten Tanne, einen
einzelnen abgerissenen menschlichen Finger.

Der Rechtsmediziner Dr. Dieter Koci untersuchte das
Glied, sobald es ins Institut gebracht wurde. Es handelt
sich um den rechten Zeigefinger einer männlichen Hand.
Alter des Mannes, dem der Finger abgetrennt wurde: zwischen 60 und 70 Jahre. Auf der Haut konnten Schmauch-
spuren sichergestellt werden, die von einer Nitropen-
ta-Sprengschnur herrührten. Die ausgefranste Rissstelle

musste zuerst von den verklebten Blutresten gereinigt werden, bevor man etwas über die Art der traumatischen Amputation sagen konnte. Der zersplitterte Knochen sowie eine herunterhängende und zur Hälfte herausgerissene Sehne deuteten eindeutig auf gewaltsame Abtrennung des Gliedes vom Körper hin. Nach dem dazugehörenden Körper wird weiter gesucht.

Später machte Schubert persönlich ein Daktylogramm und ließ den gewonnenen Fingerabdruck durch den Computer laufen. Den Abdruck testete AFIS positiv. Und was der Rechner daraufhin ausspuckte, war für alle Beteiligten doch mehr als erstaunlich. Der Fingerabdruck passte zu einem gewissen Othmar Egloff, 68 Jahre alt, geboren in Mettmenstetten, Schweizer Bürger, Wohnhaft an der Jonentalstrasse 9 in 8910 Affoltern am Albis. Kaufmann, pensioniert, davor Geschäftsführer des Schreinerei- und Küchenbaubetriebes KUBAG, an der Irchelstrasse in Bülach. Mitglied der P-26 von 1979 bis 1991, P-26-Kader der ersten Stunde, Instruktor Chiffrierung und Dechiffrierung, Deckname Maximilian.

Grossenbacher liegt jetzt schon den zweiten Tag im Spitalbett. Dabei sollte er doch nach Anna suchen. Die Sorge um seine Frau zerreißt ihn beinahe. Ungeduldig stößt er die Bettdecke weg. Er hat immer noch niemandem von ihrem Verschwinden erzählt. Das ist Privatsache. Trotzdem greift er zum Telefon auf dem Nachttisch.

»Kripo Zürich, Lüthi«, meldet sich der Dienst-Chef.

»Christian, hier Grossenbacher. Frag nicht weiter, aber ich brauche jetzt deine Hilfe.«

»Aha, Paul. Wie geht's? – Hilfe, wie soll ich das verstehen?«

»Ich brauche die Hilfe der Polizei. Anna, meine Frau ist verschwunden.« Grossenbacher erzählt dem DC von seiner Vermutung, dass Anna von dem Mann im Wald entführt worden ist und dass ihn die Suche nach ihr eben da hingebracht hat. Lüthi verschluckt eine Bemerkung über erneutes eigenmächtiges Handeln und verspricht, sich umgehend um die Vermisste zu kümmern.

Lustlos und übel gelaunt überfliegt er die Zeitungen, die man ihm mit dem Frühstück aufs Zimmer gebracht hat. Dabei fällt ihm ein Bericht aus Basel ins Auge. Er weiß nicht warum, aber etwas an dem Bild zum Text fesselt ihn so, dass er den Artikel lesen muss:

Blick vom Samstag, den 7. Juli

BASEL – Auf einem Hausdach in Basel spielte sich ein Drama ab. Ein junger Mann, mit offensichtlich psychischen Problemen war am Freitagmorgen bei einem Haus in der Bruderholzstrasse auf das Dach geklettert und hatte darauf die Nacht verbracht.

Ein Grossaufgebot an Rettungskräften kümmerte sich um ihn und versuchte im Besonderen – da sich der Mann seit nahezu 24 Stunden oben befand – ihn wachzuhalten, damit er nicht vor Müdigkeit einschliefe und so vom Dach fallen würde. Hartnäckig harrte der Mann, der nach seiner Aussprache ein Schweizer ist, aus und warf alles, vor allem Ziegel, in die Tiefe. Dazu brüllte er in regelmässigen Abständen die gleichen Sätze: Ich habe es aus Liebe getan! – Nur aus Liebe. Ja, ich liebe dich! *oder* Bitte verzeih mir, aber ich ertrage es nicht, wenn mein Liebster gedemütigt wird! *in den Basler Himmel. Nach und nach hatte der Mann bereits einen grossen Teil des Dachs abgedeckt.*

Er ist weiterhin auf dem Dach, steht auf dem Kamin und

verlagert Ziegel, *erklärte ein Sprecher der Kantonspolizei Basel-Stadt an der Pressekonferenz. Die Polizei versuchte, dem Mann schonend zu begegnen und ihn behutsam, das heisst mit sanftem Druck zum heruntersteigen zu bewegen. Er bekam weder Wasser noch Essen und auch keine Zigaretten. Doch bis Redaktionsschluss blieb die Aktion der Rettungskräfte erfolglos.*

Seit Freitag sind rund um die Uhr etwa 20 bis 30 Polizei-, Feuerwehr- und andere Einsatzkräfte an der Aktion beteiligt. Die Strasse musste wegen dem Ziegelregen gesperrt werden. Auch die Tramlinien 15 und 16, welche durch die Bruderholzstrasse führen, mussten ihren Betrieb einstellen. Die Basler Verkehrs-Betriebe (BVB) setzen zur Überbrückung Ersatzbusse ein. (SDA/rp)

Grossenbacher lässt sich in die Kissen zurückfallen. Auf einmal hellt sich sein Blick auf. Doch ist es nur ein kurzes Aufflackern, bevor er wieder in Trübsal versinkt. Gegen Mittag erwacht er erneut aus der Unterwelt und schaltet den Fernseher, der an der Zimmerdecke hängt, ein und zappt durch die Programme.

Uhr, Tagesschau auf SRF1. Es folgt eine Direktschaltung nach Basel, wo der Mann immer noch auf dem Dach ausharrt und Ziegel in die Tiefe schmettert. An der Kante zur Brandmauer ein aus Backsteinen gemauerter Kamin. Dahinter kann man einen großen Mann ausmachen, der versucht, sich mit einer Hand am Kaminrand festhaltend, in die Tiefe zu spähen. Die Kamera zoomt die verschwommene Silhouette des Mannes näher und stellt scharf. Beinahe wäre Grossenbacher aus dem Bett gekippt, denn er hat den ›Mann auf dem Dach‹ von Basel, der seinen Liebeskummer in die Welt hinausschreit, sofort wiedererkannt. Vom Spitalbett aus versucht Grossenbacher hastig, nahezu panisch, Staatsanwältin Manuela Oberli telefonisch zu erreichen.

Nach weiteren 24 Stunden, also erst am Sonntagmorgen konnte der total verwirrte Adrian Habermacher, der blonde Ritter, der Bassist der Band 66 und mutmaßliche Mörder von Köbi Escher, endlich vom Dach heruntergelotst und verhaftet werden.

Während der anschließenden Überführung in einem Polizeibus nach Zürich legte der blonde Hüne kleinlaut ein Geständnis ab. Er hatte nur seinen Freund beschützen wollen. Es sei eine Frage der Ehre. Er wollte ihn vor der Schande bewahren, ohne Veranstaltungsort für das Rechtsrockkonzert dazustehen. Alles sei organisiert gewesen, bis Jakob Escher auftauchte. Er habe versucht, mit Escher zu sprechen, doch war dieser nicht von seinem Vorsatz abgerückt, das Konzert verbieten zu lassen. So sei es zum Streit gekommen. Er habe ihn am Donnerstagabend im Schrebergarten aufgesucht, um ein letztes Mal mit ihm zu sprechen. Doch Escher blieb stur, und so steigerte sich der Wortwechsel in ein Handgemenge. Escher sei zuerst mit einer Schaufel auf ihn losgegangen. Da er bereits früher einmal in der Gartenanlage gewesen war, im Garten von Jans Onkel, habe er gewusst, dass im Gartenhäuschen von Rudolf Winkler Waffen hingen. Er sei in den Schuppen eingebrochen, um sich eine Hellebarde zu holen. Er wollte Escher nur etwas Angst einjagen. Ihn einschüchtern. Er habe gedacht, das würde genügen.

Doch es reichte nicht.

So habe er dann im Zorn zugeschlagen. In Panik sei er in das Gartenhaus von Winkler zurückgerannt und als er sich da etwas beruhigt hatte, sei ihm in den Sinn gekommen, dass er seine Spuren verwischen müsse. Darum habe er den Escher in einen anderen Gaten geschafft und im Gartenhäuschen den Gashahn aufgedreht, in der Hoffnung, dass sich die Hütte irgendwann selbst entzünden und so alle Spuren verbrennen würden.

34

Grossenbacher kann nicht mehr liegen bleiben. Hat dieser Egloff Anna wirklich entführt und irgendwo eingesperrt? Wenn ja, muss sie da immer noch eingeschlossen sein! Kann er sich auf Lüthis Zusage verlassen? Und was unternimmt die Polizei in diesem Fall? Grossenbacher hat noch nichts von der Dienststelle gehört und fühlt, wie wieder panische Angst in ihm aufsteigt. Er muss sofort etwas unternehmen. Jetzt, wo er wieder allein im Spitalzimmer liegt, die Arztvisite ist soeben zu Ende, versucht er als Erstes, Larissa Fehr anzurufen. Als er sie endlich auf ihrem Mobiltelefon erreicht, kostet es ihn all seine Überredungskünste, damit sie ihn in einer halbe Stunde, ausgerüstet mit Stemmeisen, Werkzeugkoffer und Taschenlampen, vor dem Hauptportal des Stadtspitals abholt. Als das geklärt ist, zieht sich Grossenbacher die Infusionsnadel aus dem Arm, pellt die Verbandsreste von der Haut und schleicht aus seinem Zimmer. Vorsichtig steckt er den Kopf durch die Tür. Als er sicher ist, dass ihn niemand beobachtet, huscht er im hinten offenen Spitalhemd durch die Gänge auf der Suche nach geeigneter Garderobe. Seine eigenen Kleider wurden von der Explosion zerfetzt und stecken längst im Abfall. In weißer Pflegeruniform, Kittel und Hosen, die nackten Füße in schwarzen Crocs, die er im Putzraum aufgetrieben hat, verlässt Grossenbacher das Triemli aufrechten Ganges durch das Hauptportal.

Fehr steht mit einem Dienstwagen bereit. Als er stöhnend auf dem Beifahrersitz klettert, wirft sie ihm einen besorgten Blick zu. Aber ohne ein Wort über seinen Zustand zu verlieren, fragt sie: »Und, wo willst du hin?«

»Danke der Nachfrage. Keine Ahnung. Vielleicht fangen wir einfach da an, wo ich liegen geblieben bin, und versuchen, von dieser Stelle aus, den Faden wieder aufzunehmen.«

Sie parken den Wagen auf dem Platz unter der Wiese und machen sich mit Werkzeug bewaffnet auf den Weg hinauf zum Waldstück, wo Grossenbacher Egloff im Boden hat verschwinden sehen. Bei dem gewölbten Deckel angekommen, machen sie sich gleich an die Arbeit. Das Schloss, welches die Metallhaube am Betonsockel sichert, wird kurzerhand mit dem Stemmeisen aufgehebelt. Ein schwarzes Loch gähnt ihnen entgegen. Grossenbacher leuchtet mit einer Taschenlampe in die Tiefe. In die Wand eingelassene Sprossen verschwinden genauso im Dunkeln wie das Licht der Taschenlampe. Den Aufschlag des Steins, den sie ins Loch haben fallen lassen, ist beinahe nicht zu hören, und wie Grossenbacher in die Öffnung hineinruft, schlägt seine Stimme mehrfach hohl zurück.

Unterhalb des engen Einstiegs wird der Schacht etwas breiter, sodass man von diesem Punkt aus besser hinunterklettern kann. Larissa Fehr folgt ihm. Unten angekommen zeigt sich, dass der Schacht in einem gewölbten Korridor endet. Grob gehauene Felswand. Links oder rechts? Es gibt keinen Wegweiser und Grossenbacher weiß nicht, welche Richtung er einschlagen soll. Er versucht, im dünnen Lichtkegel der Lampe etwas zu erkennen. Doch beide Möglichkeiten führen ins Ungewisse. Ein beengendes Gefühl presst ihm die Lungen ab. Die Zeit drängt und er kann plötzlich kaum atmen. Eine neue Panikattacke erfasst ihn. Mit aller Kraft stemmt er sich dagegen, denn er weiß genau, es ist jetzt keine Zeit für Angststörungen.

Er sollte nach Anna suchen, statt hier Höhlenforschung zu betreiben. Der Mut scheint ihn zu verlassen. Seine Klaustrophobie öffnet augenblicklich alle Poren, sodass in kürzester Zeit sein Hemd am Rücken klebt und Schweißtropfen in den Augenwinkeln brennen, obwohl es kühl im Stollen ist. Dazu die Strapazen der letzten Tage. Mit einer wütenden Handbewegung und einem Aufschrei, da er bei der unkontrollierten Bewegung den Gipsarm an die Wand geknallt hat, wischt er die lähmenden Gedanken beiseite und macht sich auf den Weg, den links abgehenden Stollen zu erkunden.

Sie dringen weiter in den Gang vor. Grossenbacher ist jetzt klar, dass sie sich in einer alten, stillgelegten Militärfestung befinden müssen. Sie durchschreiten den Stollen, bis sie von einer verschlossenen Tür aufgehalten werden. Eine mit mehreren dicken Schichten speckig glänzender grauer Farbe übertünchte Metalltür, deren Rahmen fest in den rohen Fels eingelassen ist. Mit Schablonen für Kistenbeschriftungen sind mit schwarzer Farbe die Lettern ›A 5500‹ auf das Türblatt gepinselt. Darunter eine Schließvorrichtung, wie sie der Wachtmeister noch nie gesehen hat. Bedeutet das bereits das Ende der Suchaktion? Grossenbacher zweifelt wieder. Da schiebt sich Fehr an ihm vorbei und flüstert ihm zu: »Lass mal sehen. Wenn du die Lampe halten kannst, so kann ich den Verschluss besser untersuchen.« Sie begutachtet die Konstruktion und meint dann: »Das ist gar kein Schloss, sondern nur eine Art Riegel, der sich durch Rost verklemmt hat. Halt mal das Licht so, dass ich den Bügel hier besser sehen kann.« Fehr greift zum Stemmeisen und wirft ihr ganzes Gewicht in den Hebelarm, um den Schließbügel langsam zurückzuhebeln. Es knackt im Türrahmen. Quietschend lässt sich das schwere Tor bewegen und der Weg ins Innere der Anlage ist frei. Sie betreten einen weiteren Gang, der sich durch einen besseren Ausbaustandard und einen Lichtschalter hinter dem Türrahmen wesentlich vom ersten unterscheidet. Staunend stellt Grossenbacher fest, dass die Militärfestung immer noch ans Stromnetz angeschlossen ist. Ein endlos langer schmaler Tunnel, der alle 20 Meter von einer schwachen Glühbirne beleuchtet wird. Die Wände sind feucht und weisen Spuren von Pilz und Fäulnis auf. An der gewölbten Decke entlang verlaufen verschiedene Rohre und Leitungen. Die Luft riecht modrig und abgestanden. Es ist erstaunlich kühl.

Sie folgen dem Stollen tiefer in das Labyrinth aus Gängen, Korridoren und steilen Treppen. Plötzlich betreten sie einen Raum, der einer Gaststube in einem Landgasthof gleicht. Weiß getünchte Wände, Holztäfer an der Decke und mit rot-weiß karierten Vorhängen geschmückte Fenster-Attrappen sollen den unterirdischen Aufenthaltsraum wohnlicher machen. Holztische, Stühle und Bänke stehen aufgereiht im kleinen Saal. An der Rückwand, über die ganze Breite des Raumes, eine Reihe doppelstöckiger

Schlafkojen, ebenfalls aus massivem Holz geschreinert. An der gegenüberliegenden Wand befinden sich eine Tür sowie eine Durchreiche in eine Großküche. Alles macht den Eindruck, als sei es erst heute Morgen zum letzten Mal benutzt worden, als haben Soldaten den Bunker nur für kurze Zeit verlassen. Auf den Tablaren stehen sogar Gewürzdosen und eine angebrochene gelbe Flasche Sais-Öl. Eine isolierte Tür verschließt im hinteren Teil der Küche einen geräumigen Tiefkühlraum, der leise vor sich hin schnurrt.

Vom Aufenthaltsraum aus gelangt man durch eine weitere Tür in die angrenzenden Räume. Kommandoräume, Offiziersmesse, Einzelzimmer, Sanitätsstation und zu den sanitären Einrichtungen. Dann folgen in einem langen Korridor weitere Räume, deren Zweck Grossenbacher nicht erkennen kann. Und überall, an den Decken sowie an den Wänden: ein Wirrwarr aus unzähligen Rohren, parallel verlaufenden Leitungen, senkrechten und waagrechten Kabelschächten und aufgehängten Lüftungskanälen. Systemlos, so scheint es. Doch Grossenbacher wird klar, dass sich Egloff in diesem Bunker gut und wenn's sein muss für lange Zeit verstecken kann.

Ob er hier auch Wachter hingebracht hat, bevor er ihn erschossen hat? Der Kühlraum, den er eben in der Küche gesehen hat, ist groß genug dafür. Dann muss Anna auch hier irgendwo eingesperrt sein.

Zuhinterst in einem Stollen – es scheint, als ob es sich um eine Art Anliefer- oder Betriebsgang handelt – entdeckt er ein Treppenhaus mit einer steilen Wendeltreppe, die gleichzeitig in die Höhe und in die Tiefe führt. Im Treppenauge baumeln hinter einem Schutzgitter die Drahtseile eines Krans. Die Bunkeranlage muss demnach verschiedene Etagen haben. Grossenbacher steigt zuerst hinauf, bis er an einem Zwischenboden anlangt. Von da führt ihn eine Leiter weiter in die Höhe. Kurz entschlossen klettert er hoch, so gut es mit seinem Gipsarm geht, bis er oben mit dem Kopf anstößt. Vorsichtig betastet er mit den Fingern die Metallplatte über seinem Kopf. Sie fühlt sich kalt und rau an, nicht wie die Tür, die sie aufgestemmt haben.

Er will wissen, was hinter dem Deckel auf ihn wartet, und stemmt die Schulter gegen den Verschluss. Schnell merkt er, dass er ihn ganz einfach anheben und zur Seite drücken kann. Entschlossen öffnet er den Verschluss und klettert aus dem dunklen Schacht.

Wachtmeister Paul Grossenbacher steht etwa zehn Meter neben dem Waldweg im Unterholz, exakt am dem Ort, wo er am vergangenen Mittwoch Egloff hat verschwinden sehen. Ein rundes Loch klafft mitten im Waldboden. Wie der Bau eines Tieres, denkt Grossenbacher. Gleich neben dem Ausstieg entdeckt er im künstlichen Felsen, jetzt wo er weiß, wonach er sucht, die gut getarnten Fugen eines Tores.

35

Die Ungewissheit treibt ihn schnell wieder in den Schacht. In der Finsternis vernimmt er ein leises Klopfen. Es klingt wie die Warmwasserleitungen in alten Häusern.

Grossenbacher hört es ganz deutlich. Er ist überzeugt, dass er sich das Geräusch nicht einbildet und es vorher noch nicht zu hören war.

Es scheint aus der Wand zu kommen. Grossenbacher presst sein Ohr an den kalten Beton.

Nein, jetzt dünkt ihn, dass es aus der Tiefe des Kranschachts herauftönt.

Grossenbacher ist sicher, dass das Geräusch nur von einem Menschen stammen kann, der irgendwo mit etwas Hartem auf eine Leitung schlägt. Er presst sein Ohr an eines der größeren Rohre, das im Schlund des Treppenhauses verschwindet.

Kann es sein, dass da unten jemand Zeichen gibt? Grossenbacher lässt die Röhre nicht aus den Augen, als er die steile Treppe in die Finsternis hinuntersteigt.

Plötzlich geht das Licht im Schacht an. Grossenbacher hat in seiner Aufregung nicht bemerkt, dass ihm Larissa Fehr nicht gefolgt ist und sie erst jetzt das Treppenhaus betritt. Sie hat die Klopfgeräusche auch gehört. Im Schein der Notbeleuchtung folgen sie dem Klopfen und steigen die in den senkrechten Schacht montierte Metalltreppe hinunter. Im unteren Stockwerk eilen sie den einzig vorhandenen Gang entlang, bis sie vor einer weiteren verschlossenen Tür stehen. Das Klopfgeräusch ist deutlich zu vernehmen. Es scheint aus dem Raum hinter der Tür zu kommen. Grossenbacher legt die Hand auf die Klinke. Die Tür lässt sich zu seinem Erstaunen ganz einfach öffnen. Sie finden den Lichtschalter und betreten eine riesige Kaverne, die sich weit hinten im Dunkeln verliert. Nackter, grauer Betonboden und nischenlose Wände, die bis über Kopfhöhe grünlich gestrichen sind. Darüber wieder grober alter Beton. Als Erstes entdecken sie zwei große, auf Stative montierte Theaterscheinwerfer. Dazwischen ein Metallgestell. Eine Art Galgen oder Staffelei, auf der ein merkwürdiger, geschwungener Gegenstand in Form eines

Dinosaurierknochens montiert ist. Es ist eine immer noch modern aussehende Armbrust von Excalibur.

Plötzlich verfängt sich etwas wie ein Spinnennetz in Fehrs undefinierter Frisur. Die Polizistin schlägt entsetzt um sich und verheddert sich dabei immer mehr in den unzähligen Fäden, die an ihren Enden mit kleinen Fähnchen geschmückt sind. Als Grossenbacher sie davon befreien will, schreckt auch er zurück. Als er sich wieder erholt hat, dröselt er vorsichtig fünf dünne Anglerschnüre, an deren Enden blutverschmierte, aber verschrumpelte Schweizerkreuze befestigt sind, aus Fehrs strähnigen Haaren. Es sieht beinahe so aus, als seien die Kreuze aus menschlicher Haut geschnitten. Und Grossenbacher weiß auch, zu wem die Hautstücke gehören.

Fehr schaltet die Theaterscheinwerfer ein, denn sie hat genug von solch grausigen Überraschungen. Im aufflammenden Licht entdecken sie weiter hinten im Stollen eine Person. Sie rufen ihr zu, doch sie bleibt wortlos sitzen.

Ist sie vielleicht tot?

Die beiden Polizisten stürzen auf die bewegungslose menschliche Gestalt zu, bis Grossenbacher mitten im Lauf wie versteinert stehen bleibt. Es ist Anna – und sie bewegt sich nicht.

Erst als sie näher herankommen, wird klar, warum. Ihre Arme sind hinter den Rücken gebogen und an der Lehne des Stuhls, auf dem sie sitzt, festgezurrt. Die Bandage ist so straff, dass sie sich nicht bewegen kann. Auch der Kopf ist fixiert. Nur ihre Augen bewegen sich ängstlich hin und her und blicken beunruhigt ins grelle Gegenlicht. Eine der Beinfesseln hat sich so weit gelöst, dass Anna mit dem Fuß gegen die Leitungen an der Wand treten konnte.

Mit einem verzweifelten Schrei stürzt Grossenbacher

auf Anna zu und versucht mit zitternden Händen den Knebel zu lösen, was aber vor lauter Aufregung nicht gelingen will. Fehr schiebt ihn erneut zur Seite.

Vorsichtig löst sie zuerst das breite Pflaster, welches den dünnen Trinkschlauch festhält, der von einer leeren Wasserflasche, die an einem Ständer hängt, in Annas Mund führt. Anschließend durchtrennt sie mit ihrem Taschenmesser Annas Fesseln. Grossenbachers Frau sinkt ihm in die Arme und verliert das Bewusstsein. Er hält sie fest und vergräbt sein Gesicht für einen Augenblick in ihren Haaren. Behutsam hebt er sie hoch und trägt sie trotz Gips und mit Fehrs Hilfe aus dem Verlies, hinauf in den Aufenthaltsraum, wo sie sie auf eine der Pritschen legen. Sie muss dehydriert sein, denkt er und holt aus der Küche ein Glas Wasser.

Larissa Fehr mahnt ihren Vorgesetzten und meint: »Vorsicht, Paul. Sie hat mindestens seit zwei Tagen nichts mehr getrunken, sie muss sich langsam wieder an Flüssigkeit gewöhnen. Gib ihr darum erst nur kleine Schlucke. – Ich klettere jetzt hoch und alarmiere unsere Kollegen und die Sanität.«

Endlich kommt Anna zu sich. Nach ein paar Schlucken Wasser lehnt sie sich zurück und scheint innert Sekunden eingeschlafen zu sein. Paul Grossenbacher bleibt neben ihr sitzen und hält einfach ihre Hand in seiner und wartet glücklich.

Er weiß nicht, wie lange es dauert, bis Fehr mit einer ganzen Mannschaft aus Polizisten und Sanitätern in die Festung zurückkehrt. Anna wird auf eine Trage gelegt und darauf festgeschnallt. Mit einer Seilwinde zieht man sie ganz behutsam ans Tageslicht hinauf. Oben angekommen bittet sie die Retter darum, eine Weile an der frischen

Waldluft liegen bleiben zu dürfen, bevor sie in den Transporter verladen wird.

Nach der ersten Aufregung und der Freude über die Rettung kommt etwas Farbe in ihr Gesicht. Sie berichtet ihrem Mann, der nicht mehr von ihrer Seite weicht, wie sie in die Gefangenschaft von Egloff geraten und wie es ihr unten im Stollen ergangen ist.

Ahnungslos berichtet Anna, sie weiß noch nicht, dass Egloff nach der Explosion verschwunden oder gar dabei ums Leben gekommen ist, was sie in Gefangenschaft alles über ihren Peiniger erfahren hat, der ihr in langen Stunden sein ganzes Leben erzählt hat. Egloff sei einer der führenden Köpfe der illegalen Geheimarmee P-26 gewesen. Nach deren Auflösung durch das Parlament hatte Othmar Egloff komplett die Orientierung verloren. Er fühlte sich vom Staat, für den er alles geopfert hat, verraten. Er habe nach längerer Arbeitslosigkeit eine Stelle gefunden und bis zu seiner Pensionierung vor drei Jahren gearbeitet. Zuletzt als Geschäftsführer einer Küchenbaufirma in Bülach. Doch Egloff hat die Scheinwelt nie ganz aufgegeben und den alten Festungsbunker, der der P-26 als Kommandozentrale und Ausbildungsstätte diente, über all die Jahre genutzt. Er sagte ihr, dass er sich als Patriot nicht verbieten lasse, weiterhin für die Freiheit des Landes, das er so liebe, zu kämpfen.

Nach der Pensionierung kam dann der negative Entscheid der AHV. Jonas Wachter, Direktor der SAV Zürich, akzeptierte die Jahre, die Othmar Egloff als professionelles P-26-Kader-Mitglied für den Staat gearbeitet hat, nicht als anzurechnende Periode. Denn als Folge der geheimen Tätigkeit wurden logischerweise auch keine Sozialbeiträge für die Mitglieder entrichtet. Aufgrund der so entstande-

nen Beitragslücke weigerte sich Wachter von der Sozialversicherungsanstalt, eine vollständige Rente auszurichten.

Nach der Aufdeckung der P-26 wurde den Mitgliedern
der Organisation, eine jahrzehntelange Schweigepflicht
auferlegt. Sie durften in der Öffentlichkeit weder Stel-
lung nehmen noch sich gegen die zum Teil ungerechten
Anschuldigungen verteidigen. Die verweigerte Rentenbe-
zugsberechtigung brachte schließlich das Fass zum Über-
laufen. Ein weiterer Verrat an der Sache. Othmar Egloff
fühlte sich erneut vom Staat im Stich gelassen. Er wollte
Genugtuung, war jedoch immer noch an die Schweigepflicht gebunden, sodass er keine andere Möglichkeit mehr
für seinen Seelenfrieden sah, als sich zu rächen. Wachter
musste stellvertretend für den Staat buchstäblich seinen
Kopf hinhalten.

Anna wird später mit dem Sanitätswagen weggebracht.
Auch die Männer der KAA haben die immer noch abge-
sperrte Einsatzzone verlassen. Es ist wieder still im Wald.
Aus weiter Ferne hört Grossenbacher noch die Sirene
des Krankenwagens, als dieser unten in Dietikon in die
Hauptstrasse Richtung Stadt einbiegt. Erschöpft, aber auch
glücklich lässt sich der Wachtmeister auf den trockenen
Waldboden neben den Lüftungsschacht der alten Bunkeranlage fallen. Ein Mann der KAA, der zur Unterstützung
der BKP abbestellt ist, hat ihm berichtet, dass vom Körper
Egloffs nichts mehr gefunden wurde, und es bleibe offen,
ob die Explosion durch Fehlmanipulation oder absicht-
lich ausgelöst wurde.

Endlich scheint es nicht nur friedlich im Wald geworden
zu sein, sondern auch in Grossenbachers gespaltener Seele.
Lange beobachtet er das Spiel der Blätter vor den vor-

beiziehenden Stratocumulus-Wolken am wässrig-blauen Sommerhimmel. Dürre Tannenadeln pieken am Rücken und ein Farnsporn kitzelt ihn im Nacken. Gemächlich kriecht eine Schnecke am Rand des zur Seite geschobenen Schachtdeckels entlang.

Er weiß nicht, ist es die Stille im Wald, seine überreizten und erschöpften Nerven oder das grässliche Rumpeln und Knurren in seinem Bauch, das ihn zu der Tat verleitet. Kurz entschlossen packt er mit zwei Fingern das schleimig rote Tier und steckt es sich in den Mund. Mit vor Grauen verzerrtem Gesicht würgt er die Schnecke bei lebendigem Leib hinunter.

Drei Fragen bleiben zum Schluss. Wobei Wachtmeister Grossenbacher zugeben muss, dass sich die erste nicht klar beantworten lässt. Die erste Frage lautet: Hatte Egloff Helfer? Er muss Helfer gehabt haben, denn allein hätte er es nie geschafft, Wachter oder Anna in den Bunker hinunterzubringen. Was wiederum so viel heißt, dass die P-26, P wie Private-26, weiterhin besteht. Zweite Frage: Was hatte der Mann mit der Nasenfalte auf dem Foto von der Schlachtfeier in Sempach zu suchen? Er hatte nichts mit den beiden Fällen zu tun. Und die dritte Frage lautet: Lebt die Schnecke in seinem Magen noch?

GLOSSAR

AFIS	Automatisiertes Fingerabdruckidentifizierungssystem
AGT	Aussergewöhnlicher Todesfall
AHV	Alters- und Hinterlassenenversicherung. Die AHV wird von der SVA, der Sozialversicherungsanstalt verwaltet.
BKP	Bundeskriminalpolizei
BVG	Bundesgesetz über die berufliche Alters-, Hinterlassenen- und Invalidenvorsorge
DNA	englisch für deoxyribonucleic acid, oder
DNS	Desoxyribonukleinsäure; Träger der Erbinformation
EJPD	Eidgenössisches Justiz- und Polizeidepartement
EMD	Eidgenössisches Militärdepartement
FOR	Forensisches Institut Zürich: aus der Zusammenführung der Kriminaltechnik der Kantonspolizei Zürich und dem Wissenschaftlichen Dienst der Stadtpolizei Zürich hervorgegangenes Institut
GLADIO	(ital. vom lateinischen gladius für ›Schwert‹), paramilitärische Stay-behind-Geheimorganisation der NATO, der CIA und des britischen MI6
Goldvreneli	Bekannteste Goldmünze der Schweiz. Wert: 20 Franken. Den Namen, die Verkleinerungsform des Namens Verena hat sie vom abgebildeten Frauenrelief.

GRU	Glawnoje Raswedywatelnoje Uprawlenije, russischer Militärnachrichtendienstes
IRM	Institut für Rechtsmedizin der Universität Zürich
KAA	Kriminalaussenabteilung
KRISTA	Kriminalstatistik des Kantons Zürich
mbA	mit besonderen Aufgaben
MI6	Military Intelligence, Section 6. Britischer Auslandgeheimdienst
Morgarten	15. November 1315. Ob die Schlacht zwischen Eidgenossen und Habsburgern tatsächlich stattgefunden hat, ist nicht belegt.
NSA	National Security Agency. Die NSA ist der größte Auslandsgeheimdienst der USA und zuständig für die weltweite Überwachung, Entschlüsselung und Auswertung elektronischer Kommunikation.
PJZ	Polizei- und Justizzentrum
PUK	Parlamentarischen Untersuchungskommission
Rösslispiel	Grossaufgebot an Polizeikräften aus allen Abteilungen
Sigrunen	Sechzehnte Rune des ›älteren Futharks‹ Die Form gleicht einem lateinischen S, gezeichnet aus drei geraden Strichen.
SRF	Schweizer Radio und Fernsehen
Spusi	Sprachgebrauch der Polizei für die Spurensicherung
Staatsi	Sprachgebrauch der Polizei für Staatsanwalt oder Staatsanwältin
WK	Wiederholungskurs für Schweizer Armeeangehörige

DANK AN:

Al'Leu; Valentin Roschacher für kriminaltechnische Hinweise; Marianne Rudolf; Prof. Dr. med. Michael J. Thali, Direktor IRM, für kriminalmedizinische Hinweise; Markus Weber, Foto; Olivia Weber

Rolf von Siebenthal
Höllenfeuer
978-3-8392-1614-9

»Spannung aus dem Baselland, fesselnd und authentisch.«

Qualvoll stirbt der angesehene Arzt Dr. Michael Brunner beim Brand seiner Villa in Liestal. Schnell findet die Polizei Baselland heraus, dass sie es mit Mord zu tun hat. Personalmangel in den Sommerferien und zugeknöpfte Zeugen behindern die Ermittlungen von Kripo-Chef Heinz Neuenschwander. Zudem steckt auch noch der Journalist Max Bollag seine Nase überall hinein. Doch die beiden Männer müssen sich zusammenraufen, wenn sie Schreckliches verhindern wollen.

Wir machen's spannend

Isabel Morf
Jahrhundertschnee
978-3-8392-1608-8

»Beat Streiff ermittelt im vierten spannenden Zürich-Krimi. Siebzehn Personen, eine davon tot, eine ein Mörder. Aber wer?«

Zürich versinkt im Schnee. Die Bewohner werden zu Gefangenen ihrer Wohnungen, auch an der Bristenstrasse, wo die fünfundsiebzigjährige, unbeliebte Renate Ingold erstochen aufgefunden wird. Wer war's? Die alte Ursula Meyer, mit deren Mann die Tote einst eine Affäre hatte? Lajos Varga, von dem Ingold wusste, dass er im Spielcasino regelmäßig Geld verspielt? Aline Behrend, die unter Depressionen und Panikzuständen leidet und Angst hatte vor Frau Ingold? Beat Streiff ermittelt in alle Richtungen.

Wir machen's spannend

Unser Lesermagazin
2 x jährlich das Neueste aus der Gmeiner-Bibliothek

*24 x 35 cm, 40 S., farbig; inkl.
Büchermagazin »nicht nur« für
Frauen und HistoJournal*

Das KrimiJournal erhalten Sie in Ihrer
Buchhandlung oder unter
www.gmeiner-verlag.de

GmeinerNewsletter
Neues aus der Welt der Gmeiner-Romane

Haben Sie schon unsere GmeinerNewsletter abonniert?

Monatlich erhalten Sie per E-Mail aktuelle Informationen aus der Welt der Krimis, der historischen Romane und der Frauenromane: Buchtipps, Berichte über Autoren und ihre Arbeit, Veranstaltungshinweise, neue Literaturseiten im Internet und interessante Neuigkeiten.

Die Anmeldung zu den GmeinerNewslettern ist ganz einfach. Direkt auf der Homepage des Gmeiner-Verlags (www.gmeiner-verlag.de) finden Sie das entsprechende Anmeldeformular.

Ihre Meinung ist gefragt!
Mitmachen und gewinnen

Wir möchten Ihnen mit unseren Romanen immer beste Unterhaltung bieten. Sie können uns dabei unterstützen, indem Sie uns Ihre Meinung zu den Gmeiner-Romanen sagen! Senden Sie eine E-Mail an gewinnspiel@gmeiner-verlag.de und teilen Sie uns mit, welches Buch Sie gelesen haben und wie es Ihnen gefallen hat. Alle Einsendungen nehmen automatisch am großen Jahresgewinnspiel mit attraktiven Buchpreisen teil.

Wir machen's spannend